LE WORLD SHAKER

Pour Stephanie, la nouvelle arrivée

Pour la présente édition :

12, rue de l'Arbalète
75005 Paris
Rendez-vous sur notre blog
http://nouvelles-des-livres-helium.blogspot.com/

N° d'édition : FI 026
ISBN : 978-2-35851-026-4
Dépôt légal : premier semestre 2010

Pour l'édition originale,
parue en Australie sous le titre ***Worldshaker*** :

Publiée en 2009 par Allen & Unwin

La traduction de ce roman a été possible grâce au gouvernement australien par le biais de l'Australia Council for the Arts, son fonds de financement et organisme consultatif des arts.

Conception graphique et couverture : les Associés réunis, Paris
http://lesassociesreunis.com/
Illustrations de couverture : Séverin Millet
Illustrations intérieures : © Eiko Ojala, 2009

Le Worldshaker

Richard Harland

Traduit de l'anglais par Valérie Le Plouhinec

hélium

Plate-forme
Passerelle
Grande salle de bal
Chambre du gouvernement
Salle Northumberland
Salon Lancashire
Salle Wiltshire
Nurseries

PONTS SUPÉRIEURS

PONTS INFÉRIEURS ET LE DESSOUS

Stock de statuettes en plâtre
Animaux en batterie
Zone de réparations
Chute pour
la nourriture
Poste d'observation 17

1

Un bruit arracha Col à un profond sommeil. Il se passait quelque chose dans la coursive. Des pas pressés, des ordres et des questions, un fracas métallique de portes ouvertes et refermées. Cabine après cabine, le tapage se rapprochait.

Sa cabine à lui resta plongée dans le noir, jusqu'au moment où la porte fut brutalement ouverte en grand. Deux silhouettes menaçantes se découpèrent sur la faible lueur bleue qui venait du couloir.

Un ordre retentit.

– Lumière dans la cabine !

Les ombres bondirent à l'intérieur en brandissant leurs armes. Col alluma sa lampe de chevet.

Dans la chaude lueur jaune rosé, les silhouettes se réduisirent à une banale paire d'officiers de la garde. Les battements de cœur de Col s'apaisèrent. Les gardes, munis de lourdes matraques de bois, étaient chargés d'assurer la sécurité. Mais que faisaient-ils donc dans cette partie du navire ?

– Ah, monsieur Porpentine, c'est bien cela ? lui dit le plus âgé des deux en tripotant sa moustache grise de morse. Navré de vous déranger, monsieur. Vous nous voyez dans l'obligation de fouiller votre cabine.

– Pourquoi ?

L'officier poursuivit comme s'il n'avait pas entendu la question.

– Depuis combien de temps êtes-vous réveillé, monsieur ? Avez-vous vu ou entendu quoi que ce soit d'anormal depuis quelques minutes ?

Col se redressa en s'appuyant sur son oreiller.

– Des claquements de portes. Et vos piétinements dans la coursive.

– Elle a dû s'enfuir plus loin, murmura le plus jeune à son supérieur. On perd notre temps sur ce pont.

– Qui ça, *elle* ? demanda Col.

– Une Immonde, laissa échapper l'autre, avant de plaquer sa main sur sa bouche. Enfin, je voulais dire...

– Tiens ta langue, Jull !

L'aîné des gardes leva sa matraque et frappa l'autre durement au poignet. Col en fut estomaqué.

L'homme se tourna de nouveau vers lui.

– Vous n'avez pas entendu ce qu'il a dit, n'est-ce pas, monsieur ?

– Mais si. Que fait une Immonde dans les ponts supérieurs ?

– Mieux vaut que vous n'en sachiez rien. Mon collègue s'est légèrement emporté.

– Je fermerai les yeux si vous répondez à ma question.

– Elle... (L'officier avait les joues rouges et transpirait visiblement.) En fait, elle s'est échappée. C'est tout ce que je peux vous dire.

Du bout de sa matraque, il poussa le nommé Jull vers la porte.

– Bien, si vous pouviez simplement tout oublier, je vous en serais reconnaissant, monsieur...

Une fois sorti de la cabine, il se lança dans une furieuse conversation chuchotée avec son cadet. Col distingua les mots « petit-fils de Sir Mormus Porpentine ». Puis le battant se referma derrière eux et ils s'éloignèrent dans la coursive. Il y eut encore des claquements de portes, et encore des salves de questions.

Il n'en revenait pas. Une Immonde en liberté dans les ponts supérieurs ? C'était inconcevable !

Il parcourut des yeux sa chambre, civilisée et sûre : tapis vert, rideaux de velours marron, papier peint couleur crème... Aux murs pendaient des gravures encadrées représentant les plus dignes des créatures : le Sage Hibou, le Noble Lion et l'Ours courageux. Au-dessus de la porte, une plaque métallique portait en creux le nom *Worldshaker* et la date de 1845, époque de la construction du vaisseau, cent cinquante ans plus tôt. La table de toilette, la bibliothèque et le miroir en pied étaient garnis de plaques similaires. Seule l'imposante armoire n'en avait pas : il s'agissait d'une antiquité en chêne sculpté héritée de temps plus anciens, du Vieux Pays.

Tout était en ordre, tout paraissait normal – comme le bourdonnement lointain des moteurs du *Worldshaker*, qui propulsaient l'immense mégalonef. Il était temps de se recoucher.

Col tendait le bras pour éteindre sa lampe, lorsqu'une pensée soudaine fit de nouveau tambouriner son cœur. Le bruit qui l'avait réveillé n'était *pas* un claquement de porte ! À bien y repenser, il y avait eu autre chose. Quelque chose de bien plus proche.

Pas de panique, se dit-il. Il n'y avait personne d'autre que lui dans sa chambre. Où aurait-on pu se cacher ? À moins que... dans l'armoire... ou sous le lit...

Il se retourna, souleva le bord frangé de sa courtepointe et regarda sous sa couchette.

Deux yeux lui rendirent son regard.

L'Immonde !

Pendant dix longues secondes, il fut incapable du moindre mouvement. Ils étaient si proches, séparés uniquement par l'épaisseur de son matelas ! Il était quasiment couché sur elle !

Les yeux l'étudiaient, le jaugeaient.

Elle fut la première à bouger. Rapide comme l'éclair, elle se dégagea et s'agenouilla à côté du lit. Les narines larges et palpitantes, les joues creuses sous des pommettes saillantes. Ses cheveux formaient un véritable embrouillamini, bruns à certains endroits et blonds à d'autres. Mais ce qui dominait ses traits, c'étaient ses yeux immenses et ardents.

Il s'écarta en se tortillant et tomba de l'autre côté du lit. Il se débattit avec ses draps et ses couvertures, puis se remit sur pied en titubant.

Elle ouvrit la bouche et parla.

– Les laisse pas m'attraper, dit-elle.

Ce n'était pas un borborygme, mais une véritable suite de mots ! Prononcés avec un accent fruste et grossier, certes, mais tout de même de vrais mots !

Col la regarda avec des yeux ronds.

– Vous savez parler ?

– Bien sûr que je parle. Pourquoi je parlerais pas ?

– Je croyais... J'ignorais que les Immondes savaient parler. Les Larbins ne savent pas.

– Les Larbins. Je vois ce que c'est.

– Nous formons les Immondes pour en faire des Larbins. Après quoi, ils sont capables de comprendre le langage humain.

– Moi, je dirais plutôt « déformer ». Ils comprennent et ils parlent, avant ça.

Col ne trouva rien à répondre. La tête lui tournait, il ne s'y faisait pas.

Soudain, elle se leva d'un bond. Elle était tout en muscles et en tendons, svelte et légère, très différente en cela des Larbins. Elle donnait à Col une impression générale de crasse. Elle portait des chiffons autour des hanches et de la poitrine, qui laissaient ses membres dans une nudité choquante. Sa peau était maculée de traces de suie et de graisse.

– Tu comprends, ils m'ont remontée du Dessous, pour me transformer en Larbine, lui dit-elle, face à lui de l'autre côté du lit. M'ont pêchée avec leur crochet pour m'embarquer en salle de Transformation. Mais j' me suis sauvée.

Col secoua la tête.

– Comment ça, quelle salle de Transformation ?

– C'est là qu'on nous transforme. Ils nous torturent le corps et nous font des choses horribles.

– C'est absurde, cet endroit n'existe pas. Comment pourriez-vous le savoir, de toute manière ?

Col était tout à fait convaincu que les gens des ponts supérieurs n'auraient jamais fait des « choses horribles ». Ce n'était que de l'ignorance d'Immonde ! Il avait étudié l'éthique avec son précepteur, il savait donc que la torture était contraire à tous les principes moraux.

Il affecta une expression de dignité imitée de ses aînés.

– Vous avez beaucoup de chance d'être appelée à devenir une Larbine. Vous êtes trop jeune pour savoir ce qui est bon pour vous.

– Je suis pas jeune. J'ai quatorze ans.

– Eh bien moi, j'en ai seize.

– Alors tu devrais être au courant pour la salle de Transformation.

Il était impossible de raisonner avec une Immonde. *Et je ne devrais même pas essayer*, se dit-il.

Il pivota vers la porte et éleva la voix.

– Officiers !

En un éclair, elle avait traversé la pièce. Il avait toujours imaginé les Immondes comme des êtres lents et patauds, mais celle-ci ne l'était pas. Elle entrouvrit la porte, jeta un œil à l'extérieur, puis referma à la hâte.

– Sont encore là, murmura-t-elle.

Col prit sa respiration pour crier plus fort.

Elle retraversa la cabine d'un bond et se campa devant lui, les mains jointes dans un geste suppliant.

– S'te plaît ! Les laisse pas m'emmener !

Son attitude bravache s'était évaporée ; il ne restait qu'une terreur pitoyable.

Le martèlement des pas se rapprocha sur la coursive.

– J'ai peur, chuchota-t-elle en fixant la porte des yeux.

À cet instant, il se rappela ce qu'il avait lui-même ressenti quelques minutes auparavant. La vue des deux silhouettes menaçantes, brandissant leurs matraques, prêtes à frapper et à cogner...

Elle s'élança vers l'armoire ancienne. Tandis que Col restait planté bouche bée, elle sauta à l'intérieur et tira la porte derrière elle.

Le bruit de pas atteignit la cabine... puis la dépassa. S'il s'agissait des officiers de la garde, ils n'avaient pas entendu son appel.

Il ne lui vint pas à l'idée d'appeler de nouveau. Col était encore étrangement bouleversé, comme si sa peur à elle avait déteint sur lui. Il alla lui parler à travers la porte de l'armoire.

– Ils sont partis.

– Merci, fit une voix assourdie. Merci.

Il ne voulait pas de ses remerciements ; tout ce qu'il voulait, c'était du temps pour réfléchir. Il tourna la clé dans la serrure du placard.

– Je vous enferme, lui dit-il.

– Hé ! Non ! T'as pas besoin de faire ça.

Col ne répondit pas. Au moins, elle ne pourrait plus s'échapper : le meuble était en bois massif et la serrure était solide. Elle était sa prisonnière. Mais qu'allait-il faire d'elle ?

Elle secoua la porte.

– Allez, laisse-moi sortir. Tu me reverras plus jamais.

Il retira la clé et battit en retraite jusqu'à son lit. Comme elle essayait toujours de parler à travers la porte, il se glissa entre les draps et tira l'oreiller par-dessus sa tête. La clé était en sécurité dans son poing serré.

2

Col eut chaud, puis froid, puis chaud de nouveau. C'était comme un cauchemar. Avait-il réellement eu une conversation avec une Immonde ? Une Immonde qui savait non seulement parler, mais répondre ? Au lieu de la rendre consciente de son ignorance, il avait fini par se sentir moins savant qu'il n'aurait dû. Comme un enfant !

Il contempla fixement l'armoire ancienne. Elle était différente, ce n'était plus sa bonne vieille armoire, mais une présence étrangère et menaçante dans la cabine. La fille avait depuis longtemps renoncé à secouer la porte, mais elle se trouvait toujours à l'intérieur, serrée contre ses vêtements. Son odeur d'Immonde devait imprégner ses costumes et ses chemises ! Il ne pourrait plus jamais les porter.

Tout cela était inimaginable et irréel. Et le plus irréel de tout était encore sa propre attitude. À quel moment avait-il déraillé ? Il repassa tout en revue pas à pas. Pourquoi n'avait-il pas appelé les officiers avant même de lui adresser la parole ? Et quand il les avait appelés, pourquoi n'était-il pas sorti sur la coursive ? Et pourquoi ne les avait-il pas rappelés une fois qu'elle s'était cachée dans l'armoire ? Ce moment était le plus inexplicable de tous. Son comportement, lorsque les bruits de pas s'étaient tus, était celui d'un autre, pas de Colbert Porpentine. Quelle histoire de fou ! Si seulement il avait pu revenir en arrière !

Comment était-ce arrivé ? Était-ce l'expression qu'il avait vue dans ses yeux ? Si grands et... pas attirants, non, une Immonde ne pouvait pas être attirante, mais on aurait dit que sa terreur l'avait hypnotisé. Il n'aurait pas dû être capable de sympathiser avec une Immonde, et pourtant...

Des grincements s'élevaient de l'armoire. Il souleva l'oreiller de sa tête pour écouter. La fille devait être en train de changer de position, peut-être de s'installer pour dormir. Il resta couché, les draps tirés jusqu'au menton.

Les bruits se poursuivirent pendant un moment, puis cessèrent. À présent, il avait l'impression de percevoir une respiration, faible et régulière : inspiration, expiration. Son ouïe était devenue d'une acuité presque surnaturelle.

Une pensée désagréable lui vint à l'esprit : puisqu'il l'écoutait, peut-être l'écoutait-elle aussi ? Chacun écoutant les bruits de l'autre ! Il respira à petits coups de plus en plus discrets, jusqu'à supprimer le moindre froissement de draps sur son torse.

Que savait-il vraiment des Immondes ? Ce n'était pas le genre de sujet qu'il abordait avec son précepteur, le professeur Twillip. Sans doute avait-il entendu des allusions ici et là, et en avait-il déduit tout seul qu'ils ne savaient pas parler. Sauf que sa déduction était fausse.

Dans la bonne société, on n'évoquait l'existence des Immondes que par sous-entendus. Ses impressions venaient moins de paroles prononcées que de l'expression des gens lorsqu'ils évitaient le sujet.

Son sentiment général était que les Immondes étaient dangereux et nécessaires à la fois. Ils étaient dangereux parce qu'ils ne cessaient de *se reproduire* et de *se multiplier*, et qu'ils risquaient donc, un jour, de dépasser en nombre les êtres civilisés des ponts supérieurs. Quant à savoir en quoi ils étaient nécessaires, il n'en avait aucune idée.

Et d'ailleurs, qu'est-ce que cela signifiait, *se reproduire* et *se multiplier* ? C'étaient des mots redoutables, fascinants, qui remuaient des sensations étranges en lui. Lorsqu'ils tournaient en rond dans sa tête, ils en appelaient d'autres comme *obscène*, *brutal*, *bestial*. Des images effrayantes surgies de vieux cauchemars venaient flotter devant lui : de lourdes formes voûtées, des corps nus et velus, de hideux faciès de cannibales à la bouche lubrique. Qui se livraient à des choses, des choses cachées, des choses immondes… Il était bien incapable d'imaginer quoi.

Cette fille ne correspondait pas à ses cauchemars, cependant. Il avait toujours imaginé les Immondes comme une version sauvage, encore plus maladroite, des Larbins. Mais elle était tout le contraire, vive et athlétique, dansante comme une flamme…

Il allait devoir décider de ce qu'il ferait d'elle, il le savait. Mais d'une certaine manière, le moment de prendre des décisions était passé. Même si un million de pensées s'entrechoquaient dans sa tête, son esprit se refusait à chercher des solutions. Tout cela était trop difficile.

Il se força à se calmer en se concentrant sur des mots qui l'emplissaient toujours de sentiments convenables et droits : *Devoir, Empire, Reine Victoria*. Pendant ce qui lui parut des heures, les mots corrects rivalisèrent avec les mots odieux, jusqu'à les chasser peu à peu. Des vagues de somnolence passèrent sur lui. Lorsqu'il s'endormit enfin, il pensait à ses mots favoris au monde : *Sa Majesté impériale*.

Mais ses rêves ne s'inspirèrent pas des bons sentiments convenables. Dans l'un, son armoire se couvrait d'une épaisse fourrure et agitait ses portes vers lui de manière provocante. Dans un autre, il trouvait une personne vêtue d'une de ses chemises à côté de lui dans son lit. D'autres rêves étaient emplis de sages hiboux qui le regardaient le sourcil froncé, de nobles lions qui secouaient la tête et d'ours courageux qui lui tournaient le dos… et ainsi de suite, pour tout le reste de la nuit.

Lorsqu'un *toc toc toc* à sa porte le réveilla, il eut l'impression d'avoir à peine dormi.

3

En ouvrant les yeux, Col constata que le plafonnier était allumé et diffusait sa lumière blanche imitant celle du jour. Il y eut un second *toc toc toc*, plus fort. Puis la porte de la cabine s'ouvrit brusquement et sa sœur, Gillabeth, entra d'un pas énergique.

– Que fais-tu encore au lit ? lui lança-t-elle. Tu n'as pas entendu la cloche du matin ? Pourquoi ta lampe de chevet est-elle allumée ? Tu sais que tu n'as pas le droit de dormir avec.

Elle n'avait que deux ans de plus que Col, mais se comportait toujours comme si elle était de dix ans son aînée. Ses cheveux noirs étaient coupés très droit et bien net, et elle portait une robe fonctionnelle marron à plastron et poignets blancs. Son seul ornement était le prénom *Gillabeth* brodé sur le plastron. Tout, chez Gillabeth, était droit, clair et pratique.

Col et elle se partageaient les traits familiaux. Alors que Col promettait d'être grand comme son grand-père, avec le même front large, les mêmes sourcils noirs et les mêmes yeux gris, c'était Gillabeth qui avait hérité de la mâchoire carrée des Porpentine. En ce moment, elle se tenait le menton en avant et les mains sur les hanches.

– C'est un jour particulier aujourd'hui. Grand-père a une annonce à faire au petit déjeuner. Il faut que tu mettes ton plus beau costume marin.

Col était sur le point de se lever lorsqu'il sentit la clé dans sa main. Les événements de la nuit lui revinrent brusquement en mémoire. La fille Immonde dans l'armoire ! Il pria pour qu'elle eût le bon sens de se tenir tranquille.

– Tu devines de quoi il s'agit ? lui demanda Gillabeth. Cela te concerne.

– Quoi ?

– L'annonce de grand-père.

– Ah bon. Pourquoi moi ?

– Quel innocent tu fais, Colbert Porpentine ! Toi et ton professeur Twillip... Vous n'avez jamais aucune idée de ce qui se passe.

– C'est une bonne ou une mauvaise nouvelle ?

– Une bonne, évidemment. Il ne t'arrive que de bonnes choses. Le monde te tombe tout cuit dans le bec, et tu ne sais même pas pourquoi.

Col ne se formalisa absolument pas de la dureté de ses paroles. Pour lui, c'était simplement la manière de parler habituelle de Gillabeth.

– Je te sors ton costume marin, dit-elle en se rapprochant à grands pas de l'armoire.

– Non !

Gillabeth posa sur lui un regard supérieur, plein de vertu assumée.

– Pourquoi non ? Je suis ta sœur. Je suis là pour t'aider.

Au moins, l'armoire était fermée et il avait la clé. Col enfouit sa main sous les draps.

Mais lorsque Gillabeth tira sur la poignée, la porte s'ouvrit en grand.

C'était la fin de tout ! Une Immonde découverte dans son armoire !

– Alors, où est-il ? (Elle plongea les mains à l'intérieur et se mit à farfouiller.) Pourquoi ne ranges-tu pas correctement tes vêtements ? Ah, voilà, dit-elle en sortant le plus beau costume de Col sur son cintre.

Col n'y comprenait rien ; tout ce qu'il ressentait était un énorme soulagement.

Elle étala le costume sur le lit, par-dessus ses pieds.

– Dépêche-toi. La famille attend.

Dans sa bouche, le mot *famille* ressemblait toujours à un commandement impérial.

– Gillabeth, que sais-tu sur les Immondes ? Tu es tellement plus savante que le professeur Twillip et moi-même. Sont-ils comme les Larbins ?

Elle secoua la tête.

– Nous ne pensons pas à eux.

– Mais savent-ils parler ?

– Peut-être.

– Sont-ils lents et lourds comme les Larbins ?

Gillabeth détourna les yeux.

– Pourquoi ces questions ?

Il sentait confusément qu'elle en savait bien plus que lui sur les Immondes. Mais il était impossible de la sonder sans se trahir.

– Aucune importance, dit-il en s'efforçant de prendre un air détaché. Je m'habille.

Il attendit qu'elle fût sortie de la pièce. Puis il fit voler ses couvertures et se rua sur l'armoire pour en examiner le contenu.

Il n'y avait personne à l'intérieur. Gillabeth n'était pas passée à côté de la fille Immonde : celle-ci était déjà partie. Il remua ses vêtements dans tous les sens pour s'en assurer.

Puis il remarqua un objet coincé dans la serrure, à l'intérieur. Son badge de Jeune Patriote ! Incroyable ! La fille avait dû le trouver sur le revers de sa veste, et se servir de l'épingle pour crocheter le mécanisme. Il était stupéfait qu'une Immonde pût se révéler si astucieuse.

Eh bien, bon débarras. Son moral remonta en flèche. Le problème était résolu : elle s'était échappée toute seule. Ce qui lui arriverait ensuite ne le regardait pas.

Il fit sa toilette devant sa cuvette, s'habilla et se coiffa. Il sourit largement à son reflet dans le miroir. Quelle était donc cette annonce que son grand-père allait faire ?

4

Le petit déjeuner se tenait dans la salle Northumberland, à trois coursives de la cabine de Col, au centre du Pont 42. Cette salle était exclusivement réservée à la famille Porpentine, dont les cinq branches étaient déjà assises, chacune à sa table, lorsque Col arriva. Nappes blanches, serviettes fraîches, argenterie, tasses et soucoupes étincelantes – après cette nuit, tout lui semblait parfaitement à sa place, parfaitement normal. Le linge de table était orné d'élégants motifs roses, tandis que les tasses et soucoupes étaient bordées de jaune primevère. Même les pieds de table étaient pudiquement habillés de fronces et de volants blancs.

Col prit place aux côtés de sa mère et de son père, Quinnea et Orris. Face à lui étaient assis Gillabeth et leur petit frère, Antrobus. Son grand-père et sa grand-mère présidaient en bout de table : ils étaient les piliers jumeaux de son univers. Sir Mormus et Lady Ebnolia Porpentine.

Six Larbins poussaient un chariot de table en table, distribuant théières, harengs fumés et toasts sous la supervision de deux stewards. Les stewards étaient d'un rang infiniment inférieur à celui des Porpentine, mais ils étaient tout de même issus des ponts supérieurs. Les Larbins, eux, ne comptaient pas du tout en tant que personnes. On regardait par-dessus ou au travers, mais jamais on ne les considérait directement.

Col étudia ces six-là du coin de l'œil. Ils portaient l'uniforme gris de tous les Larbins – de fait, tout chez eux était gris. Comparés à la jeune Immonde, ils paraissaient terriblement vieux et fatigués.

– La prière.

Sir Mormus tambourina des doigts sur la table et obtint immédiatement le silence.

– Au nom de Sa Majesté impériale, la reine Victoria III, soyons sincèrement reconnaissants pour les bonnes choses qui se trouvent devant nous. *Amen*.

À l'évidence, il comptait faire son annonce à la fin du petit déjeuner. Comme le repas commençait dans un cliquetis de couverts et un murmure de conversation polie, Col reporta son attention sur son grand-père. Il y avait dans les épaules massives et la large tête de Sir Mormus quelque chose de magnifiquement solide et immuable. Sa seule présence, autant que sa veste galonnée et son haut col amidonné, ou encore les clés du pouvoir pendues à une chaîne en or autour de son cou, constituait une déclaration de toute-puissance.

Col ne pouvait même pas imaginer quelle impression cela pouvait faire d'être si puissant et sûr de soi. Sir Mormus donnait toujours ses ordres avec une autorité absolue. Col ignorait au juste quelles étaient les fonctions d'un commandant suprême, mais il savait que son grand-père était l'individu le plus important à bord du *Worldshaker* après la reine et le prince consort. Il était heureux d'être un Porpentine et de récolter en partie la gloire reflétée par ce nom.

– Mange, Colbert, lui dit Quinnea. Mais pas trop vite.

Col se concentra sur le hareng et le toast disposés dans son assiette. Les harengs fumés pour le petit déjeuner étaient une tradition du Vieux Pays, même s'ils provenaient de partout ailleurs dans le monde, jamais de là-bas.

Sa mère, qui s'intéressait plus à son appétit à lui qu'au sien propre, avait repoussé son assiette après quelques bouchées. D'autres l'observaient aussi : il percevait des demi-sourires et des regards discrets dirigés vers lui. Avaient-ils déjà une idée de l'annonce à venir ? D'habitude, les adultes ne se souciaient nullement de la jeune génération.

Dix minutes plus tard, Sir Mormus mit fin au petit déjeuner

en s'essuyant la bouche sur un gigantesque mouchoir. Lorsqu'il se leva, toutes les conversations moururent.

Il salua successivement les cinq tables du menton.

– Les Porpentine de Morpice. Les Porpentine de Rumpley. Les Porpentine de Leath. Les Porpentine d'Oblett. Les Porpentine de Sir Mormus.

Chaque branche portait le nom de son doyen. Naturellement, les Porpentine de Sir Mormus étaient les plus importants.

– J'ai à faire une annonce qui vous concerne tous. (Il recourba son index pointé vers Col.) Lève-toi, jeune homme, lève-toi.

Col se leva. Il se tint très droit, même si son cœur tambourinait dans sa poitrine.

– Mon petit-fils, Colbert.

Sir Mormus s'exprimait avec une lenteur délibérée, comme si chaque mot avait été pesé, et jugé digne d'être prononcé.

– Fils aîné d'Orris et de Quinnea Porpentine. Qu'as-tu accompli jusqu'à présent dans ta vie, Colbert ?

Col réfléchit et trouva une réponse.

– Mon éducation, monsieur.

– Continue.

– Les leçons avec le professeur Twillip, monsieur. Mon précepteur.

– C'est tout ?

Quinnea émit un petit bruit suppliant.

– Il a été le professeur de la fille de ma sœur, Sir Mormus... hautement recommandé...

C'est à peine si Sir Mormus parut l'entendre.

– Que connais-tu du monde réel, mon garçon ? Pas grand-chose, je suppose ?

– Non, monsieur. Pas grand-chose.

– Tu as reçu une éducation protégée, mon garçon. Dorénavant, tu iras au lycée. J'ai pris une décision à ton sujet.

Sir Mormus fit de nouveau face aux quatre autres tables.

– Regardez-le, vous tous. Voyez-vous comme il est grand ? Dos droit, torse bien développé, bouche ferme. Des sourcils remarquables. Très noirs. Qu'en pensez-vous ?

Les Porpentine des quatre tables étaient tout ouïe.

– Je vais vous dire ce que j'en pense, moi. Ce garçon est l'avenir de notre famille. Au lycée, il apprendra le contrôle et l'autorité. Je le nomme à ma succession. Je le préparerai à devenir le prochain commandant suprême.

L'exclamation étranglée de Col se perdit parmi les autres. Successeur ! Commandant suprême ! L'idée était tellement écrasante qu'il ne réalisait pas. Il eut envie de chercher des yeux son père et sa mère. Mais quelque chose lui dit de garder la pose et de fixer un point droit devant lui.

– Qu'as-tu à déclarer, mon garçon ?

– Je ferai de mon mieux, monsieur.

– Seulement de ton mieux ? Tu aurais donc des doutes sur toi-même ?

– Non, monsieur. Je deviendrai le prochain commandant suprême après vous.

Col ignorait totalement où il trouvait les mots, mais il savait précisément quoi dire. Comme s'il absorbait l'influence de Sir Mormus. L'annonce était complètement inattendue, et pourtant elle sonnait juste, très juste. Il sentait que quelque part, au fond de son être, il l'avait toujours su.

– Bien, bien, l'approuva Sir Mormus. Tu auras des rivaux, bien sûr. Mais si tu possèdes véritablement la fibre des Porpentine, mon soutien te mènera au but. Il y a cent cinquante ans, exception faite de douze années, que nous avons un Porpentine au commandement suprême. La tradition repose entre tes mains, mon garçon.

Toute la famille Porpentine se mit à applaudir. Même le petit Antrobus tapa dans ses mains comme un jouet mécanique, imitant les adultes. Gillabeth se joignit aux acclamations, mais elle arborait l'expression de quelqu'un qui se fait arracher les dents.

Col conserva son air sérieux, même si à l'intérieur il souriait presque au point d'éclater. *J'en suis capable*, pensait-il. *J'en suis réellement capable.*

Lorsque les applaudissements s'éteignirent, la voix de Sir Mormus baissa d'une octave et se mua en grondement méditatif.

– Je me suis tenu autrefois à la place que tu occupes, Colbert Porpentine. Lorsque j'avais ton âge, mon père a fait la même annonce à mon propos. Je me suis senti accablé. Je craignais de ne pas être prêt. Je tremblais à cette perspective.

Des murmures de protestation s'élevèrent un peu partout dans la salle.

– Non, non.

– Si, je tremblais. Même moi. Et pourtant, je me suis hissé à la hauteur de la fonction qui m'était conférée. Lorsque l'appel a sonné, j'ai trouvé la force de caractère nécessaire. Tout ce qu'il faut, c'est de la volonté, mon garçon.

Et moi, je ne tremble même pas, exultait Col en son for intérieur. À voix haute, il dit :

– J'ai de la volonté, monsieur. Je ferai ce que vous avez fait. Je servirai ma famille et ma reine.

Une nouvelle salve d'applaudissements lui confirma qu'il avait dit exactement ce qu'il fallait, une fois de plus. Jamais de sa vie Col n'avait été au centre de l'attention… mais il s'y faisait très bien !

– Monsieur, j'ai une requête à formuler.

Le regard fixe de Sir Mormus évoquait celui d'un bélier d'assaut, mais Col refusa de ciller.

– Je ne connais pas grand-chose du monde réel, monsieur, comme vous l'avez dit. Je ne me suis jamais aventuré au-delà des niveaux supérieurs des ponts supérieurs. Si je dois me préparer au commandement suprême, j'aimerais visiter l'ensemble de notre mégalonef, monsieur. Du haut jusqu'en bas, monsieur.

Un silence tendu s'ensuivit. Avait-il poussé l'audace trop loin ? Bien qu'il n'eût pas prononcé le mot *Dessous*, c'était sous-entendu par l'expression *jusqu'en bas*.

Sir Mormus laissa échapper un rire bref et sonore.

– Fort bien, mon garçon. (Il s'agissait donc d'un rire approbateur.) Une requête légitime. Je te mènerai moi-même de haut en bas. Le haut d'abord. Est-ce tout ?

– C'est tout, monsieur.

Sir Mormus se tourna de nouveau vers la salle.

– Je serai sur la Passerelle de commandement à neuf heures. Que quelqu'un l'y escorte. Le petit déjeuner est levé.

Le chef steward se précipita pour faire signer la fiche à Sir Mormus. Puis Lady Ebnolia se leva et s'accrocha au bras de son époux. À pas lents et majestueux, ils se retirèrent de la salle Northumberland.

5

Col demeura au centre de l'attention pendant la demi-heure qui suivit. Les chefs des quatre autres branches familiales lui serrèrent la main et lui exprimèrent leurs vœux de réussite. Les femmes, aux petits soins, semblaient s'étonner qu'il eût tant grandi sans qu'elles l'aient remarqué.

– Venez donc jouer au whist avec nous un soir, jeune homme.

– Peut-être aimeriez-vous assister aux réunions de notre club de bibliophilie ?

– L'emmènerez-vous dîner chez les Fefferley, Quinnea ?

La mère de Col hochait la tête en silence et se tamponnait les joues avec un tout petit mouchoir.

– Oh, il faut absolument qu'il sorte davantage dans le monde. Il paraît que les Dollimond vont donner une réception.

– Et n'oublions pas le gala impérial qui arrive.

– Vous nous l'avez caché, Orris, vraiment !

Le père de Col répondit par l'un de ses longs sourires tristes.

– Non, non. Nous attendions et espérions ce moment.

L'assistance finit par se clairsemer, jusqu'au moment où il ne resta plus que la branche familiale de Col. Alors Orris s'exprima de sa voix lugubre.

– Il est temps que je t'escorte jusqu'à la Passerelle, Colbert. En tant que père, je pense que c'est ce qui convient.

Ils se mirent donc en route. Comme toujours, la présence d'Orris avait un effet déprimant. En fils dévoué, Col aimait son père, bien sûr, mais il avait toujours été conscient que quelque chose n'allait pas chez lui. Quelque chose de plus que la courbe tombante de ses épaules ou l'affaissement de ses joues. Une apparence de morosité le drapait perpétuellement comme un linceul.

Ils gravirent un escalier jusqu'au Pont 43, dépassèrent la salle Wiltshire et les appartements impériaux. Puis encore des escaliers, jusqu'au Pont 48. Là, ils laissèrent derrière eux les zones résidentielles et gagnèrent les quartiers administratifs du mégalonef. Ils longèrent des bureaux à porte de verre, aux murs couverts de cartes et d'armoires métalliques. Les tapis étaient gris ou marron uni, et les peintures d'une terne couleur crème.

– Je n'étais jamais monté si haut, fit remarquer Col. Déjà le Pont 48.

– Ah, bien. La Passerelle se trouve six ponts au-dessus de nous.

– Peut-on voir dehors de là-haut ?

– Oui. Ce sera une expérience nouvelle pour toi.

Col réfléchit à son passé.

– Je suis déjà sorti. Sur le Pont Jardin, quand nous y sommes allés en vacances.

– Ce n'est pas pareil, Colbert. Le Pont Jardin est clos de murs.

– Mais j'ai vu le ciel. Le vrai jour et la vraie nuit. De vrais rayons de soleil.

– Ce n'est rien à côté de ce que tu verras depuis la Passerelle.

Orris tira sur son menton d'un air pensif.

– Je vais te montrer quelque chose.

Tournant brusquement dans un couloir latéral, il s'arrêta devant une peinture à l'huile accrochée au mur, qui représentait leur mégalonef. Col en avait déjà vu de semblables ; d'ailleurs, l'idée qu'il se faisait de l'aspect extérieur du *Worldshaker* provenait uniquement de tableaux de ce genre. Mais la scène était toujours spectaculaire et difficile à distinguer, envahie de nuages ou d'une brume tourbillonnante, d'un soleil éblouissant ou d'éclairs zigzagants.

Cette image-ci était plus claire que les autres : on y voyait le *Worldshaker* au clair de lune. Étage après étage, le vaisseau s'élevait telle une montagne cachant les étoiles.

– Comme c'est grand, souffla Col.

– Quatre kilomètres de long, mille deux cents mètres de large. À ce jour, la plus vaste construction humaine à la surface de la Terre. Voici la Passerelle, là-haut.

Orris désigna un point lumineux au sommet de la silhouette noire. La Passerelle, orientée vers la proue, s'accrochait au bord d'une superstructure formant une haute falaise.

– Il y a vingt-six ans... poursuivit-il d'un air songeur, comme pour lui-même, j'ai contemplé la vue de là-haut, une fois. (Il se racla la gorge.) Et là, en bas, c'est le Pont Jardin.

Il déplaça son doigt pour indiquer une zone située en contrebas de la falaise, vers l'avant du mégalonef.

– Et le Dessous ? demanda Col. Où est-ce ?

Orris ébaucha une ligne approximative en travers de l'édifice.

– Dans le quart inférieur de la coque. Je... enfin...

Sa voix s'éteignit.

Col observa attentivement le tableau, mais aucune ligne de partage n'était visible sur le flanc noir du vaisseau. Puis il remarqua autre chose.

– Qu'est-ce que c'est que ça ? demanda-t-il en pointant une forme à l'arrière-plan. Un autre mégalonef ?

– Le *Lebensraum*. Le mégalonef... prussien. Nous avons réussi... à le dépasser.

Orris semblait avoir du mal à trouver ses mots. Col, se retournant, vit que son père luttait contre les larmes. Soudain, tout se mit en place.

– Vous avez regardé dehors depuis la Passerelle il y a vingt-six ans ?

Orris opina du chef.

– J'avais quatorze ans.

– Grand-père vous a fait visiter le mégalonef de haut en bas, n'est-ce pas ? Comme à moi ?

Un nouveau hochement de tête.

– Je devais lui succéder. Jusqu'à mon échec.

Bien sûr, cela allait de soi ! Col était stupéfait de ne pas l'avoir compris plus tôt. C'était son fils, et non son petit-fils, que Sir Mormus aurait dû choisir en premier pour suivre ses pas.

– Comment avez-vous échoué ?

Puis, comprenant que ces mots pouvaient passer pour un manque de respect, il se reprit.

– Pouvez-vous me le dire, monsieur ?

Cette fois, Orris secoua la tête.

– Ce ne serait pas convenable, Colbert. Viens. Mieux vaut ne pas être en retard avec ton grand-père.

Col avait l'habitude que les mots « ce ne serait pas convenable » mettent fin à toute discussion. Ils poursuivirent leur ascension à travers les Ponts 49, 50 et 51. Au Pont 52, Orris s'arrêta net.

– Si, je vais te le dire. (Il se tourna vers Col.) Il est normal que tu sois préparé.

Pourtant, il ne parla pas immédiatement. Lorsqu'il le fit, sa voix n'était plus qu'un murmure.

– Mon cœur m'a trahi, Colbert. C'était ma faiblesse, et personne n'en avait jamais soupçonné l'existence. Moi-même, je ne l'avais jamais soupçonnée. Mais quand j'ai regardé au Dessous et que je les ai vus...

– Vous voulez parler des Immondes, monsieur ?

– Oui, oui. Nous pouvons en parler franchement, à présent que tu sors de l'enfance. Tu seras amené à affronter certaines dures réalités de la vie que nous n'évoquons pas devant les femmes et les enfants. Tu verras des choses que tu n'as jamais imaginées.

– Vous êtes descendu *parmi* eux ?

Cette idée faisait horreur à Col.

– Pas parmi eux, non. Il existe des postes d'observation pour voir le Dessous. Sir Mormus t'y emmènera, un jour ou l'autre. Ce n'est pas tout près d'eux. Mais tout de même, on les entend... Parfois, on les aperçoit...

Pendant un instant, Orris fut incapable de continuer. Sa pomme d'Adam montait et descendait comme s'il s'efforçait d'avaler quelque chose qui ne passait pas.

– Ma raison me disait que les Immondes n'étaient pas comme nous. Ils ne sont pas aussi sensibles à la douleur et aux souffrances. Mais j'ai ressenti quelque chose pour eux. C'était plus fort que moi. Je n'ai pas supporté de rester. Je suis parti en courant, j'ai dit des choses folles, je ne me contrôlais plus... Oh, quelle honte, Colbert ! Quelle honte !

Col aussi eut honte pour lui. Avant cela, il était curieux, mais à présent, il regrettait que son père n'eût pas gardé ses secrets.

– Je suis désolé, dit-il. Désolé de prendre votre place.

– Non, ne le sois surtout pas, répondit Orris avec une soudaine fougue. Je ne veux pas que tu le sois. Je veux que tu portes haut ta réussite. Sois fier de ta force de caractère. Félicite-toi de ne pas avoir hérité de ma faiblesse. Tu ne dois pas reproduire mes erreurs.

Sous le morne regard de crapaud de son père, Col ne trouva rien d'autre à dire que ce qu'il avait déjà déclaré dans la salle Northumberland.

– Je servirai ma famille et ma reine, monsieur.

Orris parut satisfait.

– Oui, tu es exempt de tare maladive. Tu prouveras que ce n'était qu'une aberration. Quoi qu'il me soit arrivé, le sang des Porpentine coule bien dans les veines de mon fils.

En silence, ils poursuivirent leur chemin jusqu'au Pont 53. Col se fit une promesse : il honorerait son père, en fils dévoué, mais serait aussi différent de lui que possible. Il comprenait maintenant ce qui clochait chez Orris Porpentine, le halo d'échec qui le suivait comme une odeur. Col fit le vœu de ne jamais, jamais avoir cette aura.

La dernière volée de marches les mena jusqu'à une porte blindée. Elle était gardée par un enseigne de vaisseau armé d'un fusil à long canon. Col regarda le fusil de tous ses yeux. Il avait déjà vu des armes sur des gravures, mais jamais dans la vraie vie.

– Monsieur Colbert Porpentine, annonça Orris en reculant d'un pas. Pour voir Sir Mormus Porpentine.

L'enseigne sortit de sa torpeur, tourna une poignée et ouvrit la porte en grand.

– La Passerelle est là-bas, Colbert, dit Orris en baissant la voix. Tu feras ce qu'il faut, je le sais.

– Vous ne venez pas ?

– Non, pas moi. Mais toi, vas-y.

Col put à peine supporter le sourire triste et plein d'espoir de son père. Il s'avança à la rencontre de son grand-père.

6

Sur la Passerelle régnait un parfait tohu-bohu d'activités organisées : au moins trente officiers manœuvraient des leviers, faisaient tourner des cabestans, lançaient des ordres dans des tuyaux. Les unités de contrôle s'alignaient, armoires carrées en bois sombre et poli affichant cadrans de verre et cuivres rutilants.

Depuis le seuil, Col constata que le sol s'élevait par degrés jusqu'à une large baie vitrée qui s'arrondissait à l'avant. Tout en haut trônait Sir Mormus Porpentine, assis dans un fauteuil de bois sculpté. À travers les vitres on voyait du ciel bleu et des nuages blancs, beaucoup plus bleu et plus blancs que sur n'importe quel tableau.

Un officier supérieur, avisant Col, parla à l'oreille du commandant suprême.

– Gardez le cap sur le détroit de Palk ! tonna Sir Mormus.

Il se leva de son siège et descendit rejoindre Col à l'entrée.

– Eh bien, mon petit-fils. Que penses-tu de la Passerelle ?

– C'est stupéfiant, monsieur. Il y a tant de choses à contrôler !

Sir Mormus approuva de la tête.

– Chacun des hommes connaît son rôle. Une simple fausse manœuvre au mauvais moment, et les conséquences seraient désastreuses.

Il désigna une batterie de cadrans surveillée par trois officiers.

– Sans eux, par exemple, nos essieux entreraient en surchauffe par manque de lubrification, et nos moteurs se bloqueraient.

Puis il lui montra cinq autres officiers qui s'affairaient au-dessus d'une rangée de leviers.

– Et si ceux-là n'équilibraient pas la pression de la vapeur dans nos chaudières, elles exploseraient et nous détruiraient tous. C'est un système subtilement réglé, mon garçon.

– Et vous, monsieur, connaissez-vous la fonction de toutes les commandes ?

– Suffisamment, suffisamment. Moi, je commande aux commandes.

Il toucha les clés suspendues à son cou par une chaîne en or, et un sourire plein de morgue passa sur ses traits.

– Elles ne sont pas là seulement pour le décorum, tu sais.

Après quoi, il se retourna et claqua des doigts en direction de l'officier le plus proche.

– J'ai besoin de votre veste pour mon petit-fils, Mawser.

Ce dernier retira sa veste, ornée du galon doré de lieutenant de vaisseau. Col était assez grand pour remplir les manches et les épaules, mais son torse était encore trop mince.

– Aujourd'hui, nous allons admirer la vue depuis le sommet, annonça Sir Mormus.

Col le suivit jusqu'à un escalier raide qui s'ouvrait sur le côté de la Passerelle. Les échelons métalliques tremblèrent sous le poids de Sir Mormus.

Ils traversèrent le plafond pour déboucher dans une petite pièce circulaire, telle une tour de garde. Puis Sir Mormus déverrouilla une porte qu'il franchit énergiquement.

C'était extraordinaire. Sur les pas de son grand-père, Col se retrouva plongé dans un univers de fraîcheur et de soleil. Tout était ouvert, de tous les côtés ! Il n'avait jamais rien connu d'aussi merveilleux. Le vent froid ébouriffait ses cheveux et lui piquait les joues. Il ouvrit la bouche et laissa l'air frais lui emplir les poumons.

Ils étaient sortis sur une plate-forme perchée au-dessus de la Passerelle. Partout autour d'eux, des mâts et des câbles soupiraient et chantaient dans le vent. Col contempla une poignée de petits nuages moelleux, si proches qu'il avait l'impression de pouvoir les toucher de la main. Il aurait pu rester là à jamais, à profiter du soleil et de l'air sur son visage. C'était comme s'il voguait dans le ciel.

Mais déjà son grand-père s'avançait à grands pas jusqu'à un garde-corps d'acier massif qui cernait la plate-forme à hauteur de la taille. Col se hâta de le rejoindre. Lui aussi se pencha en avant et contempla les environs.

Tout était si vaste que le regard s'y perdait. On voyait les ponts de métal gris du *Worldshaker*, loin, loin en dessous... mais surtout, le paysage qui s'étendait en tous sens et se déployait dans le lointain. Un vaste panorama de forêts, de collines et d'océans !

– Qu'en dis-tu, mon garçon ?

Ce qu'il en disait ? Il n'aurait su mettre des mots sur ce qu'il ressentait. On aurait dit que les cartes de son atlas avaient pris vie. Il suivit des yeux la limite sinueuse entre le bleu de la mer et les couleurs de la terre.

– Où sommes-nous, monsieur ? (Il pointa le doigt devant lui.) Et ça, qu'est-ce que c'est ?

– Ça ? C'est la côte orientale de l'Inde du Sud. Nous avons traversé les monts Nilgiri et la vallée de Marthanda. Tu vois ces taches vert clair et brunes ?

Col suivit le regard de son grand-père.

– Oui, monsieur.

– Des plaines cultivées. Une agriculture primitive. Et ces taches d'un jaune plus pâle, les vois-tu ?

– Oui, monsieur.

– Les villages et les villes autochtones. Les petites capitales de ces royaumes de pacotille. Nous atteindrons la côte dans trois heures, et nous traverserons le détroit de Palk pour rejoindre Ceylan.

L'île de Ceylan n'était qu'un vague contour de terres basses, à peine visibles sur l'horizon.

– L'eau est si peu profonde que nous pourrons traverser sur nos rouleaux, sans passer à la propulsion à hélices, poursuivit Sir Mormus. En tant que futur commandant suprême, il faut que tu comprennes ce genre de choses.

Col était perplexe.

– On dirait que nous ne bougeons pas du tout.

Sir Mormus émit un grondement amusé.

– Ici, sur la passerelle, nous sommes à quatre cents mètres au-dessus de la terre, mon garçon. Au sol, nous avançons plus vite qu'un cheval au galop. Garde les yeux sur cette ligne sombre, là-bas.

– Qu'est-ce, monsieur ?

– Le fleuve Vaigai. Nous roulerons dessus dans quelques minutes.

Devant eux, la ligne sombre s'étirait juste un peu au-dessus de la proue arrondie du mégalonef. Col, en la fixant du regard, vit l'intervalle entre les deux se réduire peu à peu. Il aperçut encore un instant le miroitement de l'eau, puis la proue le cacha en effet à sa vue.

– À quoi ressemblent nos rouleaux, monsieur ?

– Ils sont au nombre de trois cent quarante, et chacun pèse huit cents tonnes.

Col s'efforça d'imaginer les rouleaux franchissant le fleuve Vaigai, mais l'imagination lui manqua.

– Nous les faisons nettoyer à chaque escale dans une station houillère, poursuivit Sir Mormus. Sais-tu ce qu'est une station houillère, mon garçon ?

– Non, monsieur.

– C'est une base où nous faisons le plein de charbon et de

matériaux bruts. Nous devons reconstituer les stocks tous les dix-huit mois. Le prochain arrêt est prévu dans un mois.

Col se remémora les points rouges qu'il avait vus sur les différents continents dans son atlas.

– Comme Gibraltar et Hong Kong, monsieur ?

– Oui, ou encore Singapour, Le Cap, Botany Bay. Des avant-postes du Vieux Pays. Des places fortes et des dépôts.

Sir Mormus abattit ses mains sur les épaules de Col pour le faire pivoter.

– À présent, regarde de l'autre côté.

La vue vers la poupe était en grande partie obstruée par une haute cheminée noire qui surgissait à l'arrière de la plate-forme ; derrière, des conduits similaires s'alignaient à l'infini. Tous émettaient de la fumée et laissaient une longue traînée sale dans le ciel.

– Vois donc nos grues, ajouta Sir Mormus.

Il voulait parler des bras d'acier qui sortaient des flancs du mégalonef à des angles variés.

– Ce sont elles qui chargent le charbon.

Même dans son champ de vision restreint, Col apercevait des dizaines et des dizaines de grues. Des pelles énormes, telles des mâchoires, se balançaient en l'air, suspendues à des câbles. Elles tournaient et s'abaissaient sous ses yeux.

– Que font-elles en ce moment, monsieur ?

– Du commerce, mon garçon. Notre mégalonef ne vit que de commerce. Nous échangeons des biens manufacturés contre des matériaux bruts. Commerce et profit, c'est le principe de l'Empire. Un commandant suprême détermine la route la plus favorable au commerce. Es-tu décidé à en faire autant, Colbert ?

– Oui, monsieur.

De ses mains qui lui agrippaient toujours les épaules, Sir Mormus fit faire un tour complet à Col sur lui-même. Les grues affairées... la gigantesque superstructure... le paysage déployé comme une carte...

– Tout cela est à toi, Colbert. Tu régneras sur ce mégalonef et sur tous ses passagers. Dix mille personnes.

– Y compris les Immondes, monsieur ?

– Dix mille personnes et deux mille Immondes.

Encore un tour sur lui-même. Le vent bourdonnait aux oreilles de Col et brouillait sa vision.

– Ce colosse de fer, Colbert, cette montagne mécanique, cette force de domination... tu seras lui et il sera toi. Est-ce conforme à ton désir ?

– Oh oui, monsieur.

Et c'était vrai, c'était vrai ! La majesté de tout cela lui donnait le vertige, le grisait. Il ne pensait plus à son devoir envers la famille Porpentine ni à la reine Victoria. C'était pour ceci qu'il était né, c'était son héritage !

Sir Mormus lui lâcha les épaules.

– Tu seras à la hauteur, mon garçon. Tu seras à la hauteur.

Col se redressa légèrement, se campa fermement sur ses deux pieds et but des yeux le gigantesque panorama qui l'entourait. « Colosse de fer ». « Montagne mécanique ». « Force de domination ». Son cœur se gonfla d'orgueil.

Mais déjà son grand-père n'était plus à ses côtés. En se retournant, il vit que Sir Mormus avait regagné la tourelle. Il le suivit à regret.

– Allons-nous descendre jusqu'en bas, monsieur ?

– Es-tu prêt à voir le Dessous, mon garçon ? Prêt pour les machines et les Immondes ?

– Je le crois, monsieur.

Col se sentait prêt à tout.

Sir Mormus émit un grondement approbateur.

– Bien. Mais pas aujourd'hui.

Il fit rentrer Col dans la tourelle et referma la porte.

– Je te mènerai à un poste d'observation demain matin.

7

Ce matin-là, Col n'eut pas de leçon avec son précepteur. À son retour au Pont 42, sa mère fit prendre ses mesures pour la confection de son uniforme scolaire. Elle avait même décidé de l'emmener elle-même chez le tailleur. Ils se mirent en route, accompagnés de la Larbine favorite de Quinnea, Missy Jip, qui portait les sacs de sa maîtresse, ses vêtements de rechange et son tabouret pliant.

La mère de Col était une femme fine et éthérée, dont les cheveux couleur feuille morte s'envolaient au moindre souffle d'air. Elle avait la peau si pâle que l'on voyait ses veines au travers, et même ses dents étaient presque translucides. Col l'aimait, bien sûr, mais elle n'avait toujours été qu'une vague présence fantomatique dans sa vie.

Le tailleur, M. Prounce, se trouvait au Pont 33. Les Ponts 31 à 33 constituaient la zone manufacturière du mégalonef, l'emplacement de toutes sortes d'industries légères, de l'horlogerie à la cordonnerie en passant par la maçonnerie et la menuiserie. Les coursives étaient éclairées par des ampoules nues et les ateliers sentaient la peinture, la colle, le cuir et encore cent autres odeurs fortes.

Quinnea se pinçait le nez et avançait avec une prudence exagérée, comme si elle marchait sur des œufs.

M. Prounce occupait l'un des ateliers les plus cossus. Il avait des dizaines de Larbins sous ses ordres, penchés sur des machines qui cliquetaient sur de longues tables étroites.

C'est donc ainsi qu'on fabrique les vêtements, pensa Col en réalisant avec étonnement qu'il ne s'était jamais posé la question.

– Deux uniformes scolaires complets, dit M. Prounce en caressant sa fine moustache. Bien sûr, bien sûr, chère madame.

C'est avec des mains infiniment respectueuses qu'il apposa son mètre de couturier contre les épaules de Col, autour de sa taille et le long de ses jambes. Quinnea détourna les yeux.

– Avant lundi, lui dit-elle.

– Je viendrai moi-même vous les livrer samedi soir.

M. Prounce s'inclina en lui présentant la fiche à signer.

– Quelle vulgarité chez cet homme ! commenta-t-elle par la suite. On rencontre de si viles manières dans la classe des artisans !

Elle tint à escorter Col jusqu'à sa cabine. Elle se comportait comme une mère sur le point de perdre à jamais son fils bien-aimé.

– Je dois absolument retourner voir ta chère petite chambre, dit-elle. Combien de fois encore la reverrai-je ?

Pendant que Missy Jip attendait sur la coursive, Quinnea entra. Elle était essoufflée d'avoir marché et gravi des escaliers.

– Pas de chaise ? Je m'assoirai donc sur ton lit. Je me sens si faible.

Elle se jucha sur le bord du lit et tapota sa chevelure.

– Oh, Colbert, Colbert, murmura-t-elle. T'imaginer en uniforme scolaire... Il y a si peu de temps, me semble-t-il, que je t'emmaillotais dans ta layette.

Aussi loin qu'il pût s'en souvenir, Col avait toujours été habillé par Missy Jip ou une autre Larbine. Mais peut-être que quand il était tout petit...

– Je tremble à l'idée que tu vas sortir dans le monde, poursuivit Quinnea. Penser que tu vas grandir, devenir un homme... c'est trop pour moi.

– J'espère vous rendre fière de moi, Mère.

– Oh, je le serai. Terriblement fière. Mais le cœur d'une mère... les soins d'une mère... les frayeurs d'une mère...

– Et puis je dois d'abord terminer ma scolarité.

– Mais *le lycée*, Colbert ! Sais-tu combien d'élèves il y a là-bas ? Des centaines ! *Des centaines !* Garçons et filles !

– De quel lycée s'agit-il, Mère ?

– De l'académie du Dr Blessamy, bien sûr. C'est le seul établissement qui soit exclusivement réservé aux enfants des familles supérieures. Mais pas aussi supérieures que la nôtre. Qui veillera sur toi ?

– Je suis capable de veiller sur moi-même.

– Oh, ils peuvent être si brutaux, Colbert. Si turbulents ! Ils jouent pendant les récréations ! Ils courent ! Ils crient ! Je les ai vus !

Elle se montait la tête et se rapprochait de la crise de nerfs. Ses mains tremblaient et elle se tapotait les cheveux si violemment qu'un de ses peignes en tomba. La moitié gauche de son chignon s'effondra immédiatement en mèches pendantes et désordonnées.

– Moi-même, on a dû me retirer de l'école, sais-tu ? Je ne supportais pas la craie. Et tous les bureaux... les crayons...

Col se baissa pour ramasser le peigne tombé. Il allait lui dire que la craie, les bureaux et les crayons ne le dérangeaient pas... mais au lieu de cela, il étouffa un cri.

Quinnea sursauta et gémit encore dix fois plus fort.

– Oh ! Ooh ! Qu'y a-t-il ?

Col se redressa, le peigne à la main.

– Rien. Rien du tout.

– Sont-ce mes pieds ? Mes chevilles ?

– Non, Mère. Vous allez bien. Vos chevilles vont très bien.

Il s'efforça de paraître calme et s'obligea à détourner le regard. Mais du coin de l'œil, il voyait toujours le visage de la fille Immonde, sous son lit, qui le regardait d'un air narquois. Il était transi d'horreur. Il vivait un cauchemar éveillé.

Il tendit le peigne à sa mère, qui le prit mais ne sut pas quoi en faire. Elle tira sa jupe sur ses genoux et serra les chevilles.

– Oh, ma pauvre tête ! J'ai tort de me laisser aller à de tels débordements. Les émotions fortes ne me valent rien. Je suis dans tous mes états. Regarde-moi !

Col ne savait plus que faire.

– Voulez-vous vos sels ?

– Non. Si. Non. Si. Non.

Quinnea était incapable de se décider. Ses mains tremblotaient toujours, ses genoux s'entrechoquaient.

Sous le lit, le regard de la fille Immonde contournait les jambes de Quinnea. Elle lui souriait !

– Vous devez être fatiguée, dit Col à sa mère. Vous feriez bien de regagner vos appartements pour aller vous allonger un long moment.

La fille fit une grimace et mima un bâillement. Col sentit son sang bouillir. Quelle impertinence !

Comme de loin, il entendait sa mère soupirer et répéter « Oh, Colbert ! », encore et encore. Elle ne semblait pas opposée à l'idée de s'allonger un long moment.

– Venez donc.

Il l'aida à se remettre debout. Si elle avait baissé les yeux à cet instant... Il veilla à bavarder sans discontinuer tout en guidant ses pas chancelants vers la porte.

– Nous y voilà. C'est très bien. Voici la coursive. Vous sentez-vous capable de vous débrouiller avec Missy Jip ?

Il n'attendit pas la réponse. Après un rapide au revoir, il fit volte-face pour se retrouver dans sa cabine et referma la porte.

La fille Immonde était toujours sous le lit. Il se laissa tomber à quatre pattes pour l'affronter.

– Que... Vous... Comment osez-vous ? balbutia-t-il.

– Te voilà, *Colbert* ! Je passais dans le coin, alors je me suis dit que j'allais te rendre une petite visite. Tu n'as pas l'air ravi de me voir, *Col-bert* ?

Elle prononçait son prénom comme l'avait fait sa mère, d'une voix chevrotante, épuisée. Il n'en revenait pas de son insolence.

– Comment osez-vous vous moquer de ma mère ?

– Oh, ah. Le fiston défend sa maman, c'est ça ?

– J'aime ma mère et je la respecte.

– Tu m'as pas eu l'air très aimant, pourtant. Une étrange famille que t'as là, Col-bert.

– Parce que vous vous y connaissez en famille, peut-être ? Nous sommes les Porpentine. La famille la plus importante de tout ce mégalonef.

– Ah oui ? Alors comme ça, tu t'appelles Col-bert Porpin-touin ?

– Porpen*tine*. Mon grand-père est le commandant suprême et je serai commandant suprême après lui.

– Eh ben, te voilà verni.

Le sourire goguenard ne quitta pas son visage tandis qu'elle s'extirpait de sous le lit et se levait pour lui faire face. Il remarqua quelque chose de changé dans son apparence... puis il vit le livre dans sa main.

C'était un livre *à lui*, un ouvrage sur les montagnes et les volcans.

– Hé ! Où avez-vous pris ça ? Vous l'avez volé dans ma bibliothèque !

– Je faisais rien que le regarder. T'énerve pas !

– Le regarder ? Pourquoi une Immonde voudrait-elle regarder un livre ? Vous ne savez pas lire.

– Seulement parce que j'ai jamais eu l'occasion d'apprendre. Si j'avais appris, j' te parie que je saurais lire dix fois mieux que toi.

Col se récria.

– Si vous l'avez sali...

Puis soudain, il comprit ce qu'elle avait de différent. Elle n'était plus sale ! Sa peau était éclatante, même ses cheveux paraissaient plus doux et soyeux...

– Ben ouais, j' me suis lavée, dit-elle en désignant sa table de toilette. Ça te dérange pas, hein ?

Elle se moquait de lui. Il contempla fixement les marques sur la bassine en émail, les taches sur sa serviette. Il s'étonnait qu'une Immonde pût réellement avoir *envie* de se laver.

– Sortez d'ici ! cracha-t-il. Rentrez chez vous !

– C'est ce que je ferai dès que j'aurai trouvé le moyen.

– Vous n'aurez qu'à redescendre comme vous êtes montée.

– Sois pas idiot. M'ont pêchée avec leur crochet. Ça marche pas dans l'autre sens. Faut que je trouve une échelle, un escalier ou je sais pas quoi.

– Eh bien, cherchez.

– Et je fais quoi, à ton avis ? (Elle fronça les sourcils.) J'ai fouillé tous les étages du bas. Les cuisines, les buanderies, les réserves.

Col ne s'était jamais rendu dans aucun de ces lieux.

– Vous allez vous faire prendre. Vous avez déjà de la chance d'avoir tenu si longtemps.

– De la chance ? Me fais pas rigoler. Qui c'est qui va m'attraper ? Vous, les gens des ponts supérieurs, vous êtes trop lents. Je vois vos officiers bien avant qu'y me voient. Je suis rapide.

Elle exécuta une sorte de danse fanfaronne en agitant les bras. C'était vrai, elle était rapide, Col devait l'admettre : presque trop pour que les yeux pussent la suivre. Mais c'était de l'esbroufe, elle se donnait en spectacle. Une personne convenable aurait eu plus de retenue.

– Vous gaspillez toute la place à rester plantés ainsi, complètement guindés, le railla-t-elle.

– Nous assurons la planification, objecta Col, citant son précepteur. « Le rôle de la tête est de faire des plans pour le corps. » Nous sommes la tête, vous êtes le corps.

– La bonne excuse pour se gaver de tout ce qui est bon, répliqua-t-elle en embrassant du geste le contenu de la cabine de Col. Et des livres, et des lits, et des coussins, et des tapis... Vous méritez rien de tout ça ! On devrait vous le prendre !

Col était horrifié.

– Bien. C'en est trop. J'appelle les officiers.

– C'est ça, appelle-les donc. (Elle plissa les yeux.) Mais je leur dirai ce que t'as fait.

– Comment ça ?

– Que tu m'as cachée dans ton armoire. Pour qu'y me trouvent pas.

– Ils ne vous écouteront pas.

– Tu veux qu'on parie ?

Col était complètement désarçonné. C'était un piège qu'il n'avait pas vu venir.

Elle lui décocha un sourire malicieux.

– Je me tire. Peut-être bien que je repasserai un de ces jours.

Elle s'approcha de la porte. Juste à temps, Col vit qu'elle tenait toujours son livre... et elle le cachait volontairement derrière son dos, en plus !

– Non !

Son exaspération s'embrasa dans un accès de rage. Il bondit derrière elle et agrippa le livre à deux mains.

Pourtant, elle refusa de lâcher. Il tira dessus de toutes ses forces, lutta pour le récupérer. Bras contre bras, hanche contre hanche. Dans la chaleur de l'instant, il en oublia d'être dégoûté par le contact avec une Immonde.

Mince et nerveuse, elle se tortillait comme une anguille ; mais il avait une meilleure prise sur le livre. Il le lui arracha et le tint en sécurité contre son torse. La fille se détourna en haussant les épaules.

– D'accord, Col-bert. Maintenant, tu peux être sûr que je repasserai.

Elle entrouvrit la porte et jeta un coup d'œil dans la coursive. Puis elle se retourna pour le regarder.

– Au fait, tu m'as jamais posé la question, mais je m'appelle Riff.

Et dans l'instant, elle disparut.

8

Debout devant le miroir, Col examinait son reflet. Il était encore pantelant de s'être battu et avait les joues en feu. Il traversa la cabine jusqu'à sa table de toilette, mouilla un linge et le pressa contre ses pommettes. Il fallut plusieurs minutes pour que son visage retrouvât sa couleur.

Puis il retira sa chemise et se lava les bras et le torse... tous les endroits où elle avait pu le toucher, même à travers son vêtement. Il usa abondamment du savon et de la brosse. Il nettoya également la cuvette en prenant soin de faire disparaître toute trace laissée par l'Immonde.

C'était tellement injuste ! Pourquoi lui ? Pourquoi maintenant ? Juste au moment où sa vie prenait si belle tournure, pourquoi cet incident-là devait-il se produire ?

Si seulement elle avait pu retourner au Dessous... Mais plus il y pensait, plus il doutait que ce fût possible. S'il avait existé un moyen de descendre, les Immondes auraient pu monter par le même chemin. Les concepteurs du *Worldshaker* avaient certainement veillé à ce que cela ne pût arriver.

Au moins, il ne la revit pas de tout l'après-midi. Il avait un cours de danse avec Mme Landry, suivi d'un entraînement de fleuret avec M. Bantling, et enfin une séance de puzzle dirigée par Mme Canabriss. Puis venait l'heure du dîner dans la salle Northumberland.

Le dîner se composait de rosbif, de pommes de terre et d'une chose qui ressemblait à du chou, le tout noyé dans une sauce brune à l'impériale. Mais Col était incapable de se concentrer sur sa nourriture. Il se remémorait sans cesse ces mots : « Tu peux être sûr que je repasserai. » C'était comme une malédiction suspendue au-dessus de lui.

– Tu ne manges rien, lui fit sèchement remarquer Gillabeth depuis l'autre côté de la table. Qu'est-ce qui ne va pas ?

Il reprit ses couverts et attaqua sa viande.

Antrobus aussi l'observait. Le petit frère de Col avait atteint l'âge de trois ans sans prononcer le moindre mot d'enfant ni même babiller, mais ses yeux se fixaient sur les choses et les êtres avec un air de profonde concentration. Pendant tout le dîner, ils restèrent rivés sur lui.

Col trouvait cela perturbant. Comme il se sentait intérieurement coupable, il imaginait des accusations partout. Et pourtant, il ne pouvait s'empêcher de penser sans arrêt à Riff. C'était exaspérant que même son nom lui fût resté en tête. Jusqu'à ce jour, il n'avait même jamais envisagé que les Immondes pussent porter des noms.

Il existait tant de choses qu'il ignorait et ne pouvait demander à sa famille ! Mais peut-être aurait-il l'occasion de questionner le professeur Twillip. À la fin du dîner, il décida d'aller faire un tour à la bibliothèque Norfolk.

La bibliothèque était un havre de paix et de civilisation situé au Pont 44. Des rayonnages et des rayonnages de livres reliés de cuir s'élevaient de tous côtés dans la pénombre. En entrant, Col vit le professeur Twillip qui travaillait à une table sous l'unique lampe électrique.

– Bonsoir...

Le précepteur se retourna brusquement en entendant Col approcher et le regarda par-dessus ses lunettes.

– Tiens, Colbert. Cite-moi le philosophe grec le plus important avant Platon.

– Euh... Socrate ?

– Exact. Comment écris-tu « philologie » ?

Les leçons avec le professeur Twillip commençaient toujours par une rapide salve de questions. C'était un homme rondelet au visage si rose qu'il brillait comme un phare. Bien qu'il fût entre deux âges, sa peau était aussi lisse que celle d'un jeune garçon ; comme pour compenser cela, ses cheveux floconneux étaient blancs comme neige. Il débordait toujours de nouvelles passions érudites, dont la plus récente était la philologie.

Col secoua la tête. Il n'était pas là pour une leçon.

– Ah oui, bien sûr, bien sûr. (Le professeur Twillip remonta ses lunettes sur son nez.) Je retombais dans mes vieilles habitudes. Plus de leçons. Tu vas aller au lycée pour te préparer à un grand avenir, à ce qu'on m'a dit. Félicitations, Colbert.

Il sourit comme un homme qui ne prononce jamais une parole si elle n'est pas sincère.

– Que ferez-vous quand vous n'aurez plus d'élève ? lui demanda Col.

– Oh, je m'y habituerai, sans doute.

Le professeur Twillip embrassa toute la bibliothèque d'un geste large.

– J'ai tant de livres à lire encore... Je n'ai même pas terminé les philosophes grecs. Ensuite, il y a les rationalistes et les empiristes des XVIIe et XVIIIe siècles. Puis l'époque impériale et les paternalistes modernes.

Col vit là sa chance.

– Qui a dit : « Le rôle de la tête est de faire des plans pour le corps », déjà ?

– C'est Fenwick, l'un des chefs de file des paternalistes. Dans *La Hiérarchie de l'homme*, 1872.

– Parce que le corps n'a pas l'intelligence de faire des plans pour lui-même ?

– Très juste. Tandis que la tête est le siège de la raison, de la logique et du langage.

– Du langage ? dit Col en fronçant les sourcils. Alors les Immondes et les Larbins ne savent pas parler ?

Si le professeur fut surpris d'entendre nommer directement les Immondes, il s'en remit rapidement.

– Eh bien, les Larbins comprennent, mais ne parlent pas. Quant aux Immondes... ma foi, je n'y ai jamais vraiment réfléchi.

– Que se passe-t-il pendant la formation ?

– La formation ?

– Lorsque les Immondes sont transformés en Larbins.

– Ah... Tu me connais, Colbert, je suis un indécrottable intellectuel. Je suis bien ignorant dans les domaines pratiques comme celui-ci, je le crains. (Le professeur parcourut les rayonnages du regard.) Je me demande où je pourrais trouver cette information. Ce n'est pas le genre de sujet sur lequel on écrit des livres.

– C'est un tort.

– Qu'est-ce qui te rend si curieux ? (Twillip repoussa ses lunettes sur son front et le regarda par en dessous.) Ah, je crois que je devine. Tu seras très bientôt concerné par ces questions, n'est-ce pas ? C'est peut-être toi, alors, qui pourras me l'apprendre.

Leur relation avait changé, comprit Col. Il s'était toujours senti inférieur à son précepteur, mais à présent, d'une certaine manière, c'était celui-ci qui était en dessous de lui.

– Nos leçons vont me manquer, dit-il tout à trac.

– À moi aussi, Colbert, à moi aussi. Tu as été un excellent élève, très travailleur. Mais je pense qu'il est bon que tu passes à autre chose. Au fond, tu es plus fait pour agir que pour penser.

– J'aimerais devenir un homme aussi bon que vous, professeur Twillip.

– Ah, Colbert, il est bien plus facile d'être bon en théorie. Tu changeras le monde un jour. J'ai une grande foi en toi.

Il joignit les doigts et sourit. Il le regardait droit dans les yeux, et pourtant il ne devinait rien. *Si seulement vous saviez ce que j'ai fait*, avait envie de lui confier Col.

Mais à la place, il déclara :

– La franchise est la plus importante de toutes les vertus. C'est ce que vous m'avez enseigné.

– Oui, Colbert, et je suis sûr que tu seras à la hauteur. Dire la vérité est notre seule raison de nous trouver au sommet de la hiérarchie naturelle. Les créatures inférieures n'ont pas notre instinct de l'honnêteté et de l'intégrité, comme disait Fenwick. Ou bien était-ce Carrington ?

Col avait l'impression étrange que ses yeux étaient devenus un écran opaque, et qu'il pouvait avoir toutes les pensées qu'il voulait derrière. Comme il n'avait jamais eu de secret de toute sa vie, il était ébahi de découvrir avec quelle facilité on pouvait les cacher.

Le professeur observait de nouveau les rayonnages ; encore une minute, et il chercherait les volumes de Fenwick et de Carrington. Le sujet des Immondes était oublié. Il était temps de partir.

– J'ai eu beaucoup de chance de vous avoir comme précepteur, professeur Twillip.

Celui-ci s'illumina de plaisir.

– Bah, merci, merci. C'est très gentil à toi.

Col hésita à lui serrer la main, mais conclut que ce serait un geste déplacé. Il se dirigea vers la porte de la bibliothèque.

Il avait la sensation que de nouveaux espaces s'ouvraient en lui, des lieux profondément intimes qui n'avaient jamais existé auparavant. Il n'aimait pas tellement ce sentiment. Qui aurait deviné que l'intérieur et l'extérieur pouvaient être si dissemblables ?

9

Ce soir-là, Col barricada sa chambre en tirant sa bibliothèque devant la porte. Pas question de laisser cette Immonde – cette Riff – se glisser chez lui. Quand la cloche du matin le réveilla, huit heures plus tard, il était bien reposé par une bonne nuit de sommeil et Riff ne lui semblait plus si importante. Ce qui comptait, c'était la splendeur de sa future carrière.

Sir Mormus était absent de la table du petit déjeuner, mais il avait laissé à Lady Ebnolia un message pour Col.

– Il a dit qu'il te rejoindrait au Pont Premier, lui répéta-t-elle. Le quartier-maître de première classe Drummel t'y escortera.

La grand-mère de Col était petite et délicate, avec la taille la plus fine qui soit et le plus doux des sourires.

Après le petit déjeuner, Col trouva le quartier-maître Drummel qui l'attendait sur la coursive à la sortie de la salle Northumberland. Ils descendirent l'escalier qu'il avait emprunté la veille pour se rendre chez le tailleur, puis bifurquèrent pour prendre un autre chemin. Ils dépassèrent les ponts manufacturiers pour descendre à des niveaux qu'il n'avait jamais vus.

Les Ponts 20 et 21 étaient les ponts dortoirs, où les Larbins épuisés dormaient entre les services. Au Pont 19, Col put voir les cuisines, où des maîtres coqs supervisaient la préparation des repas dans des fours gigantesques. Au Pont 10, ils passèrent devant les buanderies, qui sentaient la lessive et le linge repassé.

Il se souvint que Riff avait mentionné les cuisines et les buanderies. Donc, elle aussi devait avoir visité ces niveaux... mais non, il secoua la tête. Il ne voulait pas penser à elle.

Au Pont 6, ils longèrent des salles obscures remplies de terre sur plusieurs pieds de profondeur. En jetant des coups d'œil par des ouvertures semblables à des fenêtres mais dépourvues de vitres, Col vit des stèles de pierre dressées qui formaient des alignements pâles. De la terre elle-même s'élevait une odeur de moisi, de renfermé.

– Qu'y a-t-il dans ces salles ? demanda-t-il.

– Les enterrés, répondit laconiquement Drummel. Nous les appelons les salles cimetières.

Col ne put s'empêcher de se demander d'où venait la terre. Avait-elle été puisée en route par les grues qu'il avait vues ? Ou bien chargée au moment de la construction du *Worldshaker*, un siècle et demi plus tôt ? L'idée de salles remplies de terre immémoriale et de corps depuis longtemps décédés lui hérissa les poils de la nuque.

Le Pont 4 était une zone de réparations emplie de poutres empilées, de feuilles de métal, de liège, de toile de jute, de cordages lovés et de câbles embobinés. Plus bas encore, un pont était entièrement dévolu au bétail, entassé en batterie dans des enclos. Col réussit à reconnaître les poulets, les chèvres et les moutons grâce aux illustrations de son *Grand Livre des animaux*. Écrasées les unes contre les autres, le regard vide et triste, les bêtes n'avaient même pas l'énergie de lever la tête.

Les deux ponts suivants faisaient office de garde-manger. Col sentit l'odeur des céréales, du thé, des fruits secs, de la saumure et de la viande séchée. Drummel le guida jusqu'à un espace dégagé parmi les boîtes et les sacs, puis s'arrêta.

– Nous allons attendre ici, déclara-t-il.

Col tapota le sol métallique avec son pied.

– Les machines doivent être juste en dessous de nous ?

– Non, nous ne sommes qu'au Pont Premier. Ensuite, il y a encore le Pont Zéro. *Puis* le Dessous.

Cinq minutes plus tard, Sir Mormus arriva. Il se tenait sur la plate-forme d'un ascenseur qui descendit du plafond entre quatre piliers verticaux. Il y eut des chuintements, des sifflements, un raclement de chaînes et des claquements mécaniques. La plate-forme s'arrêta dans un grand *pchhht !* relâché par une soupape.

Sir Mormus, surgissant à grandes enjambées du panache de vapeur, congédia Drummel et fit signe à Col de le suivre. Ils avancèrent au pas de charge entre les tonneaux et les caisses, jusqu'à un autre espace libre. Au centre s'ouvrait un trou profond, dans lequel s'enfonçaient des marches.

Ils descendirent jusqu'à une porte d'acier massif, sur laquelle il était inscrit en lettres rouges :

PORTE 17
ACCÈS RÉSERVÉ AU PERSONNEL AUTORISÉ

– Regarde ailleurs, lui intima Sir Mormus.

Trois petites roues dentées, entourées de chiffres, étaient insérées dans la porte. Col détourna le regard pendant que son grand-père posait la main sur celle du haut. Trois fois il entendit le cliquetis des rouages qui tournaient et des gorges qui tombaient en place. Lorsqu'il releva les yeux, la porte était ouverte.

Sir Mormus le fit entrer. Le monde étrange du Pont Zéro laissa Col bouche bée : des alignements de colonnes d'acier étayées par des entretoises à croisillons, des montagnes noires culminant à une altitude vertigineuse, des flaques de lumière bleutée alternant avec des zones d'ombre. Du sol au plafond, la hauteur était au moins trois fois celle d'un pont normal.

Sir Mormus reverrouilla la porte en faisant pivoter d'autres rouages à l'intérieur, puis lui indiqua le chemin. Comme ils faisaient un détour pour éviter des flaques d'eau et des taches d'huile, Col sentit une onde de chaleur s'élever à travers les semelles de ses chaussures.

Sir Mormus désigna les amoncellements noirs.

– Voici le charbon qui alimente les chaudières, mon garçon.

– Oui, monsieur. Comment descend-il vers le Dessous, monsieur ?

– Il tombe par des glissières. (Sir Mormus lui indiqua un groupe d'officiers actionnant des manivelles.) Ces hommes sont justement sur le point de libérer une fournée de charbon de l'un des réservoirs. Nous avons d'autres glissières pour nourrir les Immondes. Vois-tu là-bas ?

Col ne vit pas de glissière, mais distingua le couvercle circulaire d'une bouche d'accès. Des sacs étaient empilés à proximité.

– Que leur donne-t-on à manger, monsieur ?

– Ce dont nous ne voulons pas pour nous-mêmes.

La poussière de charbon crissait sous leurs pieds. Ils dépassèrent un assortiment de tuyauteries et de canalisations, et gagnèrent un espace fermé par une barrière disposée autour d'une tente en toile. Des feux de signalement orange clignotaient sur les piquets de la clôture.

– Oui, entre dans la tente, lui dit Sir Mormus.

À l'intérieur, une trappe horizontale reposait sur un encadrement, à quelques centimètres au-dessus du sol. La trappe affichait une inscription peinte dans les mêmes lettres rouges que celles de la porte :

POSTE D'OBSERVATION 17

– Ouvre, lui ordonna Sir Mormus.

Col s'accroupit, tourna la poignée et souleva la trappe qui s'ouvrit sur une énorme bouffée de chaleur. Le bruit du Dessous évoquait le martèlement d'un million de maillets.

Sir Mormus s'insinua dans le trou et prit pied sur une échelle. Col aperçut les pulsations d'une lumière rouge et des volutes de fumée...

Puis la fumée pénétra dans ses yeux et ses larmes l'aveuglèrent. Il descendit à la suite de son grand-père.

Cela lui rappelait un de ses vieux cauchemars d'enfance, où le sol cédait sous ses pieds et où il dégringolait dans les profondeurs en dessous de lui. Tant de fois il s'était réveillé en proie à la terreur, agrippant ses draps dans un geste désespéré tandis que des horreurs sans nom se précipitaient pour l'engloutir !

Mais il n'était pas question de montrer de la faiblesse à cet instant. Il serra les dents et poursuivit sa descente.

La fumée avait une odeur infecte d'œuf pourri. Il réprima une terrible envie de tousser et se concentra sur les barreaux de l'échelle.

Arrivé en bas, il se retrouva debout non sur un sol ferme, mais sur un fin grillage. Celui-ci trépidait au rythme des machines, comme secoué par des mains de géant. Col chancela et faillit perdre l'équilibre. Il se campa, les pieds bien écartés, et sentit les vibrations tambouriner dans ses os.

Il se frotta les yeux pour en chasser les larmes et constata que le poste d'observation était une sorte de cage. D'une surface d'environ cinq mètres carrés, elle était suspendue sous le sol du Pont Zéro. Col, regardant vers le bas à travers le grillage, entrevit d'immenses formes sombres et des éclairs de feu, semblables à la lave d'un volcan. Un maillage de fer arachnéen était tout ce qui l'empêchait de dégringoler dans la vaste fosse du Dessous.

Il détourna hâtivement les yeux. À l'autre bout de la cage, Sir Mormus s'entretenait avec l'officier de quart. Ils n'étaient guère que des silhouettes dans l'obscurité enfumée, mais Col percevait par bribes la voix tonitruante de son grand-père.

– Cessez de transpirer, mon brave... reprenez-vous... n'oubliez pas qui vous êtes...

Il paraissait fâché que l'officier eût desserré son col dans la chaleur. Le garde s'essuya le front et tripota le premier bouton de son uniforme.

Col se déplaça vers un côté de la cage, passa les doigts dans le grillage et regarda.

Il aurait aussi bien pu contempler un océan noir et déchaîné. Il n'y avait ni murs ni cloisons, mais un vaste espace caverneux qui se prolongeait à l'infini. La manière dont les bruits résonnaient laissait imaginer des dimensions aussi longues et larges que le mégalonef lui-même. De gigantesques roues et poutres métalliques s'élevaient et retombaient dans les trouées de fumée, culminant puis disparaissant. De temps à autre, les poutres les plus proches fonçaient vers la cage comme pour la faucher, jusqu'au moment où Col croyait sa dernière heure arrivée... mais chaque fois elles s'éloignaient de nouveau dans un mouvement de balancier. Plus menaçants encore étaient les geysers d'huile chaude qui surgissaient et venaient éclabousser le plafond.

Il grinça des dents et tint bon. Sa raison lui disait que les officiers restaient là pendant des heures d'affilée. Il devait absolument refouler ses réactions instinctives.

Il commençait tout juste à se détendre, lorsqu'un événement nouveau se produisit. Loin en dessous, dans quelque fossé profond, un hurlement de métal grinçant s'éleva au-dessus des pulsations du vacarme général. Puis ce furent des gerbes d'étincelles, en cascades successives, qui projetèrent une sinistre lueur jaunâtre à travers la fumée. Le grincement, un bruit de scie à vous déchirer les oreilles, monta en puissance.

Sir Mormus se tourna vers l'officier de quart.

– Envoyez-leur de la vapeur... allées 5 et 6...

L'homme tendit la main vers une rangée de leviers qui descendaient du plafond. Il en tira un, puis un autre. Un rugissement sifflant vint s'ajouter à tous les autres bruits de la fosse.

Au Dessous, un nuage de vapeur blanche apparut et se propagea. Puissant et tumultueux, il envahit les profondeurs où étaient apparues les étincelles. Col ne devinait pas ce qui se passait, si ce n'est que de la vapeur était en jeu.

Au bout de deux minutes, l'officier repoussa les leviers dans leur position d'origine. Le nuage continua de se répandre, mais plus doucement, comme en dérivant. Le rugissement sifflant avait cessé, tout comme le hurlement de métal.

Mais quel était cet autre bruit ? Tendant l'oreille, Col entendit une multitude de voix. Ce devait être les Immondes ! S'agissait-il de clameurs de protestation ou de hurlements de souffrance ?

L'espace d'un instant, il crut avoir entraperçu une masse de corps au fond de la fosse. De la peau luisante, des bras qui s'agitaient...

L'image de Riff lui vint fugitivement en tête. Ç'aurait pu être elle en bas, en train de se tordre et de jurer de douleur. Il lâcha le grillage et recula.

Sir Mormus se retourna et le vit.

– Tiens bon, Colbert ! Sois un homme !

– Ce sont les Immondes, monsieur !

– Bien sûr que ce sont les Immondes. Ils chargent le charbon pour alimenter les chaudières.

– Mais la vapeur...

– Ça les secoue quand ils commencent à tirer au flanc.

Il observait fixement Col, le sourcil lourdement froncé. Col savait exactement ce qu'il pensait. *Alors le fils est bien comme le père, finalement.*

Col se raidit. Il ne serait pas comme son père ! Jamais ce relent d'échec ! Jamais !

Il chassa de son esprit l'image de Riff. *Les Immondes ne sont pas comme nous,* se dit-il, *ils ne sont pas sensibles à la douleur ni à la souffrance. Pas comme nous, pas comme nous.*

Il se le répéta, encore et encore, et tout en le répétant, s'avança de nouveau vers le grillage. Une fois de plus, il se posta pour regarder.

Les corps amassés n'avaient dû exister que dans son imagination. Et même les cris... Les Immondes protestaient parce qu'on ne les avait pas laissé tirer au flanc. *C'est tout, rien de plus,* se dit-il.

Au bout de trente secondes, il sut qu'il allait réussir. D'ailleurs, le nuage blanc obstruait de plus en plus la vue, et les plaintes des Immondes étaient de plus en plus assourdies.

Sir Mormus l'obligea à tenir encore trente secondes. Col tâcha de comprendre l'organisation des poutres qui s'élevaient et retombaient. Il observa attentivement la cage elle-même : la porte rivetée dans la paroi de grillage, les tiges métalliques et les autres équipements accrochés au plafond au-dessus de sa tête. Il y avait des dizaines de moyens de s'occuper l'esprit sans sombrer dans des pensées indésirables.

Enfin, Sir Mormus fut rassuré. Sa main s'abattit sur l'épaule de Col.

– Très bien, mon garçon. Un vrai Porpentine.

Ils remontèrent les échelons jusqu'au Pont Zéro. Col se sentait secoué et hébété, mais triomphant.

De toute manière, se dit-il, le Dessous ne pouvait pas être si terrible, puisque Riff avait déclaré vouloir y retourner. Si ç'avait été aussi affreux qu'il y paraissait, elle ne serait pas à la recherche d'un moyen de redescendre...

En traversant le Pont Zéro, il se rendit soudain compte qu'il y avait bien un moyen. Les glissières de ravitaillement ! Si elles étaient assez larges pour un sac de nourriture, elles l'étaient assez pour Riff.

Il en regarda une en passant et vit que le couvercle était fixé par quatre gros boulons. Oui ! Un passage à sens unique entre les ponts supérieurs et le Dessous, qui ne s'ouvrait que par le haut !

Il ne lui manquait plus qu'un renseignement. Lorsqu'ils eurent atteint la porte d'acier et que Sir Mormus lui enjoignit de détourner les yeux, Col continua de regarder en douce.

Son grand-père fit pivoter la roue du haut jusqu'au cran numéro 4, celle du milieu jusqu'au 9 et celle du bas jusqu'au 2.

Col se récita le code et le fixa dans son esprit. 4-9-2. 4-9-2. 4-9-2. C'est à peine s'il eut conscience de remonter par l'ascenseur à vapeur lorsque Sir Mormus le ramena au Pont 42. À présent, il savait comment se débarrasser à jamais de la fille Immonde !

10

La routine habituelle des journées de Col fut bouleversée par les préparatifs de sa scolarité. Après le déjeuner, sa grand-mère Ebnolia l'emmena en visite à l'académie du Dr Blessamy. Dans un léger grincement de baleines de corset, elle descendit au Pont 37 en passant devant les nurseries.

Ebnolia était réputée pour sa beauté passée et sa douceur de caractère. Sa peau était toujours douce et veloutée comme de la suédine, et un nuage de parfum à la fraise flottait autour de sa personne. Pour Col, l'odeur des fraises était indissociable de l'idée de gentillesse.

– Une école convenable avec des professeurs convenables, jacassait-elle en chemin. C'est le début d'une nouvelle vie pour toi, mon chéri.

Vous ne croyez pas si bien dire, pensa Col. Lorsqu'il considérait son existence jusqu'à présent, il se faisait l'effet d'avoir à peine été là. Il se sentait comme un somnambule qui viendrait juste de se réveiller.

– Mais j'espère bien rester toujours ta grand-mère préférée ! (Ebnolia dodelina de la tête et sourit en montrant ses petites dents d'un blanc de perle.) Est-ce que tu aimeras toujours ta grand-mère préférée ?

– Toujours, répondit Col sans réfléchir.

Tout le monde aime sa grand-mère, non ?

Plusieurs coursives convergeaient vers un espace carré qui s'ouvrait devant l'académie. Le portail de l'entrée était une arche antique du Vieux Pays, ornée de hiboux en pierre taillée. Elle portait la devise *Loyauté, Intégrité, Autodiscipline*.

Ils passèrent sous l'arche et pénétrèrent dans une immense cour d'école. Col aurait presque pu se croire dehors, s'il n'avait pas fait l'expérience du vrai grand air, sur la plate-forme au-dessus de la Passerelle. L'espace libre s'élevait sur quatre niveaux de ponts, couronné par un éclairage blanc à effet de lumière du jour, très haut au-dessus de leurs têtes. À chaque niveau, des portes et des fenêtres s'ouvraient sur une galerie de fer forgé qui en faisait tout le tour. Des rampes inclinées reliaient les galeries entre elles, et une passerelle suspendue traversait toute la cour au niveau du troisième étage.

Ils circulèrent autour du rez-de-chaussée jusqu'à une porte marquée « Dr Blessamy : ne pas frapper ». Ebnolia frappa.

– Qui est-ce ? demanda de l'intérieur une voix ensommeillée. Vous ne savez donc pas li...

– Lady Porpentine, dit Ebnolia avec douceur. Voulez-vous bien m'ouvrir ?

Il y eut des grincements et des craquements, un bruit de meubles qu'on déplaçait. Puis la porte s'ouvrit.

– Chère Lady Porpentine. Bienvenue dans mon humble... euh, humble... ah, oui. Ma pièce et mon bureau.

Le visage qui s'encadrait dans la porte était tout encroûté par l'âge. Si le crâne du Dr Blessamy était chauve, une pilosité luxuriante s'échappait de ses narines et de ses oreilles. Il avait des dépôts secs et floconneux dans les sourcils et autour des oreilles.

Ebnolia entra sans façons et se posa tout au bord d'un fauteuil, tandis que Col restait debout. Le Dr Blessamy fit le tour de son bureau pour venir s'asseoir face à eux. Il trouva une toque de professeur et se la posa sur la tête.

– La paperasse, la paperasse, marmonna-t-il en agitant vaguement les mains au-dessus des porte-plumes et des papiers qui jonchaient sa table de travail.

– Je vous présente mon petit-fils Colbert, lui annonça Ebnolia. Il est inscrit et doit commencer les cours lundi.

– Ah, lundi, lundi. Et nous sommes jeudi. (Le Dr Blessamy se tourna vers Col.) Allez-vous bien travailler pour moi, jeune homme ? Ferez-vous la joie d'un vieux directeur ?

– Sa présence honorera votre institution, répondit Ebnolia à la place de Col. Dans quelle classe le mettrez-vous ?

– Eh bien, quel âge a-t-il, déjà ? Dix-sept ans ? Seize ? Euh... Dix-neuf ? Douze ?

– L'âge n'a aucune importance. C'est un Porpentine. En quelle classe sont les jumeaux Squellingham ?

– En seconde A, si je ne m'abuse.

– Très bien. Il n'a qu'à aller là.

Les traits du Dr Blessamy se troublèrent un instant.

– C'est, euh... la classe de M. Gibbon.

– Et alors, quel est le problème avec M. Gibbon ?

– Oh rien, rien. (Le Dr Blessamy soupira, ce qui souleva les poils de ses narines.) Tous les professeurs de cette académie ont les plus hauts critères de... euh... de critères. M. Bartrim Gibbon est... oui, l'un d'entre eux.

– Soit, la question est réglée. À présent, parlez-moi donc des matières au programme.

C'est à peine si Col les écouta discuter géographie, géométrie, chimie, algèbre, anglais et autres. Il aurait tout son temps pour se concentrer sur les matières scolaires aussitôt qu'il serait débarrassé de Riff. Il se perdit dans ses pensées en attendant la fin de l'entretien.

Au bout d'un moment, la conversation porta sur les fournitures dont Col aurait besoin pour ses cours et le Dr Blessamy se leva, raide comme un piquet.

– Je peux faire mieux que vous en donner la liste, Votre Grâce. Je vais vous emmener voir M. Gibbon, et il pourra lui-même...

Il les fit sortir dans la cour, gravir la rampe la plus proche et prendre pied dans la galerie du premier étage. Il s'arrêta devant une porte, qu'il ouvrit juste assez pour lancer un appel à l'intérieur.

– Euh, M. Gibbon, je vous prie.

Dans l'embrasure, Col entrevit une pièce poussiéreuse et mal éclairée. Puis M. Bartrim Gibbon sortit d'un bond en claquant la porte derrière lui.

Avec ses lèvres rouges et charnues et ses cheveux rouquins plaqués en arrière, il avait la tête ronde comme un ballon. Il se tenait devant eux sur de courtes jambes torses en se balançant d'avant en arrière et en arborant toutes sortes d'expressions faciales. Col pensa aux gravures de singes dans son *Grand Livre des animaux*.

– M. Gibbon, vous allez avoir l'honneur de recevoir un nouvel élève, dit le Dr Blessamy. Le petit-fils de Lady Porpentine, rien de moins.

– Rien de moins, répéta M. Gibbon avec une petite inclinaison du torse. Un honneur, en effet. Oh oui. Excusez-moi.

Il s'interrompit et disparut dans la salle de classe. Les autres l'entendirent aboyer au nez de ses élèves.

– Silence ! On ne parle pas ! J'ai dit : *On ne parle pas !*

À son retour, il y avait encore plus de bruit à l'intérieur.

– Lady Porpentine souhaiterait des renseignements sur les fournitures scolaires, dit le Dr Blessamy. Comme une règle et… les choses telles qu'une règle.

Les grimaces cédèrent la place aux sourires sur le visage de M. Gibbon. Il était impossible de deviner ce qu'ils exprimaient : triomphe ou servilité, gratitude ou vanité. Ses yeux ne cessaient de passer rapidement d'Ebnolia à Col, puis de nouveau à Ebnolia.

– Une règle, oui, certainement. Un rapporteur. Deux porte-plumes. Deux crayons. Une gomme. Sans aucun doute, une gomme. Et trois cahiers. Un dictionnaire impérial. Ai-je déjà dit un rapporteur ?

Il semblait à peine se contenir. Une fois encore, il dit « Excusez-moi » et bondit dans la salle de classe.

On l'entendit encore aboyer.

– Silence ! Assis ! On ne bouge plus ! Qu'est-ce que je viens de dire ? Alors ? Alors ? Je vous ferai regretter vos paroles, Chervish !

Il avait l'air étrangement content de lui lorsqu'il ressortit, bien que le chahut fût à son comble.

– Et un cartable, conclut-il. Un cartable d'écolier en cuir.

– Merci, M. Gibbon. (Le Dr Blessamy se tourna vers Col et sa grand-mère.) Je suis certain que ce jeune homme nous rendra tous extrêmement fiers d'avoir été... extrêmement... nous tous...

Le *dong dong* d'une cloche lui coupa la parole. M. Gibbon agita sa toge de professeur et replongea dans sa classe sans même un « excusez-moi ».

– Fermez vos pupitres ! l'entendirent-ils crier. Rangez vos livres ! Mais non, ouvrez vos pupitres, rangez vos livres, *puis* fermez-les ! Votre pupitre, Trant ! Quand je dirai « Allez-y »...

Il y eut un tonnerre de bruits de pas. Le Dr Blessamy, Ebnolia et Col se reculèrent tandis qu'un troupeau d'écoliers passait la porte. Tous portaient une veste verte à ganses rouges avec un écusson marqué « Académie du Dr Blessamy ». C'est à peine s'ils remarquèrent les visiteurs en se précipitant vers la rampe la plus proche.

D'autres élèves se déversèrent dans les autres galeries : des garçons au premier étage et au rez-de-chaussée, des filles aux deuxième et troisième étages. Toute la horde se rua dans la cour.

– Ah, ces chers garçons, murmura le Dr Blessamy. Et ces chères filles. Si jeunes, si enfantins... Bientôt de jeunes hommes. Ou des jeunes filles...

11

Col était impatient de passer à l'action pour se débarrasser de Riff, mais il fallait pour cela qu'elle revînt lui rendre visite, comme elle avait menacé de le faire. Pendant deux jours entiers, elle ne se montra pas. Lorsqu'elle se manifesta enfin, ce fut en pleine nuit.

Boum !

Il fut réveillé par le bruit d'un livre tombant à plat par terre : celui qu'il avait appuyé contre sa porte en guise de signal d'alarme. Riff, à demi engagée dans l'encadrement de la porte, cracha un juron entre ses dents.

Col, en chemise de nuit, se redressa dans son lit.

– Entrez.

Elle pénétra dans la cabine et referma derrière elle. Ses yeux étaient immenses et ne cillaient pas.

Col sentait qu'il avait la situation bien en main.

– Alors ? Vous n'avez toujours pas trouvé de chemin pour rejoindre le Dessous ?

– Non.

– Moi, si.

– Toi ?

– Le seul chemin possible.

– Comment ?

– Par une glissière de ravitaillement.

– Où ?

– Vous verrez. Vous voulez que je vous y emmène, oui ou non ?

– Mais oui, je te dis.

– Alors tournez-vous. Il faut que je m'habille.

– Qu'est-ce qu'il y a à voir ? le railla-t-elle, avec son insolence coutumière.

Néanmoins, elle lui tourna le dos. Il se mit debout de l'autre côté du lit et enfila un pantalon, une veste, des chaussettes et des chaussures. Comme il ne voulait pas retirer sa chemise de nuit devant elle, il la rentra à la taille. Les pans de flanelle faisaient des bosses inconfortables dans son pantalon.

Elle ne dit mot pendant tout le temps où il s'habilla. Il comprit pourquoi lorsqu'il eut terminé et releva la tête. Elle avait pris un livre dans sa bibliothèque et le feuilletait.

– Reposez ça, lui ordonna-t-il.

Elle le regarda avec une expression étrange, mi-agressive, mi-suppliante.

– J'allais te demander si je pouvais te l'emprunter.

– Me l'emprunter ? Et comment me le rendriez-vous, une fois redescendue ?

– Un cadeau, alors. Un cadeau d'adieu.

– Non.

Elle se rembrunit, referma le livre et le reposa sur l'étagère. C'était l'ouvrage sur les montagnes et les volcans qu'elle avait déjà regardé.

Col hocha la tête.

– Maintenant, je vais vous emmener jusqu'à la glissière. Vous devrez me suivre sans vous faire voir. Vous saurez faire ça ?

Elle renifla avec dédain.

– Ça fait des jours que je me fais pas voir, tu te rappelles ?

– Soyez prudente, c'est tout.

– Toi, sois prudent. Moi, j'aime bien prendre des risques. C'est plus marrant.

– Si vous vous faites attraper, je ne vous connais pas, la prévint-il.

– On a peur, Col-bert ? (Elle claqua des doigts.) C'est pas dur de te faire peur, hein ?

Sans écouter ses taquineries, il ouvrit la porte et sortit dans la coursive. Il ne regarda pas par-dessus son épaule, mais repartit dans la direction qu'il avait prise avec le quartier-maître Drummel.

Il avait peur en effet : son cœur tambourinait dans sa poitrine. Ce qu'il faisait était mal et interdit. Il pria pour que ce fût terminé le plus vite possible.

Tous les éclairages étaient tamisés pour la nuit, et de manière générale les corridors et les escaliers étaient déserts. Chaque fois qu'il entendait des pas au loin, il s'arrêtait et attendait qu'ils soient passés. Il ne voyait pas Riff, même quand il se retournait, mais de temps en temps il entendait un petit sifflement sur deux notes. Il en conclut qu'elle le suivait toujours.

Il se demandait quelle excuse donner si un officier le questionnait. Peut-être pourrait-il prétendre qu'il avait laissé tomber un objet de valeur, et qu'il s'en allait le récupérer. Oui, cela passerait. Intéressant. Il n'avait jamais réalisé à quel point il était facile d'inventer un mensonge.

Il y avait un peu plus d'activité aux niveaux inférieurs, où des groupes de Larbins exécutaient des corvées nocturnes sous les ordres de leurs surveillants. Heureusement, ces derniers étaient trop occupés pour lui accorder un regard.

Il descendit toujours plus bas, à travers les cuisines et les buanderies. Au Pont 6, il atteignit les salles cimetières. Suivant toujours l'itinéraire de Drummel, il longea le couloir et passa devant les ouvertures sans vitres.

Riff apparut soudain à côté de lui.

– J'aime pas cet endroit. C'est quoi ?

Il allait la chasser, lorsqu'il vit qu'elle tremblait. Voilà que c'était elle qui avait peur.

– Les salles cimetières. Des gens sont enterrés sous les pierres tombales.

Elle refusa de regarder ce qu'il lui montrait.

– Y a des fantômes là-dedans.

– Des fantômes ! s'esclaffa Col. Personne ne croit aux fantômes.

Il avait presque oublié qu'elle n'était qu'une Immonde sans éducation.

– Moi, si. Laisse-moi marcher avec toi juste pour traverser cette partie, d'accord ?

C'était demandé si humblement qu'il ne put pas refuser.

– D'accord.

Il regarda par les ouvertures à mesure qu'il passait devant. Des stèles pâles luisaient dans l'obscurité, éclairées par la faible lumière du couloir. Riff frissonnait et restait tout près de lui.

Ils approchaient de l'escalier suivant lorsque Col se figea. Quelqu'un arrivait d'en bas, quelqu'un qui portait la casquette blanche et la veste à épaulettes des officiers.

Ils firent demi-tour et partirent en courant. Mais il n'y avait ni tournant ni croisement. D'un instant à l'autre, l'officier arriverait en haut de l'escalier et verrait Riff... et Col avec elle !

Col prit la décision pour eux deux. Pivotant face à la première ouverture, il plongea par-dessus le rebord. Riff n'eut pas le choix, elle dut plonger après lui. Ils atterrirent au coude à coude sur la terre meuble et nue.

Mais l'officier risquait toujours de les voir. Col s'éloigna en rampant dans la pièce, à distance de la lumière. Riff réprima un gémissement et le suivit.

Les pas énergiques approchaient dans le couloir, de plus en plus sonores. Col se cacha derrière une stèle de pierre, Riff derrière une autre.

– Hmmpf !

Au pire moment possible, elle laissait échapper une plainte étouffée et frémissante.

L'officier grogna et ses pas s'arrêtèrent brusquement.

Riff ne pensait même plus à lui.

– Une espèce de fantôme ! Il m'a touchée !

Elle sauta sur ses pieds et se mit à courir.

– Qui est là ? s'écria l'homme.

Son corps se profila dans l'ouverture. Col ne voyait pas de fantôme ; en revanche, il vit la silhouette lever un pied et commencer à franchir le rebord.

Il se leva d'un bond et fonça à la poursuite de Riff, trébuchant et se prenant les pieds dans la terre épaisse et compacte. Au fond de la pièce, une ouverture débouchait sur une autre salle.

– Qui est là ? répéta l'officier d'une voix forte.

Il était toujours à leurs trousses.

La pièce suivante était presque entièrement plongée dans le noir, et emplie d'une odeur de moisi et de décomposition. Riff courait en agitant les mains comme si elle était poursuivie par quelque inconcevable horreur. Elle disparut par une ouverture dans une autre pièce encore.

Col se cogna douloureusement le tibia contre une pierre tombale, mais continua d'avancer.

Dans la troisième salle, il faisait un noir d'encre et tout d'abord il n'y vit goutte. L'air rance restait coincé dans sa gorge comme du feutre sec.

– Où êtes-vous ? chuchota-t-il.

– Ici, fit une voix minuscule et terrifiée.

Elle s'était immobilisée au milieu de la pièce.

Il se dirigea vers elle avec prudence, en évitant les tombes à tâtons.

– Ah ! s'exclama-t-elle lorsqu'il lui rentra dedans.

Elle tendit le bras et lui agrippa la main. Ils restèrent un moment sans bouger.

L'officier avait cessé d'appeler et semblait avoir abandonné. Peut-être n'aimait-il pas le noir, lui non plus.

– Faut que je sorte d'ici, marmonna Riff. Tu sens rien ?

– Non.

– Ils nous touchent et nous tâtent. Sont partout.

– On ne peut pas retourner en arrière.

Col scrutait les ténèbres.

– Attends, dit Riff en lui lâchant la main. C'est une ouverture, ça ?

Ils s'en approchèrent tant bien que mal et découvrirent encore une pièce, très légèrement moins sombre que la troisième.

Col devina qu'ils ne devaient plus être loin d'un second couloir, de l'autre côté. Ils traversèrent encore deux salles, et dans chacune la lumière était un peu plus forte, l'air un peu moins puant.

Lorsqu'ils entrèrent dans une pièce garnie d'une rangée d'ouvertures, Riff n'y tint plus. Elle se mit à courir et sauta tout droit dans la première qu'elle vit, sans regarder s'il y avait quelqu'un à l'extérieur.

Par chance, il n'y avait personne. En débouchant dans la coursive, Col trouva Riff toute seule, adossée au mur. Elle n'arrêtait pas de se frotter tout le corps, comme pour retirer des toiles d'araignée invisibles.

Col se mordilla la lèvre.

– Il faut que je reprenne le chemin que je connais. Je ne saurai pas arriver à la glissière autrement.

Riff secoua violemment la tête.

– Je remets pas les pieds là-dedans.

Il fut fortement tenté de lui retourner sa remarque : « C'est pas dur de te faire peur, hein ? » Mais il s'abstint.

– D'accord. On trouvera un autre escalier, et on traversera un des étages du dessous.

Elle lui accorda un regard reconnaissant.

– Maintenant ?

– Oui.

Elle bondit sur ses pieds et ils enfilèrent la coursive, côte à côte.

12

Ils empruntèrent une volée de marches et descendirent au Pont 5. Il n'y avait pas de cloisons entre les salles à cet étage, uniquement des étagères métalliques qui montaient jusqu'au plafond. Col pensa à une version géante de la bibliothèque Norfolk. Il se fraya un chemin entre les rayonnages, traversant le pont pour retrouver son itinéraire d'origine.

Les étagères étaient couvertes de statuettes en plâtre peint à l'image de la famille impériale. Il y avait des représentations de la reine Victoria assise ; de la reine Victoria debout ; de la reine Victoria et du prince Albert assis ; de la reine Victoria assise et du prince Albert debout.

Riff en prit une pour l'examiner.

– À quoi ça sert ?

– Aucune idée.

– Doit y en avoir des millions.

Au bout d'un moment, passé les rayonnages, ils se retrouvèrent dans une coursive que Col reconnut.

– Oui ! exulta-t-il. Nous revoilà sur la bonne route !

Ils ne croisèrent plus personne jusqu'au Pont Premier. Col reconnut le point d'arrivée de l'ascenseur à vapeur, puis les marches qui descendaient jusqu'à la porte 17.

– J'ai jamais exploré ce coin-là, marmotta Riff.

– Vous n'auriez pas pu passer, de toute manière, lui expliqua Col. C'est un système d'ouverture spécial. Accès réservé au personnel autorisé. Ne regardez pas.

Il attendit qu'elle eût tourné la tête avant de commencer à faire pivoter les roues. Celle du haut jusqu'au 4, celle du milieu jusqu'au 9, celle du bas jusqu'au 2. La porte d'acier s'ouvrit dans un claquement. Ça avait marché !

L'instant suivant fut tout aussi éprouvant pour les nerfs. Il poussa la porte, l'entrouvrit à peine, et coula un regard de l'autre côté. Personne à l'horizon... La chance était toujours avec eux.

Il ouvrit plus grand et entra, Riff sur ses talons. Celle-ci se dépêcha d'aller se cacher derrière la colonne d'acier la plus proche, tandis qu'il reverrouillait de l'intérieur.

Il la rejoignit au bout d'un instant.

– Par ici, dit-il. Restez bien dans l'ombre.

Rampant et se faufilant, ils avancèrent de colonne en colonne et de tas de charbon en tas de charbon. Ils avisèrent des officiers dans des flaques de lumière, mais tous assez loin d'eux et absorbés par leurs tâches.

Col s'arrêta derrière un dernier tas de charbon.

– C'est là, chuchota-t-il.

Le couvercle de la glissière, entouré par un demi-cercle de sacs, était plongé dans une relative obscurité.

– C'est par là que descend la nourriture ? s'étonna Riff en le contemplant d'un air pensif.

– Oui. On va l'ouvrir, ensuite vous sautez et vous vous laissez glisser. Facile.

Col espérait qu'elle n'était pas en train de changer d'avis, et pourtant il ne put s'empêcher de lui poser la question.

– Vous tenez vraiment à redescendre au Dessous ?

– Oui, pourquoi ?

– Toute cette fumée, cette chaleur, ce bruit...

– T'as vu ça, hein ?

– Depuis un de nos postes d'observation, oui. Mais ça ne peut pas être aussi affreux que ça en a l'air.

– C'est pire. La fumée, la chaleur, le bruit, c'est rien. C'est dangereux, tu peux pas savoir. Si t'es pas rapide là-dedans, t'es mort. Mais j'aime mieux mourir au Dessous que vivre une demi-vie comme vos Larbins, là-haut.

Elle avait une sorte d'orgueil revanchard dans la voix.

– Et puis en plus, en bas, je suis une meneuse.

– Une meneuse ? Les Immondes n'ont pas besoin de meneurs.

– Oh que si, et j'en suis une. Je fais partie de notre Conseil révolutionnaire.

Le mot *révolutionnaire* fit sursauter Col.

– Non !

– Si. On complote. Je t'ai pas dit ? On compte pas rester là-dedans éternellement.

– Vous me faites marcher.

– Si tu préfères, dit-elle avec un grand sourire. Alors, prêt ?

Sans attendre sa réponse, elle sautilla jusqu'au couvercle. Col secoua la tête et se concentra sur le but immédiat. Riff s'activait déjà sur l'un des boulons.

Il la rejoignit à la hâte et s'accroupit de l'autre côté. Il fit glisser un deuxième boulon, elle manœuvra le troisième. Pas le temps de vérifier ce que fabriquaient les officiers.

Il dévissa le dernier boulon. Puis, ensemble, ils saisirent le couvercle et le soulevèrent sur ses gonds. Il était lourd, mais maniable.

En dessous s'ouvrait la glissière : un large conduit cylindrique qui descendait abruptement. Ses surfaces intérieures, brillantes et argentées, reflétaient faiblement une lueur rouge venue du Dessous.

Riff lâcha son côté du couvercle, mais pas pour sauter dans la glissière. Au contraire, elle en fit le tour pour rejoindre Col.

– Alors au revoir, dit-elle. Je te dois quelque chose, maintenant.

Col se retrouvait à porter tout le poids du couvercle.

– Je ne vous reverrai jamais, dit-il.

– Qui sait... T'auras peut-être besoin de mon aide un de ces jours.

Col tint sa langue. *Allez-vous-en, c'est tout*, pensait-il.

Soudain, levant ses bras minces et musclés, elle attira sa tête vers le bas et l'embrassa sur la bouche.

C'était tellement impensable qu'il cessa de penser. Il ne pouvait pas libérer ses mains pour la repousser. Impuissant, il sentit ses lèvres sur les siennes. On aurait dit que le monde entier se réduisait à ce contact stupéfiant : tiède, humide, doux...

Puis ce fut terminé.

– Tout va bien, Col-bert Porpin-touin, dit-elle.

Elle mit un pied dans la glissière, serra les bras le long de son corps et *vlouf*, elle n'était plus là.

Les événements avaient été si rapides qu'ils se télescopaient dans la tête de Col. Sa bouche sentait toujours celle de Riff alors même que ses yeux voyaient les cheveux de la fille se soulever et disparaître dans la glissière. Partie !

Il resta bêtement planté là, le regard fixe.

Mais pas longtemps. Un officier risquait d'arriver d'un instant à l'autre. Il rabaissa le couvercle, remit les boulons en place. Ses gestes lui paraissaient lointains, comme exécutés par un autre.

Puis il se dépêcha d'aller se cacher dans l'ombre et s'y arrêta pour réfléchir à tout cela. Un baiser d'une Immonde ! Il passa sa langue sur ses lèvres. Est-ce que cela avait un goût ? De crasse ? De sueur ? De graisse ? Il savait que c'était forcément dégoûtant.

C'était tout à fait différent des baisers que les mères donnaient à leurs bébés dans les ponts supérieurs, ou des bises sur la joue que les femmes échangeaient avec leurs parentes – l'équivalent des poignées de main des hommes. Personne n'embrassait jamais comme Riff dans les ponts supérieurs. Qu'est-ce que cela signifiait ? Pourquoi avait-elle fait une chose pareille ?

Il se frotta la bouche du revers de la main. Non, il lui fallait de l'eau pour nettoyer cela. Mais où ? Il mettrait une éternité à remonter jusqu'à sa cabine du Pont 42. Peut-être y avait-il un robinet sur l'un des ponts inférieurs ?

Il se dirigea à la hâte vers la porte d'acier. Il devait absolument se débarrasser de ce goût avant qu'il laisse une trace indélébile...

13

Revenir à sa vie convenable, c'était comme sortir d'un tunnel sombre et inconnu. Col se jura de ne plus jamais rien faire de mal ni d'interdit. À présent, il pouvait attendre avec impatience sa rentrée au lycée, le lundi.

Entre-temps, son week-end fut entièrement occupé par une nouvelle tournée d'activités mondaines. Le samedi matin, il alla se faire présenter aux dames du club de broderie de sa mère, qui se retrouvaient dans le salon des Postlefrith, au Pont 40. Ces dames étaient au nombre de douze, chacune accompagnée d'un ou de plusieurs Larbins. C'étaient eux qui brodaient en réalité, tandis que leurs maîtresses comparaient les motifs, échangeaient des astuces et donnaient leurs instructions.

Col fit la connaissance de Mme Postlefrith, de Mme Bassimor et de bien d'autres femmes dont il fut incapable de retenir le nom. Quinnea souriait, soupirait, s'éventait et baignait dans un rayonnement de maternité épanouie.

Col était gêné d'être l'objet de tant d'admiration. Mais sa gêne céda la place à l'ennui à mesure que la matinée avançait. La conversation du club de broderie tourna vite aux ragots et aux potins sur ce qu'untel avait dit à tel autre. Col aurait préféré débattre de Platon, d'Aristote et de la morale avec le professeur Twillip. Il dut prendre sur lui pour empêcher ses pensées de dériver vers Riff.

L'après-midi fut plus intéressant, car ses fournitures scolaires avaient commencé à arriver. Des commerçants de la classe moyenne montèrent des ponts manufacturiers pour livrer à Lady Ebnolia Porpentine les articles commandés. Col rangea le tout dans son nouveau cartable, et inscrivit ses initiales à l'encre sur le rabat de cuir. Plus tard, ses deux uniformes de lycéen furent également apportés : vestes vertes, chemises et pantalons.

La sortie d'après-dîner consistait en une soirée whist dans la salle Wiltshire. C'était un tournoi organisé entre les familles Porpentine, Turbot et Frake. Col y accompagna sa grand-mère Ebnolia avec Orris, Gillabeth et les Porpentine adultes de la branche de Leath.

Un Larbin du nom de Wicky Popo en était également. Avec ses grands yeux tristes et ses traits tombants, c'était le nouveau favori d'Ebnolia, qui souhaitait l'exhiber à ses connaissances.

Cependant, Col était toujours l'attraction principale. Tout le monde voulait rencontrer le successeur désigné par Sir Mormus. Lorsque les adultes s'assirent et que la partie commença, toutes ces dames s'empressèrent de lui demander conseil à propos de leur jeu. Col étant absolument ignare au whist, il eut l'impression que personne ne prenait le tournoi très au sérieux.

Pendant qu'on l'appelait de tous côtés, son père, comme d'habitude, se fondit dans le décor. Gillabeth ne jouait pas, mais elle se tenait non loin d'Ebnolia, prête à rendre tous les menus services que celle-ci lui demanderait. Le plus souvent, elle devait aller voir comment se portait Wicky Popo, qui était adossé au mur adjacent à la porte. La chaleur de la pièce semblait l'indisposer.

Au bout d'une heure environ, on cessa peu à peu de solliciter les conseils de Col. À l'inverse, une dame prit l'initiative de lui enseigner les règles et la stratégie du jeu. La baronne Hommelia Turbot était une forte femme rubiconde vêtue d'une ample robe fleurie. À mi-voix, elle lui expliqua les annonces, les enchères, les atouts et les contrats. Col écouta et apprit, mais cela ne l'intéressait guère.

Lorsqu'elle le surprit à réprimer un bâillement, Hommelia sembla plus ravie qu'offensée.

– Ah, tout cela est trop trivial pour vous, dit-elle en lui donnant une petite tape sur le bras avec ses cartes. Vous préféreriez penser à des sujets masculins et sérieux.

– Ce n'est pas cela.

– Ah, les hommes ! Je sais, je sais. Vous aimeriez réfléchir au commerce, au cap, à la navigation. De grandes décisions concernant le *Worldshaker*. Mon époux est exactement comme vous. (Elle se retourna et éleva la voix en direction d'Ebnolia, à la table voisine.) Je crois que nous lui avons bien fait faire sa pénitence, Lady Porpentine. Pensez-vous que nous pouvons le libérer à présent ?

Ebnolia pinça les lèvres.

– Ma *chère* Hommelia.

Puis elle reporta son attention sur Col.

– Oui, tu peux partir si tu veux, Colbert. Ta sœur va te raccompagner.

L'ombre qui passa sur les traits de celle-ci ne dit rien de bon à Col.

– Tout va bien, je trouverai mon chemin, dit-il.

– Non, non. Gillabeth a fait tapisserie assez longtemps, n'est-ce pas ?

À l'évidence, Ebnolia n'attendait pas de réponse et Gillabeth n'en fit pas.

– Allez, allez ! Disparaissez, tous les deux !

Col prit donc congé. Hommelia lui demanda s'il serait au gala impérial le lendemain soir, mais il n'en savait rien.

– Oh, je l'espère, s'écria-t-elle. Vous devez venir, il le faut !

Col regagna le Pont 42 en compagnie de sa sœur.

– Pardon, lui dit-il. Aurais-tu souhaité rester ?

– Je fais ce que grand-mère me demande de faire, répliqua-t-elle d'un ton acerbe.

Col se doutait que la jeune fille bouillait intérieurement, mais il ignorait comment faire la paix avec elle. Il n'avait jamais réussi à nouer avec Gillabeth une relation fraternelle. Elle préférait prendre des airs d'adulte avec lui.

– Tu comprends pourquoi elles te lèchent toutes les bottes, au moins ? lui demanda-t-elle subitement. Les mères ?

– Pourquoi ?

– Elles tentent de te caser avec leurs filles.

Col ne comprenait toujours pas. Gillabeth lui décocha un de ses regards qui signifiaient : « Voyez un peu ce que je dois endurer. »

– Tu es le futur commandant suprême. Elles espèrent te faire entrer dans leur famille par le mariage.

– Mais... je suis trop jeune pour me marier.

– Quand tu auras vingt et un ans. Elles calculent à long terme.

Col réfléchit. Il n'aimait pas l'idée d'être visé ainsi... et par les mères au lieu des filles, en plus.

– Qu'est-ce que c'est que ce gala impérial ? demanda-t-il après un silence.

Gillabeth lui lança un nouveau regard exaspéré.

– Demain soir, dans la grande salle de bal.

– Est-ce que j'y vais ?

– Oui, sur invitation spéciale. Grand-père te présentera officiellement à la reine Victoria.

– Et toi, tu y vas ?

– Je ne suis pas invitée.

– Ah. Alors c'est seulement si on est présenté officiellement ?

–Je n'ai *jamais* été présentée officiellement.

Soudain, Gillabeth éclata.

– Écoute. Tu es peut-être devenu le futur commandant suprême, mais pour moi, tu es toujours le même. Ne t'attends pas à ce que *moi*, je me mette à te lécher les bottes !

– Je n'ai jamais attendu...

– Ta coursive est là. Ta cabine est là. (Elle désigna sa porte devant eux.) Ne te perds pas, ajouta-t-elle d'un ton féroce.

Et tournant les talons, elle s'éloigna à grands pas vers sa propre cabine, dans la coursive suivante.

Il resta debout à la regarder. Quoi qu'il fît, Gillabeth le prenait mal. Pour lui, elle demeurait un mystère absolu.

14

Au cours du petit déjeuner du dimanche, Sir Mormus l'annonça officiellement : il présenterait son petit-fils à la reine Victoria et au prince consort le soir même, à l'occasion du gala impérial. Les chefs des quatre autres branches familiales étaient également invités, avec leurs épouses.

– Ta plus belle tenue et ton plus beau maintien, mon garçon, dit-il à Col.

Si Col avait souvent aperçu la reine Victoria de loin, il ne l'avait jamais approchée. Son titre complet était Sa Majesté impériale Victoria III, et elle régnait depuis dix ans. En tant que chef officiel de l'Église impériale, elle incarnait tout ce qui était bon, grand et glorieux. Elle avait pris comme consort un aristocrate du mégalonef *Danemark*, qui était devenu en l'épousant Son Altesse impériale le prince Albert.

Pour l'occasion, Col fut habillé de manière fort digne et solennelle : longue queue-de-pie, gilet et chemise de soirée. Sa mère et sa grand-mère s'agitèrent pendant des heures autour de lui, tandis que Gillabeth les regardait faire, les bras croisés. Enfin, le moment arriva.

Pour son entrée dans la grande salle de bal, Col marchait aux côtés de ses grands-parents et devant les autres Porpentine invités. Puis Ebnolia, elle aussi, resta en arrière et Col constata qu'il avançait seul sur le tapis avec Sir Mormus.

La salle était un vaste espace ovale d'une hauteur de douze mètres sous un plafond en dôme. Il contempla, époustouflé, les colonnes blanches, les draperies rouges et un lustre illuminé par mille chandelles. Il y avait des statues de marbre sur des piédestaux à cannelures et des aspidistras aux feuilles sombres dans de grands pots en terre cuite. Col n'avait jamais vu la grande salle entièrement éclairée et décorée.

L'assistance comptait au moins cent personnes. Des Larbins arborant l'insigne impérial « V & A » – Victoria & Albert – circulaient parmi les invités, tête baissée, portant des tasses de thé et des petits-fours sur des plateaux d'argent. La foule se fendait comme une vague d'étrave devant les sourcils et le torse proéminents de Sir Mormus.

De toutes parts, sourires et félicitations fondaient sur les Porpentine. Sir Mormus inclinait la tête en signe d'acceptation muette, et Col l'imita. Les invités étaient tous membres des trente familles qui composaient l'élite du mégalonef.

Sir Mormus faisait des commentaires sur leurs représentants les plus éminents, en modulant sa voix grave et grondante afin que seul Col pût l'entendre.

– Lord Fefferley à ta gauche. Prestige et titre, très à cheval sur ses prérogatives...

« Le vice-amiral Haugh à ta droite. Les Haugh ont connu leur heure de gloire au XIXe siècle, mais ils ont baissé de plusieurs échelons depuis...

« Le timonier-chef Turbot, là-bas. Il a de l'influence sur le gouvernement. Une famille de navigateurs experts...

Col reconnut la baronne Hommelia Turbot, qui lui fit un signe du menton aux côtés de son époux. Mais les commentaires de Sir Mormus sur les personnages importants ne tenaient pas compte des femmes.

Il y eut un chef de famille auquel Sir Mormus accorda une attention particulière.

– Squellingham droit devant. Sir Wisley Squellingham.

Sir Wisley avait les yeux profondément enfoncés et le nez aquilin. Sir Mormus répondit à son salut par un « Bonsoir, monsieur » et un signe de tête plus marqué.

Ils le dépassèrent et Sir Mormus tapota les clés qui pendaient sur sa poitrine.

– Ha ! C'est ça qu'il veut ! gronda-t-il. Mon plus grand rival. Assoiffé de pouvoir et malin comme un rat. Les Squellingham ont toujours espéré supplanter les Porpentine. Méfie-toi d'eux, mon garçon.

Un chemin s'était ouvert jusqu'à la reine Victoria et son prince consort, au centre de la salle. Ils étaient assis sur une estrade, les mains crispées sur les accoudoirs de leurs trônes. Celui de la reine Victoria était plus grand et plus haut que celui du prince Albert, tout comme sa couronne : un lourd édifice d'or et d'acier.

– Bombe le torse, intima Sir Mormus à Col. Les Porpentine sont réputés pour leur torse. Garde toujours le torse ferme et vigoureux.

Col inspira profondément et bomba le torse.

Les traits de la reine Victoria étaient exactement tels que sur ses portraits : elle était noble et majestueuse comme un pur-sang de course. La seule différence était son froncement de sourcils, qui exprimait moins la sévérité qu'une migraine imminente.

Sir Mormus fut le premier à s'incliner devant la reine, puis devant le prince consort. Col fit de même.

– Eh bien, eh bien, eh bien, dit la reine Victoria.

Sir Mormus s'éclaircit la gorge.

– Puis-je vous présenter mon petit-fils, Colbert Porpentine ?

– Votre petit-fils. (Elle les examina attentivement l'un comme l'autre.) Vous devez donc être son grand-père.

– Il a les qualités d'un véritable Porpentine, Madame. Lorsque je passerai la main, Colbert fera un valeureux commandant suprême.

– Grands dieux. Vous passez donc la main ?

– À l'avenir, Madame. Pas avant des années.

Le prince Albert opina du chef d'un air approbateur.

– Heureux de l'entendre, Porpentine. Heureux de l'entendre.

Sa voix de basse un peu rouillée laissait à peine deviner son accent danois d'origine.

– Il entre au lycée demain, poursuivit Sir Mormus.

– Ah. Le lycée. L'éducation. L'apprentissage.

La reine semblait avoir du mal à se concentrer sous le poids de sa couronne.

– Posez donc une question à ce garçon, Albert.

– Quel genre de question, ma chère ?

– Ah... quelque chose fois quelque chose.

– Sept, dit le prince Albert. Sept fois... euh... sept.

– Quarante-neuf, répondit immédiatement Col.

– Excellent effort, le félicita la reine Victoria.

– Remarquable, remarquable, approuva le prince Albert.

– Et juste, Madame, Monseigneur, ajouta Sir Mormus.

– C'est encore mieux. (La reine Victoria se tourna vers son époux.) Posez-lui encore une question, mon ami.

– Voyons voir... (Le prince Albert mâchonna sa moustache pendant une demi-minute.) Je crois bien que je n'en ai plus.

Victoria pivota vers son commandant suprême.

– Sir Mormus, alors.

Il s'était préparé à cette demande.

– Très bien. Une question pour mon successeur désigné. En ce moment, nous sommes à mi-chemin de la traversée pour l'île de Ceylan. Devons-nous remonter la côte orientale de l'Inde, au risque de rencontrer le mégalonef français ? Ou vaut-il mieux traverser l'océan Indien tout droit jusqu'en Birmanie ?

Col crut voir un soupçon de clin d'œil lorsque son grand-père énonça la seconde option. Il fit face au couple impérial pour répondre.

– Nous devrions rejoindre la Birmanie par la mer.

– Une réponse bien ferme, dit la reine Victoria en le gratifiant d'un sourire.

– J'aime les réponses fermes, commenta le prince Albert.

– Est-ce correct, Sir Mormus ?

– Je le crois, Monseigneur. C'est le point de vue que je défendrai demain devant le gouvernement.

– Alors je suis sûre qu'il sera approuvé à l'unanimité.

La présentation était terminée. Le prince Albert fit à Col un dernier signe de tête.

– Nous attendons de grandes choses de vous, jeune homme.

– Et voyez un peu ce torse, mon ami, chuchota fortement la reine Victoria derrière sa main.

Col suivit l'exemple de Sir Mormus : il s'inclina et tourna les talons. Il entendit le prince Albert murmurer son assentiment.

– Très beau torse. Très beau.

Sir Mormus s'approcha à grandes enjambées du Larbin le plus proche qui portait un plateau, se servit deux pâtés à la viande triangulaires et engloutit les deux à la fois. Il en prit deux autres et les tendit à Col.

– Monsieur ?

– Oui, mon garçon.

Sir Mormus projetait des miettes en parlant.

– La reine ne décide de rien, n'est-ce pas ?

Sir Mormus regarda autour de lui.

– C'est un pantin. (Il baissa la voix.) Tant que je suis son commandant suprême, elle décide ce que *je* décide.

– Donc, quand nous disons que nous servons la reine Victoria III...

– Dis-le autant que tu veux. Simplement, n'oublie pas qui a réellement le pouvoir. Et à présent, j'ai des questions à voir avec mes partisans au gouvernement. Tu es très demandé par là-bas, mon garçon.

Col suivit son regard et vit sa grand-mère qui lui faisait signe au milieu d'un groupe de dames.

– Va retrouver tes admiratrices. Tu t'y habitueras, mon garçon.

Il s'éloigna à grands pas, non sans ordonner sèchement « Venez ! » au Larbin chargé d'un plateau. Sa réserve personnelle de petits-fours l'accompagna de l'autre côté de la salle.

Col mâchouillait un pâté à la viande. Encore une révélation ! Quand il serait commandant suprême, ce serait lui qui dirait quoi faire à la reine. Il avait la sensation d'avoir été admis dans le secret d'un univers de pouvoir masculin. Tout était différent de ce qu'il s'était imaginé... mais cela lui plaisait !

Ebnolia lui faisait toujours de grands signes. Il s'en alla à la rencontre de ses admiratrices. Oui, il commençait à s'habituer à son nouveau rôle.

15

Quinnea Porpentine escorta Col jusqu'à une trentaine de pas de l'académie du Dr Blessamy. Mais elle se révéla incapable d'affronter l'espace ouvert devant l'arche de l'entrée. On entendait clairement le chahut des élèves dans la cour.

– Oh mon Dieu... mon Dieu, mon Dieu...

Elle prit le mouchoir que lui tendait Missy Jip et se tamponna le front.

– Tout va bien, lui dit Col. Je vais continuer tout seul.

– Il faut absolument que tu ailles parler au directeur, Colbert. Dis-lui de faire taire les enfants bruyants.

D'autres élèves entraient par le grand portail. Col prit son cartable des mains de Missy Jip et emboîta le pas d'un garçon qui sortait de la même coursive que lui.

– Bonjour !

– Bonjour.

Le garçon continua de marcher sans s'arrêter. Il avait les cheveux filasse et de longs membres dégingandés.

– Je m'appelle Colbert. Col, pour faire court. Et toi ?

– Tu es venu voir notre classe jeudi. Tu es un Porpentine.

– Oui. Et toi ?

– Trant.

– Trant comment ?

– Septimus Trant. On s'appelle par nos noms de famille dans les classes de garçons.

Ils passèrent sous l'arche. La cour était déjà pleine d'élèves. Certains couraient, d'autres étaient rassemblés en petits groupes. Les bandes de garçons se tenaient toutes du côté gauche, les filles à droite. Un unique professeur, qui assurait la surveillance de la récréation, était assis sur une balançoire suspendue à la passerelle.

– Alors, on va où ? demanda Col à Septimus.

Ce dernier paraissait mal à l'aise.

– Euh... c'est difficile à expliquer.

– Où sont tes amis ?

Septimus désigna un coin de l'autre côté de la cour.

– Alors allons-y.

Avec un haussement d'épaules muet, Septimus le guida jusqu'à son groupe de camarades. Leurs vestes étaient vieilles et usées comparées à celle de Col, et leurs cartables étaient carrément miteux. Ils avaient l'air gênés et réticents à parler en présence d'un Porpentine, et ils lui dirent leurs noms à contrecœur.

Ils furent un peu plus diserts lorsque Col les questionna sur M. Gibbon.

– Méfie-toi de ce sadique, dit l'un.

– Et de sa Numéro Deux, ajouta un autre.

Un troisième secoua la tête.

– Il ne lèverait jamais sa Numéro Deux sur un Porpentine. Il n'oserait pas.

– Mais ne t'approche pas de son animal, l'avertit Septimus. Il tient à Murgatrude comme à la prunelle de ses…

– Écartez-vous, les Tâcherons !

Un grand élève costaud pénétra dans le cercle, les épaules en avant. Il s'adressa à Col comme si les autres n'étaient pas là.

– Parler à ceux-là, ce n'est pas pour toi.

Il fit un geste pour prendre Col par le coude, puis se ravisa.

Col ne broncha pas.

– Qui es-tu ?

– Lumbridge. Et toi, tu es Porpentine. (Il baissa la voix.) Ta place est avec nous. Ici, c'est le côté des cabinets dans la cour.

Col aurait pu envisager de résister. Mais lorsqu'il regarda autour de lui, Septimus et ses copains se détournaient déjà sans chercher à le retenir. Il accompagna Lumbridge de l'autre côté, près de l'arche de l'entrée.

– Qui est ce « nous » avec qui j'ai ma place ?

– Les meilleures familles. Je vais te présenter.

Trois garçons les attendaient. Un cercle de craie tracé sur l'asphalte séparait leur emplacement du reste de la cour. Les autres élèves l'évitaient soigneusement, même en courant dans les jeux les plus déchaînés.

– Le voici, dit Lumbridge. Porpentine, je te présente…

– Fefferley, annonça le premier.

Rond comme une motte de beurre, il débordait de son uniforme.

Le deuxième tordit son visage boutonneux pour composer un sourire doucereux.

– Moi, c'est Flarrow.

Le troisième avait un épi dans les cheveux et portait un gilet de soie sous sa veste.

– Je m'appelle Haugh, dit-il d'une voix traînante.

Col reconnut deux des noms comme appartenant à des familles que lui avait indiquées Sir Mormus à la soirée de gala.

– Les Squellingham ne vont pas tarder à arriver, observa Lumbridge.

– Et vous êtes tous dans la classe de M. Gibbon ? leur demanda Col.

– Oui, répondit Flarrow. Tu ne dois pas te commettre avec les Tâcherons, Porpentine. Ce sont les plus bas des plus bas.

– Pourquoi les « Tâcherons » ?

– Leurs pères appartiennent à la classe des surveillants et des commerçants. Ils ne sont admis à l'académie que parce qu'ils sont censés en avoir dans le crâne. Alors ils bossent. Ils font que ça.

– Je compte bien travailler, moi aussi.

– Pas comme eux ! s'esclaffa Fefferley de toute sa face lisse et obséquieuse. Nous, on leur met la tête dans la cuvette des cabinets !

– On te protégera, ajouta Lumbridge. Tu n'as pas à t'en faire avec nous.

Il était évident que personne n'essaierait jamais de plonger la tête de Lumbridge dans les toilettes, vu ses épaules massives et son cou de taureau.

Flarrow indiqua un groupe de garçons qui se lançaient un ballon.

– Eux, c'est une autre bande. On les appelle les Bûches. Après les cours, ils s'en vont travailler comme officiers sur la Passerelle ou au Pont Zéro. Très droits, très moraux, très bêtes.

– Et très barbants, intervint Haugh en mimant un bâillement.

– Comme des bûches. Ils nous obéissent au doigt et à l'œil. (Flarrow désigna une autre partie de la cour.) Tu vois ces deux groupes ? Les Grimpants et les Rampants. Leurs pères appartiennent pour la plupart à la classe professionnelle : médecins, ingénieurs ou administrateurs de seconde zone. Les Grimpants veulent se faire bien voir des meilleures familles. Ils feraient n'importe quoi pour être acceptés parmi nous.

Pendant qu'il parlait, quelques Grimpants remarquèrent qu'il les regardait et lui firent des signes optimistes de la main.

– Va sauter d'une falaise, Bodworthy, grommela Flarrow.

– Tu étais copain avec lui à une époque, lui rappela Lumbridge. Les Squellingham ne t'ont laissé monter en grade que l'an dernier.

Flarrow rougit et se retrouva soudain sans voix. Il y eut un instant de silence avant que Fefferley prenne la suite.

– Les Rampants sont comme les Grimpants, mais sans l'ambition, dit-il à Col. Ils nous admirent, mais ils n'espèrent même pas s'élever un jour à notre niveau. À leur manière pitoyable, ils nous copient.

– Voilà les jumeaux, annonça Haugh.

– Les Squellingham, précisa Fefferley.

S'ils se ressemblaient, les Squellingham n'étaient pas des jumeaux identiques. Ils partageaient leurs traits les plus caractéristiques avec Sir Wisley Squellingham : quelque chose d'aiguisé dans le nez et des yeux profondément enfoncés. À part cela, ils avaient des têtes d'élèves ordinaires, avec des vêtements ordinaires et des coupes de cheveux ordinaires.

Se remémorant l'avertissement de son grand-père, Col s'interrogea sur leur attitude envers lui. Si Sir Wisley était le plus grand rival de Sir Mormus, les jumeaux seraient sûrement ses plus grands rivaux à lui.

– Porpentine, je te présente Hythe Squellingham, dit Fefferley avec un grand geste. Et voici Pugh Squellingham.

Lumbridge alla se placer derrière les jumeaux, comme s'il montait la garde pour eux.

– Enchanté, dit Hythe en tendant la main à Col.

Celui-ci leur serra la main à tous deux.

Puis Pugh s'adressa à Hythe.

– Je crois que nous devrions faire une tournée avec notre nouveau membre.

Le nez de Hythe paraissait plus effilé encore que celui de son frère.

– Oui. Montrons à tout le monde que Porpentine est avec nous.

Et ainsi, Lumbridge et Flarrow s'avancèrent pour dégager un circuit faisant le tour de la cour. Lumbridge poussait quiconque était lent à bouger, tandis que Flarrow annonçait d'une voix forte : « Le petit-fils de Sir Mormus Porpentine ! Place, place ! »

C'était une sorte de procession : Col en tête, les Squellingham sur ses talons et Fefferley et Haugh qui fermaient la marche. Les jeux et les poursuites cessèrent et toutes les têtes se tournèrent vers eux. En dépassant les groupes de garçons, Col surprit des regards dans lesquels se mêlaient l'envie et la déférence. Quand il passa devant les bandes de filles, il fut l'objet d'une admiration pure et simple. Certaines risquaient un sourire puis baissaient timidement les yeux. Il entendait leurs chuchotements :

– Il est grand, n'est-ce pas ?

– Est-ce qu'il t'a regardée ?

– Je crois qu'il t'a souri.

– Non, c'est à moi qu'il a souri.

Le temps qu'ils aient regagné le cercle de craie, Col était tout étourdi de gêne et d'euphorie.

– Je ne savais pas que c'était si important, d'être un Porpentine, avoua-t-il.

– Et d'être désigné comme successeur de Sir Mormus, précisa Pugh.

Col le regarda dans les yeux et n'y vit pas la moindre trace de ressentiment. De fait, les deux Squellingham étaient absolument dénués d'expression.

16

Le *dong dong dong* de la cloche marqua le début des cours. M. Gibbon se tint devant la porte pendant que les élèves de seconde A entraient en rang dans la classe. Il tordit les doigts et fit craquer ses articulations. Un sourire de fou s'épanouit sur ses traits lorsque Col passa devant lui.

Les Squellingham guidèrent Col jusqu'à un bureau situé complètement à droite de la salle. Les bureaux étaient en bois, avec une armature métallique et un banc intégré. Des générations d'élèves avaient couvert tous les pupitres d'initiales gravées et de graffitis.

– Tu dois être assis devant nous, dit Hythe.

– Minute ! C'est ma place !

Pour une fois, Haugh avait perdu sa mollesse.

– Tu peux te déplacer, lui fit remarquer Pugh.

– Au rang d'à côté, approuva Hythe.

– Mais... mais... ça ne va pas plaire au Gibbon.

– Mais si.

– Si on veut que ça lui plaise, ça lui plaira.

Lumbridge vida le casier de Haugh et lui flanqua ses affaires dans les bras. Celui-ci regarda dans le lointain, en signe de protestation silencieuse. Un élève du rang suivant fut poussé pour lui donner sa place.

L'élève en question n'était pas plus ravi que Haugh, et ses protestations n'eurent pas plus de succès. Les Squellingham lui attribuèrent un bureau inoccupé à l'autre bout de la classe, tandis que Lumbridge lui jetait ses livres et ses cahiers.

Col déchargea le contenu de son cartable dans son casier. Il était assis derrière Fefferley et devant Hythe et Pugh, alors que Lumbridge, Flarrow et, désormais, Haugh étaient à côté, à gauche. Après avoir accroché son cartable au dossier de son siège, il observa son nouvel environnement.

La pièce avait un aspect miteux sous les ampoules jaunes des plafonniers. Sur trois des murs s'appuyaient de hautes tours vacillantes de livres et de papiers, qui montaient jusqu'au plafond. Le bureau du professeur occupait le quatrième côté, ainsi qu'un tableau noir, un placard et une série de cannes rangées sur un râtelier.

M. Gibbon s'avança à grands pas jusqu'au tableau, prit deux craies et se les coinça derrière les oreilles.

Face à la classe, il agita sa toge comme une chauve-souris enragée.

– Silence ! *Silence !* Je ne m'entends pas crier... Voilà qui est mieux.

Avec un sourire grimaçant, il fit un pas en avant et exécuta un petit salut à l'intention de Col.

– Bien, les seconde A, nous jouissons très humblement du grand plaisir d'avoir un nouveau dans notre classe. Bienvenue à monsieur Porpentine.

Il n'avait absolument pas l'air humble, mais son plaisir, en revanche, était évident. Pivotant brusquement, il désigna un élève de l'autre côté de la salle.

– Monsieur Porpentine apprendra qu'il faut m'appeler « M. Gibbon », n'est-ce pas, Snellshott ? Pas « Gibbon ». Ni « le Gibbon ». Car le gibbon est un animal, n'est-ce pas, Snellshot ?

– Je ne saurais dire, monsieur.

– Un animal qui fait des grimaces. Qu'est-ce que ça pourrait bien être ? (Il poussa des cris de singe en laissant pendre ses bras.) Dites-lui, vous autres. Qui veut parler ?

Il n'y eut pas de réponse. M. Gibbon balaya rapidement la classe des yeux, comme s'il avait surpris un chuchotement.

– Ai-je entendu le mot *singe* ? L'un de vous a-t-il pensé le mot *singe* ? Car le premier qui essaiera de faire de moi un singe sentira le poids de ma Numéro Huit.

Il bondit vers son râtelier de cannes et en caressa une en particulier avec amour et d'un air entendu. Puis il retourna se placer devant la classe.

– Bien, les seconde A, par quelle matière allons-nous commencer la journée ?

Ses yeux roulèrent vers Col puis s'en éloignèrent. Col avait la sensation d'être un invité de marque dans le public.

– Par la chimie, monsieur, proposa un élève.

– La chi-mie, le railla M. Gibbon. Et pourquoi donc la chimie, Clatterick ?

– C'est ce qu'il y a sur l'emploi du temps, monsieur.

– Sur l'emploi du temps ! Ha ! Ha ! Ha ! Et qui est votre professeur, Clatterick ? L'emploi du temps ou M. Gibbon ? C'est *moi* qui décide de ce que j'enseigne. Votre humble M. Gibbon. Et je décide… Géométrie ! (Il se frappa le torse du poing.) Sortez vos règles, vos crayons, vos rapporteurs et vos cahiers de géométrie.

Un autre élève prit la parole.

– Mais, monsieur, nous n'avons pas de cahier de géométrie !

– Swiddlington, Swiddlington, chantonna M. Gibbon avec un profond soupir, pourquoi êtes-vous si indécrottablement bas de plafond ? Sortez un cahier et écrivez « Géométrie » sur la couverture.

– Comment ça s'écrit, monsieur ? demanda un autre.

M. Gibbon s'avança vers le tableau d'un air important, prit la craie derrière son oreille gauche et traça le mot GÉOMÉTRIE en faisant grincer la craie le plus fort possible. Un miroir était accroché au tableau pour qu'il pût garder un œil sur la classe quand il avait le dos tourné.

Col écrivit « Géométrie » sur un cahier. En regardant à côté de lui, il remarqua que celui de Flarrow était déjà couvert d'intitulés antérieurs : « Multiplications », « Religion », « Géographie », « Grammaire », « Histoire ».

M. Gibbon tira une ligne au tableau.

– Bien. Qu'est-ce que c'est ?

Toute la classe garda le silence. M. Gibbon produisit une extraordinaire série de mimiques facétieuses.

– Est-ce une étoile ? Est-ce un Esquimau ? Est-ce un bouquet de roses ?

– C'est une ligne, monsieur.

– Non ! s'écria M. Gibbon en tapant du pied. Voulez-vous que votre nouveau camarade vous prenne pour un âne bâté, Wunstable ? Voulez-vous qu'il se dise qu'il est tombé dans une classe d'attardés ? Ceci, Wunstable, n'est pas une ligne ordinaire. C'est une *droite*.

– Elle n'est pas tout à fait droite, monsieur. Elle est un peu bancale...

– *Silence !*

M. Gibbon traversa la salle d'un bond pour aller se planter, tremblant de fureur, devant l'élève qui avait parlé.

– C'est ce que, *moi*, j'appelle une droite. C'est ce que votre professeur, M. Gibbon, appelle une droite. Vous vous croyez plus savant que votre professeur, peut-être ? Non ? Quelqu'un d'autre ? Ni un Esquimau, ni une étoile, ni un bouquet de roses ! Une droite ! Et, ajouta-t-il en bondissant de nouveau vers le tableau, en voici une autre !

Il dessina une seconde droite, qui croisait la première.

– Et qu'avons-nous là, les seconde A ? Le premier qui dit « deux droites » tâtera de ma Numéro Treize.

La classe retint son souffle. M. Gibbon ricana.

– Alors, bande d'ignares ? Alors, les crétins ? Les abrutis ? Les andouilles ? Alors, ramassis de cornichons ?

Visiblement, il s'amusait beaucoup.

Col leva la main. La géométrie était une de ses matières préférées avec le professeur Twillip.

– Un angle, monsieur.

– Ah oui, un angle, concéda M. Gibbon d'un air déçu. Mais quelqu'un peut-il me dire quel type d'angle ?

– Un angle aigu, monsieur, répondit Col.

– Très bien, très bien.

Il se tourna vers le reste de la classe.

– Nigauds ! Imbéciles ! Analphabètes !

Il jeta furieusement sa craie, qui se brisa en mille morceaux par terre. M. Gibbon broya les débris sous son talon.

– Observez l'angle aigu, reprit-il. Propre, net, acéré, intègre. Un angle aigu est un *bon* angle. Bien, quelqu'un peut-il me dire ce qu'est un *mauvais* angle ?

Il roula des yeux en direction de Col. Mais les cours de géométrie du professeur Twillip n'avaient jamais parlé de bons et de mauvais angles.

M. Gibbon prit la deuxième craie sur son autre oreille et dessina encore deux lignes qui se croisaient à cent trente degrés.

– Ceci, dit-il, est un *mauvais* angle. Voyez comme il est béant, mou et indiscipliné. Mal fichu, plein de laisser-aller, dégénéré. On appelle ceci un angle obtus. Une honte, une disgrâce. Que je ne vous prenne jamais à tracer des angles obtus, les seconde A.

Il s'empara du tampon et effaça l'angle obtus du tableau.

– À présent, qui peut me dire quel est le meilleur de tous les angles ? Personne ? Le meilleur et le plus beau des angles est l'angle droit.

Il dessina au tableau un angle à quatre-vingt-dix degrés et recula d'un pas pour l'admirer.

– Voilà ! Contemplez l'angle droit, mes garçons. Simple et sans détour. Observez et prenez-en de la graine. (Il fit volte-face pour regarder les élèves.) Levez vos rapporteurs.

De mauvaise grâce, les garçons levèrent leurs rapporteurs. M. Gibbon saisit le plus proche et le brandit avec emphase.

– Ceci est votre outil à angles droits, les seconde A. À votre âge, vous n'avez pas eu le temps de développer votre fermeté et votre force de caractère. Vous êtes encore bourrés de sales petites habitudes. Hein, Prewitt ? C'est là que les rapporteurs interviennent. Dessinez une ligne à zéro degré et une à quatre-vingt-dix degrés. Vous serez alors en mesure de produire un angle droit sans coup férir. Même vous, Trant.

Il rendit le rapporteur qu'il avait pris.

– Je veux cinquante angles droits parfaits de la part de chacun de vous. Tous clairement légendés « angle droit ». Commencez.

Le silence s'abattit dans la classe tandis que les élèves ouvraient leurs cahiers et y appliquaient leurs rapporteurs.

– Je reviendrai faire l'inspection, les avertit M. Gibbon. Si l'un d'entre vous produit des angles immoraux, il sentira toute la force de ma Numéro Quatre.

M. Gibbon limita son inspection aux Tâcherons, aux Grimpants et aux Rampants. Parfois, il déversait des torrents d'injures, devant des élèves qui protestaient :

– Mais, monsieur, vous m'avez poussé le coude !

Ils passèrent une heure entière à dessiner et à légender des angles droits.

17

Le reste de la journée se poursuivit sur le même ton. En chimie, ils découvrirent la différence entre la pureté des éléments et la saleté des composés ; en musique, ils récitèrent les paroles des hymnes impériaux ; en algèbre, ils apprirent à préférer les nombres honnêtes aux *x* et *y* sournois et fourbes. Toutes les leçons de M. Gibbon étaient curieusement morales, et très différentes des enseignements du professeur Twillip.

C'est pendant une interrogation de religion qu'il utilisa pour la première fois sa « pichenette » : une longue badine terminée par un crochet de cintre actionné par une ficelle. Pendant que les élèves planchaient, M. Gibbon rôda entre les pupitres. Lorsqu'il fut las de rôder, il abattit le crochet sur le porte-plume d'un élève, à trois tables de lui.

– Vous écrivez trop vite, Nebblethwaite ! aboya-t-il. Quelle note ai-je l'intention de vous mettre, à votre avis ?

Il souleva le porte-plume en l'air, tira sur la ficelle et déposa l'objet du délit sur la tête du garçon.

– On se concentre ! cria-t-il. On ne triche pas !

Il y eut une courte pause en milieu de matinée et une plus longue pour le déjeuner. Deux Larbins servaient à manger sur une table à tréteaux dans la cour : tartes salées, friands à la saucisse et sandwiches. Col trouvait les friands appétissants, mais Flarrow l'affranchit sans tarder.

– Nous ne mangeons pas de ces cochonneries. Nous nous servons dans le panier garni des Squellingham.

Ledit panier venait d'être livré juste devant l'arche de l'entrée. Les jumeaux distribuèrent les assiettes et les membres du groupe s'attaquèrent aux pâtés, pâtisseries, cakes, fruits confits et autres victuailles. Lumbridge alla porter une tranche de cake au surveillant de la récréation.

Après le déjeuner, M. Gibbon décida de donner un cours d'histoire. Sa leçon en la matière fut aussi bizarre que les autres. Lorsqu'un des élèves demanda : « Qu'est-ce que l'histoire, monsieur ? », il fit sa réponse :

– C'est tout ce dont je dis que c'en est, Weffington. Sortez vos cahiers d'histoire.

À présent, Col était habitué à la procédure. Il barra « Algèbre » et écrivit « Histoire » en dessous sur la couverture de son cahier.

– En histoire, je vous enseigne le passé. Qui peut me citer une chose qui s'est produite dans le passé ? Et je ne parle pas d'avant-hier, Hegglenock. Qui ? Qui ?

Col leva la main.

– L'Antiquité grecque et romaine, monsieur. Athènes et Sparte, Rome et Carthage.

– Oui, tout ça, bien sûr, bien sûr. Mais ce n'est pas suffisamment historique. Quelque chose de *vraiment* historique ? (Il fit craquer ses doigts un par un : *crac, crac, crac*.) Je vais vous parler de quelque chose de vraiment très historique. L'histoire commence par un homme très important qui s'appelait Noé. Écrivez dans vos cahiers. N-O-É. Noé est celui qui construisit le premier mégalonef.

– Venait-il du Vieux Pays, monsieur ? demanda l'élève appelé Prewitt.

– Pourquoi pas ? C'était un grand sage et l'ancêtre de notre reine actuelle, Victoria III. Ayant appris qu'un déluge se préparait, il... Savez-vous ce qu'est un déluge ?

Plusieurs mains se levèrent, mais M. Gibbon se récria avec mépris.

– Non, non, car ce déluge-là était bien plus énorme que ce que vous connaissez. Un déluge à l'échelle mondiale. Lorsque Noé apprit qu'il arrivait, il bâtit un mégalonef qu'il appela l'Arche.

Il dessina au tableau une forme qui aurait pu représenter n'importe quoi.

– L'Arche. Il la bâtit en bois, car il n'avait pas de fer. Puis il fit monter à bord deux représentants de chaque classe.

– Avait-elle des moteurs à vapeur, monsieur ?

– Elle avait... euh... des moteurs bien à elle. Ne me distrayez pas, Wunstable, je vous parle de ceux qu'il invita à bord pour qu'ils soient sauvés. Il y avait deux officiers, deux surveillants, deux ingénieurs et ainsi de suite pour tous les types d'êtres humains. Il y avait aussi deux poulets, deux chèvres, deux oies, deux cochons, deux Immondes et... Cessez de ricaner !

Le mot *Immondes* avait déclenché une vague de gloussements étouffés dans la classe.

– Pourquoi deux de chaque, monsieur ?

– Y avait-il un mâle et une femelle, monsieur ?

M. Gibbon les foudroya du regard, s'autorisa un bref ricanement à titre personnel, puis les foudroya de plus belle.

– Silence, les seconde A ! Ils étaient deux de chaque parce que c'est ainsi, et vous n'avez pas besoin d'en savoir plus. Ce ne sont pas des obscénités, c'est de l'histoire. Lorsqu'ils furent tous à bord et que le déluge s'abattit, alors toutes les classes et les espèces durent apprendre à *coopérer*. Oui, je sais, c'est un mot très compliqué pour votre cervelle, Melstruther. Cela signifie « faire des choses ensemble ». Donc, les surveillants surveillèrent, les ingénieurs s'ingénièrent, les poules pondirent et les cochons firent du jambon. Chacun jouait son rôle et ils vivaient dans l'harmonie. C'est pourquoi à ce jour nous jouons tous notre rôle et vivons dans l'harmonie, n'est-ce pas, Trant ? Je sers en tant que professeur et vous servez en tant qu'élèves. Tenez-vous droit et servez correctement, Nebblethwaite !

Pugh donna un coup de coude à Flarrow, qui fit signe à un garçon de l'autre côté, qui demanda :

– Monsieur, les Immondes apprirent-ils à jouer leur rôle et à vivre dans l'harmonie, monsieur ?

– Ah, ah. (M. Gibbon passa la langue sur ses lèvres charnues et frissonna.) Non, les Immondes ne voulaient pas coopérer. Ils partirent vivre dans le noir au fond de l'Arche. Ils *se multiplièrent*.

Col ne savait plus que penser. Les leçons du professeur Twillip n'avaient jamais abordé l'histoire avant les Grecs et les Romains... ni après non plus.

Il leva la main pour poser une question.

– Qu'en est-il des autres espèces, monsieur ?

– Eh bien quoi, les autres espèces ?

– Se sont-elles multipliées, elles aussi ?

– Non, non, non ! Pas à la manière des Immondes !

M. Gibbon ne se contrôlait presque plus.

– Pas dans le noir ! Pas à leur manière sale, lubrique, indécente ! Bah !

– Baaah ! reprit la classe. Bah, bah, bah !

Un souvenir surgit dans l'esprit de Col, si vivace qu'il en sentit le goût et la texture. Le baiser de la fille Immonde ! Ses lèvres douces et tièdes pressées contre les siennes !

C'était dégoûtant !

Il sentit ses joues s'embraser. Il baissa la tête et pria pour que personne ne le remarque. Il tordit sa bouche pour lui donner une autre forme, une qui ne ressemblait pas du tout à un baiser.

La leçon se poursuivit. Pendant longtemps, la voix de M. Gibbon ne fut plus qu'un bruit de fond pour Col. Au souvenir du baiser succéda celui de ses paroles d'adieu : « Tout va bien, Colbert Porpin-touin. » Il revoyait très précisément son expression au moment où elle l'avait dit.

Il était incapable de *cesser* de revoir son image.

Pourquoi fallait-il que cela lui arrivât maintenant ? Elle était sortie de sa vie, il était pourtant sûr de l'avoir oubliée. Totalement oubliée !

Au bout d'un moment, M. Gibbon se désintéressa de son histoire. Il intima à la classe de dessiner l'Arche de Noé, en omettant le fond de cale où se trouvaient les Immondes. Les élèves rirent sottement et se mirent au travail.

M. Gibbon bâilla et s'assit derrière son bureau. De temps à autre, il tendait la main vers sa corbeille à papier et semblait caresser quelque chose à l'intérieur.

– C'est Murgatrude, chuchota Hythe derrière Col en se penchant vers l'avant. L'animal de compagnie du Gibbon.

Murgatrude émettait un *greu-greu* sourd et grave, une sorte d'intermédiaire entre un ronronnement de chat et un grognement de chien.

L'après-midi s'écoula lentement. Fefferley et Haugh sortirent des oreillers de leurs casiers, posèrent la tête dessus et s'endormirent profondément. Quelques élèves s'amusèrent à se jeter des boulettes de papier imprégnées d'encre ; d'autres repoussaient les attaques en érigeant sur leurs bureaux des murailles de livres.

Pendant ce temps, Col n'arrivait toujours pas à débarrasser complètement son esprit du souvenir de Riff.

18

En rentrant du lycée, Col alla prendre le thé dans le salon Somerset. Le salon Somerset, avec ses fauteuils capitonnés de satin et ses guéridons couverts de napperons en dentelle, était la pièce de réception privée de Lady Ebnolia. Ebnolia et Quinnea fondirent immédiatement sur lui.

– Comment s'est passée ta première journée ? lui demanda sa grand-mère.

– T'a-t-elle donné la migraine ? ajouta Quinnea.

Col ne savait pas quoi dire. À dire vrai, le lycée n'avait pas du tout été à la hauteur de ses attentes, et les cours de M. Gibbon s'étaient révélés absolument décevants. Mais ce n'était peut-être pas une bonne idée de le dire alors que Sir Mormus se trouvait également dans la pièce, tout comme Orris, Gillabeth et le petit Antrobus.

– Viens faire un câlin à ta grand-mère préférée, lui dit Ebnolia.

Les câlins avec Ebnolia impliquaient plus de contact avec son parfum qu'avec sa personne. La douceur envahissante de la fraise noya les sens de Col.

– Et maintenant, raconte-nous ce que tu as appris, le pressa-t-elle.

– Voyons voir. Des choses étranges sur les angles aigus et obtus. Les composés et les éléments. L'Arche de Noé. Est-ce vrai que l'Arche de Noé fut le premier mégalonef ?

– Oh, je serais bien incapable de le dire, mon chéri. (Ebnolia sourit en découvrant ses minuscules dents blanches.) Les femmes de notre famille ne se sont jamais embêtées à s'éduquer.

– Celles des autres familles le font, intervint Gillabeth de l'autre côté de la pièce.

– Oui, ma chère, mais ce ne sont pas des Porpentine.

La jeune fille baissa la tête, soumise. Elle reporta son attention sur Antrobus et décida que son col et ses poignets avaient besoin d'être rajustés. L'enfant reçut ces soins brutaux comme il recevait tout, en silence et les yeux écarquillés.

– Si c'est ton professeur qui le dit, c'est que c'est vrai, conclut Quinnea.

Sur sa chaise à côté du présentoir à gâteaux, Sir Mormus se racla la gorge comme s'il dégageait un tuyau bouché. *Hrrrrum hum !*

Ebnolia regarda dans sa direction et dodelina de la tête.

– Je crois que ton grand-père veut te parler, mon chéri, dit-elle à Col.

Sir Mormus tenait une tartelette au citron dans une main et une tasse de thé dans l'autre. Col alla se présenter devant lui.

– Dois-je vous raconter ma première journée à l'académie, monsieur ?

– J'ai entendu, mon garçon. Les angles, les composés, l'Arche de Noé. Fadaises. Tu ne vas pas en cours pour apprendre ce genre de choses.

– Non ?

– Bien sûr que non. Tu y vas pour tout apprendre sur l'exercice du pouvoir.

– Je ne comprends pas, monsieur.

Sir Mormus baissa la voix jusqu'à émettre un chuchotement sonore.

– Nous ne le disons pas devant les femmes et les enfants. Ils n'ont pas besoin de savoir que le monde n'est pas que sucre et délices. Tout revient à obéir ou se faire obéir. Le pouvoir ne se donne pas, mon garçon, il se prend. On le prend en soumettant les autres. À commencer par le lycée.

– Les autres élèves, voulez-vous dire ?

Col était tellement étonné qu'il en oublia de dire « monsieur ».

– Oui, les autres élèves. Ne t'attends pas à y parvenir du premier coup. Entraîne-toi d'abord sur les plus inférieurs, puis remonte jusqu'à l'élite. Les jumeaux Squellingham sont dans ta classe, n'est-ce pas ?

– Oui, monsieur.

– Bien. Tu tiens donc là une occasion de les dominer dès le plus jeune âge. Brise leur volonté, oblige-les à reconnaître ton pouvoir. Si tu développes dès aujourd'hui leur servilité, elle durera à vie. Écrase-les, mets-leur le nez dedans.

– Mais ils m'aiment bien et je les aime b...

– Cela n'entre pas en ligne de compte. Ils doivent te craindre. Tu veux devenir commandant suprême, oui ou non ?

– Oui, monsieur.

– Alors apprends à commander.

Sir Mormus avala sa tartelette et siffla son thé en une énorme gorgée. Son ventre émit un gargouillement profond.

– À présent, retourne parler aux autres, dit-il.

Col alla retrouver Ebnolia et Quinnea et se sentit d'une humeur sombre. Il n'était plus si content d'endosser son nouveau rôle.

19

Écraser les autre ne venait pas naturellement à Col. Il rangea les préceptes de Sir Mormus dans un coin de son esprit et les oublia peu à peu.

De toute manière, il était déjà en position de suprématie. Les Rampants et les Grimpants de toutes les classes de l'académie l'admiraient à distance et s'efforçaient de copier son comportement. Puis, dans la seconde moitié de la semaine, de menus présents commencèrent à apparaître sur son bureau : paquets de bonbons, barres de nougat, boîtes de chocolats. Ils s'accompagnaient toujours d'une petite carte : « De la part de ST », ou « Avec toute mon admiration, MB », ou encore « Je pense à toi, JW ».

– Des filles, observa Hythe. Ce sont leurs initiales.

Col partagea les bonbons avec ses camarades tandis que le groupe tâchait d'identifier les propriétaires des initiales. Plus de la moitié des cadeaux venaient de « ST ».

– Je sais, dit Pugh. C'est Sephaltina Turbot, en seconde B.

– Ça pourrait être Shevaleen Thorlish, suggéra Flarrow.

– Non, son père n'est que médecin, le contredit Hythe. Elle n'oserait pas.

– Le père de Sephaltina est timonier-chef, précisa Fefferley.

Ils la lui montrèrent pendant la récréation. Elle avait le visage en cœur, des lèvres en bouton de rose et des rubans jaunes dans les cheveux. Ses joues étaient son trait physique le plus frappant, car elles rougissaient et pâlissaient sans cesse. Elles rougirent encore bien davantage lorsque Sephaltina vit que Col la regardait.

Apparemment, les jumeaux n'étaient pas jaloux de sa popularité. Ils ne lui en voulurent pas non plus lorsqu'il décrocha la meilleure note à l'interrogation de religion. Puis, à un contrôle de chimie, il fut classé deuxième, derrière Pugh mais devant Hythe ; et en algèbre, il arriva derrière Hythe mais devant Pugh. Il s'étonnait de recevoir de si bonnes notes au bout de quelques jours de cours seulement.

Fefferley, Haugh et Flarrow, en général, s'illustraient également dans les contrôles. Seul Lumbridge recevait des notes médiocres et était souvent battu par les Bûches et quelques Grimpants. Mais sa manière de défendre et de protéger les jumeaux lui valait une position privilégiée dans la bande. Ils veillaient sur lui et lui veillait sur eux. Flarrow était le plus inférieur dans la hiérarchie du groupe.

Col comprit comment tout cela fonctionnait le jour où les Squellingham décidèrent de lui montrer l'animal de compagnie de M. Gibbon. Toute la bande se faufila discrètement dans la classe pendant la pause-déjeuner du jeudi, et Lumbridge souleva la corbeille à papier pour la poser sur le bureau du professeur.

– Voilà, dit Hythe. C'est Murgatrude.

Col ne parvint à distinguer qu'un tas de poils roulé en boule au fond de la corbeille.

– Qu'est-ce que c'est ?... Un chat ?

Hythe se tourna vers Flarrow.

– Sors-la.

Flarrow recula d'un pas.

– Elle va se déchaîner.

– Vas-y, dit Pugh.

– Je vais me faire griffer.

– Et alors ?

Flarrow regarda tout le cercle de visages et se soumit à son sort. Il boutonna sa veste jusqu'au cou pour se protéger, puis plongea les deux mains dans la corbeille.

Murgatrude surgit comme un diable de sa boîte. Elle escalada Flarrow à toute allure, toutes griffes dehors, fusa en l'air et alla s'écraser contre le tableau, avant de tourbillonner comme un ouragan en heurtant les bureaux et en glissant le long des murs. Col entrevit un corps à moitié glabre, un museau écrasé comme celui d'un carlin et des moustaches de chat.

L'animal fit le tour complet de la pièce, puis bondit sur le bureau et réintégra sa corbeille.

Tout le monde riait, sauf Flarrow, dont les égratignures aux mains et au menton saignaient.

– Alors, tu sais ce que c'est ? demanda Pugh à Col. Chien ou chat ?

Col secoua la tête.

– Personne ne sait, dit Hythe. Personne n'a jamais trouvé.

– Ressors-la, ordonna Lumbridge à Flarrow.

Depuis la corbeille, Murgatrude émit un grondement d'avertissement.

– Non, stop, dit Col. Arrête.

C'était bel et bien un ordre, que Sir Mormus aurait sans doute approuvé. Lumbridge haussa les épaules et s'arrêta – mais seulement après avoir échangé des regards rapides avec les Squellingham. Même Flarrow les regarda d'abord.

20

– Bien, dit M. Gibbon en faisant craquer ses doigts. Notre prochain sujet d'étude sera... sera... (Il attendit d'avoir leur attention.)... sera la géographie. Qu'est-ce que la géographie, Clatterick ?

– Aucune idée, monsieur.

– Parce que vous êtes un sot et un niais. Mais moi, je sais. Votre humble professeur, M. Bartrim Gibbon, sait.

C'était le vendredi après-midi, et Fefferley et Haugh avaient déjà sorti leurs oreillers. M. Gibbon déroula deux cartes, une du monde et une du Vieux Pays, qu'il épingla au tableau.

La géographie de M. Gibbon était aussi morale que tous ses autres cours. Il divisait le monde en bonnes et en mauvaises côtes. Les bonnes côtes, comme celles de la Floride et du cap York, étaient fermes et fières et pointaient dans l'océan. Les mauvaises côtes, tels le golfe du Mexique et la grande baie australienne, se repliaient vers l'intérieur comme des mauviettes. De manière générale, les côtes européennes étaient les meilleures de toutes, et celles du Vieux Pays absolument parfaites.

– Voyez le pays de Galles qui s'avance dans la mer, dit-il en pointant la carte avec l'une de ses cannes. Et les Cornouailles, ici. Le Kent. L'East Anglia. Toutes des côtes convexes. Des côtes pleines de caractère.

Col leva la main. M. Gibbon passa la langue sur ses lèvres charnues et montra bien qu'il écoutait.

– Silence, vous autres ! Une question du petit-fils de Sir Mormus Porpentine. Que voulez-vous savoir ?

– Je ne vois pas comment on peut avoir l'un sans l'autre, monsieur. Pour que certains bouts dépassent, il faut bien que d'autres rentrent vers l'intérieur. Par exemple, le canal de Bristol entre le pays de Galles et les Cornouailles. Ou l'estuaire de la Tamise entre le Kent et l'East Anglia.

– Oh, alors comme ça, on sait tout sur le canal de Bristol et l'estuaire de la Tamise. (Le professeur se lança dans un festival de sourires et de mimiques.) Des bouts qui rentrent, voyez-vous cela. Dégoûtant ! Où sont-ils ? Là !

M. Gibbon recula sa canne et en donna un grand coup sur la carte.

– Voilà ce que j'en pense, de l'estuaire de la Tamise ! (Encore un coup.) Et voilà ce que je pense du canal de Bristol !

La carte du Vieux Pays tomba du tableau.

Flarrow leva la main.

– Et la grande baie australienne, monsieur !

Vlan ! M. Gibbon passa sa rage sur la grande baie australienne.

Un autre élève se mit au diapason.

– Le golfe du Mexique, monsieur !

Vlan !

La carte du monde alla rejoindre celle du Vieux Pays par terre. M. Gibbon se mit à tempêter et à cogner sur les pupitres du premier rang.

– Voilà ce que je leur fais, aux mauvaises côtes ! Et à tous ceux qui les défendent ! Êtes-vous en faveur des vilaines côtes, Trant ?

Il abattit sa canne si fort sur le bureau de Septimus Trant que celui-ci poussa un cri.

– Alors c'est vrai, vous les défendez ! *Vlan !* Peut-être seriez-vous favorable aussi à l'estuaire de la Tamise ? Alors même que Porpentine nous a démontré sa vilenie ?

– Non, monsieur, je...

Vlan ! Vlan ! Vlan ! M. Gibbon sautait sur place en frappant de partout la table de Septimus. Ce dernier se recroquevilla pour éviter les coups, de justesse.

– Dites-moi, Trant ! Vous me prenez pour un demeuré, n'est-ce pas ? Vous pensez que j'ai une cervelle de singe !

– Non, monsieur.

– Si, si, j'ai une cervelle de singe ! Vous n'avez aucun respect pour moi, n'est-ce pas ? Je suis un clown et un imbécile ! Dites-le !

Il était écarlate et semblait au bord de la crise cardiaque. Septimus secouait la tête, incapable de se faire entendre.

– Et mon nez ? demanda le professeur en pointant le doigt sur son appendice nasal. Il vous donne envie de rire, hein ? Une tomate écrasée ! Vous trouvez que c'est le nez le plus absurde que vous ayez jamais vu ! Oui, c'est la vérité, je le vois bien !

Il frappa si fort que sa canne se brisa en deux. Une moitié fusa à travers la salle, mais Lumbridge, se levant de son siège, l'attrapa au vol. Toute la classe l'acclama.

M. Gibbon se calma, les yeux rivés sur le débris qu'il tenait à la main.

– C'était ma Numéro Onze. Regardez ce que vous en avez fait.

Il s'assit à son bureau et infligea des lignes à toute la classe.

– Cinquante fois : « L'estuaire de la Tamise est une très vilaine côte. »

Les garçons gémirent de dépit.

– Oui, oui. Allez-y, commencez.

Pendant que M. Gibbon boudait, les élèves firent semblant d'écrire des lignes dans leurs cahiers. Fefferley inclina le sien pour montrer à Col ce qu'il faisait en réalité : un dessin de M. Gibbon menant une armée de côtes fermement convexes à l'assaut d'un bataillon de minables côtes concaves. Les côtes s'affrontaient avec des exclamations dans des bulles : « Yaaargh ! », « Taïaut ! », « Prends ça ! », « Schplonk ! »

Col était navré d'avoir attiré des ennuis à Septimus. Il saisissait davantage la hiérarchie, désormais. M. Gibbon affectait une servilité exagérée envers le groupe d'élite, ignorait les Bûches et déversait ses sarcasmes sur les Rampants et les Grimpants. Et quand il avait trop envie de se déchaîner et de fanfaronner, c'était toujours un Tâcheron qui prenait.

21

Le week-end de Col fut rempli d'activités mondaines. Le samedi, il accompagna Lady Ebnolia en visite dans trois familles, assista à une réunion de comité de la Société impériale de charité et à une soirée de théâtre amateur donnée par les Bassimor. Sa vie avait pris un rythme différent à présent que sa mère timide et rêveuse n'organisait plus ses journées. Sous la direction de sa grand-mère, il n'avait plus un moment à lui.

Pour le dimanche, elle avait prévu un pique-nique dans un parc de loisirs au Pont 36. Elle y emmena les plus jeunes membres de la famille – Gillabeth, Col et Antrobus –, ainsi que quatre Larbins, y compris son nouveau favori, Wicky Popo.

Le parc de loisirs se trouvait à une demi-heure de marche en direction de la poupe du *Worldshaker*. C'était un terrain fermé entouré de hautes parois métalliques, mais à toit ouvert. Col vit de la fumée dériver mollement au-dessus de sa tête, même s'il ne pouvait distinguer les cheminées d'où elle sortait. La géographie du mégalonef lui était à présent plus compréhensible.

Une douzaine de familles étaient déjà arrivées. Des dames respectables abritées sous des ombrelles blanches surveillaient des enfants qui jouaient dans le bac à sable ou sur les balançoires, les toboggans et les tourniquets.

Plusieurs dames de qualité dont le statut familial n'était pas trop inférieur à celui des Porpentine vinrent présenter leurs respects à Lady Ebnolia. D'autres femmes, issues de familles professionnelles mineures, se contentèrent de leur sourire de loin et intimèrent à leurs enfants de montrer leurs bonnes manières.

Gillabeth emmena Antrobus aux toboggans. Elle rentra son pantalon de golf dans ses chaussettes et l'aida à grimper sur le plus bas d'entre eux.

– N'agite pas les bras ni les mains, lui ordonna-t-elle. Tu sais comment grand-mère Ebnolia aime te voir glisser.

Antrobus descendit, les bras raides le long du corps, telle une poupée de bois. Il était impossible de dire s'il s'amusait ou s'il détestait cela.

– Recommence, lui dit Gillabeth.

Pendant ce temps, les Larbins avaient commencé à installer le pique-nique. Wicky Popo se débattait désespérément avec une chaise pliante. S'il paraissait déjà fragile la dernière fois que Col l'avait vu, à présent il avait l'air franchement malade.

Ebnolia, qui en avait terminé avec les politesses, dodelinait de la tête à côté de Col.

– Pauvre Wicky Popo. Il n'est pas bien du tout.

Elle était connue pour son grand cœur et sa compassion envers les Larbins, se rappela Col. Ils regardèrent Wicky Popo étudier les chaises dépliées par les autres sans parvenir à trouver le truc.

– Regarde-le donc, ce pauvre chéri ! s'attendrit sa grand-mère en joignant les mains de ravissement. Comme il a l'air embêté ! As-tu jamais rien vu d'aussi mignon ?

L'un des autres Larbins prit la chaise des mains de Wicky Popo et la déplia. Ebnolia fut désappointée.

– Quel dommage qu'il n'y soit pas arrivé tout seul. Quelle mine désolée ! Il fronce son petit nez. J'adore ce charmant petit nez. Et ces grands yeux tristes !

L'autre Larbin prit une pile d'assiettes dans un panier et montra à Wicky Popo comment les disposer sur la table.

Ebnolia débordait de commisération.

– Oh, les efforts qu'il fait ! Il a envie de bien faire. Si seulement il pouvait parler pour dire à tout le monde à quel point il essaie !

Col fronça les sourcils.

– Mais ils ne le font jamais, n'est-ce pas ?

– Quoi donc, mon chéri ?

– Parler.

– Non, bien sûr que non. Ce sont des Larbins, ils n'en ont pas besoin. Ils mènent une vie très simple, ils n'ont pas tous nos soucis.

– En êtes-vous sûre ? Vous disiez que Wicky Popo avait l'air triste.

– Des *yeux* tristes, mon chéri. Pas de la tristesse comme nous pourrions en éprouver. Il est heureux malgré tout, car il ne désire rien de plus.

Col se remémora le point de vue de Riff sur le bonheur des Larbins. « Une demi-vie », avait-elle dit.

– Et si un Immonde ne veut pas être transformé en Larbin ? demanda-t-il.

La grand-mère de Col haussa les sourcils en entendant le mot *Immonde*.

– Tss tss, Colbert. Quelle idée ridicule. Bien sûr qu'ils veulent être transformés en Larbins.

– J'ai entendu parler d'un Immonde qui ne voulait pas.

– Comment ?

– Il y a dix jours. Deux officiers sont venus fouiller ma cabine, à la recherche d'un Immonde qui s'était évadé en pleine nuit.

– Ils t'ont dit cela ? (Elle fit claquer sa langue contre ses petites dents blanches.) Ah oui, je m'en souviens maintenant. Une jeune Immonde fort ignorante.

– Les officiers disaient qu'elle ne voulait pas être transformée en Larbine.

Col déformait légèrement les faits.

– C'est parce que les Immondes s'effraient de tout, Colbert. Ce ne sont pas des êtres rationnels, tu sais. (Elle eut un sourire éclatant.) Quoi qu'il en soit, cette fille-là a été retrouvée peu après. C'est une Larbine parfaitement heureuse, à l'heure qu'il est. Elle travaille aux cuisines.

Par la simple force de l'habitude, Col faillit la croire. Toute sa vie, il avait cru tout ce que lui disait sa grand-mère comme s'il l'avait vu de ses yeux. Mais cette fois, il n'était pas dupe !

– Où l'a-t-on retrouvée ?

Ebnolia réfléchit un instant.

– ... Ah oui ! elle se cachait sous l'escalier à côté du salon Warwickshire.

Elle inventait tout ! Et pourtant, elle parlait avec tant de conviction, en hochant la tête comme un petit oiseau... Col la regarda au fond des yeux, et le gouffre qui béait devant lui lui donna le vertige. Combien d'autres fois avait-elle inventé des histoires ?

Il y eut un fracas de porcelaine brisée, et Wicky Popo resta là, à regarder une assiette qu'il avait laissé tomber par terre. Ebnolia joignit les mains.

– Grands dieux, grands dieux ! Regarde ce qu'il a fait ! Décidément, il est irrécupérable ! Il faudra que je lui donne une petite récompense pour le consoler. Quelque chose à manger, peut-être. (Elle se rabroua elle-même.) Je sais que j'ai tort, mais il est tellement adorable !

Col ne l'écoutait pas. Il réfléchissait à tout ce qu'il avait toujours cru savoir, tout ce qu'il croyait avoir tiré de sa propre expérience. Mais si ce n'étaient que des histoires qu'on lui avait racontées ? Plus il y pensait, plus son enfance disparaissait dans une étrange obscurité. Peut-être tout son univers s'était-il créé à partir de ce qu'on lui avait dit...

– Je vais faire un tour de balançoire, dit-il en traversant à pas pressés le parc de loisirs.

22

La deuxième semaine de lycée de Col ressembla beaucoup à la première. Le lundi, M. Gibbon enseigna à ses élèves les qualités admirables des noms propres, mais eut du mal à dissimuler son mépris pour les articles indéfinis. Le mardi, il piqua une crise de rage contre une équation d'algèbre qui refusait de se résoudre. Le mercredi, il malmena un Tâcheron du nom de Swiddlington et le couvrit d'injures tel un singe jetant des noix de coco.

Col avait eu des doutes dès le début sur les leçons de M. Gibbon. À présent, il supposait que son professeur inventait tout, exactement comme sa grand-mère. Il cessa d'écouter en classe et laissa ses pensées vagabonder.

Il y avait d'autres choses auxquelles il ne croyait pas au lycée, comme le mythe des cabinets au fond de la cour. C'étaient des cagibis à l'odeur fétide et sombres, où les élèves se rendaient le moins possible.

– Ça descend jusqu'au Dessous, pouffa Fefferley un matin.

– Alors tout ce que tu fais... commença Flarrow.

– ... ça tombe sur la tête des Immondes, termina Hythe.

– Et après, ils essaient de venir t'attraper, ajouta Haugh.

– Ils se faufilent par le trou, précisa Lumbridge.

Col secoua la tête.

– C'est trop étroit.

Mais personne ne l'écoutait.

– T'as pas intérêt à être sur le siège quand un Immonde vient te choper, dit Pugh.

Ils riaient à demi, frémissaient à demi. Col n'en revenait pas, qu'ils pussent croire de telles balivernes. S'imaginaient-ils que les Immondes ressemblaient à des serpents ? Mais il n'argumenta pas. Il ne pouvait pas se permettre de laisser entendre qu'il savait à quoi ils ressemblaient en réalité.

À la pause-déjeuner du mardi, la bande fit une farce à un Rampant nommé Weffington, qui était entré aux toilettes. S'approchant à pas de loup, les garçons poussèrent des grognements, des gloussements et des halètements censés imiter un Immonde grimpant dans le tuyau. Quand Weffington tenta de s'échapper, Lumbridge retint la poignée de porte et l'empêcha d'ouvrir.

Col eut un peu pitié de lui lorsqu'ils finirent par le laisser sortir. Au bout de cinq minutes, il était manifestement terrorisé. Pour le reste du groupe, son visage blême ne faisait que rendre la blague encore meilleure.

À son arrivée au lycée, Col s'était senti débutant par rapport aux autres élèves ; désormais, il se voyait plus vieux et plus mûr. Les idioties à propos des cabinets n'étaient qu'un exemple de la naïveté générale. Les garçons pouvaient faire des bêtises d'écolier, mais jamais ils n'auraient imaginé des crimes véritables... comme cacher et aider une Immonde.

Il pensait de plus en plus souvent à Riff. Quand ses pensées dérivaient en classe, c'était vers elle qu'elles allaient. Il se souvenait de son changement d'apparence une fois qu'elle s'était lavée à sa table de toilette... Sa peau éclatante, ses cheveux blonds et bruns presque soyeux... et la danse vive et rapide qu'elle avait exécutée. Et puis il y avait eu la fois où elle avait tenté de s'accrocher à son livre, et la manière dont elle s'était vantée : « J' te parie que je saurais lire dix fois mieux que toi. »

Des moments tellement incroyables... Il culpabilisait à ce souvenir, mais c'était une culpabilité douce et mélancolique, à laquelle il ne voulait pas renoncer. Elle s'insinuait partout en lui et lui serrait étrangement la gorge et la poitrine.

Il l'avait touchée, physiquement, lorsqu'il lui avait arraché le livre des mains !

Il promena son regard sur la classe et se demanda ce qu'auraient dit les élèves s'ils avaient pu lire dans ses pensées. Il était là, assis parmi eux, et jamais ils n'auraient pu deviner. Même cette idée était curieusement plaisante, curieusement séduisante.

Bien qu'il eût rompu avec les leçons de M. Gibbon, ses notes s'en ressentaient à peine. Il fut classé premier à un contrôle de physique, deuxième à une dictée et troisième à une interrogation de grammaire. Mais il commençait à avoir des doutes aussi sur le système de notation de son professeur.

Le plus étonnant à ses yeux était que c'étaient toujours les Tâcherons qui donnaient les réponses les plus complètes, et qu'ils étaient pourtant toujours les plus mal notés. Septimus Trant, qui écrivait plus que quiconque, arrivait généralement bon dernier. Col l'observa pendant un contrôle d'histoire le mercredi après-midi : il remplissait page après page. N'écrivait-il que des âneries, ou quoi ?

Les chemins des Tâcherons et de l'élite ne se croisaient jamais, et Col n'avait pas reparlé à Septimus depuis sa rentrée à l'académie. Mais ce jour-là, il décida de le cuisiner.

23

– Attends-moi !

Col avait suivi Septimus sur deux coursives en rentrant chez lui. Le garçon s'arrêta et se retourna. Il paraissait nerveux, sa pomme d'Adam faisait des bonds dans son cou.

– Il ne faut pas que tu sois vu avec moi, dit-il. Ça te rapporterait des ennuis.

– Pourquoi ?

– Parce que je suis un Tâcheron et que tu es un Porpentine.

– Je m'en fiche.

– Tu as tort. Les Squellingham attendent la première occasion pour te traîner dans la boue.

– Je ne te crois pas.

– Tout le monde le sait.

Col secoua la tête. Ce n'était pas de cela qu'il voulait parler.

– Je t'ai vu rédiger huit pages de dissert' d'histoire, dit-il. Pourquoi obtiens-tu toujours les plus mauvaises notes ?

Septimus haussa les épaules et garda le silence.

– C'est parce que tu es hors sujet ?

– Bien sûr que non, je ne suis pas hors sujet. (Ses traits prirent une expression hargneuse, sur la défensive.) Si j'ai les plus mauvaises notes, c'est parce que le Gibbon ne lit jamais ce que j'écris.

– Quoi ?

Les yeux clairs de Trant plongèrent dans ceux de Col.

– Tu ne comprends pas, hein ? Le Gibbon décide des notes avec les jumeaux Squellingham. Ils se retrouvent après les cours. Ils sont sans doute en train de noter le devoir d'histoire en ce moment même. Parfois, ils écrivent les réponses en fonction des notes.

– Mais j'ai battu Hythe en dictée. Je les ai battus tous les deux en physique.

– Uniquement parce qu'ils l'ont bien voulu. Ils ont dû décider que tu serais premier dans certaines matières et deuxième dans d'autres.

– Et cette histoire de me traîner dans la boue, comme tu dis ?

– Ce n'est pas comme ça qu'ils le feront. Le système favorise les gens comme toi.

– Tu devrais aller te plaindre.

Septimus eut un petit rire ironique.

– À qui ?

Lorsqu'il tourna les talons et poursuivit son chemin, Col resta à ses côtés. Il semblait sur le point d'avouer quelque chose.

Finalement, Trant lâcha le morceau.

– Je peux prouver que M. Gibbon ne lit pas mes réponses : s'il le faisait, je serais renvoyé !

– Pourquoi ?

– Elles contredisent tout ce qu'il raconte.

– Tu n'es pas d'accord avec ses leçons ?

– Non. Et toi ?

Col sourit largement.

– Non. Des angles droits moraux. Des côtes immorales. Des éléments purs et des composés sales.

Septimus lui rendit son sourire.

– Des noms propres propres. L'Arche de Noé premier mégalonef. J'ai contesté tout ça dans mes réponses cet après-midi.

– Tu n'y crois pas ?

– C'est n'importe quoi. J'ai lu des livres sur les croisades, sur l'Armada espagnole, sur Oliver Cromwell. Les mégalonefs n'existaient pas à l'époque.

Col ignorait tout des croisades, de l'Armada espagnole et d'Oliver Cromwell, mais il connaissait sur le bout des doigts une certaine période de l'histoire.

– Dans l'Antiquité grecque et romaine non plus. À moins qu'ils n'aient été inventés puis oubliés.

– Impossible. Comme l'idée que Noé serait l'ancêtre de notre reine.

– Et les Immondes ?

Le mot ne fit pas rire bêtement Septimus.

– Il n'y en avait pas non plus. Ils n'existaient pas au XVIIe siècle.

– Alors d'où viennent-ils ?

– Aucune idée. Je ne trouve aucun livre d'histoire récente à la bibliothèque du lycée.

– Ils sont peut-être arrivés en même temps que les mégalonefs, hasarda Col.

– Aucune idée, répéta Septimus. Je ne sais même pas à quoi ils ressemblent.

Col faillit dire qu'il le savait, lui. L'envie de partager son secret était écrasante, tant il le gardait enfoui en lui. Mais non, c'était trop risqué…

Ils poursuivirent leur route en silence.

Puis Col eut une idée.

– On pourrait demander à mon ancien précepteur de chercher la réponse.

– Pourquoi ferait-il une chose pareille ?

– Parce qu'il adore la recherche et la découverte de la vérité. Il le ferait par intérêt personnel. Et il a toute la bibliothèque Norfolk à sa disposition.

Les yeux de Septimus s'agrandirent.

– La bibliothèque Norfolk ? C'est immense, non ?

– Des milliers et des milliers de livres. (Col plissa le front.) Je sais ! On lui dira qu'on travaille sur un exposé d'histoire. Pour M. Gibbon.

Septimus éclata de rire.

– « Les origines des mégalonefs et des Immondes », proposa-t-il.

– Oui. Très bien. Allons voir tout de suite s'il est à la bibliothèque.

Col montra le chemin jusqu'au Pont 44. Septimus avait changé du tout au tout, il tremblait presque d'impatience.

Il fut encore plus surexcité lorsqu'ils pénétrèrent dans le bâtiment. À la vue de tant de livres, il poussa un cri de joie. Il fonça immédiatement vers les rayonnages, comme si toucher les reliures de cuir le démangeait.

Col lui rappela leur projet.

– Le professeur Twillip. Par ici.

Comme toujours, le professeur Twillip travaillait à une table dans la grande salle de lecture. Ses cheveux blancs brillaient sous l'unique lampe électrique. Il leva la tête d'un air surpris, puis ravi, à l'approche des deux garçons.

– Tiens tiens, Colbert. On revient sur les lieux du crime, à ce que je vois ? Et qui voilà donc avec toi ?

Col lui présenta Septimus. Le professeur Twillip n'avait aucune idée de l'infériorité de la famille Trant sur l'échelle sociale.

– Nous espérions que vous pourriez nous aider pour un exposé d'histoire.

– D'histoire, hein ? répéta le professeur Twillip en se frottant les mains. Ce n'est pas ma spécialité. Mais dites-moi, dites-moi tout.

– « Les origines des mégalonefs et des Immondes », énonça Col.

– D'où ils viennent, ajouta Septimus.

– Hmm. Il n'y avait pas de mégalonefs ni d'Immondes du temps de l'Empire romain. Je suppose donc... (Le professeur Twillip tambourina du bout des doigts sur la table, puis sourit.) Je suppose qu'il faudra que je cherche. (Il contempla les étagères avec mélancolie.) Je me demande par où commencer.

Septimus, lui aussi, regardait autour de lui.

– Il n'y a pas une liste ?

– Non. Tous ces livres sont très anciens. Ils n'ont jamais été catalogués. Ni même classés par sujet.

– C'est fou !

Pour la première fois, le professeur Twillip regarda par-dessus ses lunettes pour observer attentivement Septimus.

– Oui, cela peut paraître un peu stupide, acquiesça-t-il d'une voix douce. Je sais généralement où trouver les livres que je veux. Mais l'histoire après les Grecs et les Romains...

– Et après Oliver Cromwell, dit Septimus. XVIIIe ou XIXe siècle.

– Si récemment ? demanda le professeur en se levant. Eh bien, nous pouvons commencer par chercher tous les livres dont le titre comprend « XVIIIe siècle » ou « XIXe siècle ».

– Si nous en trouvons un, il nous mènera peut-être à d'autres, suggéra Septimus.

– Tout à fait, tout à fait.

Ils étaient comme des limiers sur une piste. Le professeur Twillip se dirigea droit vers une rangée d'étagères et se mit à examiner livre après livre. Septimus prit une autre rangée et fit de même.

– Cherche dans les bibliographies en fin d'ouvrage, lui conseilla le vieux précepteur.

– Et les index ?

– Oui. Regarde s'il y a « mégalonef » ou « Immondes » dedans.

Le professeur Twillip était dans son élément... et Septimus aussi, comprit Col. Il les regarda encore pendant quelques minutes, sans partager leur instinct pour l'érudition. Il fallait qu'il rentre chez lui pour le dîner, qui serait suivi d'un jeu de mime organisé par Ebnolia avec la famille Postlefrith.

– Ça va prendre une éternité, non ? demanda-t-il.

– Des siècles et des siècles, lui confirma joyeusement Twillip.

– Je vous laisse voir ça tous les deux, d'accord ?

Septimus leva la tête, l'air soudain alarmé.

– Mais je ne peux pas rester si tu t'en vas.

– Et pourquoi pas ? s'enquit le professeur.

– Je n'ai pas la permission de rester tout seul dans la bibliothèque Norfolk.

– Aucun problème. Je te la donne, moi, la permission.

– Et si cela se prolonge après aujourd'hui ?

– Oh, cela se prolongera, sans aucun doute. Si tu veux tous les faits, cela prendra des jours. Mais tant que je suis ici, je peux t'accorder mon autorisation.

– Alors c'est entendu, intervint Col.

Septimus sourit comme si tous ses cadeaux de Noël étaient arrivés en même temps.

24

Le lendemain, en cours, Col se méfiait un peu des jumeaux Squellingham. Il n'arrivait pas à croire qu'ils attendaient l'occasion de le traîner dans la boue... et pourtant Septimus avait été catégorique. Il guetta des signes, mais ne trouva rien.

La journée s'écoula normalement jusqu'au dernier cours de l'après-midi. Puis on frappa à la porte et le Dr Blessamy entra.

– Debout, les seconde A ! rugit M. Gibbon.

Il s'inclina profondément devant le directeur, puis rugit de plus belle.

– Assis, les seconde A !

– Mes chers garçons, dit le Dr Blessamy face à la classe, tandis que M. Gibbon caracolait dans son dos, demain, c'est vendredi et... un autre jour aussi. La Journée de notre fondateur. Une journée dédiée à la mémoire du tout premier Dr Blessamy. Mon arrière-arrière-grand-père... ou peut-être bien mon arrière-arrière-arrière-grand-père. (Il parut perdre un instant le fil de ses pensées, mais le retrouva.) Le Dr Blessamy qui fonda cette académie en 1851. Sans notre fondateur, nous n'aurions pas cette école aujourd'hui. (Il fit un geste large.) Je ne serais pas ici en train de vous parler et vous ne seriez pas en train de m'écouter. Je ne serais pas votre directeur et vous ne seriez pas mes élèves. Et au lieu de cela, nous voilà tous ici. Debout. À parler. À écouter. Des élèves.

Il considéra la classe d'un air bienveillant. M. Gibbon, qui avait souligné tous ses mouvements avec des gestes de son cru, considéra la classe d'un air féroce.

– Pour demain, mes chers garçons, votre vieux directeur attentionné a préparé quelque chose de très... euh... spécial. Une excursion. Oui, une excursion sur la tombe de notre fondateur dans les salles cimetières. Nous nous recueillerons et présenterons nos respects au premier Dr Blessamy. Puis quartier libre pour tous, afin que vous alliez rendre hommage aux tombes de vos propres aïeux. Ce sera une journée d'hommages et de recueillement et... euh... encore des hommages...

Pendant que le Dr Blessamy cherchait ses mots, M. Gibbon s'avança pour brailler :

– Qu'est-ce qu'on dit, les seconde A ? On dit : « Merci, monsieur le directeur ! »

Toute la classe brailla « Merci, monsieur le directeur ! » dans une imitation parfaite du professeur.

Le Dr Blessamy tressaillit, cligna de l'œil, sourit vaguement et se retira.

Col était perdu dans ses pensées. Les salles cimetières... là où il s'était rendu avec Riff quand ils avaient fui l'officier et les fantômes invisibles. Il se remémora la terre lisse et friable, l'odeur de renfermé et de moisi. Et un souvenir surgit dans sa mémoire, plus vivace que tous les autres : la manière dont elle lui avait agrippé la main, prise de terreur. Il sentait presque le contact de ses doigts.

Il pensa sans cesse aux salles cimetières pendant tout le reste du cours, puis sur le chemin du retour, puis pendant tout le thé de l'après-midi dans le salon Somerset. Un plan commençait à prendre forme dans sa tête.

L'idée était si folle qu'au début ce fut plutôt une rêverie. Et pourtant, plus il la retournait dans son esprit, plus il en tombait amoureux. Elle était intimement liée à un autre souvenir de Riff : le moment où elle avait voulu lui emprunter son livre sur les montagnes et les volcans.

Après le dîner, Gillabeth donna un récital de piano dans le salon Lancashire. Ebnolia avait lancé les invitations dans de nombreuses familles, et les chaises avaient été disposées en rangs. L'austère robe marron de Gillabeth était adoucie pour l'occasion par des nœuds piqués de fleurs, mais rien ne pouvait atténuer son solide menton de Porpentine. Elle joua avec précision et sans fausse note. Le public applaudit une succession de morceaux dus à un célèbre compositeur du Vieux Pays. Pourtant, Gillabeth donnait l'impression qu'elle aurait mieux aimé étrangler les touches que jouer dessus.

Col dut se rappeler qu'il fallait applaudir. Les éléments de son plan se mettaient en place. Il comptait sur le fait que le Dr Blessamy avait promis du temps libre aux élèves pour qu'ils se rendent sur les tombes de leurs ancêtres. S'il pouvait s'éclipser à ce moment-là, puis trouver la porte 17, s'il pouvait revenir sur ses pas jusqu'à la glissière du Pont Zéro...

Gillabeth continuait de frapper le piano, jusqu'à reddition complète. Plusieurs dames se mirent à chuchoter entre elles, leurs voix étant couvertes par le fracas des accords.

Oui, un cadeau de sa part pour Riff... Bien sûr, elle serait incapable d'apprendre à lire toute seule. Même s'il ne la considérait plus comme une idiote, il n'était pas possible d'être intelligent à ce point. Mais elle pourrait regarder les images et voir les mots. Elle reconnaîtrait le livre et saurait qui l'avait jeté dans la glissière...

Un crescendo tonitruant conclut le récital. Gillabeth posa sur le piano un regard haineux pendant que l'assistance l'applaudissait. Il fallut aider Quinnea Porpentine à sortir de la pièce, échevelée, le visage livide.

– C'est l'émotion de la musique, expliqua Orris. Trop de sentiment.

Col profita de l'occasion pour partir avec sa mère. Il la soutenait d'un côté, Orris de l'autre.

– C'est à cause des notes aiguës, souffla-t-elle d'une voix faible. Trop de notes aiguës.

Missy Jip attendait près de la porte du salon de réception privé de Quinnea et Orris. Pendant que sa mère allait s'allonger d'un pas chancelant, Col dit à la Larbine de lui trouver des ciseaux, quelques épingles de sûreté, une pelote de ficelle et une feuille de papier kraft. Tout cela faisait partie de son plan. Orris n'eut pas l'idée de demander pourquoi son fils avait besoin de tout cela... et Missy Jip ne pouvait pas.

De retour dans sa cabine, Col prit dans sa bibliothèque le livre sur les montagnes et les volcans. Il l'enveloppa dans le papier. Comme les Immondes étaient incapables de lire le nom *Riff*, il la dessina avec ses cheveux blonds et bruns. Il ne put s'empêcher de sourire en voyant la ressemblance.

Puis il ficela le paquet. Il adorait l'imaginer déchirant l'emballage et découvrant le livre...

Toutefois, il n'avait pas encore terminé. C'était là qu'intervenaient les épingles de sûreté. Avec ces dernières et de la ficelle, il confectionna une sorte de harnais à l'intérieur de sa veste d'uniforme et y glissa le livre. Lorsqu'il vérifia le résultat dans son miroir, la bosse était à peine visible.

Fin prêt pour le lendemain ! Si on lui avait demandé pourquoi il faisait cela, il aurait été bien en peine de répondre. Mais désormais, il fallait absolument qu'il aille jusqu'au bout.

25

Les salles cimetières n'étaient plus comme dans le souvenir de Col. D'une part, les lumières avaient été allumées, afin que les élèves, en les regardant depuis les coursives, pussent voir les noms et les dates gravés sur les tombes. En outre, le Dr Blessamy les avait menés jusqu'à une zone bien plus luxueuse, où les stèles étaient sculptées de volutes et d'angelots, et où le sol était couvert d'un dallage de pierre verte. Même l'odeur de moisi était moins présente.

La tombe du premier Dr Blessamy était particulièrement somptueuse : c'était un monument de marbre noir qui avait la forme du *Worldshaker* lui-même, couronné par son alignement de cheminées. Les élèves l'observèrent tour à tour par les ouvertures, pendant que le Dr Blessamy prononçait un discours éloquent de quinze minutes.

L'air était de plus en plus étouffant. Col était le seul à garder sa veste boutonnée. Il transpirait dans la chaleur ambiante, mais il fallait bien qu'il garde le paquet hors de vue.

Il était descendu avec la bande des Squellingham, en marchant derrière M. Gibbon à la tête de la classe de seconde A. Mais à présent, il profitait des mouvements de la foule pour s'éloigner et se perdre parmi les élèves plus jeunes de cinquième A et B. Il espérait que son absence ne serait pas trop remarquée.

À la fin de son discours, le Dr Blessamy réclama une minute de silence. Puis ce fut le moment où les élèves devaient aller rendre hommage à leurs propres ancêtres.

– Vos professeurs sont munis de cartes, annonça le Dr Blessamy. Si vous ne vous êtes jamais rendus sur les tombes de vos aïeux, ils peuvent vous indiquer le chemin. Ayez des pensées solennelles et sérieuses, mes enfants. Rassemblement ici dans une heure.

Tout le monde s'égailla dans toutes les directions. Col enfila la coursive d'un pas décidé, comme s'il connaissait par cœur le chemin jusqu'aux tombes des Porpentine.

En réalité, il n'avait qu'une vague idée de l'endroit où il se trouvait par rapport à celui où il devait parvenir. Il lui semblait que l'itinéraire suivi d'abord avec Drummel, puis avec Riff, était situé davantage vers l'arrière du mégalonef.

Il avança tant et plus, sans rien reconnaître. Il déboucha dans une salle vide où la terre était intacte, sans tombes ni stèles, et comprit qu'il était allé trop loin. Il serra les dents et revint sur ses pas. Cela s'annonçait plus difficile qu'il ne l'avait cru.

Il commença à croiser des troupes d'élèves qui se promenaient en bavardant. Ils se rendaient visiblement sur les tombes des uns et des autres comme pour une tournée mondaine. Col marchait toujours à grands pas, comme s'il savait exactement où il allait... jusqu'au moment où il tomba nez à nez avec la bande des Squellingham.

– On t'avait perdu, lui dit Fefferley.

– Où étais-tu passé ? lui demanda Flarrow.

Col évita de leur répondre directement.

– Je vais à la salle des Porpentine.

– Ah oui ? fit Hythe en l'observant attentivement. Où est-ce ?

Col fit un geste vague.

– Par là.

– Pas par ici ? s'étonna Pugh en indiquant la direction d'où venait Col.

– Non non, par là.

– Bien, d'accord. Alors...

Col devinait ce qui se préparait. Ils s'attendaient à ce qu'il se joigne au groupe et à ce qu'ils fassent tous leurs visites ensemble.

– À tout à l'heure, conclut-il en les plantant là pour reprendre son chemin.

Il sentait leurs regards lui brûler la nuque, mais ne se retourna pas. Hythe avait-il remarqué la légère bosse que formait le paquet sous sa veste ?

Il vira dans le premier couloir qui s'ouvrait latéralement. Devant lui, une volée de marches descendait un étage plus bas. Oui, mieux valait essayer de retrouver son chemin depuis le Pont 5, où il ne risquait pas de croiser d'autres élèves.

Au Pont 5, la chance lui sourit enfin. Il traversa les rayonnages de statuettes en plâtre et déboucha dans une coursive qu'il reconnaissait. Enfin !

Il commença à courir. Le Dr Blessamy leur avait laissé une heure, mais Col avait déjà gaspillé quinze ou vingt minutes.

Son cœur avait beau tambouriner, il se sentait grisé et insouciant. Les paroles de Riff lui revinrent en mémoire : « Moi, j'aime bien prendre des risques. » À présent, il comprenait ce qu'elle avait voulu dire !

Il descendit au Pont 4, avec ses amoncellements de poutres, de câbles et de cordages.

Il descendit au Pont 3, avec ses animaux en batterie.

Il descendit au-delà des deux étages de réserves alimentaires… jusqu'aux marches qui menaient à la porte 17.

Pour la première fois depuis quinze jours, il se sentait pleinement vivant. Après toutes les heures à mourir d'ennui passées dans la classe de M. Gibbon, il retrouvait le frisson d'adrénaline qu'il avait éprouvé avec Riff. C'était donc cela qui lui avait manqué !

Il revit en un éclair les chiffres de la combinaison, 4-9-2. Il fit pivoter les rouages et se glissa à l'intérieur.

Il ralentit alors et se déplaça presque aussi silencieusement que Riff. Il reprit le même chemin que la fois précédente, en se glissant furtivement derrière les colonnes d'acier et les tas de charbon, en se cachant exactement dans les mêmes coins sombres. C'était comme s'il était guidé par le destin.

Dans la dernière tache d'ombre, derrière le dernier monticule noir, il s'arrêta pour déboutonner sa veste. Il défit le harnais et sortit le paquet de papier brun.

Tout se passait comme prévu… à une exception près. Soudain, il se rappela les rouages intérieurs de la porte 17. Les avait-il refermés ?

Il envisagea de retourner vérifier. Mais non, il ne lui faudrait qu'une minute pour ouvrir le couvercle de la glissière et balancer son colis. Puis il serait de toute manière de retour à la porte.

Une dernière fois, il scruta les flaques de lumière les plus proches et s'assura qu'aucun officier ne pouvait le voir. Il était attentif au moindre bruit. Un crissement de charbon glissant dans les réservoirs par là-bas... et cela, ce devait être un faible sifflement de vapeur...

Il s'élança vers la glissière. Posant son paquet à côté de la bouche d'accès, il se mit à dévisser les boulons. Un... Deux... Trois... Quatre... Il souleva le couvercle et le reposa au sol.

Un martèlement sonore s'élevait du Dessous, une lueur rouge se reflétait sur les surfaces brillantes de la glissière.

Il s'efforça de ne pas repenser à la dernière fois qu'il s'était tenu là, lorsque Riff avait levé les bras et... « Tout va bien, Colbert Porpin-touin. »

Dans un réflexe inconscient, il s'essuya la bouche du dos de la main. Puis il saisit le paquet et le jeta dans la glissière.

– De moi à toi, dit-il.

Il y eut encore un sifflement, plus vif et plus fort. Était-ce réellement un bruit de vapeur brusquement libérée ? Il fouilla du regard les ombres qui l'entouraient.

Le son qui suivit n'était pas un sifflement, mais un chuchotement, sans erreur possible.

Indécis, il se figea. Quelqu'un l'avait vu, caché derrière les sacs de nourriture réservés aux Immondes. Valait-il mieux refermer le couvercle ou le laisser ouvert et prendre ses jambes à son cou ?

– On te voit, Porpentine.

– Tu es repéré.

Il reconnut la deuxième voix.

– Lumbridge ? C'est toi ?

Lumbridge s'avança, flanqué de Flarrow, Fefferley, Haugh et des jumeaux Squellingham. Leurs visages étaient grimaçants, menaçants, triomphants.

– Vous m'avez suivi ?

Col n'en revenait pas.

– T'as tout compris, dit Pugh. On se doutait que tu mijotais un mauvais coup.

Col tenta une attaque.

– Vous ne faites pas partie du personnel autorisé. Vous n'avez pas le droit d'être ici.

Hythe eut un ricanement narquois.

– Parce que toi oui, peut-être ?

– Oui.

En le disant, Col sut qu'il n'était pas convaincant. Il ne savait pas bluffer.

– Va donc le dire aux officiers, poursuivit Hythe.

– On va les appeler, tiens, ajouta Pugh.

– Et on leur dira ce qu'on a vu, *nous*, renchérit Haugh. Tu as jeté quelque chose aux Immondes.

– Qu'est-ce qu'il y avait dans ce paquet ? s'enquit Flarrow.

– Tu dois être un genre d'amoureux des Immondes, observa Lumbridge.

Tout à coup, ils se mirent à scander :

– Amoureux des Immondes ! Amoureux des Immondes ! Amoureux des Immondes ! Amoureux des Immondes !

Une voix s'éleva ailleurs sur le pont.

– Qui est là ?

– Venez voir ! cria Pugh.

Les autres en rajoutèrent.

– Par ici ! Par ici !

Col était aux abois.

– Ça vous rapportera plus d'ennuis qu'à moi. Je dirai que c'est vous qui avez ouvert la glissière. Que je vous ai suivis pour voir ce que vous fabriquiez.

– Personne ne te croira, rétorqua Hythe.

– Six contre un, dit Pugh.

– Mais je suis un Porpentine ! se récria Col.

Hythe et Pugh échangèrent un bref regard.

– C'est toi qui es à côté de la glissière, lui fit remarquer Hythe.

Col commença à s'éloigner, mais Lumbridge s'avança pour lui barrer la route.

– Reste où tu es, l'amoureux des Immondes.

Un bruit de bottes qui approchaient... Ce n'était pas un officier seul, mais toute une troupe !

Col fit une tentative pour contourner les bras écartés de Lumbridge. Celui-ci l'attrapa par la veste et le repoussa vers la glissière.

– Ne le laisse pas s'échapper, le pressa Pugh.

Col essaya de se débarrasser de sa veste. Lumbridge l'empoigna par les cheveux. Le crâne en proie à une douleur terrible, Col flanqua son poing dans le visage de son persécuteur.

Le sang jaillit du nez de Lumbridge. Son rictus s'évanouit, remplacé par une expression de pure incrédulité. Il s'efforça de regarder son nez en louchant.

L'officier en chef apparut et contourna prestement les sacs.

– Arrêtez ! cria-t-il en tapant dans ses mains.

Mais Lumbridge se jeta de nouveau sur Col. Pris par surprise, ce dernier fit un pas en arrière. Son pied resta suspendu au-dessus du vide : l'ouverture de la glissière !

Il tenta de se rattraper à Lumbridge, le nez ensanglanté, qui oscilla sur ses pieds. Pendant une seconde, il regarda droit dans ses petits yeux porcins. Il fut incapable de lire ce qui se passait, pendant cette seconde, dans ce regard. Était-ce volontaire ou accidentel ?

Les deux pieds de Col étaient à présent suspendus au-dessus du vide. Lumbridge leva les bras, se dégagea de Col et le laissa tomber dans le trou.

26

Col tombait, tombait, tombait. Son pire cauchemar d'enfance était en train de se réaliser. L'impuissance totale, rien à quoi se raccrocher. En griffant le métal lisse de la glissière, il ne réussit qu'à ajouter une vrille à sa chute inéluctable.

Le temps d'atteindre le fond, il avait gagné une vitesse impressionnante. Tout ce qu'il comprit était que quelque chose s'interposait sous ses pieds et le projetait en l'air. Pendant un instant, il fut tourneboulé dans tous les sens. Puis il atterrit de nouveau, sur le dos cette fois.

Il gisait, le souffle coupé. Une odeur d'œuf pourri flottait dans un sourd martèlement de machines. Il essaya d'ouvrir les yeux, puis s'aperçut qu'ils étaient déjà ouverts. Le monde était une tache floue aux couleurs de l'enfer, rouge et noir.

– Y a encore aut' chose qu'est dégringolé ! rugit une voix non loin de lui.

– De la bouffe ! cria une autre.

Le rouge et le noir se scindèrent en une bande de ciel rouge entre deux falaises immenses. Les falaises étaient en réalité des parois de fer, et le rouge une lueur projetée sur de la fumée.

Puis des visages apparurent, des trognes hideuses aux yeux brillants. L'une était défigurée par une cicatrice de chair plissée, une autre était édentée, une troisième maculée de graisse jaune. Comme elles se penchaient sur lui, Col eut une vision d'épaules et de torses nus et suants. Ils étaient sûrement noirs et velus comme des monstres !

La panique le submergea, ses terreurs les plus profondes remontèrent à la surface. Ils l'avaient traité de *bouffe* ! Des Immondes cannibales !

Il s'agita pour se relever. Mais il était pris dans une sorte de filet et ne pouvait rien faire. Son pied gauche s'enfonça entre les cordes et il resta cloué sur place.

– Qu'est-ce que c'est que ça ? gronda le balafré.

– Ça doit être l'un d'eux autres, dit le graisseux.

– Rôôh, l'est tombé d' là-haut, acquiesça l'édenté.

Col les entendait à peine dans le vacarme des machines, mais il devinait leur échange sur leurs lèvres. L'édenté tenait sous le bras son livre sur les montagnes et les volcans. Il avait déjà arraché le papier et la ficelle.

Une main noueuse attrapa Col par le menton et lui tourna la tête.

– Regardons un peu ça, dit le balafré.

En se débattant frénétiquement, Col parvint à libérer son pied. Il sentit le tranchant d'une main devant sa bouche et mordit dedans, de toute la force de ses mâchoires. Les dents dans la chair, les dents contre l'os.

– *Aaaaaah !*

Tandis que le balafré retirait vivement sa main, Col roula de côté sur le filet. Il roula, roula : il n'essaya pas de se lever, mais continua ses roulades jusqu'à tomber au sol.

– Attrapez-le !

Les trois Immondes se tenaient toujours de l'autre côté du filet. Comme le balafré restait debout à se presser la main, les deux autres durent le contourner au pas de course. Col ne demanda pas son reste. Il se remit péniblement sur pied et s'enfuit.

Il était cerné par d'énormes blocs de métal noir, mais trouva une ouverture étroite, semblable à un défilé. Il s'y élança, tomba sur un carrefour en T, vira à droite dans un autre boyau.

– Descendez-le ! Descendez-le ! Descendez-le !

Il entendait les clameurs de ses poursuivants, sentait leurs pas faire trembler le sol. Des impressions vagues passaient en un éclair autour de lui : tuyauteries, écrous, plaques d'acier. Mais il n'avait d'yeux que pour les étroites ouvertures entre les blocs de métal noir. S'il se jetait dans un cul-de-sac, c'en serait fini de lui.

En prenant les virages à toute allure, il se cognait sans cesse dans des pièces mécaniques : certaines étaient poisseuses, d'autres crasseuses, d'autres brûlantes. Il se baissait pour éviter des projections qui semblaient se précipiter sur lui, sautait par-dessus des canalisations et des saillies au ras du sol.

Tout à coup, le plancher s'arrêta et il n'y eut plus que du vide devant lui. Il stoppa en dérapant jusqu'à l'extrême bord. À travers de la fumée et des gerbes d'étincelles, ils distingua les contours monstrueux d'une citerne cylindrique en acier, tellement gigantesque qu'il n'en voyait ni le bas ni le haut.

Ses poursuivants étaient presque sur lui lorsqu'il repéra une échelle descendante, fixée au rebord de la citerne. Il s'y précipita. Ratant plus de barreaux qu'il n'en touchait, il dévala, mi-glissant, mi-tombant, sur plus de cinq mètres. Une succession de planchers passaient à toute vitesse devant ses yeux, ainsi que d'étroits couloirs qui s'ouvraient dans la masse sombre des machines.

Choisissant un étage au hasard, il se balança depuis l'échelle, se rétablit et repartit le plus vite possible dans la direction opposée. Le plafond était si bas qu'il était obligé d'avancer accroupi. La lumière faiblissait : ce n'était plus un rayonnement rouge, mais la maigre lueur jaune projetée par quelques rares ampoules semées le long du couloir.

Des deux côtés s'ouvraient des niches semblables à des clapiers, empilées les unes sur les autres sur quatre niveaux, et chacune large à peine de quelques travers de main ; et pourtant, des Immondes vivaient là. Col entrevit des corps recroquevillés sous des chiffons, le dos tourné au couloir. Parfois, ils étaient blottis en groupes ou par deux, étroitement serrés les uns contre les autres. Col n'aimait pas penser à ce qu'ils étaient peut-être en train de faire. Ces sales, ces dégoûtants Immondes !

Il prit à droite, puis à gauche. Des cris résonnaient derrière lui : « Où il est parti ? De quel côté ? ». Le balafré, le graisseux et l'édenté étaient toujours à ses trousses. Jetant un coup d'œil par-dessus son épaule, il vit des corps se retourner et des têtes surgir des niches. Des Immondes l'observaient fixement, les paupières plissées.

– C'est quoi, ce boucan ?

– Qui c'est qui gueule comme ça ?

Des têtes se levaient aussi devant lui. C'était sans espoir. La nouvelle se répandait plus vite qu'il ne pouvait courir.

Il atteignit un carrefour et bifurqua de nouveau à gauche. Là, des haillons étaient suspendus en travers du plafond : des hardes d'Immondes mises à sécher. Obligé de se baisser encore, il avisa une rangée de niches désertes, au niveau du sol. Il se rua dans l'une d'elles avant que ses assaillants aient tourné le coin et roula le plus loin possible de la lumière.

Des objets bosselés lui rentraient dans le bas du dos. Il les empoigna et découvrit trois petites figurines sculptées dans des morceaux de charbon.

La niche comptait d'autres décorations. Des ficelles nouées au grillage formaient un motif des deux côtés, et des touffes de crin étaient accrochées au plafond. Des cheveux humains ? Col frémit à cette idée. Que pouvait-il y avoir d'autre ici-bas ?

Quelqu'un avait même tâché d'améliorer le confort de la niche à l'aide d'un sac moelleux, qui faisait office d'oreiller. Il était apparemment garni de suie ou de cendre très fine. En le tirant vers lui, il trouva une pointe métallique cachée dessous. Peut-être une arme, aiguisée pour former une pique meurtrière.

Il la serra dans son poing. Au même instant, le martèlement des pas de ses trois poursuivants le dépassa en coup de vent.

Il les laissa s'éloigner en comptant lentement. Ils s'étaient fait piéger, ils poursuivaient désormais un fantôme. Sa pique toujours en main, il sortit de la niche avec une roulade et repartit en courant dans l'autre sens.

Mais il n'avait pas assez attendu. Toute une horde d'Immondes s'était jointe à la traque... et se ruait sur lui dans le couloir.

Il n'avait pas le choix : il fit volte-face et s'enfuit dans la même direction qu'avant. Les trois Immondes n'étaient pas à plus de vingt pas devant lui : il suffirait qu'ils se retournent pour le voir, et là, il serait coincé entre les deux groupes. Mais un carrefour les séparait encore de lui.

Il atteignit l'intersection de justesse, au moment précis où le graisseux le repérait et hurlait : « Le voilà ! » Il prit brutalement à gauche dans un autre corridor. Des bras surgissaient des niches à mesure qu'il passait devant, des mains se crispaient pour l'attraper. Il frappait à grands gestes de sa pointe et les mains se retiraient faiblement.

Ils étaient tous à ses trousses, à présent. Il entendait la clameur rythmique enfler de plus en plus : « Descendez-le ! Descendez-le ! »

Il vira encore, et soudain il n'y eut plus de niches, uniquement de vastes plaques de métal lisse. Il se précipita en avant et le sol valsa sous ses pieds. Une plaque tournante en mouvement ! Projeté de côté, il heurta violemment une paroi métallique. La pique lui tomba de la main et il dégringola dans le trou entre le mur et la plaque tournante.

Avec un *schplaf !* à vous broyer les os, il alla s'écraser à un autre étage. Des tiges géantes et des courroies de transmission bourdonnantes le cernaient de toutes parts. Les courroies tournaient si vite qu'il n'en distinguait que des taches floues, même à quelques centimètres de ses yeux. Il aurait suffi qu'il les touche pour être happé et réduit en bouillie.

Pourtant, il ne pouvait pas rester là. Il se releva en trébuchant et avança prudemment pas à pas, se baissant et slalomant pour éviter les courroies. Leur bourdonnement était hypnotisant, le vent de leur vitesse lui soufflait dans la figure. Enfin, il escalada un rebord et se retrouva dans une sorte de benne.

Les Immondes ne l'avaient pas suivi entre les tiges, mais ils s'approchaient de toutes les autres directions. Tout autour de lui, il les voyait descendre des échelles et s'amasser sur des passerelles. Lesdites échelles et passerelles paraissaient suspendues dans l'air enfumé.

Où aller, maintenant ? Avant qu'il ait eu le temps d'y réfléchir, un fracas de tonnerre résonna et une avalanche déboula droit vers son refuge. Des scories brûlantes, braises rougeoyantes et cendres grises ! Il bondit de la benne et franchit le rebord avec une sorte de saut périlleux. L'avalanche passa juste derrière lui.

Il se trouvait désormais dans une forêt de conduits et de cheminées. Hautes et fuselées, ces dernières irradiaient des vagues de chaleur qui faillirent le faire tomber à la renverse. Le bruit qu'elles émettaient évoquait le puissant ronflement d'une fournaise.

Il se remit à courir d'un pas chancelant. Il fallait absolument qu'il sorte de là. Ses vêtements commençaient à fumer, il pouvait à peine respirer et ses yeux le piquaient tant l'air était brûlant.

Le temps qu'il eût traversé la fournaise, les coutures de sa veste avaient pris feu. Il tapa sur les flammes minuscules, ferma et rouvrit les yeux pour en chasser les larmes et contempla fixement un tapis de rouleaux brillants qui descendait en pente douce devant lui, entre les parois noires. Où cela menait-il ? Il ne voyait que des ténèbres.

Il prit son élan, s'envola et plongea de tout son long sur ce tapis roulant. Il aimait encore mieux choisir sa mort qu'être capturé par les Immondes.

Il dévala la pente, porté par les rouleaux qui pivotaient sous son corps. L'obscurité s'épaissit… jusqu'au bout de la pente, où les rouleaux le propulsèrent en avant.

Il sentit qu'il tombait dans un trou.

Par pur instinct il tendit les bras en avant, et par pure chance il se rattrapa à une chaîne qu'il ne voyait même pas. La décélération instantanée faillit lui déboîter le bras.

Il resta suspendu en l'air, oscillant d'un côté et de l'autre, à l'écoute des grincements de la chaîne. Une puanteur âcre lui assaillit les narines, un étrange pétillement lui frappa les oreilles. Baissant les yeux, il distingua une faible phosphorescence flottant sur une mer semblable à de la bouillie d'avoine.

Il avait certainement atteint le fin fond du *Worldshaker*.

– Descendez-le ! Descendez-le ! Descendez-le !

La clameur des Immondes se rapprocha.

Il leva la tête et vit une grille au-dessus de lui. Le trou par lequel il était passé était une vaste ouverture carrée au centre de cette grille. Plusieurs chaînes se balançaient dans le noir, y compris celle à laquelle il s'accrochait.

– Il est pas encore tombé, grasseya une voix. J' le vois !

Des Immondes s'avancèrent sur la grille. Vus d'en dessous, ils formaient des ombres vagues et difformes, tout en pieds et en jambes. Ils s'accroupirent pour l'observer entre les barreaux ou à travers l'ouverture.

– Je ne suis pas votre ennemi ! cria Col.

La seule réponse fut une salve de huées et d'insultes. Un projectile lui passa juste sous le nez.

– Visez les mains ! beugla quelqu'un. Faites-le tomber ! À fond de cale !

Ils essayaient de le décrocher de sa chaîne. C'était donc cela qu'ils entendaient par « descendez-le ». Ils voulaient qu'il pérît dans le porridge.

Un nouveau projectile lui frôla le torse, un autre l'atteignit à l'épaule. Lorsqu'un autre encore rebondit sur la chaîne, il vit qu'ils lui jetaient des blocs de scories froides.

Tout en bas, il percevait des gargouillis de mauvais augure lorsque les boulets tombaient dans la bouillie. Ce truc était en état de fermentation avancée.

Un bloc le frappa au poignet et il faillit tout lâcher. Il faisait son possible pour louvoyer et zigzaguer, mais ce n'était plus qu'une question de temps.

C'est alors qu'une voix nouvelle s'éleva au-dessus de lui, plus légère mais curieusement plus autoritaire que les autres.

– Arrêtez !

Le bombardement cessa sur-le-champ.

– Hissez la chaîne, ordonna la voix. Remontez-le.

27

La chaîne grinça et Col fut ballotté d'un côté à l'autre. Les Immondes le remontaient vers l'ouverture. Il ne cherchait plus à comprendre, il était simplement content d'être encore en vie pour un moment.

Des mains nombreuses se tendirent à son approche. Elles le saisirent par sa veste, le hissèrent et le déposèrent sur les barreaux. Ses pieds passèrent à travers les trous et il se retrouva mi-agenouillé, mi-assis.

Les Immondes s'agglutinèrent autour de lui. Il reconnut les trois qu'il avait surnommés la Balafre, la Graisse et N'a-qu'une-dent, tous arborant un grand sourire de satisfaction haineuse.

– Reculez !

Encore cette voix autoritaire. Col prit conscience que c'était une voix féminine. Les autres firent un pas en arrière, et il vit que la donneuse d'ordres était une fille aux cheveux blonds et bruns, aux pommettes saillantes et aux yeux immenses.

Riff !

Il poussa une exclamation incrédule. Elle lui adressa un simple signe du menton. Elle l'avait sûrement déjà reconnu en le voyant suspendu à la chaîne.

Il se rappela qu'elle lui avait raconté être une meneuse dans le monde du Dessous. À présent, elle était l'unique et mince fil qui le reliait à la vie.

– Riff, je t'en prie ! lança-t-il. Tu m'as dit que tu avais une dette envers moi. Tu m'as promis que tu m'aiderais si jamais j'en avais besoin.

Elle fronça le sourcil et se mordilla la lèvre. Une vague de murmures parcourut la foule.

Riff pivota pour faire face aux autres.

– Bah oui, c'est vrai. Vous connaissez tous l'histoire. C'est lui qui m'a cachée dans l'armoire.

Le ton des murmures se modifia. Moins hostile ? Col, regardant autour de lui, remarqua que la plupart des Immondes étaient très jeunes.

Mais le balafré restait imperturbable. Il leva sa main pour montrer les marques sanglantes laissées par les dents de Col.

– Vous voyez ce qu'il m'a fait ? Moi, je dis qu'il doit mourir, tout de suite.

Riff hocha la tête en observant les marques.

– Mais je lui ai promis de l'aider.

– L'aider maintenant ? demanda un autre Immonde.

– J'en sais rien. Le sauver et laisser le Conseil révolutionnaire décider de son sort.

– Non ! éclata la Balafre, livide. Il est des leurs ! Il doit payer. (Il fit face à la foule à son tour.) Pour tout ce qu'ils nous ont fait, pas vrai ? Pour les coups de vapeur ! (Il montra du doigt la chair plissée qui le défigurait.) Pour ça, hein ?

Les Immondes avaient l'air indécis.

– Y a qu'un endroit pour les gens comme ça ! continua la

Balafre en désignant la bouillie qui clapotait en bas. À fond de cale !

Il s'approcha de Col, mais Riff lui barra le passage.

– D'accord, dit-il. Si c'est ce que tu veux. Je suis prêt.

Qu'est-ce qui se passe, encore ? se demanda Col.

Les Immondes reculèrent pour former un ring en se tenant par les bras. La Balafre et Riff s'écartèrent de vingt pas, plièrent les coudes, fléchirent les genoux. Ils allaient le jouer aux poings.

Les espoirs de Col s'effondrèrent. C'était perdu d'avance. Le balafré était plus âgé, plus grand et plus fort qu'elle. Son seul désavantage était sa main blessée, et même cela ne semblait pas le gêner. Riff n'avait pas la moindre chance.

Pendant une minute ou deux, les combattants se tournèrent autour. Tous deux évoluaient sur les barreaux d'un pied sûr, comme s'ils pouvaient sentir les espaces vides sans regarder. Ils se tenaient à distance de l'ouverture centrale de la grille, et de Col à côté.

Quand La Balafre plongea en avant avec un rugissement, Riff resta immobile jusqu'au tout dernier moment, puis se baissa et se détendit comme un ressort pour sauter de côté. Elle se jeta contre l'anneau d'Immondes, rebondit, toucha le sol des deux mains avec légèreté et s'élança en l'air les pieds en avant. Son coup de pied tournant faucha la Balafre juste au-dessus des reins.

La sauvagerie des coups fit grimacer Col. Le balafré toussa et se plia en deux, mais se remit rapidement. Il pirouetta pour se positionner face à Riff, qui repartit à l'attaque.

Elle avança en dansant, feintant de droite et de gauche. La Balafre serra le poing et frappa. Un coup terrible... s'il avait porté. Mais Riff saisit son bras au vol et en détourna la force par-dessus son épaule, glissa un pied autour de ses chevilles, et le déséquilibra avec son propre élan. Son coup partit vers le bas et son poing passa entre les barreaux. Pendant un instant, la Balafre se retrouva coincé jusqu'à l'aisselle.

Les Immondes poussèrent des acclamations auxquelles Riff répondit par un salut. Dans un geste très étudié, elle tourna le dos à la Balafre et s'approcha de Col d'un pas nonchalant.

– Tout est question de timing, tu vois ? lui dit-elle. Le timing et la technique. J'utilise sa force pour le battre.

Mais que faisait-elle ? Le combat n'était pas terminé. Son adversaire avait libéré son bras et se remettait sur pied.

Col ouvrit la bouche pour crier un avertissement... au moment même où la Balafre chargeait comme un taureau, dans le but évident de faire tomber Riff par le trou central de la grille.

– Attention... !

Riff n'avait nul besoin d'être prévenue. Elle s'attendait à cette attaque depuis le début. Elle poussa Col et repassa à l'action.

Tout se déroula dans un brouillard, en une fraction de seconde. Alors que Col roulait sur le côté, Riff prit son élan et franchit l'ouverture d'un grand bond. Le balafré tenta de s'arrêter... mais trop tard. Il glissa du bord de la grille, partit en vrille dans sa chute et réussit à se rattraper au tout dernier barreau. Il resta suspendu au-dessus du vide.

Riff revint en courant près de l'ouverture, s'agenouilla et le saisit par les poignets. Elle le fit mariner ainsi un moment pour bien lui laisser le temps de contempler la bouillie gargouillante en dessous de lui.

– Alors, qui a gagné ? demanda-t-elle.

– Toi.

– Qui décide du sort du garçon ?

– Toi.

Elle l'aida à remonter sur les barreaux, où il resta allongé, maussade et démoralisé. Les Immondes brisèrent le cercle. Comme ils commençaient à se disperser, Riff en rappela une demi-douzaine par leurs noms.

– Swale. Tobbs. Jarvie. Channa. Gart et Sess. Allez chercher les membres du Conseil révolutionnaire. Dites-leur que je convoque une assemblée générale tout de suite.

Col vit la Graisse et N'a-qu'une-dent s'éclipser discrètement, sans attendre leur camarade. N'a-qu'une-dent avait quelque chose sous le bras : le livre sur les montagnes et les volcans.

– Eh ! cria-t-il en sautant sur ses pieds. Ce n'est pas à toi, ça !

Riff suivit du regard son index pointé.

– Quoi ?

– C'est à *toi*, lui dit-il.

– Comment ça ?

– C'est le livre que tu voulais m'emprunter. Je l'ai jeté dans la glissière pour toi.

– Ah bon ? Et pourquoi t'aurais fait un truc pareil ?

– En cadeau. Je l'ai emballé et je t'ai dessinée sur le papier.

Col s'adressa à N'a-qu'une-dent.

– Dis-lui, toi.

L'édenté concéda à regret un grognement affirmatif.

– Apporte-moi ça, fit Riff en claquant les doigts.

Il s'avança et lui tendit le livre. Elle l'ouvrit et tourna les pages. Col devinait un ravissement croissant derrière son expression sévère.

– J'ai pensé que tu le méritais, expliqua-t-il. Parce que tu voulais apprendre à lire. Tu m'as dit que tu n'avais jamais eu cette chance.

– Non, j'ai jamais eu cette chance, confirma-t-elle en refermant l'ouvrage d'un coup sec. D'accord, je te défendrai devant le Conseil.

Soudain, elle avait le visage fendu d'un grand sourire.

– Allons-y.

28

Col suivit Riff d'échelle en passerelle. Lorsqu'ils atteignirent un défilé étroit qui s'ouvrait entre les machines luisantes et huilées, elle se retourna pour le mettre en garde.

– Déplace-toi exactement comme moi.

Le défilé était un piège mortel, traversé çà et là par d'énormes pistons qui surgissaient violemment sans prévenir. Du moins, il aurait été un piège mortel sans les conseils de Riff. Elle prit Col par la main et le fit avancer par bonds et arrêts soudains.

– Là, disait-elle. Attends. Maintenant. Attends. Maintenant.

Ses mouvements étaient aussi imprévisibles que ceux des pistons, mais Col apprit à réagir aux pressions de sa main. Six fois au moins il faillit se faire écrabouiller.

– Faut avoir de bons réflexes, ici, lui expliqua-t-elle lorsqu'ils eurent traversé. C'est pour ça que j'ai battu Sculler si facilement. Il se fait vieux. Après vingt ans, on réagit moins vite. Y a pas grand monde qui dépasse les trente ans par ici.

Col se rappela avoir trouvé la plupart des Immondes très jeunes. Il ne s'étonnait plus que Riff fût déjà chef à l'âge de quatorze ans.

Il aurait voulu en savoir encore bien plus, mais Riff le fit taire en lui donnant ses instructions pour l'étape suivante du trajet.

– De la fumée épaisse, maintenant. On a quatre échelles à grimper. Quand tu arrives en haut de chaque, cours vers la gauche sur la plate-forme, penche-toi, respire un bon coup. Retiens ta respiration tout le temps où tu grimpes. Pigé ?

Il acquiesça. Riff inspira profondément et se plaqua une main sur la bouche et le nez. Col fit de même. La fumée s'élevait en volutes tourbillonnantes brunes et grises, semées de gerbes d'étincelles rouges.

Pendant les cinq minutes qui suivirent, il se concentra sur sa survie. La fumée l'aveuglait, les étincelles lui piquaient la peau. Quatre fois ses poumons furent sur le point d'exploser, quatre fois il courut vers la gauche et se pencha, suffoquant, pour chercher de l'air. Il dut prendre sur lui pour faire demi-tour et replonger dans la fumée.

Pas une fois Riff ne jeta un coup d'œil par-dessus son épaule pour voir où il en était. C'était à lui de suivre. Il n'y avait pas de deuxième chance dans ce monde, comprit-il.

Après la fumée et les échelles, ils gravirent une rampe en pente douce ombragée par une gigantesque citerne cylindrique, semblable à celle que Col avait déjà vue. Ses parois arrondies étaient couvertes d'une sorte d'échafaudage, sur lequel une multitude d'Immondes se tenaient en équilibre.

– Que font-ils ? demanda Col.

– La cuisine. Font chauffer de l'eau.

– Comment ça ?

– Contre les flancs de la chaudière.

– C'est une chaudière ?

– Ouais. Assez chaude pour t'ébouillanter.

Quelqu'un cria « Gaffe ! » tandis qu'une casserole en métal dégringolait à grand fracas. Elle rebondit de niveau en niveau sur l'échafaudage, passa devant Col et Riff, et disparut dans les profondeurs en dessous d'eux.

– Qui a fait ça ? hurla Riff.

Un visage penaud se pencha à un niveau supérieur.

– Désolé. Elle était vide.

– T'as d' la chance.

Col secoua la tête.

– Quel monde de fous !

Riff reporta sa colère sur lui.

– Ah oui, tu crois ça ?

– Je veux dire, tous ces gens qui vivent les uns sur les autres... C'est le chaos complet.

– Pff ! Tu vois pas ce que t'as sous le nez. Regarde mieux, Col-bert Porpin-touin.

Col observa et vit les Immondes se passer de main en main les récipients d'eau chaude. Pour changer de place, ils devaient grimper les uns sur les autres, sur l'échafaudage. C'était incroyablement instable ! Cent fois il crut que quelqu'un allait se brûler contre la chaudière, ou manquer un pas et tomber, ou laisser tomber encore une casserole... mais non. À la dernière minute, il y avait toujours un autre Immonde pour prêter main-forte, attraper un bras ou retenir une épaule. Toute l'opération se poursuivait à une vitesse surprenante.

– Tu vois, maintenant ?

Col secoua la tête. Ce devait être un pur hasard qu'il n'y eût pas plus d'accidents. Tout cela ne pouvait pas être entièrement prévu et calculé.

– C'est *parce qu'*on vit entassés les uns sur les autres qu'on est obligés de coopérer, lui dit Riff. Faut bien qu'on soit plus organisés que vous, sinon on survivrait jamais.

Col ne voulait pas le voir, mais c'est pourtant ce qu'il finit par faire. Il y avait un ordre dans ce chaos, une organisation si complexe qu'elle dépassait presque la compréhension. Les actes de chaque Immonde étaient coordonnés avec ceux de tous les autres. C'était comme un bal où chaque pas de chacun des danseurs aurait été parfaitement répété.

Une fois qu'il l'eut perçu, il le vit partout. Ils montèrent encore, en traversant une série de niveaux consacrés aux activités de blanchisserie, et il comprit que certains triaient, d'autres frottaient, d'autres rinçaient et d'autres étendaient. Les paquets de linge volaient en l'air presque trop vite pour être suivis des yeux. Les vêtements n'étaient que des hardes, mais le système déployait une fluidité et une efficacité incroyables.

Col avait le vertige rien qu'à regarder. Il ne pouvait pas plus imaginer savoir laver le linge comme les Immondes que savoir se battre comme Riff. Leurs capacités paraissaient surhumaines.

Après les étages voués à la lessive, Riff lui fit traverser un dédale de tuyauteries zigzagantes. Elle lui montra de petites soupapes qui dépassaient ici et là.

– Te laisse pas prendre devant un de ces trucs-là, l'avertit-elle.

Évitant les soupapes, ils marchèrent en levant les pieds, en s'accroupissant, voire par moments en rampant.

– Qu'est-ce que c'était ? demanda Col lorsqu'ils en furent sortis.

– La vapeur. C'est par là que vous nous l'envoyez.

Col se remémora les explications de Sir Mormus à ce sujet.

– Pour vous secouer un peu.

– Sois pas idiot ! le moucha Riff. On nous fait travailler en contrôlant la nourriture. La vapeur, elle fait que nous ralentir. Ils le font parce qu'ils aiment nous faire du mal.

Col ne trouva rien à répondre.

– Alors pourquoi n'évitez-vous pas les soupapes ?

– T'as pas encore pigé ? Y a pas un endroit ici qui soit pas dangereux.

Les yeux de Riff lancèrent un éclair.

– Tu sais ce que c'est, ton problème ?

– Quoi ?

– Tu regardes qu'une chose à la fois. Si tu veux survivre, garde l'esprit large et les sens ouverts. Te concentre pas, tiens-toi prêt dans toutes les directions.

Pendant le restant du trajet, Col s'efforça de garder l'esprit large et les sens ouverts. Peut-être progressa-t-il un tout petit peu.

Grimpant encore plus haut, ils atteignirent une série de structures carrées, comme des cadres faits de poutrelles et reliés entre eux par des croisillons. Les surfaces étaient rendues glissantes par des grumeaux de graisse jaune. Col, regardant devant lui, comprit qu'ils allaient devoir passer à travers les cadres en marchant sur une unique poutrelle.

– Je ne peux pas, gémit-il.

– Mais si. Prends ton élan. Regarde-moi.

Riff accéléra vers la poutrelle, tendit les bras sur les côtés, fléchit les genoux et se lança dans une glissade. La graisse sous ses pieds rendait la poutrelle idéalement glissante. Une fois de l'autre côté, elle se rattrapa à un croisillon pour s'arrêter.

– Plus tu vas vite, mieux c'est, l'encouragea-t-elle. Regarde pas en bas.

Il n'avait pas le choix. Il prit de l'élan, écarta les bras, plia les genoux et glissa. Seul son élan le maintenait en équilibre. Il s'inclina vers la droite, compensa vers la gauche, recorrigea un peu trop vers la droite. Trop loin ! Le gouffre était béant en dessous de lui.

Juste à temps, il se raccrocha au croisillon.

Pas un mot de félicitation de la part de Riff. Elle tourna immédiatement les talons et se remit en route.

Au-dessus de leurs têtes, des poutres gigantesques oscillaient d'avant en arrière sur un rythme puissant. Ils ne devaient plus être très loin du plancher du Pont Zéro, devina Col, bien que rien ne fût clairement visible dans la pénombre.

– On arrive à notre lieu de réunion, lui dit Riff. Le reste du Conseil doit déjà être là.

– Déjà ? (Un petit coin du cerveau de Col était encore capable de calculer.) Comment ont-ils pu arriver avant nous ?

– Oh, ils ont pris des raccourcis.

– Et nous, qu'est-ce qu'on a pris ?

– Le chemin le plus long. Les raccourcis sont encore trop difficiles pour toi.

Alors comme ça, ils avaient pris la route *facile* ? Col ne pouvait pas imaginer à quoi ressemblait l'autre.

29

Le lieu de réunion était un immense hamac tendu telle une toile d'araignée dans l'espace libre entre deux énormes volants. Ces derniers, tournant à grande vitesse, soulevaient un grand vent, mais l'air entre eux était immobile comme dans l'œil d'un cyclone. Col s'était progressivement habitué à crier pour se faire entendre dans le vacarme constant du Dessous. Le lieu de réunion était le seul endroit où il était possible de parler normalement.

Sur une indication de Riff, il sauta dans le hamac et roula jusqu'au fond. Les membres du Conseil étaient alignés sur un côté, confortablement installés, les pieds calés contre les cordes. Ils le fixaient d'un regard inquisiteur.

– Reste où t'es, lui dit sèchement une fille tatouée aux cheveux coupés ras alors qu'il cherchait à se lever.

Ils étaient six, Riff comprise, et tous avaient le même gabarit : mince, sec et musclé. Ils semblaient adolescents ou âgés d'une vingtaine d'années, à l'exception d'une femme à la tête ceinte d'un bandeau rouge, qui pouvait avoir trente ans.

Un garçon à la jambe bandée ordonna à Col d'expliquer sa présence au Dessous. Apparemment, le Conseil révolutionnaire connaissait déjà l'histoire de ses rencontres précédentes avec Riff. Il leur raconta comment il avait jeté le livre dans la glissière, puis la bagarre avec Lumbridge, puis sa propre chute dans le conduit. Ils l'écoutèrent en silence, poussant seulement de brèves exclamations de surprise à l'exposé de certains détails. Riff fit circuler le livre pour que le Conseil pût l'examiner.

Ensuite, ils le bombardèrent de questions, auxquelles il répondit de son mieux. Ils en posaient tous à parts égales, et Col eut l'impression que personne n'était supérieur aux autres dans la hiérarchie.

– Donc, tu penses que Riff te doit une faveur, conclut finalement Bandeau rouge. Qu'est-ce que tu voudrais ?

– Remonter dans les ponts supérieurs.

– Ah ouais, et comment tu comptes t'y prendre ? lui demanda un garçon au front bulbeux et aux yeux froids et calculateurs.

Riff prit la parole.

– Y a un moyen, Shiv.

– Pour lui mais pas pour nous ?

– Pour nous quand ils veulent de nouveaux Larbins, dit Riff en haussant les épaules. Vous savez qu'ils se servent d'un crochet pour nous faire monter. Ils pourraient faire pareil avec lui. Tout ce qu'on a à faire, c'est le mettre là où ils peuvent le voir.

– Ouais, approuva le garçon à la jambe bandée en hochant la tête. Un endroit haut placé, près d'un de leurs postes d'observation.

– D'accord, on pourrait, intervint un jeune homme au menton barbu. Mais je vois toujours pas pourquoi on le ferait.

Riff échangea avec lui un regard rapide.

– J'ai fait une promesse, Padder.

Bandeau rouge haussa un sourcil.

– Rien de personnel là-dedans, hein ? dit-elle.

Ses yeux passèrent de Riff à Col, puis de nouveau à la jeune fille.

– Toi et lui ?

– Bien sûr que non, rétorqua immédiatement Riff.

Le dénommé Padder se renfrogna.

– Paraît que tu t'es battue avec Sculler pour lui. Tu lui as déjà assez rendu service.

– Je me suis battue avec Sculler parce qu'il obéissait pas à mes ordres. Ça, c'était pour moi.

Bandeau rouge sourit largement.

– Remarquez, il est plutôt joli garçon. À part ces frusques ridicules. Moi, je dis qu'en lui retirant ses habits...

– La ferme, Fossie ! lança Riff, furieuse.

Padder émit un grondement menaçant.

– Ouais, la ferme. La dégaine, ça n'a rien à voir. Il est des leurs.

De nouveau, il échangea un regard avec Riff. *Il y a quelque chose entre eux*, pensa Col, et son cœur fit un drôle de petit bond. Étaient-ils ensemble, d'une manière ou d'une autre ? Pourtant, Riff n'avait que quatorze ans. Dans les ponts supérieurs, personne n'aurait imaginé se fiancer avant ses dix-huit ans ni se marier avant ses vingt et un ans.

– Le laisser vivre, ça suffit comme faveur, commenta Padder. L'a qu'à voir un peu comment c'est, la vie au Dessous.

Col fit la grimace.

– Je ne tiendrai pas longtemps. Autant me tuer tout de suite.

La fille aux bras tatoués et aux cheveux ras s'exprima à son tour.

– C'est vrai, ça. Il durerait pas vingt-quatre heures, ici.

Il y eut un silence. Puis le garçon à la jambe bandée fit une suggestion.

– On devrait l'échanger. S'ils veulent le récupérer là-haut, qu'ils nous donnent quelque chose en retour.

– Et quoi, Zeb ? lui demanda la fille aux tatouages.

– J'en sais rien. Plus de bouffe. Moins de vapeur.

– Pffft ! (Le nommé Shiv imita le bruit d'un crachat.) Ils reviendraient sur leur parole dès qu'ils auraient eu ce qu'y veulent. Ils nous puniraient avec plus de vapeur et moins de bouffe.

– On pourrait faire durer les pourparlers, argua Zeb, qui n'était plus si sûr de lui.

– C'est ça, et ils prolongeraient la punition cent fois plus longtemps, rétorqua Shiv. On peut pas leur faire confiance.

Col intervint.

– Vous pouvez me faire confiance, à moi.

Fossie le considéra avec curiosité.

– Qu'est-ce que tu peux faire ?

– Je serai commandant suprême un jour. Et ce jour-là, ce sera un ordre : plus jamais de vapeur.

Ils éclatèrent tous de rire.

– Vous ne me croyez pas ? (Col prit à témoin Riff, qui s'esclaffait avec les autres.) Je te l'ai dit, tu te rappelles ? Je suis le prochain après mon grand-père.

Mais Riff lui refusa son soutien.

– Quand ? Dans dix ans, vingt ans ?

– Peut-être. Quand il prendra sa retraite.

– Et on sera tous morts d'ici là, dit Padder.

Col allait lui répondre « Ne sois pas ridicule », mais il se rappela. Personne, au Dessous, ne dépassait de beaucoup l'âge de trente ans.

– De toute manière, on a de plus grands projets, dit la fille tatouée.

– Chut, Dunga.

Les autres froncèrent les sourcils et la regardèrent en secouant la tête.

Ils se mirent à chuchoter entre eux, trop bas pour que Col pût les entendre. *Ils décident de mon sort*, pensa-t-il, et sa gorge se serra.

Finalement, il y eut un hochement de tête général.

– Bien, c'est d'accord.

Riff s'adressa à Col.

– On va t'aider à remonter dans les ponts supérieurs, à une condition.

– Laquelle ?

– Faut que t'aides l'un d'entre nous à monter aussi.

Voilà qui était inattendu.

– Comment ?

– Une fois là-haut, tu retournes à une glissière à bouffe et tu laisses pendre une corde.

Col chercha des excuses pour s'y soustraire.

– Je ne sais pas où trouver une corde assez longue.

– Tu trouveras.

– Et que fera cette personne ?

– Explorer les ponts supérieurs, expliqua Shiv.

– Espionner, tu veux dire ?

– C'est nous que ça regarde.

Col ne leur faisait pas confiance. Que s'étaient-ils chuchoté à l'oreille ? Quels étaient leurs grands projets ?

– Une personne seulement ?

– Ouais.

Il désigna Riff.

– Elle, alors.

– Exactement ce qu'on avait pensé, dit-elle avec un grand sourire. Moi.

Sa bonne volonté aggravait les soupçons de Col.

– Mais la dernière fois... tout ce que tu voulais, c'était redescendre.

– Parce que je me croyais coincée là-haut. Maintenant c'est différent.

– Alors, tu vas le faire ? insista Shiv. Oui ou non ?

Col acquiesça.

Riff se pencha en avant, les yeux plongés dans les siens.

– Donne-nous ta parole. Donne-moi ta parole, à moi.

– Tu as ma parole.

– D'accord.

Elle tendit une main et l'aida à se relever. Il resta debout, chancelant, sur le hamac qui se balançait.

– Espérons que t'auras pas à le regretter, Riff, dit Dunga.

– Il va l' faire, répondit Riff. Vous verrez.

30

Le plan était simple : exposer Col bien en vue à un endroit où il pourrait être repéré d'en haut. Les officiers de quart se chargeraient du reste. Les six membres du Conseil le guidèrent vers le poste d'observation le plus proche.

Ils montèrent, encore et toujours, à travers un nuage de gaz nauséabonds. De gigantesques formes sombres se déplaçaient dans les vapeurs : roues dentées, fûts imbriqués, tiges coulissantes. Au-dessus d'eux, Col apercevait le plafond du Dessous, qui était aussi le plancher du Pont Zéro.

Ils escaladèrent le flanc d'une cheminée noire et graisseuse, évitèrent une cascade d'eau bouillante et gravirent une échelle pour rejoindre une plate-forme au sommet. Cette plate-forme était le seul point fixe dans un univers de pièces mécaniques en mouvement.

Riff pointa le doigt et parla à l'oreille de Col pour couvrir le bruit.

– C'est là-haut. C'est de là qu'ils font descendre le crochet.

– Je ne vois rien.

– Non, pas encore. Monte là-dessus.

Pendant qu'elle parlait, une énorme poutre métallique s'éleva devant eux. Elle dépassa la plate-forme en glissant avec un grand bruissement, *vlouf*. Des gouttelettes d'huile pleuvaient dans son sillage.

– *Là-dessus ?*

– Mais oui, tu tomberas pas. Fais semblant de nous fuir.

– On va crier comme si on te courait après, ajouta Fossie dans son autre oreille.

L'instant d'après, la poutre replongeait avec un nouveau *vlouf*.

– Accroche tes mains ensemble, dit Riff en lui montrant le geste. Comme ça.

Col entrelaça les doigts de ses deux mains.

– Et maintenant, lève les bras au-dessus de ta tête.

Il n'avait pas plus tôt levé les bras que les Immondes se saisirent de lui et le soulevèrent.

– Hé ! protesta-t-il.

La poutre remontait. Ils le balancèrent d'avant en arrière, puis le propulsèrent en avant comme s'ils jetaient un tronc.

Vlouf !

Il vola dans les airs, impuissant... et alla s'écraser contre la poutre qui montait. Ses mains s'accrochèrent à un éperon métallique qui dépassait, et il fut tiré vers le haut si soudainement que son estomac resta en arrière.

Plus haut, plus haut, toujours plus haut, il dépassa les formes sombres perdues dans la fumée. L'accélération lui fit presque perdre connaissance. La poutre s'éleva jusqu'au sommet de son arc, puis retomba en arrière. Pour la seconde fois, Col en eut les tripes toutes retournées.

Il entrevit vaguement les membres du Conseil qui l'observaient depuis la plate-forme. Il passa devant eux en descendant, puis de nouveau en remontant.

Il tordit le cou en approchant une nouvelle fois du sommet de l'arc. Oui, la cage de fil de fer suspendue sous le Pont Zéro était bien là. À l'intérieur, un officier regardait à travers le grillage du sol.

Avait-il repéré Col ? La poutre changea de direction avant que ce dernier ait pu hurler à l'aide.

– Souviens-toi de ta promesse ! lui cria Riff quand il repassa en trombe devant elle.

De nouveau en bas, puis en haut. L'officier avait disparu. Était-ce une bonne ou une mauvaise nouvelle ?

Col commençait à avoir la nausée. Il n'avait aucune chance de regagner la plate-forme : s'il n'était pas attrapé par ceux d'en haut, il resterait coincé sur cette poutre à jamais. Ou du moins jusqu'au moment où il lâcherait et ferait une chute mortelle...

Ensuite, il remarqua que les Immondes brandissaient le poing et lui hurlaient des invectives. La tête lui tournait tant qu'il mit quelques secondes à comprendre qu'ils jouaient la comédie.

Levant les yeux, il constata qu'une demi-douzaine d'officiers avaient fait leur apparition dans la cage d'observation. Ils tendaient une longue perche par la porte ouverte. Et quelque chose descendait vers lui au bout d'un câble, un objet brillant et recourbé : le crochet !

Il ne comprit jamais précisément son fonctionnement. Cela devait s'apparenter plus à la pichenette de M. Gibbon qu'à un simple crochet. Col entendit juste un claquement de piège qui se referme. Au sommet de l'arc, sa taille fut soudain prise dans un anneau métallique.

Lorsque la poutre redescendit, le crochet retint son poids et ses mains entrelacées n'agrippèrent plus que du vide.

Les officiers le hissèrent par à-coups, moins d'un mètre à la fois. Il entendait le cliquetis d'une roue crantée et une voix qui criait : « Tirez ! », « Tirez ! », et encore « Tirez ! »

Il avait survécu. C'était la seule pensée qu'il eut en tête pendant qu'il tournicotait au bout du câble, la tête en bas, les pieds en l'air. En bas, les membres du Conseil avaient cessé de faire semblant de le poursuivre et n'étaient plus visibles.

Le cliquetis et la voix de l'officier se firent de plus en plus sonores. Puis des mains saisirent fermement ses bras et ses jambes. Il fut tiré par-dessus le rebord, sur le sol en grillage du poste d'observation.

Avec un nouveau claquement métallique, le crochet s'ouvrit et le libéra.

Il roula sur le dos, les yeux pleins de larmes de soulagement. Les officiers formaient autour de lui un demi-cercle respectueux.

Il avait envie de les noyer dans un torrent de remerciements venus du fond du cœur. Mais par égard pour Sir Mormus, il se devait d'afficher une dignité plus convenable.

– Merci, dit-il. Je recommanderai votre rapidité d'action à mon grand-père. Qui m'a repéré en premier ?

Ils ne répondirent rien. Quel était leur problème ? Col cligna des paupières et les regarda mieux.

Ce qu'exprimaient leurs regards n'était pas du respect, mais un profond dégoût.

31

Bien sûr, il était sale. Ses vêtements étaient maculés d'huile et de graisse, ses mains noires de fumée et de suie, son visage était sans doute dans le même état. Peut-être avait-il aussi l'odeur de tout cela. Mais ce mouvement de recul chez les officiers n'était pas dû seulement à la crasse.

– Vous m'avez vu échapper aux Immondes ? demanda-t-il. J'ai été trop malin pour eux. Vous les avez vus me courir après ?

Personne ne le contredit. Ils avaient bien dû voir les Immondes beugler et secouer le poing. Pourtant, l'expression des regards ne changea pas.

Alors Col comprit. Ce n'était pas la manière dont il était revenu, mais l'idée même de l'endroit où il s'était trouvé : au Dessous, en bas, parmi les Immondes.

Il se leva et ils reculèrent encore d'un pas. On aurait dit qu'il était porteur d'une maladie contagieuse.

– Vous êtes tombé par la glissière de ravitaillement, dit un officier.

– Ah. Oui. (Qu'avait-il pu se passer pendant qu'il était au Dessous ?) Vous êtes au courant ?

– Oui. Monsieur. (Le « Monsieur » semblait comme ajouté après coup.) Le commandant suprême a interrogé toutes les personnes concernées.

– Il arrive, ajouta un autre. J'ai envoyé un messager le prévenir que vous aviez été localisé.

– Il pensait ne jamais vous revoir, précisa un troisième.

– Nous allons à présent vous emmener à sa rencontre, dit le premier.

En silence, ils l'escortèrent hors du poste d'observation. Ce n'était pas celui que connaissait Col, mais l'échelle et la trappe étaient identiques, tout comme la tente en toile et la barrière avec ses feux clignotants orange. Même les tas de charbon et les colonnes d'acier étaient les mêmes.

Ils n'avaient parcouru qu'une courte distance lorsque l'officier de tête leur ordonna de faire halte.

– Les voilà, dit-il.

Une escouade d'une douzaine d'officiers s'avançait le long du Pont Zéro, entraînée par la haute silhouette de Sir Mormus Porpentine. Col se passa une main dans les cheveux et lissa ses vêtements. Le seul effet fut de laisser de nouvelles traînées grasses sur sa chemise et sa veste.

Sir Mormus avait les traits figés et sévères, les sourcils en bataille. Sans un regard pour Col, il s'adressa aux officiers du poste d'observation.

– Eh bien ?

– Nous l'avons attrapé au crochet sur une poutre, monsieur.

– Il était apparemment en train de s'enfuir, monsieur. De fuir une horde d'Immondes, monsieur.

Sir Mormus se redressa et se grandit encore.

– Bien. Retournez à vos postes. Tout le monde.

Il eut un rapide mouvement de la main en direction de Col.

– Toi, tu viens avec moi.

Col sentit les regards désapprobateurs des officiers lui brûler le dos tandis qu'il partait avec son grand-père. Sir Mormus ne lui accorda pas même un coup d'œil, mais fonça tout droit à travers les flaques d'eau, la poussière de charbon et les taches d'huile.

Col tenta d'avancer une explication.

– C'est Lumbridge qui m'a poussé dans la glissière, monsieur.

Sir Mormus eut un reniflement méprisant.

– Que faisais-tu au Pont Zéro, mon garçon ?

– Je, euh... je les avais suivis, monsieur. Les jumeaux Squellingham et leur clique. Je me doutais qu'ils préparaient un mauvais coup.

– Non, ce sont eux qui t'ont suivi.

– C'est ce qu'ils disent, monsieur. Mais...

– Ne te moque pas de moi, mon garçon. Tu étais le seul à être déjà descendu au Pont Zéro. Toi seul pouvais connaître le code de la porte.

Col se tut, puisque son explication venait de s'effondrer misérablement.

Ils quittèrent le Pont Zéro par une issue marquée « Porte 21 ». Sir Mormus montra le chemin jusqu'à un ascenseur à vapeur situé non loin de là.

– Écoute, mon garçon, dit-il pendant que la plate-forme commençait son ascension. Nous nous rendons à la Chambre du gouvernement. Une enquête impériale est déjà en cours. Lorsque tu apparaîtras, Sir Wisley nous intentera un procès. Nous serons jugés, je serai jugé, la famille Porpentine sera jugée. Par conséquent, c'est moi et moi seul qui fournirai les explications. Tu confirmes tout ce que je dis. Compris ?

– Oui, monsieur. Mais si...

– Plus un mot.

Au Pont 51, l'ascenseur s'arrêta en sifflant et en ahanant. Ils franchirent un barrage de portes battantes en bois et de rideaux de velours vert. Col n'avait jamais pénétré dans la Chambre du gouvernement, mais il savait que c'était là qu'étaient prises les plus grandes décisions concernant l'avenir du *Worldshaker*.

Il comprenait à présent sa situation. Sir Mormus le défendrait parce que la réputation des Porpentine était en jeu. Mais si cela n'avait tenu qu'à lui, il aurait préféré que Col restât perdu à jamais au Dessous.

Ils parcoururent une centaine de mètres de coursive avant d'atteindre une porte à boiseries de chêne poli. Sir Mormus l'ouvrit à la volée et entra à grandes enjambées.

La Chambre du gouvernement se mit à tourner autour de Col. Des portraits austères... des bustes dans des niches... un épais tapis vert... des tables en demi-cercle. La reine Victoria et le prince Albert étaient assis sur leurs trônes impériaux et flanqués des membres du gouvernement. Le Dr Blessamy, debout au centre du demi-cercle, était apparemment en train de livrer sa déposition.

Col respira un grand coup lorsque tous les regards se tournèrent vers lui.

32

– Extraordinaire, marmottait le prince Albert. Extraordinaire. Tout à fait extraordinaire.

Col était péniblement conscient des taches qui souillaient son uniforme scolaire, de la suie qui maculait son visage et ses mains.

La reine Victoria fronça les sourcils sous son énorme couronne. Sa tête pivota de quelques degrés en direction du Dr Blessamy.

– Merci, monsieur le directeur. Vous pouvez vous retirer.

Col reconnut plusieurs membres du gouvernement : le timonier-chef Turbot, le vice-amiral Haugh, Lord Fefferley et Sir Wisley Squellingham. Sir Wisley était assis à l'extrémité du demi-cercle, une pile de papiers posée sur la table devant lui. Il sourit à Col en découvrant ses dents en or. Ce ne fut pas un sourire aimable.

La reine Victoria refit pivoter sa tête dans la direction opposée.

– Dites-nous donc, Sir Mormus. Comment votre petit-fils est-il remonté du Dessous ?

Elle était apparemment informée de la réapparition de Col, mais pas des détails du sauvetage. Col se rendit compte que Sir Mormus se trouvait sans doute en pleine enquête lorsqu'on l'avait appelé au poste d'observation.

Le commandant suprême propulsa Col jusqu'à la place libérée par le Dr Blessamy et prit position derrière lui. Dans son récit, les événements gagnèrent les dimensions d'une évasion héroïque : son petit-fils avait volontairement grimpé jusqu'au plus haut point possible sous la cage d'observation, en repoussant toutes les tentatives des Immondes pour l'entraîner vers le fond.

Col n'écoutait que d'une oreille. La vue d'autres personnes au fond de la Chambre l'avait distrait. Hythe, Pugh, Lumbridge, Fefferley, Haugh et Flarrow y étaient assis en rang. Le Dr Blessamy se tenait auprès d'eux, accompagné de cinq officiers.

Sir Mormus conclut avec panache.

– Le tout sous les yeux de nombreux témoins, Madame. Je peux les convoquer pour qu'ils livrent leur déposition, si vous le souhaitez.

– Non, non, non, intervint fermement Sir Wisley. Aucune nécessité. Nullement pertinent. Ne perdons pas de vue la question principale. (Il lança des regards vifs dans toutes les directions.) Écoutons les officiers confirmer les dires des garçons.

La reine Victoria grimaça sous le poids de sa couronne.

– Très bien. Mais d'abord, il faut que le jeune Colbert entende les allégations portées contre lui par ses camarades. (Elle tendit une main vers son époux.) Voulez-vous bien nous résumer cela, mon ami ?

– Humpf, fit le prince Albert en tirant alternativement sur les deux bouts de sa moustache. Une excursion scolaire. Monsieur Colbert et ses camarades d'école. Il a ouvert une porte verrouillée menant au Pont Zéro. Une combinaison secrète.

Sir Wisley se fit un plaisir de donner des détails.

– Ils l'ont suivi en bas parce qu'ils nourrissaient des soupçons. Ils étaient conscients de braver un interdit, mais leurs actes étaient loin d'être aussi vils que les siens. (Il inclina la tête avec respect.) Que Son Altesse pardonne mon interruption.

– Oui, oui, j'allais y venir, répondit le prince Albert, vexé. Suivi en bas. Des soupçons. Interdit. Tout à fait, tout à fait. Puis monsieur Colbert a ouvert un dispositif appelé glissière de ravitaillement. Il y a jeté quelque chose. Et les officiers sont arrivés.

– Sur un appel des garçons, intervint de nouveau Sir Wisley. Que Son Altesse me pardonne. Ensuite, au moment où ils arrivaient au pas de course, Porpentine a sauté dans la glissière.

– Ce n'est pas vrai ! protesta Col. Je n'ai jamais...

Une main lourde s'abattit sur son épaule.

– Attends, mon garçon.

Sir Mormus respirait l'assurance et l'autorité. Col se demandait bien comment il pouvait être si sûr de lui.

– Si nous pouvions entendre les officiers eux-mêmes, Madame ? suggéra Sir Wisley.

La reine Victoria acquiesça.

– Venez donc, messieurs, je vous prie.

Les cinq hommes se détachèrent du fond de la Chambre. Sir Mormus resta à sa place avec Col, si bien que les officiers formèrent une ligne devant eux.

– Nous étions de quart dans la zone 17, déclara l'un d'entre eux. Nous avons entendu crier : « Par ici ! Par ici ! »

– Des cris nombreux ? le coupa Sir Wisley.

– Oui, monsieur.

– Donc... Mes fils et leurs amis. Et qu'avez-vous vu en arrivant ?

L'officier s'était attribué le rôle de porte-parole pour tous les cinq.

– Deux garçons se battaient à côté de la glissière, monsieur.

– Lesquels ?

L'homme se retourna pour les désigner.

– Monsieur Colbert. Et monsieur Lumbridge. Les autres regardaient.

Sir Wisley tambourina du bout des doigts sur la table.

– Diriez-vous que monsieur Lumbridge essayait d'empêcher monsieur Colbert de sauter dans la glissière ?

– Je ne saurais le dire, monsieur. Ils avançaient et reculaient en se battant.

Sir Mormus prit soudain la parole.

– Podwin, c'est bien cela ? Officier subalterne Podwin ?

Ce dernier fit demi-tour pour répondre à son commandant suprême.

– Oui, monsieur.

Le ton de Sir Mormus était presque paternel.

– Bien, Podwin. Vous ne pourriez affirmer que monsieur Lumbridge s'efforçait de retenir mon petit-fils ?

– Non, monsieur.

Sir Mormus fit un pas vers lui et le toisa de toute sa hauteur.

– Se pourrait-il que monsieur Lumbridge ait tenté de pousser mon petit-fils ? Qu'il se soit volontairement efforcé de le faire tomber dans la glissière ?

Un haut-le-corps général parcourut la Chambre. Podwin déglutit bruyamment et ouvrit des yeux ronds, tel un poisson échoué.

– Parlez plus fort, jeune homme, gronda Sir Mormus. Je ne vous entends pas.

– C'est un scandale, objecta Sir Wisley. Lumbridge ne ferait jamais une chose pareille.

– À moins que quelqu'un lui ait dit de le faire, reprit Sir Mormus en s'adressant directement à la reine Victoria et au prince Albert. Quelque garçon qui aurait tout intérêt à se débarrasser d'un futur commandant suprême. Un garçon à qui la disparition de mon petit-fils ouvrirait une voie royale vers cette fonction. Ou devrais-je dire : deux garçons ?

– Non ! glapirent Hythe et Pugh d'une seule voix.

Sir Mormus se tourna vers Col.

– As-tu voulu sauter dans cette glissière, Colbert ?

– Non, monsieur.

– Monsieur Lumbridge a-t-il essayé de te pousser ? Regarde ta reine dans les yeux et dis la vérité. Monsieur Lumbridge a-t-il tenté de te pousser ?

Col revit brièvement le professeur Twillip lui dire : « La franchise est la plus importante de toutes les vertus, Colbert. » Mais ce n'était pas le moment de faire de la morale... et de toute manière il n'avait jamais su précisément quelles étaient les intentions de Lumbridge.

Il réprima un pincement de sa conscience, regarda la reine Victoria droit dans les yeux et répondit.

– Oui, monsieur, il m'a poussé.

Il y eut un long silence. Les avait-il convaincus ? Le front de la reine Victoria se creusa une fois de plus de rides en étoile qui lui donnaient un air souffrant. Les membres du gouvernement étaient hébétés : certains secouaient la tête de droite à gauche, d'autres la hochaient de haut en bas. Sir Wisley passa le doigt à l'intérieur de son faux col.

Ce fut le prince Albert qui brisa finalement le silence.

– Voilà une accusation très grave, Porpentine. Nous n'avions jamais rien entendu de tel. N'est-ce pas, ma chère ?

– Jamais, confirma la reine Victoria. Affreux, affreux.

Col se dit que le vent était peut-être en train de tourner en sa faveur. Mais Sir Wisley n'en avait pas terminé.

– C'est sa parole contre la leur, dit-il. Tout cela se résume à une question de caractère. Qui a le plus de chances de dire la vérité ? Je crois que nous oublions un détail.

Il se leva derrière sa table. Tout le monde l'écoutait attentivement. Son nez aquilin donna comme un coup de bec dans la direction de Col.

– Quel était l'objet qu'il a jeté dans la glissière ? Qu'a-t-il donc fait parvenir à ses amis les Immondes ?

Une vague de stupéfaction parcourut la pièce. L'expression « ses amis les Immondes » était une provocation délibérée.

Col regarda son grand-père. Il allait prétendre qu'ils mentaient tous, n'est-ce pas ? Mais les traits de Sir Mormus étaient parfaitement indéchiffrables.

– Alors, Colbert, dit la reine, qu'était-ce donc ?

Col allait répondre « Il n'y a jamais rien eu », lorsque Sir Mormus tonna :

– C'est moi qui le lui ai donné.

La première vague de stupéfaction n'était rien comparée à celle-ci.

– Je ne comprends pas, dit faiblement la reine Victoria.

– C'est très simple, Madame. Il était en mission pour moi. Je lui ai donné l'objet, ainsi que la combinaison de la porte.

– Comment ? Mais pourquoi ? glapit férocement Sir Wisley qui voyait sa proie lui échapper.

Sir Mormus s'adressa personnellement à la reine.

– Je ne peux pas l'expliquer devant tout le monde, Madame. (Il montra du geste les cinq officiers, les six garçons et le Dr Blessamy.) Uniquement au gouvernement.

– Mmm, fit la reine en pinçant les lèvres. Des informations sensibles. Le gouvernement seulement. Très bien. Tous les autres, veuillez sortir.

Le Dr Blessamy fut le premier à s'en aller, suivi de la bande des Squellingham, puis des officiers. Comme personne n'avait demandé à Col de partir, il resta.

Sir Mormus se racla la gorge et parla très lentement, en pesant tous ses mots.

– J'ai confié à mon petit-fils un récipient scellé, rempli d'une substance chimique spéciale. Il devait se briser en bas de la glissière, et son contenu se vaporiser dans l'atmosphère, forçant les Immondes à le respirer.

– Mais le but, monsieur ! s'impatienta le prince Albert. À quoi cela devait-il servir ?

– À les garder éveillés, Monseigneur. La substance était un puissant stimulant. Les garder éveillés afin qu'ils travaillent davantage.

– Davantage ? murmura le vice-amiral Haugh.

– Une expérience officieuse, poursuivit Sir Mormus. Comme le gouvernement ne l'ignore pas, les mégalonefs prussien et autrichien se déplacent aussi rapidement que le *Worldshaker*, ces temps-ci. Nos machines étant toujours les plus grosses et les plus efficaces, j'en déduis qu'ils poussent leurs Immondes à travailler plus. Les nôtres dorment trop et nous ralentissent. Nous devons trouver un moyen de mieux les exploiter.

Sir Wisley émit un ricanement narquois.

– À l'aide d'un produit chimique ?

– Oui.

Sir Mormus était ferme comme un roc.

Col n'imaginait pas que quiconque pût gober la fable de Sir Mormus. C'était trop visiblement ridicule. Pourtant, Sir Wisley était le seul à vouloir démasquer son coup de bluff.

– Donc, ce produit s'est vaporisé dans l'atmosphère quand votre petit-fils est tombé par la glissière.

Col vit que c'était le moment d'entrer en piste.

– En effet, dit-il. Cela m'a fait tousser.

Sir Wisley s'en prit à Col dans un miroitement de dents en or.

– Et cela vous a stimulé, je suppose ?

– Oui. (Col eut un éclair d'inspiration.) J'étais si rapide que les Immondes n'ont pas pu m'attraper. C'est ainsi que j'ai pu grimper jusqu'en haut des machines.

– Je n'en crois pas un mot.

– Vous mettez son récit en doute ? Douteriez-vous de ma parole ?

Sir Mormus abaissa les sourcils tel un taureau prêt à charger.

– Oui.

– Vous me défiez ? Vous défiez votre commandant suprême ?

La voix de Sir Mormus avait enflé jusqu'au volume d'un rugissement sauvage.

– Je n'y crois pas.

– *Comment osez-vous !*

Le tumulte régnait dans la Chambre. Le chef des Porpentine et le chef des Squellingham s'affrontaient du regard. Aucun des deux n'aurait pu faire baisser les yeux à l'autre.

Comme Riff et la Balafre, pensa Col. *Sauf que cette querelle-ci ne se réglera pas aux poings.*

En effet, elle fut réglée par la reine. Celle-ci se leva de son trône en plaquant les mains sur ses oreilles (mais peut-être tâchait-elle simplement d'alléger le poids de sa couronne).

– J'ai mal à la tête, dit-elle.

Albert se leva prestement à son tour, et l'observa avec inquiétude.

– Votre front est tout plissé, ma chère.

– Je ne sais qui croire, geignit-elle. C'est impossible.

Le prince se tourna vers la salle.

– Bientôt nous aurons tous mal à la tête, dit-il. Je déclare cette enquête classée.

– Mais quel est le verdict ? demanda Sir Wisley.

– Rien. Le *statu quo*.

La paume levée du prince Albert coupa court à toute discussion.

Sir Wisley eut un bref regard pour les clés du pouvoir accrochées au torse de Sir Mormus.

– Pas pour moi, Porpentine, siffla-t-il. Je ne fais que commencer.

33

Une demi-heure plus tard, la famille Porpentine au complet se réunissait dans la salle Northumberland. Les tables étaient dressées pour le dîner, mais personne ne pensait à manger. Lorsqu'il entra avec Col, Sir Mormus congédia immédiatement les Larbins et leur surveillant, puis ferma toutes les portes.

Les Porpentine avaient la tête de gens qui s'attendent à de mauvaises nouvelles. Col devina que des rumeurs à son sujet circulaient déjà. Bien qu'il ait eu le temps de se laver et de se changer, les hommes lui jetaient toujours des regards noirs, tandis que les dames plissaient le nez comme s'il sentait mauvais.

Sir Mormus se tenait droit, les jambes fermement plantées et les mains repliées sur le ventre, en pleine possession de sa pompe et de sa dignité. Il relata les événements dans la version qu'il avait livrée au gouvernement. Toute question portant sur autre chose resta sans réponse.

– Vous savez à présent tout ce que vous avez besoin de savoir ! tonna-t-il. Fiez-vous à ce que je vous ai dit. Pour le bien de notre famille. Pour la survie de notre famille.

Les Porpentine eurent un hoquet étranglé en entendant le mot *survie*.

Oblett Porpentine leva la main pour parler.

– Mais vous avez dit que l'enquête était close. Votre explication a été acceptée.

Sir Mormus renifla avec dédain.

– L'enquête *officielle* est close. Mon explication n'a pas été *rejetée*. Mais les gens parleront. Le gouvernement complotera. Sir Wisley y veillera.

– Mais que peut-il prouver ? s'enquit Rumpley Porpentine.

Sir Mormus faisait des efforts visibles pour se contrôler.

– Il peut semer le doute et pousser les gens à réfléchir un peu trop. Il ne m'affrontera pas sur la question de mon petit-fils, mais il tentera de retourner le gouvernement contre moi sur de petites décisions, jusqu'à ce que celui-ci s'habitue à me désobéir. Il lui faut sept votes pour déposer une motion de défiance à mon encontre. Bassimor, Frake et Postlefrith le suivront, et il fera tout pour gagner à sa cause Fefferley, Haugh et Turbot.

Les Porpentine avaient le regard vide et perplexe. Apparemment, personne ne comprenait les conséquences d'une motion de défiance.

– Mais n'est-ce pas du ressort de la reine ? voulut savoir Leath Porpentine.

– Et elle fait toujours ce que vous lui dites, ajouta Morpice Porpentine.

Sir Mormus soufflait violemment par le nez.

– Elle a pris le pli de faire ce que je lui disais, mais elle a aussi l'habitude de suivre les traditions.

Ils ne comprenaient toujours pas. Sir Mormus perdit complètement son sang-froid.

– Bande d'imbéciles ! rugit-il. Si je perds la confiance du gouvernement, la reine Victoria me fera remplacer. Sir Wisley sera le nouveau commandant suprême.

Des exclamations horrifiées (« Non ! », « Impossible ! ») résonnèrent dans la salle.

– Si, insista Sir Mormus. Sir Wisley à ma place.

Col n'en revenait pas non plus. Son grand-père au poste de commandant suprême, cela faisait partie de l'ordre naturel des choses. Il sentit les regards furieux de sa famille peser sur lui.

– S'il n'avait pas été le successeur désigné... maugréa quelqu'un.

– Il nous traîne dans la boue, ajouta un autre.

– Et si... commença une voix.

Ce fut Morpice Porpentine qui pointa le doigt sur Col et dit tout haut ce que les autres pensaient tout bas.

– Ne pourrait-on pas le renier ?

Il y eut des hochements de tête approbateurs de tous côtés.

– Nous ne voulons pas être associés à un individu qui est descendu au Dessous, ajouta un oncle de la branche des Porpentine de Leath.

Seuls Orris et Quinnea objectèrent. Orris gémit en secouant la tête, Quinnea émit une longue lamentation tremblotante.

– Vous pourriez nommer votre autre petit-fils à la succession, proposa Morpice.

Tous les yeux se tournèrent vers la petite silhouette grave d'Antrobus, assis à côté de Gillabeth. Celle-ci lui tapota le dos pour le faire tenir encore plus droit.

– Non, dit Sir Mormus en levant une main pour décourager toute contestation. Renier maintenant l'aîné de mes petits-fils serait interprété comme un aveu de culpabilité. Ma réputation serait détruite en même temps que la sienne. Le sort en est jeté. Nous camperons sur nos positions.

Lady Ebnolia hocha sa tête d'oiseau.

– Et vous neutraliserez Sir Wisley au gouvernement ?

– En effet.

Morpice Porpentine n'était toujours pas convaincu.

– Mais que dirons-nous lorsque les gens... vous savez...

– Vous leur ferez honte, dit Sir Mormus en pointant le menton. Vous les ignorerez. Ou vous défendrez mon petit-fils. Chantez ses louanges, montrez-vous fiers de lui, exprimez une totale confiance en lui. Ne laissez personne soupçonner le moindre instant de doute.

Il y eut un long silence pendant que les Porpentine digéraient la stratégie de Sir Mormus. Col regardait ses pieds en regrettant que le sol ne pût pas s'ouvrir pour l'engloutir.

Puis Ebnolia reprit la parole.

– Donc il retourne au lycée lundi, comme si de rien n'était ?

– Exactement.

Une main se leva pour poser encore une question. À la grande surprise de Col, c'était celle de Gillabeth. D'habitude, sa sœur était bien trop convenable pour se mettre en avant dans un rassemblement d'adultes.

La main resta tendue en l'air jusqu'à ce que Sir Mormus daignât la remarquer.

– Eh bien ?

– Monsieur, ne serait-ce pas une bonne idée d'envoyer quelqu'un au lycée pour le surveiller ? Pour vous rapporter tout problème éventuel ?

– Qui donc ?

– Je pourrais le faire, monsieur. Si vous m'inscriviez à l'académie du Dr Blessamy.

Ebnolia eut un petit claquement de langue désapprobateur et Quinnea émit un faible reniflement consterné. Mais dans l'ensemble, l'assistance accueillit favorablement l'idée.

– Ce serait uniquement pour le bien de la famille, monsieur, ajouta Gillabeth.

Après un instant de réflexion, Sir Mormus se rangea à l'opinion générale.

– Soit. Nous allons organiser cela.

Gillabeth baissa les yeux avec l'air du devoir accompli et de la vertu récompensée.

Puis Sir Mormus rejoignit les portes à grands pas et les ouvrit largement.

– Qu'on serve le dîner, mugit-il.

Col alla s'asseoir à la table de son grand-père. Autour de lui, tout le monde disséquait la situation avec animation. Mais personne ne voulait en parler avec lui. Il aurait presque souhaité que les autres lui jettent à la tête leurs reproches et leurs accusations. Mais personne ne voulait rien avoir à faire avec lui.

34

Le week-end de Col fut un véritable supplice mondain. Le samedi, il se rendit avec sa mère et sa grand-mère à une réunion tricot, où les Larbines tricotaient pour des œuvres de charité pendant que leurs maîtresses bavardaient autour d'un thé et de petits gâteaux. Quinnea n'avait pas plus envie d'y aller que Col, mais Ebnolia avait insisté. Assise dans le cercle des dames, elle orientait sans cesse la conversation sur la réussite scolaire de son petit-fils. Jamais celui-ci n'avait eu autant à faire la conversation, passant en revue tous les résultats de tous les contrôles auxquels il avait brillé. Ebnolia le louait avec effusion et se montrait certaine qu'il serait bientôt premier dans toutes les matières. Savoir comment M. Gibbon notait les devoirs rendait tout cela encore plus ironique aux oreilles de Col.

Plus tard, il y eut une soirée jeux avec les Porpentine de Rumpley. Adultes et enfants de toutes les branches familiales étaient présents, ainsi que des membres d'autres familles triés sur le volet. On joua principalement à cache-tampon, dans une pièce où chaque objet avait déjà été caché au moins cent fois.

Les Porpentine adultes sourirent à Col et mirent un point d'honneur à applaudir chaque fois qu'il trouvait la cachette.

C'était une façade de politesse, et ils la maintenaient à la perfection. Pourtant, Col était conscient à chaque instant de leur honte secrète et de leur hostilité sous-jacente. Il regarda son père de l'autre côté du salon et commença à comprendre la torture intérieure qu'il endurait depuis tant d'années. Chaque parole aimable retournait le couteau dans la plaie.

Le dimanche, il y eut un changement subtil. Les rumeurs concernant Col avaient dû se répandre et les Porpentine n'étaient plus les seuls dans le secret. Personne n'en parlait ouvertement, mais il y avait de la défiance dans le regard que les autres familles posaient sur lui. Il le sentit lors d'une visite de politesse matinale chez les Trumpington et d'une autre, l'après-midi, chez les Jessicle. Mais le pire fut le dîner chez les Paramough.

C'était une réception en l'honneur de la nouvelle décoration du salon des Paramough. Tout le monde admira les gigantesques miroirs muraux, les moulures dorées et les fresques du plafond. Des Larbins apportaient aux invités à boire et à manger sur des plateaux.

Dans le mouvement de la foule, Col se tint toujours près d'Ebnolia ou de Sir Mormus, ou des deux. Il avait conscience d'être observé, conscience que chacun de ses gestes était noté et examiné. On aurait dit qu'il était encore couvert de graisse et de suie. Dès qu'il se retournait, ses observateurs regardaient ailleurs.

Lorsqu'on venait leur parler, Ebnolia le faisait participer à la conversation. Celle-ci portait sur les dernières nouvelles, les enfants et les familles, les manifestations mondaines et publiques. Mais un silence entourait toujours les événements du vendredi, le jour où il était tombé au Dessous. Il était certain que tout le monde évitait volontairement le sujet.

Il s'efforça de suivre l'exemple de ses grands-parents et d'éradiquer ce regard dans les yeux des gens. À force de dignité, il effacerait ce fameux vendredi. Mais il commit une grave bévue vers la fin du dîner.

Cela se produisit lorsqu'un morceau du gâteau qu'il mangeait se détacha et tomba par terre. En un éclair, il se baissa pour le ramasser. Ce fut un réflexe immédiat, comme ceux des Immondes dans leur environnement dangereux, mortel. Mais ce n'était pas convenable ici.

Il comprit son erreur au moment même où il se relevait, le gâteau à la main. Il y eut un « ah ! » interloqué dans la pièce, et une pause dans le flot des échanges.

Bien sûr, un Porpentine n'était pas censé nettoyer derrière lui ! Bien sûr, il aurait dû attendre qu'un Larbin s'en chargeât ! Bien sûr, bien sûr, bien sûr !

Ebnolia détourna l'attention en appelant d'un claquement de doigts le Larbin le plus proche.

– Vous. Ici. Tout de suite. Faites attention. (Elle faisait en sorte que le Larbin eût l'air lent à réagir.) Mon petit-fils a deux mots à vous dire.

Col se reprit et s'adressa au Larbin d'une voix forte et sévère.

– La prochaine fois, soyez plus rapide. On ne devrait pas avoir à vous appeler. Votre main.

Le Larbin tendit sa paume et Col y déposa le morceau de gâteau.

– Disparaissez. Hors de ma vue.

Tout en parlant, il s'entendait comme s'il s'agissait de quelqu'un d'autre. Son ton de voix tyrannique lui semblait irréel et peu convaincant.

– Je disais donc... reprit Sir Mormus.

L'instant était passé. Mais Col n'avait plus le cœur à faire la conversation.

Alors ce sera comme ça, réfléchit-il. Son avenir s'étendait devant lui comme une infinité de malheurs. Il jouerait toujours un rôle pendant que tout le monde ferait comme si de rien n'était. Il saurait ce que les gens penseraient vraiment... et il saurait qu'ils le sauraient... et pourtant personne n'en parlerait jamais à voix haute. Il était coincé à jamais dans cet étrange état crépusculaire.

À la fin du dîner, il avait juste envie de hurler. Au lieu de cela, il se hâta de regagner sa chambre et se jeta sur son lit.

Ce fut un soulagement de tourner ses pensées vers cet autre monde, celui du Dessous, où la rapidité des réflexes faisait la différence entre la vie et la mort. Il se remémora son périple avec Riff et les incroyables talents d'acrobate qu'elle possédait.

Mais ce souvenir menait à d'autres, moins agréables. Il repensa à la réunion du Conseil révolutionnaire, où il avait promis de laisser pendre une corde pour qu'elle pût y grimper. « Espérons que t'auras pas à le regretter », avait dit la fille tatouée qui s'appelait Dunga, et Riff avait répondu : « Il va l' faire ». Mais il n'avait encore rien fait...

Qu'aurait-elle pensé de lui en ce moment ? Il ne pouvait pas lui raconter ce qui s'était passé à son retour, lui dire à quel point tout était devenu plus difficile.

Puis un autre souvenir du Conseil révolutionnaire lui revint en mémoire. Dans sa tête, il revit les regards qu'avaient échangés Riff et Padder lorsque Fossie avait fait remarquer qu'il était beau garçon. Il y avait quelque chose entre eux, aucun doute là-dessus.

Il gémit. Il savait qu'il aurait dû tenir sa promesse. Le professeur Twillip lui avait toujours appris qu'un homme était lié par ses paroles, en s'appuyant sur d'innombrables exemples puisés dans l'Antiquité grecque et romaine. Mais les Grecs et les Romains n'avaient sûrement jamais eu à affronter un problème pareil.

Il ne pouvait tout simplement pas redescendre à la glissière et y jeter une corde. Peut-être plus tard, quand la situation se serait calmée…

35

Le lundi, Col se traîna jusqu'au lycée avec un poids sur l'estomac. Il mit si longtemps à s'y rendre que la cloche sonnait déjà lorsqu'il arriva en vue de l'arche de l'entrée. Mais la journée débutait de manière inhabituelle. Au lieu de gravir les rampes pour entrer en cours, les élèves se regroupaient par classes dans la cour. Les professeurs aboyaient des ordres et s'efforçaient d'organiser leurs groupes en carrés compacts.

Col alla rejoindre les seconde A. La bande des Squellingham ne le remarqua que quand Fefferley poussa brusquement un cri rauque. Puis tous le regardèrent fixement, en silence, d'un air stupéfait.

Ils ne s'attendaient pas à me revoir au lycée, pensa Col, d'humeur morose.

– Du calme ! Du calme ! criait M. Dandrum, le principal-adjoint. Le Dr Blessamy va vous parler.

Le Dr Blessamy était sans doute juché sur une estrade portative, car il dominait l'assemblée de la tête et des épaules.

– Mes très chers enfants, commença-t-il. Du moins ceux qui me sont chers. C'est une triste journée pour votre vieux directeur. Je dois vous parler d'un incident qui… un incident dont… bref, un incident de ce genre-là. Une chute. Je suis sûr que je n'ai pas besoin d'en dire plus.

Il saisit un grand mouchoir blanc pour s'essuyer le front.

– Après toutes les années que j'ai entièrement consacrées à

notre académie... Chacun d'entre vous... une confiance sacrée. Et aujourd'hui... à l'automne de mes... années automnales...

Il s'interrompit, souffla dans son mouchoir et s'en tamponna les yeux.

– Il ne m'appartient pas de juger. Mais quelqu'un s'est rendu là où il n'aurait pas dû aller. Quelqu'un a vu ce qu'il n'aurait pas dû voir. Chers enfants, gardez-vous des influences dégradantes. Évitez-les comme... euh... comme une chose à éviter.

Ses yeux parcoururent l'assistance tout en se débrouillant pour sauter Col chaque fois.

– Il nous faut garder notre réputation. Nous devons vivre une vie pure et avoir des pensées pures. Vos professeurs seront vos modèles, et moi, je serai leur modèle. N'oubliez jamais la devise de notre école : *Loyauté, Intégrité* et... le troisième.

Col se demandait si les élèves étaient déjà au courant de l'histoire. Savaient-ils contre lequel d'entre eux on les mettait en garde ?

À la reprise des cours, une demi-heure plus tard, M. Gibbon se lança dans une campagne contre les influences dégradantes.

– Nous suivrons l'exemple de notre directeur, ou je ne m'appelle pas Bartrim Gibbon. *Monsieur* Gibbon pour vous, les seconde A. (Il se tenait face à la classe, les mains derrière le dos.) Sommes-nous tous prêts à avoir des pensées pures ? Je serai votre modèle. Comme ceci, dit-il en faisant une tête de mouton à moitié hébété. Commencez à penser, vous tous. Cela vaut aussi pour vous, Nebblethwaite.

Le silence se fit dans la classe tandis que les élèves essayaient toute une série d'expressions faciales.

– Bien, bien, approuva M. Gibbon en faisant craquer ses doigts. Uniquement des pensées pures. Aucune de l'autre sorte. Si je soupçonnais la moindre...

Il s'approcha de son râtelier de cannes, en choisit trois et les posa côte à côte sur son bureau.

– Voilà qui devrait parer à toute éventualité. Ma Numéro Trois, ma Numéro Sept et ma Numéro Treize. Bien. Y a-t-il une personne dans la classe qui ait ces autres pensées ?

Tout le monde fit non de la tête. M. Gibbon prit à partie un garçon assis au premier rang.

– Et vous, Snellshot ? Un peu incertain, non ?

– Non, monsieur.

– Melstruther ?

– Non, monsieur.

– Et vous, à quoi pensez-vous, Hegglenock ?

– À la même chose que vous, monsieur.

– La même chose que moi, la même chose que moi, reprit M. Gibbon, visiblement ravi. Quelqu'un pense-t-il à autre chose que moi ?

Il se saisit d'une de ses cannes et l'agita violemment. De plus en plus vite, jusqu'à ce qu'elle ne soit plus qu'une tache floue.

– Car il faudrait que je chasse ces autres pensées, n'est-ce pas ? Ces sales petites idées ! Ces images dégoûtantes dans la tête ! Pas dans ma classe ! Non, monsieur !

Il se mit à danser d'avant en arrière en jetant des regards vifs dans toutes les directions.

– Savez-vous ce que je ferais à ces pensées, Prewitt ? Savez-vous ce que je leur ferais, Clatterick ? Je les battrais jusqu'à ce qu'elles disparaissent ! Qu'elles disss-paaa-raissent !

Soudain, il fonça dans l'allée qui séparait les bureaux de la bande des Squellingham et s'arrêta juste à côté de Col. Il ne le regardait pas, et pourtant Col se retrouva au centre de l'attention générale.

– Des pensées écœurantes, honteuses. Immondices, immondices, tant d'immondes immondices ! (Levant la main droite, il la regarda furieusement.) Si ceci était la main d'un garçon en proie à des pensées impures, savez-vous ce que je ferais ? Je lui enseignerais une leçon qu'il ne serait pas près d'oublier ! Pas de pitié ! Je n'hésiterais pas !

Il posa la main à plat sur le bureau de Col et abattit sa canne dessus.

– Prends ça ! Ouille !

Il recula d'un bond et remua les doigts comme pour les refroidir. Il s'était mis tout seul dans un état d'agitation démente.

– Non ! hurla-t-il. Voilà ta punition ! Tu ne t'en tireras pas si facilement !

Il posa la main sur un autre bureau et se donna encore un coup de canne.

– Aïe ! Ouille !

Les élèves l'acclamaient et l'encourageaient à continuer. Il répéta son numéro une troisième fois.

– Immondices ! Immondices ! Tu en veux encore, pas vrai ? Dehors, dehors... *Aaaaaah !*

Cette fois, il s'était vraiment fait mal. Il lâcha la canne et se retira à l'avant de la classe en soufflant sur ses doigts meurtris.

– C'est assez, dit-il à ses élèves. Désormais, vous savez à quoi vous attendre si vous avez des pensées impures. Sortez vos livres de chimie.

Les leçons normales reprirent pour le reste de la journée. M. Gibbon garda la main droite dans sa poche de pantalon, et quand il revint après la récréation du matin, elle était bandée. Il continua de rôder en lançant des questions surprise. « Pensez-vous à ce que je crois, Wunstable ? » ou « Qu'avez-vous en tête, Swiddlington ? »

Col sentait confusément que tout cela était dirigé contre lui, même si M. Gibbon n'osait pas s'attaquer ouvertement à un Porpentine. Il était clair que les professeurs connaissaient l'identité du « quelqu'un » à qui le Dr Blessamy avait fait allusion. Tout le lycée serait bientôt au courant, ce n'était plus qu'une question de temps.

Col évita la bande des Squellingham toute la journée. Lorsque les jumeaux ouvrirent leur panier pour le déjeuner, il se rabattit sur la nourriture du lycée : un friand à la saucisse et un sandwich au pâté de poisson. L'après-midi, ils chuchotèrent entre eux en se faisant passer des petits mots.

Col se doutait qu'ils complotaient contre lui, mais bizarrement tout cela lui semblait étouffé et lointain. Il avait l'impression qu'un mur de verre s'était dressé autour de lui, qui l'isolait du reste de la classe. Il laissa son esprit flotter vers ses souvenirs de Riff.

Le plus étrange, c'est qu'il n'arrivait pas vraiment à se rappeler à quoi elle ressemblait... ou qu'il ne s'en souvenait que trop. Il avait tant d'images en tête qu'il ne pouvait se fixer sur une seule. Riff en colère, Riff moqueuse, Riff amusée, Riff vantarde... il existait tant de Riff différentes, si imprévisibles !

En recomptant ses rencontres avec elle, il constata avec étonnement qu'il ne l'avait vue que quatre fois. Il aurait plutôt dit quatre cents...

36

Le mardi commença à peu près comme le lundi. Peut-être les chuchotements des Squellingham étaient-ils plus malveillants ; sans doute y avait-il plus d'élèves qui regardaient Col de travers. Il se retrouva tout seul à la récréation du matin et de nouveau au déjeuner. Et là, il vit sa sœur dans la cour.

Quand était-elle arrivée ? Ce devait être son premier jour d'école. Elle était toute propre et nette dans son uniforme scolaire neuf, comme elle seule pouvait être propre et nette.

Elle aussi était seule. Il lui fit signe et alla à sa rencontre, mais elle le fusilla du regard.

– Non, souffla-t-elle. Je suis ici pour rapporter ce que les autres racontent sur toi. Je n'entendrai rien si on nous voit ensemble.

– Mais...

– Je suis en mission pour la famille. Je ne peux pas me permettre de sympathiser avec toi.

Tu ne peux même pas comprendre le sens du mot « sympathiser », pensa Col.

– D'accord, dit-il tout haut. Tu me diras ce que tu auras appris.

Gillabeth se cabra comme si ce qu'il venait de proposer était le summum de l'immoralité.

– Bien sûr que non. Je ne rends des comptes qu'à grand-père et à la famille. Qu'ils te le répètent, eux, si cela leur chante.

Elle fit demi-tour et s'en alla à grands pas. Col la regarda s'éloigner. Quelque chose lui disait que ses rapports le montreraient sous un très mauvais jour.

Mais si Gillabeth ne voulait pas sympathiser, quelqu'un d'autre le voulait bien. Avant la fin de la pause-déjeuner, une grappe de filles de seconde B l'approcha en gloussant et en se poussant du coude. Apparemment, elles n'avaient pas encore entendu de rumeurs sur lui. L'une d'elles était Sephaltina Turbot.

– Vas-y, Sephaltina, la pressaient les autres.

– Dis-lui.

– Tu es une Turbot. Une Turbot peut parler avec un Porpentine.

Poussée en avant par ses camarades, Sephaltina était mi-réticente, mi-volontaire. Elle regarda Col, baissa les yeux et rougit violemment.

Les autres parlèrent pour elle.

– Sais-tu qui est ST ?

– As-tu aimé les chocolats et les bonbons ?

– Elle te trouve très...

– Arrière ! rugit une voix menaçante.

C'était Lumbridge, qui avait quitté la bande des Squellingham pour foncer vers eux. Il brandit le poing vers les filles, qui tremblèrent mais ne bougèrent pas.

– Vous ne lui adressez pas la parole, compris ? dit-il en les dominant de toute sa hauteur. Barrez-vous. Sinon...

– Dis donc, attaque-toi à quelqu'un de ta taille, riposta Col.

Lumbridge fit une pirouette pour se tourner vers lui, la rage flambant dans ses petits yeux porcins. Visiblement, il brûlait de se venger pour le nez en sang que lui avait infligé Col. Il écarta les filles et leva les deux poings...

– Attends, fit une autre voix. Pas tout seul. Pas maintenant.

Les jumeaux Squellingham avaient suivi Lumbridge dans la cour. Pugh posa une main autoritaire sur l'épaule de la brute.

– Quand ce sera le moment, dit Hythe. Il sait ce qui l'attend.

Tout fut terminé aussi rapidement que cela avait commencé. Les filles se dispersèrent, les jumeaux raccompagnèrent Lumbridge jusqu'au panier garni.

Mais Lumbridge n'avait pas oublié. De retour en classe, après le déjeuner, il envoya des regards mauvais à Col et serra le poing sous son bureau. Col haussa les épaules et regarda ailleurs.

Combien de temps restait-il avant que les jumeaux décident que le moment était venu ? Col était capable de se battre seul contre Lumbridge, mais pas contre toute la bande des Squellingham.

Il laissa le mur de verre mental se relever autour de lui et ses pensées dérivèrent de nouveau vers Riff. Mais cette fois, c'est à ses talents de combattante qu'il pensa. La manière dont elle avait vaincu la Balafre... Avec quelle facilité elle aurait pu battre Lumbridge et les autres !

Il imagina Lumbridge plongeant sur elle comme l'avait fait la Balafre... elle aurait attendu la dernière seconde, puis aurait détourné le coup et l'aurait fait tomber. En utilisant son poids et sa taille à lui pour l'envoyer au sol les quatre fers en l'air. Sans problème !

Et quand le reste de la bande lui serait tombé dessus, elle les aurait pris un par un. Elle aurait échappé à Haugh d'un saut périlleux… fauché Fefferley par-derrière… envoyé à Hythe un bon coup de pied là où ça fait mal… un coup de poing à Pugh dans la gorge et un à Flarrow dans le ventre…

Sa rêverie s'étoffa de manière qu'il y tînt également un rôle. Lumbridge attaquait le premier, et Riff et lui travaillaient en équipe pour soumettre le tyran. Ou alors il pouvait reculer et empêcher les autres de s'en mêler… plaquer Haugh au sol… faire tournoyer Hythe… tordre le bras de Pugh derrière son dos…

À la fin, son rêve incluait M. Gibbon et la moitié de la classe. Riff et lui étaient capables de les battre tous. « Couvre-moi ! », « Je m'occupe de celui-là ! »… Bien sûr, c'était impossible ; s'il avait eu une Immonde avec lui pour se bagarrer, il n'aurait plus compté que des ennemis dans les ponts supérieurs. Mais c'était si agréable qu'il ne pouvait se retenir de fantasmer.

Puis il lui vint une pensée qui n'était pas un fantasme. Riff ne pouvait certes pas se battre à ses côtés, mais elle pouvait peut-être l'aider autrement. Elle pourrait lui enseigner ses talents pour le combat. S'il avait pu apprendre à faire comme elle…

L'idée lui coupa le souffle. Bien sûr, il faudrait qu'il la fasse remonter du Dessous, comme il avait promis de le faire quatre jours plus tôt. Soudain, tenir parole ne lui semblait plus si difficile.

Il se mit à calculer. Où pourrait-il trouver une corde à laisser pendre dans la glissière ? Il se rappela avoir vu des cordages lovés dans les ateliers de réparation du Pont 4. Au besoin, il pourrait en nouer plusieurs ensemble. Puis se faufiler jusqu'au Pont Zéro…

À la fin de sa journée d'école, il était prêt à mettre son plan à exécution. Le professeur Twillip l'avait un jour qualifié d'homme d'action plutôt que de pensée… Eh bien, il était prêt à passer à l'action, maintenant. Plus d'excuses. Il le ferait dès ce soir.

37

Il était minuit largement passé lorsque Col redescendit à la porte 17. Son principal souci était de savoir s'il pourrait rouvrir le dispositif. La combinaison pouvait-elle être modifiée ? L'avait-on changée ?

Son inquiétude se révéla sans objet. Lorsqu'il eut placé les rouages sur le 4, le 9 et le 2, la porte s'ouvrit avec un claquement familier. Il se faufila à l'intérieur et, cette fois, n'oublia pas de refermer derrière lui.

Il traversa discrètement et en silence le Pont Zéro, vêtu d'un pull et d'un pantalon noirs. Sur son épaule, il portait une corde faite de trois cordages noués bout à bout, certainement assez longue pour descendre jusqu'au pied de la glissière.

Il eut un coup au cœur en approchant du conduit. Des voix et des lampes torches ! Il s'accroupit et avança furtivement la tête dans l'ombre.

Une demi-douzaine d'officiers s'activaient autour du couvercle ouvert. En procession ordonnée, ils traînaient des sacs de nourriture par terre et les jetaient dans la glissière. L'heure du repas, en pleine nuit ? Mais au Dessous, de nuit ou de jour, toutes les heures se ressemblaient sans doute.

– Attention, ça vient ! cria un officier dans le trou. Les ordures pour les cochons !

– Bon appétit ! C'est de la bonne bouillasse !

– Sales bêtes !

– Mangez pas tout à la fois !

La dernière plaisanterie souleva de gros éclats de rire. Les Immondes étaient trop loin en dessous pour entendre, mais l'injure fit bouillir Col. *Vous les faites vivre comme des animaux, et ensuite vous le leur reprochez*, pensa-t-il.

– Allez, on referme, dit l'officier en chef.

Ils reposèrent bruyamment le couvercle et revissèrent les boulons. Puis ils se frottèrent les mains pour en chasser la poussière et s'en allèrent d'un pas vif.

Col devina qu'ils partaient répéter l'opération à la bouche suivante. Il attendit que le bruit de leurs pas se fût évanoui et que le silence fût revenu. Puis il rampa jusqu'à la bouche d'accès, dévissa les boulons et souleva le couvercle. Déroulant sa corde, il commença à la faire descendre dans le trou.

Il y aurait sûrement des Immondes en bas de la glissière, juste après une livraison de nourriture. Il s'imagina la Balafre, la Graisse et N'a-qu'une-dent debout autour du filet, soulevant les sacs un par un. Il espérait en tout cas que le Conseil révolutionnaire leur avait parlé de l'accord et qu'ils n'essaieraient pas de grimper eux-mêmes.

La corde lui filait entre les doigts. Première longueur... premier nœud... deuxième longueur... deuxième nœud... Enfin, il perçut un léger allègement du poids, comme si l'extrémité avait touché le fond. Il en reçut la confirmation, un instant plus tard, par une secousse soudaine sur le cordage. Quelqu'un testait sa solidité. Une fois. Deux fois. Trois fois.

Il répondit au signal en tirant lui-même trois fois sur la corde. Il la fixa en l'enroulant plusieurs fois autour des charnières du couvercle, puis la noua solidement.

Puisque le cordage restait lâche, c'était que personne ne grimpait. Tant mieux ! Ils avaient dû aller chercher Riff.

Col recula dans l'ombre pour attendre. Il garda l'œil rivé sur la corde et l'oreille tendue pour entendre approcher les officiers. Au bout d'un moment, ses pensées se remirent à vagabonder.

Elles remontèrent jusqu'à son premier souvenir de Riff – deux yeux immenses qui l'observaient fixement sous son lit. À cette date, il n'était même pas au courant que les Immondes savaient parler. Et lorsqu'elle était sortie, sa rapidité et son agilité l'avaient étonné. Il ne s'était écoulé que quelques semaines... et pourtant tout cela lui semblait parfaitement évident et naturel, à présent.

Puis il y avait eu leur deuxième rencontre, lorsqu'elle s'était cachée sous son lit le jour même où Quinnea s'y était assise. Il sourit au souvenir de ses grimaces, derrière les jambes de sa mère. Ensuite, il avait lutté avec elle pour lui reprendre son livre... Heureusement qu'elle n'avait pas fait appel à ses talents pour la bagarre à ce moment-là !

Perdu dans ses pensées, il était à peine conscient de l'écoulement des minutes, jusqu'au moment où il remarqua que la corde vibrait. Il se hâta d'aller voir.

Oui, la corde était tendue et agitée par le poids d'une personne qui grimpait. Elle arrivait ! Il resta debout à côté de l'ouverture en attendant que le haut de sa tête apparût dans la courbe du tuyau.

C'est alors qu'un autre souvenir lui revint. Le souvenir précis qu'il avait instinctivement évité, même dans ses rêvasseries – lui, debout ici même, à côté de la bouche d'accès ouverte, lorsqu'elle lui avait passé les bras autour du cou et l'avait embrassé.

Tellement étrange, tellement intime... la sensation de ses lèvres se pressant, s'ouvrant, se fondant contre les siennes... leurs haleines mêlées... Le souvenir le submergea comme une lame de fond.

Et s'il lui avait rendu un peu de cette pression ? Jusqu'où pouvaient-ils se fondre l'un en l'autre ? Ses entrailles bouillonnèrent d'excitation nerveuse à cette idée.

La corde vibrait plus que jamais. Elle devait déjà être tout près. Quelle grimpeuse ! Y avait-il un domaine dans lequel elle n'était pas douée ?

Il se pencha en avant et se prépara à tendre un bras pour l'aider à sortir... les deux bras, même. Et il dirait...

Mais elle fut trop rapide pour lui. En un instant, il la vit apparaître au-dessus du coude du tuyau, il eut la vision fugace de cheveux blonds et bruns, d'épaules nues, de bras minces et musclés s'activant comme des pistons. L'instant d'après, elle avait les pieds posés sur le bord de l'ouverture et bondissait à l'extérieur. Elle atterrit avec légèreté de l'autre côté de la glissière.

Il cligna des yeux. Elle avait les joues maculées de crasse et des taches de suie sur le nez et le menton. Mais ses dents n'en étaient que plus blanches, ses yeux plus brillants.

– Tu es...

Il retenait sa respiration depuis si longtemps que sa phrase s'éteignit dans un hoquet.

– Quoi ?

Il ne put que rester planté là à lui sourire bêtement. La vraie Riff était encore mieux que dans tous ses souvenirs.

– On s'en va, dit-elle en tournant les talons.

Il commença à la suivre, puis pensa à la corde.

– Attends.

Au lieu d'attendre, elle disparut dans l'ombre. Toujours euphorique, Col détacha la corde. Comme il ne voulait pas perdre de temps à l'enrouler, il la jeta dans la glissière et la laissa tomber en bas. Puis il referma le couvercle et vissa les boulons.

Le temps qu'il l'eût rattrapée, Riff était déjà en vue de la porte 17. Visiblement, elle n'avait pas oublié le chemin.

– Je l'ai fait, dit-il. J'ai tenu ma promesse.

– Ouais. C'est pas trop tôt.

Il ferma et rouvrit les yeux. Pourquoi était-elle si froide et inamicale ?

– Je n'ai pas pu avant. Ma famille...

– Ouvre la porte, c'est tout.

Il s'attendait à de la gratitude, il s'attendait à ce qu'elle fût aussi heureuse de le voir que lui l'était de la retrouver. Cela n'allait pas du tout. Il se sentait gauche et perplexe.

C'est à peine s'il prit la peine de vérifier que la voie était libre ; il rejoignit la porte et fit tourner les roues jusqu'au 4, au 9 et au 2. Il cacha la combinaison avec son corps tandis que Riff filait par l'ouverture.

Une fois de l'autre côté, elle le devança encore. Lorsque Col la rejoignit, elle était au sommet des marches et observait les magasins bien garnis et les allées mal éclairées du Pont Premier.

– C'est ici que je te dis au revoir, déclara-t-elle.

– Quoi ? Non. Tu ne viens pas avec moi ?

Elle secoua la tête.

– J'ai plus important à faire.

Col n'en revenait pas. Elle n'était pas sitôt revenue dans sa vie qu'elle s'en allait à nouveau. Soudain, il se rappela pourquoi, à l'origine, il l'avait fait remonter du Dessous.

– Je veux que tu m'aides.

– Ah ?

– Je veux que tu m'apprennes à me battre comme toi.

– Impossible.

– Pourquoi ?

– T'es des ponts supérieurs. Trop raide. Trop lent.

– Je peux apprendre. Je peux progresser.

– J'ai pas le temps.

– Tu as une dette envers moi.

– D'où tu sors ça ?

– Je viens de te remonter du Dessous.

– Hum. Ça, c'était parce que *toi*, t'avais besoin de moi. (Elle se renfrogna.) Ou alors c'était pour me demander un service, c'est ça ?

Col ne put que lui rendre son regard noir. Pourquoi se montrait-elle tellement injuste ? Pourquoi ne pouvait-elle pas comprendre ?

– Ciao, dit-elle.

– Mais...

Elle gravit d'un bond les deux dernières marches et traversa le Pont Premier d'un mouvement fluide. Col, impuissant, la regarda s'éloigner. Il avait envie de lui courir après, de l'attraper, de l'arrêter, de la retenir, de faire quelque chose, n'importe quoi…

Il n'avait toujours pas bougé lorsqu'elle tourna vivement dans une allée et disparut de son champ de vision.

38

De retour dans sa cabine, Col fit les cent pas pendant des heures. Quel imbécile ! Elle ne s'intéressait pas à lui, elle n'en avait que pour ses camarades Immondes. Elle avait sa mission d'espionnage à accomplir et il n'y jouait aucun rôle.

Lorsqu'il finit par se coucher, il fut incapable de fermer l'œil. « J'ai plus important à faire. » Il l'imaginait arpentant le mégalonef, dressant mentalement la carte de chaque pont, fomentant la révolution des Immondes. Il se sentait manipulé et trahi.

Il finit par s'assoupir… mais à son réveil, au matin, les mêmes pensées se déversèrent instantanément dans sa tête. « J'ai plus important à faire. » Comment avait-il pu être aussi bête ? C'était exactement comme sa première folie, quand il l'avait cachée dans son armoire… et voilà qu'il recommençait !

Même au petit déjeuner, il se sentit isolé du monde. Il se moquait éperdument de ce qui pouvait lui arriver au lycée. La bande des Squellingham allait lui mettre une raclée : si ce n'était pas aujourd'hui, ce serait demain ; si ce n'était pas demain, ce serait dans une semaine. Il ne pouvait plus y couper.

En réalité, il ne se passa rien de la journée. Il resta assis en classe ou debout dans la cour, drapé dans ses réflexions douloureuses. La pire d'entre elles était l'idée de Padder au menton barbu, le membre du Conseil révolutionnaire qui avait échangé des regards avec Riff. Il y avait un lien étroit entre eux, à n'en pas douter. Plus Col se remémorait cette scène, plus il se persuadait qu'ils étaient ensemble. Padder était celui qu'elle embrassait *pour de bon*.

Col rougit en repensant à ses sentiments de la nuit. Son excitation nerveuse en l'attendant à côté de la glissière, le picotement chaud qui l'avait envahi en imaginant le baiser qu'elle lui avait donné une fois. On aurait presque dit qu'il voulait que cela se reproduise. Oui, il en avait eu envie.

C'était fou ! Pervers ! Monstrueux ! Il s'en voulait énormément, mais il ne pouvait pas le nier. Il avait souhaité que Riff lui apprenne à se battre, mais ce n'était pas pour cela que son cœur avait fait des bonds à la perspective de la revoir. Depuis le début, il y avait une autre raison...

Il se poignarda le dos de la main avec la pointe de son porte-plume. Quelle honte ! Il frappa plus fort et fit perler une gouttelette de sang. Il avait mal, et c'était *bien mérité*. Quelle honte, quelle honte, quelle honte !

Le reste de la journée s'écoula dans le vide et la monotonie. Il n'avait plus de rêves auxquels s'adonner. Après les cours, il parcourut le Pont 37 pour rentrer chez lui en suivant machinalement son chemin habituel.

Septimus Trant marchait devant lui. Il y avait dans ses pas une joyeuse énergie qui ne trompait pas. Il devait être en route pour la bibliothèque Norfolk. Poursuivait-il encore ses recherches sur l'histoire des Immondes et des mégalonefs avec le professeur Twillip ? Col s'en désintéressait totalement.

Il prit un virage pour monter vers le Pont 42 en passant par la galerie Westmoreland. C'était un long couloir bordé de peintures à l'huile d'un côté et d'hortensias en pot de l'autre.

Il était à mi-chemin lorsqu'une Larbine sortie par une porte latérale traversa devant lui en traînant les pieds. Au lieu de lui ordonner de se pousser comme il aurait dû le faire, il s'arrêta pour la laisser passer. Bizarrement, elle s'arrêta aussi.

Encore plus bizarrement, elle se tourna vers lui pour le regarder bien en face. C'était du jamais-vu !

– Tu m'avais pas reconnue, hein ? dit-elle en lui tirant la langue.

Elle se tenait voûtée comme le faisaient tous les Larbins, vêtue de l'uniforme standard : une sorte de pyjama qui pendouillait comme un sac. Ses cheveux étaient gris et tirés en chignon. C'était Riff, déguisée.

– Par ici, poursuivit-elle en s'enfonçant entre les hortensias.

Col la suivit et se retrouva caché dans un feuillage luxuriant.

– Comment tu as fait ?

– Pas mal, hein ?

Elle avait dû rembourrer l'uniforme avec des chiffons et dégoter quelque chose pour se poudrer les cheveux. Elle effectua un tour complet sur elle-même, baissa les épaules, ramollit ses traits.

Col frissonna de la voir si semblable à une Larbine.

– Arrête !

Le visage de Riff retrouva son animation habituelle.

– Bon, d'accord ! Je peux me balader partout dans les ponts supérieurs comme ça.

– Où as-tu déniché l'uniforme ?

– Y en a des tas, accrochés dans mon nouveau dortoir.

– Un dortoir ?

– Le dortoir des Larbins, au Pont 21. C'est là que je dors, maintenant.

– Tu n'arriveras jamais à ne pas te faire prendre.

– Bien sûr que si. Je peux imiter n'importe qui. Les Larbins, c'est facile.

– Et les surveillants ?

– Prennent jamais la peine de vérifier. Y a toujours des lits vides. Et les vrais Larbins...

Elle haussa les épaules et laissa sa phrase en suspens.

Col ne sut pas quoi répondre, tant ses émotions étaient embrouillées.

Riff claqua des doigts.

– Bref, j'ai réfléchi. Tu veux que je t'apprenne à te battre. Je veux bien, si toi aussi, tu m'apprends quelque chose.

– T'apprendre quoi ?

– À lire.

– À lire des livres ?

– Évidemment, des livres ! Quoi d'autre ? (Ses yeux lancèrent un éclair.) Tu crois que je saurais pas ? J'apprends vite.

– Pourquoi veux-tu apprendre à lire ?

– Pourquoi tu veux apprendre à te battre ?

Col secoua la tête. Il n'avait pas envie de lui expliquer qu'il risquait de se faire massacrer au lycée.

– Ça me regarde.

– Pareil pour moi. Décide-toi.

C'était tout réfléchi pour Col.

– Marché conclu. Quand ?

– Ce soir. Je viendrai dans ta chambre. D'accord ?

– C'est d'accord.

La mâchoire de Riff se remit à pendre, son regard devint vide et inexpressif. Elle s'éloigna d'un pas et regarda à droite et à gauche dans la galerie. Puis, dans un bruissement de feuillage, elle disparut.

Col resta caché une minute et attendit que ses battements de cœur aient ralenti. Il aurait voulu se prendre lui-même dans ses bras pour se rassurer. Pour la deuxième fois, tout son univers était chamboulé.

39

Col ne savait pas bien comment s'habiller pour l'entraînement, mais à l'évidence il ne devait porter ni ses plus beaux atours ni sa chemise de nuit. Il finit par revêtir un vieux pantalon de golf et un tricot sans manches. Il s'étendit sur sa courtepointe, bien décidé à rester éveillé jusqu'à l'apparition de Riff.

En réalité, il sombra peu à peu dans une agréable somnolence. Soudain, quelqu'un le secoua par le bras.

– Debout là-dedans !

Penchée au-dessus de son lit, une Larbine le regardait d'en haut. Non : c'était Riff, déguisée en Larbine.

Complètement réveillé, il sauta de son lit.

Elle fit la grimace en voyant ses vêtements.

– Comment tu t'es attifé ?!

– Ça ne va pas ?

– Tu vas avoir trop chaud.

– C'est mieux qu'une chemise et une veste.

– D'ac, mais pas aussi bien que torse nu.

Col fut choqué. Être demi-nu devant elle ? Impensable !

Elle perçut sa réaction et sourit largement.

– Je vois. Mais enlève tes chaussures et tes chaussettes, quand même.

Col observa son uniforme de Larbine molletonné.

– Et toi ?

Elle renifla.

– C'est pas de t'entraîner qui va me donner chaud.

Elle retira tout de même le rembourrage de son uniforme : des bandes de tissu roulées. Col se mit pieds nus.

Elle hocha la tête.

– Maintenant, on va s'entraîner chacun notre tour. D'accord ?

– D'accord. Moi d'abord.

– Pourquoi toi ?

– C'est moi qui ai eu l'idée le premier.

– Et alors ?

Puis elle haussa les épaules.

– Bon. Mets-toi debout devant moi.

Elle l'obligea à se tenir en équilibre sur la pointe des pieds. Mais elle n'était pas satisfaite.

– T'es trop raide. Ne contrôle pas tout comme ça.

– Je fais ce que tu me dis.

– Faut que tu te détendes. Secoue-toi un bon coup. Fais comme moi.

Elle remua les bras, les jambes et la tête dans toutes les directions.

– Ça sert à quoi ?

– Fais-le, c'est tout. Laisse-toi aller.

– C'est ridicule.

– Tu sais ce que c'est, ton problème ? C'est pas seulement dans ton corps que t'es raide, c'est dans ta tête.

Col trouvait toujours cela ridicule, mais il remua de partout pendant plusieurs minutes. Peut-être voulait-elle qu'il se comporte comme un idiot...

– C'est mieux. On va commencer par la défense.

Elle réfléchit un instant.

– Je sais.

Elle se tourna vers son armoire ancienne et ouvrit la porte.

Bien sûr, elle n'en avait pas oublié le contenu. Elle choisit une de ses cravates, bleu marine et frappée d'un *P* comme *Porpentine* doré.

– Essaie de m'empêcher de te taper, dit-elle en lui donnant sans crier gare un coup de cravate.

Il leva le bras, mais l'extrémité lui cingla la joue.

– Hé ! Ça fait mal !

– Arrête-la.

Elle dansait autour de lui en faisant tournoyer la cravate comme un fouet. Il s'efforça de parer les coups qui pleuvaient de tous côtés.

– Baisse-toi, mais pas trop, dit-elle. Tiens-toi prêt pour le coup suivant, et celui d'après.

Au bout de dix minutes, il ne savait même plus ce qu'il faisait. L'entraînement se poursuivit encore longtemps, jusqu'à ce qu'il eût l'impression d'avoir déjà répété chaque geste une douzaine de fois.

– Bon, tu commences à comprendre, dit-elle en s'arrêtant. Maintenant, reste sans bouger, sur tes gardes. Alerte et attentif. Comme ça.

Elle se tint immobile sur la pointe des pieds, mais animée par une sorte d'attention vibrante. Col se remémora ce qu'elle lui avait dit une fois : « Garde l'esprit large et les sens ouverts. »

Soudain, elle leva le bras et le bout de la cravate vint le frapper à l'épaule.

– Hé, tu ne m'avais pas dit...

– C'est ça, le combat. Personne te prévient.

Pendant dix minutes encore, elle l'obligea à se tenir dans cet état d'alerte. À des moments imprévus, elle lançait de nouvelles attaques ; parfois, trois coups successifs ; d'autres fois, rien pendant toute une minute.

À la fin, elle lui porta un déluge de coups ininterrompu, frappant presque trop vite pour qu'il pût la suivre des yeux. Il virevoltait, d'un côté, de l'autre, jusqu'au moment où ses pieds s'emmêlèrent et où il tomba par terre.

Il releva la tête, gêné au-delà de toute expression. Il haletait, transpirait, alors qu'elle n'était même pas un peu essoufflée.

– J'ai fait des progrès, non ?

– Un peu. Pas beaucoup.

– J'ai perdu l'équilibre tout à la fin seulement.

– C'est pas seulement une question d'équilibre. Tu mets trop d'efforts dans ta façon de bouger. Faut que tu désapprennes d'anciens gestes avant que je t'en apprenne de nouveaux.

– Eh bien, je désapprendrai, dit Col en pointant le menton. Qu'est-ce qu'on fait, maintenant ?

– C'est mon tour.

Il n'avait pas envie de s'arrêter, mais ne discuta pas. Riff traversa la cabine jusqu'à la bibliothèque et choisit un ouvrage : *Les Héros de l'Empire : histoires vraies pour les garçons.* Elle s'assit sur le lit et il prit place à côté d'elle. Il était intensément conscient que son bras nu n'était qu'à quelques centimètres de celui de Riff.

Il n'avait jamais réfléchi à la manière d'enseigner la lecture, mais il supposa que l'on commençait par épeler les lettres une par une. Il lui montra successivement le *h*, le *é*, le *r*, le *o* et le *s* sur la page de titre.

– Hache, é, ère, o, esse.

Elle répéta les sons en calquant précisément sa prononciation sur celle de Col, et ainsi de suite avec toutes les lettres de l'alphabet. Elle avait un vrai talent pour l'imitation.

Ce fut une autre histoire lorsqu'il désigna les lettres sans les prononcer. Elle scrutait les caractères en plissant les yeux et devinait au petit bonheur la chance. Elle n'en revenait pas que des signes si semblables pussent donner des sons si dissemblables.

– Mais celle-ci est pareille que celle-là !

– Non, celle-là a une petite queue qui dépasse en dessous. Tu vois ?

– Quoi, ça ? Mais c'est rien !

Il dut lui répéter de prendre son temps pour observer les formes plus attentivement.

– J'aurais jamais cru que ce serait si long, d'apprendre à lire ! souffla-t-elle, vexée.

Elle adopta l'excès inverse, en prononçant les lettres avec une exagération marquée.

– Maintenant tu fais l'idiote, se lamenta Col.

– Mais *c'est* idiot.

Elle demeura suprêmement sûre d'elle. Lorsqu'elle réussit enfin à prononcer à peu près correctement toutes les lettres, elle se tourna vers lui d'un air triomphant.

– Je t'avais dit que j'apprenais vite. Je sais déjà presque lire, pas vrai ?

Il secoua la tête.

– On n'a même pas encore abordé les mots.

– Ah ? fit Riff sans comprendre. C'est pas tout ?

Col réprima une remarque acerbe.

– Tâche déjà d'apprendre ça.

Il lui fit encore prononcer les lettres, jusqu'à ce qu'elle donne une réponse parfaite chaque fois. Puis ce fut à son tour de s'entraîner à nouveau.

Riff referma le livre à contrecœur.

– Bon. On va passer à quelque chose de nouveau.

– L'attaque ?

– Non, toujours la défense.

Elle se campa face à lui.

– Regarde-moi dans les yeux.

Ses yeux étaient si grands et si brillants que cela semblait trop intime d'y plonger les siens. *C'est un exercice d'entraînement*, se répéta-t-il. Mais il avait du mal à se concentrer.

– Surveille toujours le regard de l'adversaire, lui dit-elle. Quand quelqu'un veut te frapper quelque part, ses yeux s'y préparent d'abord.

– Même toi ?

– Ouais, même moi. Essaie de repérer un tout petit, tout petit mouvement de mes yeux.

Soudain, elle détendit le bras et lui donna une tape sur l'épaule.

– Tu l'avais vu venir ?

– Mmm.

Col n'était pas bien sûr de ce qu'il avait vu.

– Essaie de m'arrêter. En regardant mes yeux.

Elle le tapa à l'épaule, sur la tête, au genou. Pas une fois il ne repéra le mouvement à l'avance, pas une fois il ne l'arrêta.

– T'essaies même pas. Regarde mieux.

Elle sautillait d'avant en arrière en projetant ses mains vers lui. Certaines de ses tapes ressemblaient plutôt à des coups.

– De pire en pire.

Elle finit par s'arrêter.

– Tu régresses. Qu'est-ce que t'as ?

Col savait ce qu'il avait, mais il ne pouvait pas le lui dire. Ce n'était pas seulement l'effet de ses yeux, c'était sa proximité physique. Elle s'approchait tout près pour lui donner ses tapes. Il sentait même la chaleur de son souffle sur son visage...

– T'as encore bien besoin de te décontracter, dit-elle. Recommence.

Une fois de plus, elle l'incita à se secouer comme une poupée de chiffon. Col remua si fort qu'il eut du mal à garder l'équilibre.

– Ça suffit. Maintenant, regarde-moi dans les yeux.

Il eut moins de difficulté cette fois. C'était vrai, son regard fusait toujours sur sa cible avant que sa main surgisse. Il cessa de se demander ce qu'elle avait d'autre en tête et ne pensa plus qu'à l'endroit où elle comptait frapper.

– C'est beaucoup mieux, dit-elle au bout de vingt minutes. Maintenant, c'est encore à moi.

Pour la seconde séance de Riff, Col essaya de lui faire assembler les sons pour former un mot.

– Eemm... piii... reu.

Sous ses instructions, elle le dit de plus en plus vite, mais elle n'arrivait toujours pas à fondre le tout en un mot.

– Empire, finit-il par lui souffler.

– Empire ? Ah, *empire*. Tu dis ça bizarrement.

Col comprit l'ampleur du problème. Son enseignement était adapté à la prononciation des ponts supérieurs, mais Riff avait un accent différent.

– Tu vas devoir apprendre à le dire comme moi. Je ne peux pas t'apprendre autrement.

Et il y avait un autre problème.

– Et le e à la fin ? lui demanda-t-elle. Empireu ?

Col s'efforça de lui expliquer que la lettre e ne se prononçait pas toujours de la même manière, et que parfois elle était muette.

– Comment tu sais ?

– On le sait, c'est tout.

– Pfuttt ! Ça marche pas, alors !

– Quoi ?

– Ton système. Je fais les sons comme tu me le dis, et après tu me dis que c'est pas ça.

– Ça marche la plupart du temps. Tu veux y arriver, oui ou non ?

– Ouais, on a passé un marché. Je croyais que tu serais meilleur prof, c'est tout.

Col serra les dents et passa à une pleine page de texte. Pendant toute la séance, il tâcha de trouver des mots qui se prononçaient comme ils s'écrivaient. Au bout d'un moment, il commença à se dire que son système ne fonctionnait même pas dans la majorité des cas. Enseigner à Riff se révélait aussi ardu qu'apprendre auprès d'elle.

À la fin de sa deuxième leçon, elle bâilla.

– Je crois qu'on en a fait assez pour ce soir. Faudra que tu répètes ce que je t'ai montré.

– Comment ?

Elle désigna le miroir en pied.

– Là-dedans. Entraîne-toi à garder l'équilibre. Et moi ? Qu'est-ce que je peux faire ?

– Répète les lettres et les sons. Tu peux m'emprunter *Les Héros de l'Empire*.

– Nan, trop gros. Je vais juste en prendre un bout.

Elle empoigna une page et l'arracha en toute simplicité.

– Hé ! Non !

– Ben quoi ? Y t'en reste plein.

– Il va y avoir un trou dans l'histoire.

– Hein ?

C'était trop difficile à expliquer, décida-t-il, et de toute manière il était trop tard.

– Laisse tomber.

Riff plia la page et la glissa dans une poche de son uniforme de Larbine. Elle remit aussi son rembourrage en place.

– Même heure demain soir ?

Col approuva de la tête.

– Dors bien.

– Toi aussi.

Il continua de contempler la porte de sa cabine bien après qu'elle se fut refermée derrière elle.

40

Ils se retrouvèrent toute la semaine pour des séances d'entraînement nocturnes. Riff avait des nouveautés à lui enseigner chaque nuit : comment éviter une attaque par-derrière, comment se baisser pour éviter un coup, comment affronter plusieurs attaques simultanées. Pour ces dernières, elle utilisait des chaussettes roulées, qu'elle jetait à Col deux par deux, trois par trois ou quatre par quatre. Ils poussèrent son lit contre le mur pour faire de la place.

Col était en progrès. Il n'acquerrait jamais l'agilité acrobatique de Riff, mais sa coordination s'améliorait et il était plus léger sur ses pieds. Lorsqu'ils reprirent un soir l'exercice avec la cravate, sa rapidité de réaction l'étonna lui-même.

Riff progressait également en lecture, mais jamais aussi vite qu'elle l'aurait voulu. Col réfléchit énormément à de meilleures techniques d'enseignement. Il comprit que le son d'une lettre était souvent influencé par la place de celle-ci dans le mot et par les lettres qui la précédaient ou la suivaient. Riff avait toujours du mal à repérer les groupes de lettres dans un mot, mais elle était très habile en revanche pour passer de la prononciation des Immondes à celle des ponts supérieurs.

– Je suis convaincue que je deviendrai une dame lectrice des plus raffinées, lui dit-elle une fois avec un parfait accent des ponts supérieurs, en accompagnant ses paroles d'un geste élégant des doigts.

Col pensait de moins en moins à la Riff de ses rêves et de plus en plus à leurs entraînements communs. Il s'habituait à lui parler, assis à côté d'elle sur le lit, et même à la toucher lorsqu'elle arrêtait ses coups. Dans ce travail tourné vers des objectifs concrets, elle devenait en quelque sorte plus réelle et plus familière... et également susceptible, impatiente et compétitive.

Elle ne disait pas un mot de ses activités d'espionnage, et il n'essayait pas de la cuisiner. Elle pouvait explorer et intriguer tant qu'elle voulait : de toute manière, elle ne pouvait rien sans la combinaison de la porte du Pont Zéro. La seule question qu'il lui posa concernait la salle de Transformation.

– Tu as trouvé cette salle ? Tu sais, l'endroit où les Immondes sont transformés en Larbins ?

– Tu m'avais pas dit que t'y croyais pas ?

– Non, je n'y crois pas.
– Alors pourquoi tu demandes ?
– Parce que tu ne l'as pas trouvée, je me trompe ?
– Pas encore. Mais ça viendra.

Leurs séances d'entraînement en commun étaient les moments les plus agréables de sa vie. Ses journées au lycée étaient au mieux monotones, au pire menaçantes. L'hostilité contre lui montait peu à peu.

À chaque récréation, Col voyait les Squellingham et leur bande faire leur tournée, parler avec des groupes de garçons qu'ils n'auraient pas approchés en temps normal. Il savait qu'il aurait dû essayer, lui aussi, de s'entretenir avec d'autres élèves, de faire un effort pour contrer les rumeurs. Mais il n'avait même pas envie de s'en donner la peine. Une sorte d'entêtement, d'esprit de résistance, grandissait en lui. Il n'en pouvait plus de l'univers du lycée.

Ses notes étaient également en forte baisse. Il se classait désormais derrière le groupe d'élite, même s'il surpassait encore le reste de la classe. Il se demandait dans combien de temps M. Gibbon le laisserait tomber en dessous des Grimpants et des Rampants.

Pendant ce temps, la campagne de lutte contre les pensées impures se poursuivait. M. Gibbon trouvait le moyen d'introduire le mot *immonde* dans toutes ses leçons ; il y avait des pays *immondes*, des adverbes *immondes*, des fractions *immondes* et des angles obtus des plus *immondes*. Il traitait Col comme un espace vide dans la classe, qu'il n'arrivait pas à voir.

À la fin de cette semaine-là, M. Gibbon faillit faire le pas de trop. Il avait pris l'habitude de se cacher derrière le tableau et de surgir pour bombarder de craies les élèves qu'il soupçonnait d'abriter des pensées impures. Tous les Tâcherons et la plupart des Rampants et des Grimpants avaient été touchés au moins une fois. Le vendredi, il s'emporta à tel point qu'il bondit et visa Col.

– Vous n'oserez pas !

Ce ton autoritaire aurait aussi bien pu émaner de Sir Mormus en personne. M. Gibbon baissa le bras et rougit violemment. Puis il se reprit.

– Bien sûr que non ! Le petit-fils de notre commandant suprême ! Comment pourrais-je avoir une idée pareille ? Un tel petit-fils n'aurait jamais de pensées impures.

Col secoua la tête sans trop savoir comment réagir. M. Gibbon se lança dans un vrai spectacle, caracolant les bras en croix.

– Je vous en prie, il faut que vous m'excusiez. Je ne suis qu'un humble maître d'école. Qui suis-je pour douter des pensées d'un Porpentine ? Nous ne sommes en rien comparables. (Il se frappa le front de la paume de la main.) J'oubliais mon rôle dans la vie. Le misérable, le malheureux nul que je suis ! Un lamentable vermisseau, insignifiant !

À présent qu'il avait découvert son rôle dans la vie, il se mit à s'en délecter.

– Oui, un lamentable, un négligeable vermisseau ! (Il prit la classe à témoin.) Que suis-je, les garçons ?

– Un vermisseau, monsieur !

– Plus fort, plus fort !

– *Un vermisseau, monsieur !*

M. Gibbon se frappa le front avec une telle violence qu'une craie de réserve tomba de son oreille. L'espace d'un instant, il parut avoir du mal à se concentrer.

Puis il alla s'asseoir derrière son bureau en arborant un rictus d'autosatisfaction. Il souleva la corbeille à papier et chatouilla Murgatrude pendant tout le reste de l'après-midi.

L'affrontement était passé. Col avait le sentiment d'avoir perdu en fin de compte, même s'il avait gagné.

41

Col s'attendait à ce que tout son week-end fût occupé par des visites mondaines. Mais la liste d'invitations de sa grand-mère s'était récemment réduite comme peau de chagrin, et la même mésaventure était arrivée aux autres branches de la famille Porpentine. Une conversation inquiète se tint après le dîner du vendredi dans la salle Northumberland.

– Les Ollithorpe ont annulé leur matinée café.

– Nous n'avons pas reçu d'invitations pour le dîner intime des Sproud.

– Les Tremency se sont excusés, ils ne viendront pas au buffet de samedi.

– Pas de chorale chez Lady Hallidom.

– Pas de jeux d'enfants chez les Trumpington.

– On nous traite comme des parias. Il faut faire quelque chose.

Ebnolia sourit et dodelina de la tête.

– Ce n'est qu'une mauvaise passe.

– Ce ne le sera pas si les Squellingham ont leur mot à dire ! tonna Sir Mormus.

Tout le monde se tourna vers lui.

– Ce sont eux qui sont derrière tout cela. Sir Wisley est impossible.

Après la voix de stentor de Sir Mormus, celle d'Ebnolia fit l'effet d'un minuscule gazouillement.

– Est-ce à cause de la séance du gouvernement, mon cher ?

Sir Mormus approuva en faisant des efforts visibles pour se contenir.

– Il a déjoué mes plans. Après notre escale sur la côte birmane, nous pouvions mettre le cap soit sur Hong Kong en passant par le Siam, soit sur Singapour *via* la péninsule malaise. Nous n'avons plus beaucoup de charbon, il faut remplir les soutes. J'avais prévu Singapour.

– Ils n'ont tout de même pas voté contre vous ? s'exclama Leath Porpentine, horrifié.

Le visage de Sir Mormus avait pris une inquiétante teinte rouge brique.

– Nous avons intercepté un signal radio du mégalonef prussien, indiquant qu'il se dirigeait vers Hong Kong depuis la Chine centrale. S'il y parvient avant nous, nous devrons attendre qu'il ait fait le plein. Pas de commerce pendant une semaine. Mais Sir Wisley a déclaré que nous *devrions* être suffisamment rapides pour le devancer, et personne n'a osé le contredire.

– Alors ils ont bien voté contre vous, gémit Leath.

– Non, on n'a pas voté contre moi ! (Sir Mormus ressemblait à un volcan prêt à entrer en éruption.) J'ai dû battre en retraite avant que ce soit possible. Je voyais bien que Haugh et Fefferley ne me donneraient pas leurs voix.

– Et Turbot ? demanda Rumpley Porpentine. Le timonier-chef est forcément du côté du commandant suprême, tout de même ?

– Il pouvait tomber d'un côté ou de l'autre. Ce pleutre égoïste ! Il *sait* que la route de Singapour est la meilleure. Mais sa femme l'incite à nourrir des ambitions pour sa famille. Il passera du côté de Sir Wisley s'il y voit son intérêt. Je ne pouvais pas prendre ce risque. J'ai été forcé de changer d'avis et de soutenir *moi-même* la décision de mettre le cap sur Hong Kong.

Les Porpentine en restèrent cois, l'air lugubre.

– Turbot est la clé de tout, n'est-ce pas ? demanda Ebnolia.

Sir Mormus poussa un grognement affirmatif.

– Alors il faut le soudoyer.

Ebnolia réfléchit en marmonnant et en se tapotant le menton d'un index délicat.

– Il faut lui faire une proposition que les Squellingham seront incapables d'égaler. Nous sommes toujours la famille la plus importante à bord de ce mégalonef. Mmm... oui ! (Elle se gonfla d'importance et triompha.) J'ai une solution !

Les Porpentine réclamèrent à hauts cris qu'elle la leur dît, mais Ebnolia se tourna vers son époux pour lui chuchoter quelque chose à l'oreille.

– Discussion avec les chefs de famille d'abord, annonça-t-il. Tous les autres doivent quitter la pièce.

Les Porpentine sortirent les uns derrière les autres, à l'exception de Morpice, Rumpley, Leath et Oblett. Col s'en alla, lui aussi. Il eut l'impression que le regard perçant de sa grand-mère le suivait avec une attention particulière.

Faisait-il partie de sa solution ? Il ne voyait pas comment.

Il ne garda pas longtemps cette question en tête. Il avait d'autres préoccupations plus urgentes. Puisqu'il n'avait plus d'obligations sociales en dehors de sa famille, il pouvait passer plus de temps dans sa chambre, à affûter ses talents de lutteur devant son miroir en pied.

Il sentait qu'il progressait sans cesse. Ses réactions étaient plus rapides, ses mouvements plus précis. Il était convaincu que Riff était impressionnée, même si elle n'en disait rien.

Et de son côté, elle l'impressionnait sans l'ombre d'un doute. Depuis que les différents sons rendus par une même lettre avaient cessé de la perturber, elle faisait des progrès incroyables. Déjà elle savait lire des phrases complètes, lentement mais correctement, en parlant comme une femme des ponts supérieurs. Quand elle passait d'une voix à l'autre, il avait l'impression d'avoir deux personnes en face de lui.

Il s'entraînait dès qu'il avait un instant de libre, bien décidé à se montrer à la hauteur.

42

En retournant en cours le lundi suivant, Col découvrit que sa place en classe avait changé. On avait vidé son casier. Personne ne dit rien, mais tous les regards étaient braqués sur lui.

De l'autre côté de la classe, un Tâcheron poussa une exclamation de surprise.

– J'ai les livres de quelqu'un d'autre sur mon bureau !

M. Gibbon traversa la salle en quelques bonds.

– Votre bureau, Hattimer ? Voilà qui m'étonnerait. (Il fit une série de mimiques tout en s'efforçant de rester impassible.) Qu'est-ce qui vous fait penser que c'est le vôtre ?

– C'est que, c'est que...

– C'est que, c'est que, *monsieur*, le corrigea M. Gibbon. Quel nom est écrit sur les livres ?

Hattimer regarda.

– Porpentine, monsieur.

– Bien, alors, fit M. Gibbon en se tournant vers le reste de la classe. Utilisons notre cerveau pour comprendre, messieurs. Un nom sur des livres, des livres sur un bureau, le bureau appartient à...

– Porpentine ! répondirent-ils à l'unisson. Monsieur !

Col comprit qu'on l'avait relégué parmi les Tâcherons. Cela ne le dérangeait pas. Il n'en pouvait plus d'être assis au milieu de la bande des Squellingham. Les Tâcherons n'étaient sans doute pas des amis, à part peut-être Septimus, mais ce n'étaient pas non plus des ennemis. Il ramassa son cartable.

La réorganisation finale des bureaux n'alla pas sans une série complexe de permutations hiérarchiques : Fefferley fut rétrogradé au bureau précédemment occupé par Col, un Grimpant récupéra l'ancien bureau de Fefferley, un Rampant reprit l'ancien bureau du Grimpant, et Hattimer finit par se retrouver à l'ancien bureau du Rampant.

Col ne s'attendait pas à ce que les Tâcherons l'accueillent à bras ouverts, pas devant les autres. Mais ils firent bien pire. Ils se poussèrent le plus loin possible de lui sur leurs bancs, comme pour éviter la contagion. Ils faisaient un numéro pour le reste de la classe.

Septimus était placé juste derrière Col. Celui-ci n'eut pas l'étourderie de rechercher son soutien. Mais pendant la leçon de géométrie de M. Gibbon, Septimus demanda si quelqu'un pouvait lui prêter une règle. Les autres, même les Tâcherons, lui piquaient sans cesse ses affaires. À ce moment-là, ils se servaient de leur règle.

– Quand j'aurai fini.

– Attends un peu, Trant.

Col avait deux règles. Il fouilla dans son casier et en sortit la deuxième.

Il se retourna et la lui tendit.

– Tiens.

Septimus garda les bras le long du corps et les yeux fixés sur un point au-dessus de l'épaule de Col. Celui-ci lui agita la règle sous le nez, mais Trant refusait toujours de la voir.

– Ne la touche pas, dit l'un des Tâcherons. Tu ne sais pas où elle a traîné.

Les rires fusèrent de tous côtés. Septimus croisa un instant le regard de Col. Puis il détourna ostensiblement la tête.

Col renonça. Il avait partagé des secrets avec Septimus, l'avait emmené à la bibliothèque Norfolk... et rien de cela ne comptait plus. Sa bouche se serra en une fine ligne blanche. Il était blessé et en colère.

Il se tint tranquille en classe toute la journée. Plusieurs fois il surprit Septimus à le regarder d'un air penaud. Col n'eut aucune réaction. Si Trant voulait suivre le troupeau, grand bien lui fasse.

Pendant les récréations, Col emporta un livre et fit semblant de lire. Il alla s'asseoir tout seul sur la rampe qui menait à la galerie du premier étage et contempla les pages une à une sans les voir. S'asseoir sur la rampe était probablement interdit, mais le surveillant l'ignora comme tout le monde.

Enfin, son calvaire se termina. Dans l'après-midi, M. Gibbon annonça que les examens auraient lieu le jeudi suivant, et que les cours prendraient fin le vendredi.

Le moral de Col remonta. Ayant pris l'année scolaire en route, il n'avait jamais pensé à la fin du trimestre ni aux vacances. Avec le professeur Twillip, il avait cours toute l'année. Et à présent, plus que quatre jours ! S'il parvenait à survivre jusqu'à la fin de la semaine, il aurait toutes les vacances pour s'entraîner et peaufiner ses talents pour la bagarre.

Il rentrait chez lui après le lycée lorsqu'il entendit des pas pressés derrière lui. Il se retourna et vit Septimus Trant.

– Ne m'en veux pas, le supplia ce dernier en le rattrapant. Je ne suis pas aussi fort que toi.

Col poursuivit son chemin sans s'arrêter.

– Je suis un lâche. Je le sais. Je mérite tout ce que tu penses de moi.

Septimus était presque aussi grand que Col, mais il avait quelque chose de fragile et de recroquevillé.

– Je t'en prie, parle-moi.

Col se rembrunit.

– Il faut défendre ses convictions.

– Je n'en suis pas capable. Toi, si. Tu ne recules jamais, tu ne fais jamais de lèche à personne. Je donnerais n'importe quoi pour te ressembler davantage.

Il avait l'air si triste et désemparé que Col fut incapable de lui en vouloir plus longtemps. Même si rien n'avait été dit, Septimus dut sentir son changement d'humeur. Il lui emboîta fidèlement le pas.

– J'ai de bonnes nouvelles, dit-il. J'ai attendu toute la journée pour te le dire.

– Quoi ?

– Notre « exposé » d'histoire. Le professeur Twillip et moi, on y a travaillé.

Col mit un moment à se rappeler de quoi il s'agissait.

– Ah oui, je vois. D'où viennent les Immondes. Les origines des mégalonefs.

– Oui. Il nous a fallu un temps fou pour trouver des livres qui en parlent. Nous avons fait notre grande percée il y a deux jours.

– Vous avez découvert la vérité ?

– Oui. En grande partie.

– Alors raconte.

– Pas ici. Le professeur Twillip aussi veut t'en parler. Viens avec moi à la bibliothèque Norfolk.

43

Le professeur Twillip était assis à la table centrale, sous la lampe électrique. Il regarda par-dessus ses lunettes.

– Tiens tiens, te voici, Colbert.

– Je lui ai dit que vous vouliez lui raconter l'histoire, vous aussi, dit Septimus.

– Ah, une petite vanité de ma part, j'en ai peur.

Avec un grand sourire, le professeur Twillip montra d'un geste quelques livres étalés sur la table.

– Nous avons réuni de la documentation pour votre exposé d'histoire.

– Six livres ? C'est tout ?

Le professeur Twillip acquiesça.

– Dont deux seulement traitent réellement du sujet qui nous intéresse. C'est incroyable que si peu de choses aient été écrites sur des événements d'une telle importance.

– Ou que si peu aient été conservées dans cette bibliothèque, ajouta Septimus.

– C'est vrai, dit le professeur Twillip en pinçant les lèvres. Personne n'a dû penser à mettre à jour la collection d'histoire au moment du lancement du *Worldshaker*. Tout le monde, à l'époque, connaissait si bien les événements récents... Ils ne se sont pas rendu compte que les générations suivantes pourraient les oublier.

– Ou alors il y a bien eu des livres et ils ont été détruits, suggéra Septimus.

– Oh non, non non. Je suis certain que personne ne détruirait volontairement des livres.

L'idée choquait sincèrement le professeur Twillip.

– Voici les deux qui contiennent le plus d'informations.

Septimus attira l'attention de Col sur un volume intitulé *L'Europe sous la Révolution française*, et sur un autre titré *Les Guerres napoléoniennes : stratégie et tactique*.

– Dans les ouvrages restants, nous n'avons trouvé que de courts passages sur le sujet, souligna le professeur Twillip. Il nous a fallu reconstituer les événements comme on pouvait.

– Je parie qu'on ne se trompe pas, affirma Septimus.

Le professeur Twillip sourit à Col.

– Ton ami est très doué pour la recherche. (Puis son sourire se dirigea vers Septimus.) Quant à moi, je l'avoue, j'avais oublié les quelques faits que je connaissais pourtant. Je n'avais même plus aucun souvenir de la paix de Bruxelles, jusqu'au moment où je suis tombé sur un texte qui en parlait.

– 1842, expliqua Septimus. Elle mit fin à la guerre de Cinquante Ans et marqua le point de départ de l'ère impérialiste.

– Attendez un peu ! s'exclama Col en secouant la tête. Commencez par le commencement.

– Le commencement ? Oui, bien sûr.

Le professeur Twillip joignit le bout des doigts et posa le menton dessus.

– Je suppose que le meilleur point de départ est la Révolution française.

– La quoi ?

– Une révolution menée par le peuple français contre son roi. En 1789, les classes moyennes françaises prirent le pouvoir par le biais d'une Assemblée nationale. Puis elles furent elles-mêmes renversées par les classes populaires. Les travailleurs, les pauvres des villes, des gens sans éducation.

– Mais pas idiots (Septimus s'adressait directement à Col). Ils exigeaient l'égalité.

– Hmm, fit le professeur Twillip en fronçant les sourcils. Idiots, peut-être pas, mais ils se comportèrent avec une grande violence. Ils exécutèrent leur famille royale, puis se mirent à supprimer quiconque n'était pas de leur avis. C'est ce qu'on appela la Terreur. Les idées nouvelles se propagèrent jusqu'en Grande-Bretagne...

– La Grande-Bretagne ? C'est la même chose que le Vieux Pays, n'est-ce pas ? l'interrompit Col.

– ... Oui. C'est alors qu'en France un général du nom de Napoléon Bonaparte mit fin à la Révolution. Il déclara la guerre à tous les autres pays d'Europe.

– Il les battait tous, précisa Septimus. Ce fut le début de la guerre de Cinquante Ans.

– En 1802, la Prusse, la Russie et l'Autriche s'étaient inclinées. Seule la Grande-Bretagne lui tenait encore tête. Alors il l'envahit.

Col s'étrangla.

– Mais comment ? C'est... c'est...

Il ne trouvait pas les mots pour qualifier une telle vilenie.

Le professeur Twillip cligna des paupières derrière ses lunettes.

– Je sais. Mais il s'en fichait, puisqu'il était révolutionnaire. Comme il n'était pas de taille à vaincre la marine britannique, il eut une autre idée. Ou du moins, un ingénieur nommé Albert Mathieu-Favier eut une idée. Les Français creusèrent un tunnel sous la Manche, entre Calais et Douvres. Cela leur prit deux ans et demi. Personne, au Vieux Pays, ne se doutait de rien, jusqu'au jour où un trou apparut soudain dans le sol, à presque un kilomètre de la côte.

Septimus tourna les pages d'un des livres : on y voyait une carte du tunnel, figuré par des pointillés qui couraient entre la France et la Grande-Bretagne. Il posa le doigt sur une croix au bout, du côté britannique.

– Septembre 1804, dit-il. Les troupes françaises se sont déversées là.

– Qui a gagné ? demanda Col. Nous les avons battues, n'est-ce pas ?

– Ce n'est pas si simple, nuança le professeur Twillip. Napoléon marcha sur Londres et fit des proclamations promettant liberté, égalité, fraternité. Le peuple londonien se souleva alors contre le roi George III. L'armée britannique, poignardée ainsi dans le dos, perdit la bataille de Dartford.

« Le Vieux Pays fut sauvé par une seule chose, poursuivit-il, les joues luisantes d'enthousiasme. Pendant que Napoléon était de l'autre côté de la Manche, la Prusse et l'Autriche en profitèrent pour lui déclarer la guerre et avancer sur Paris. Il dut rentrer en catastrophe pour défendre sa capitale. Les soldats français restés dans le sud de l'Angleterre perdirent leur assurance, et la Grande-Bretagne se découvrit un grand général en la personne d'Arthur Wellesley, duc de Wellington.

Col craignait que sa tête n'explosât sous cet afflux d'informations. Il avait du mal à suivre.

– Alors ce duc de Wellington a battu les Français ?

– Oui, mais pas tout de suite. Il commença par combattre les classes populaires, qui avaient trahi le roi d'Angleterre.

– En 1805, dit Septimus. L'année où Napoléon écrasa les Prussiens à la bataille d'Esternay.

– Mais Napoléon ne pouvait toujours pas revenir au Vieux Pays, reprit le professeur. Wellington passa le reste de l'année 1805 à s'occuper des classes populaires, puis il régla leur compte aux Français. Il prit le contrôle de l'embouchure du tunnel, derrière Douvres. Il le combla, puis l'inonda. Les militaires français finirent par rendre les armes lors de la capitulation d'Aylesham.

Col se rappela alors pourquoi il avait inventé cet exposé d'histoire.

– Et les Immondes ? demanda-t-il.

Le professeur Twillip se renversa en arrière sur sa chaise.

– J'y viens, j'y viens. La Grande-Bretagne était tenue de venir en aide à ses alliés prussien et autrichien, en guerre sur le continent contre Napoléon. L'industrialisation était la voie de la victoire. Les usines crachaient de plus en plus d'armes et de munitions, de nouvelles inventions, de nouvelles machines... Napoléon se laissa distancer.

– Jusqu'au moment où il s'est mis, lui aussi, à industrialiser son pays, enchaîna Septimus.

Le professeur Twillip l'approuva d'un hochement de tête.

– Dans les années 1820, la Prusse, à son tour, s'industrialisait, et la Russie et l'Autriche y vinrent dans les années 1830. La France ne pouvait pas vaincre les alliés, et les alliés étaient impuissants contre la France. En dépit de grandes percées et de nombreuses retraites, cela se terminait toujours par un match nul.

– Mais les…

– Les Immondes ? À cette époque, ils étaient les ouvriers qui avaient rendu possible l'industrialisation à grande échelle du Vieux Pays. Ils devinrent les esclaves des usines.

– Oui, mais d'où venaient-ils ? Comment sont-ils arrivés au Vieux Pays ?

– Ils étaient là depuis toujours : c'étaient eux, les classes populaires.

– Quoi ? (Col fit un effort de mémoire.) Vous voulez parler des travailleurs ? Des pauvres des villes ?

– Oui, eux-mêmes. Au Vieux Pays, ils étaient ceux qui avaient trahi leur roi. Au fond, même Napoléon n'était pas bien différent des autres souverains. Gagner la guerre l'intéressait plus que faire la révolution.

Col masquait ses émotions à grand-peine. Les pauvres des villes, les Immondes ! Nés et élevés au Vieux Pays !

Il se tourna vers Septimus.

– Donc, le Gibbon se trompait bien.

– Oui. Ils n'ont jamais été embarqués sur l'Arche de Noé.

– Ça s'est passé il y a moins de deux cents ans.

– Ils étaient comme tout le monde. L'argent en moins.

– Extraordinaire, n'est-ce pas ? dit le professeur Twillip en remontant ses lunettes sur son front. Je suis sûr que votre maître sera fasciné d'entendre la véritable histoire.

Septimus eut un sourire ironique, mais Col demeura impassible.

– Oui, la guerre de Cinquante Ans a bouleversé le cours de l'histoire, poursuivit le professeur Twillip. Les batailles interminables avaient fait de l'Europe un désert, une vaste friche. Ajoutons à cela la fumée et la pollution des usines : quand fut signé le traité de paix de Bruxelles, la production agricole était dévastée et d'immenses régions étaient inhabitables.

– La paix de Bruxelles mit un terme à la guerre, expliqua Septimus. Après la mort du premier Napoléon, son héritier renonça à étendre son empire, et les autres pays reconnurent les Bonaparte comme famille royale de France.

– C'est alors qu'ils se mirent à bâtir des mégalonefs, précisa le professeur Twillip. C'était le début de l'ère impérialiste.

Tout tourbillonnait dans la tête de Col. Il avait donc raison depuis le début, depuis qu'il avait laissé Riff se cacher dans son armoire ! Son instinct lui avait soufflé ce que sa raison ne pouvait accepter : les Immondes étaient tout aussi humains que quiconque. Les gens des ponts supérieurs vivaient dans le mensonge. Ils avaient tort, complètement tort !

Il n'écouta que d'une oreille Septimus et le professeur Twillip poursuivre leur récit de l'ère impérialiste. Il n'enregistra que les faits : la population d'Europe avait fui son continent ruiné à bord de puissants mégalonefs, voyageant et faisant du commerce dans le monde entier… les Britanniques avaient bâti le *Worldshaker*, les Français la *Marseillaise*, les Prussiens le *Lebensraum*, les Autrichiens le *Grosse Wien*, les Russes le *Romanov*…

Mais il avait la tête ailleurs. Que dirait Riff quand il lui raconterait tout cela ce soir ?

44

En fait, la révélation ne fit ni chaud ni froid à Riff.

– Ah ouais ? Tu t'attendais à quoi ?

– Tu ne comprends pas ? Cela prouve que les Immondes et les gens des ponts supérieurs ne sont pas différents.

– Oui. Sauf que nous, on est mieux.

– Pourquoi mieux ?

– Parce qu'on a dû apprendre à être plus rapides et plus intelligents. Vous autres, ça fait deux cents ans que vous vous la coulez douce.

Il était plus de minuit, et ils étaient assis au bord du lit dans la chambre de Col. Celui-ci s'était préparé à dire « Cela prouve que toi et moi, on est pareils », mais le moment était passé.

– Bref, dit Riff, moi, j'ai fait une découverte plus importante que ça.

– Laquelle ? Tu as trouvé la salle de Transformation ?

Elle se leva d'un bond.

– Non. Faut que tu voies ça par toi-même. Je vais te montrer.

– Et notre entraînement ?

– Plus tard. (Elle lui prit la main et tira dessus pour qu'il se lève.) Viens.

– Où ça ? C'est loin ? Et si on nous voit ?

– Je serai une Larbine qui porte un paquet pour toi.

Elle ramassa la veste que Col avait retirée et la roula en boule.

– Ça ira très bien. Donne-moi des ordres si quelqu'un nous regarde de travers.

Ils se mirent en route, en direction de la poupe. Riff l'entraîna dans une série d'escaliers, jusqu'au Pont 31. C'était là que se trouvaient les ateliers des manufactures, tous fermés, avec leurs rideaux de fer tirés pour la nuit.

Ils poursuivirent leur chemin, toujours vers l'arrière du vaisseau. À quatre reprises, ils rencontrèrent des officiers ou des surveillants. Col fit semblant de donner des ordres à sa servante.

– Avance ! Et ne fais rien tomber !

Riff grinça des dents, tout en conservant son expression morose de Larbine.

Ils marchaient depuis une demi-heure lorsqu'elle atteignit un croisement et vira à droite. Les lumières étaient de plus en plus faibles, les ateliers de plus en plus sales et déglingués. Enfin, droit devant, ils aperçurent un portail voûté fermé par un tourniquet.

– Suis-moi, chuchota Riff.

En s'approchant, Col distingua un cadenas sur le tourniquet. Riff jeta des regards autour d'elle, puis sauta légèrement par-dessus. Col l'imita, avec un peu moins de légèreté.

Au-delà du tourniquet s'ouvrait un couloir aux murs peints en blanc. Riff avança jusqu'à un deuxième tourniquet, qu'ils sautèrent également.

Col poussa un sifflement stupéfait. Ils avaient atteint le flanc du mégalonef !

Ayant franchi une écoutille, ils se retrouvèrent debout sur un étrange plateau métallique, de quinze mètres de côté environ, ouvert à tous les vents sous le ciel nocturne. Col leva les yeux vers l'orbe pâle de la lune, si brillante, si fraîche et argentée. Ce spectacle lui hérissa la nuque.

– Regarde là-bas.

Il baissa la tête pour suivre le doigt pointé de Riff.

Au bord du plateau surgissait un immense bras métallique. Il en avait déjà vu le jour où il s'était tenu sur la plate-forme au-dessus de la Passerelle : une grue. Sir Mormus lui avait dit que les grues du mégalonef servaient à faire du commerce et à charger les cales.

Celle-ci était en mouvement. Une benne grosse comme une maison apparut dans le champ de vision de Col. Puis le bras pivota et les mâchoires de la benne s'ouvrirent pour déposer leur chargement au sommet d'un tas qui occupait une partie du plateau.

Un tas de quoi ? Tout prenait un aspect inhabituel au clair de lune. En plissant les yeux, Col distingua un enchevêtrement de matières végétales : lianes et maïs, bananes et palmes de cocotier. Il y avait quelque chose qui aurait pu être une ruche et quatre pattes pointées en l'air qui ressemblaient à celles d'une vache.

– Quand ils en auront ramassé assez, une équipe de Larbins viendra trier tout ça, dit Riff.

– Tu les as vus faire ?

– Ouais. Ça a commencé quand le mégalonef s'est mis à rouler sur la terre ferme.

Col se rappela avoir entendu parler d'une escale du *Worldshaker* sur la côte birmane. Il se remémora aussi les explications de Sir Mormus sur les principes du commerce.

– Ce sont des matériaux bruts, expliqua-t-il à Riff. Nous les échangeons contre des objets manufacturés.

Riff renifla, narquoise.

– Quels objets manufacturés ?

– Je ne sais pas.

– Eh ben moi, si. C'est ce que je vais te montrer tout de suite.

Leur expédition n'était donc pas encore terminée. Col regarda la grue s'éloigner en pivotant et abaisser de nouveau sa benne le long de la coque.

Puis Riff le guida jusqu'à un trou, semblable à un écoulement, dans un angle du plateau. Elle y pénétra et disparut.

Col n'aimait pas cela ; le trou faisait remonter des souvenirs désagréables de sa chute dans la glissière. Mais il respira un grand coup et la suivit. Ses pieds atterrirent en faisant *splotch*.

Comme ses yeux s'habituaient à la pénombre, il constata qu'il se trouvait dans un tuyau cylindrique assez large. Un filet d'eau mousseuse coulait dans le fond. L'odeur de pourriture faillit le faire vomir.

– Ça continue comme ça jusqu'à la poupe, lui dit Riff.

Elle se retourna et s'en alla à petits pas pressés. Col lui courut maladroitement après, un pied de chaque côté du ruisselet.

Le tuyau descendait régulièrement en pente douce jusqu'à l'arrière du vaisseau. D'autres bouches d'écoulement laissaient entrer la lumière à intervalles réguliers.

Puis l'éclairage changea au-devant d'eux : c'était le bout circulaire de la canalisation. Riff ralentit le pas.

– Fais gaffe, lui dit-elle. Le tuyau dépasse de la poupe, ici. Y a rien à quoi se raccrocher.

Sur les derniers mètres, la tuyauterie résonnait différemment, elle rendait effectivement un son creux sous leurs pieds. Riff s'avança jusqu'au bord et s'arrêta. Col essaya de voir par-dessus son épaule.

C'était irréel, étrange et troublant. Le panorama n'était pas plus vaste ni plus spectaculaire que ce qu'il avait vu du haut de la plate-forme en compagnie de Sir Mormus, mais il était transfiguré par le clair de lune. L'horizon montagneux dans le lointain, la vague tache floue des forêts, les cours d'eaux et les lacs innombrables... tout luisait à présent d'un miroitement bleu métallique.

Et autre chose également.

– Qu'est-ce que c'est que ça ?

Riff se poussa pour le laisser voir.

Col suivit du regard une affreuse et large entaille qui barrait tout le paysage. Une traînée de terre aplatie, de sol retourné, une bande de désolation. Elle passait tout droit à travers les collines et les rivières endiguées, de plus en plus large à mesure qu'elle se rapprochait de la poupe du mégalonef. Et d'ailleurs, elle avait la largeur exacte de la poupe du mégalonef...

– Alors ? lui demanda Riff.

Col repensa aux trois cent quarante rouleaux, dont chacun pesait huit cents tonnes. Bien sûr, le *Worldshaker* écrasait forcément tout sur son passage ! Bien sûr, il ne laissait que destruction dans son sillage ! Pourquoi n'y avait-il jamais pensé ?

– Tu vois ces villages des deux côtés ? dit Riff en pointant le doigt. Tu en vois, là, là, là ? Mais pas là où on est passés.

Col comprit. Il distinguait les taches claires des habitations humaines semées sur la plaine. Mais il n'y en avait aucune sur le passage du mégalonef. Les paroles de Sir Mormus lui revinrent en tête : « Au sol, nous avançons plus vite qu'un cheval au galop. »

Il aurait aimé croire que le *Worldshaker* manœuvrait pour éviter les villages qu'il rencontrait en chemin. Mais la trajectoire rectiligne de l'entaille réfutait cette idée. En regardant les dégâts, qui formaient une cicatrice de terre défoncée, il sut que les autochtones n'avaient pas la moindre chance.

– C'est ça, regarde bien, commenta Riff. C'est ce que vous faites dans le monde entier.

Col imagina le tonnerre des rouleaux qui approchaient, le soulèvement, les convulsions inouïes imposées à la terre. Des villages entiers devaient se faire happer. Les victimes chanceuses périssaient instantanément broyées, les autres étaient sûrement ensevelies vivantes...

– Nous ne nous arrêtons jamais, dit-il lentement. Comment peut-on faire du commerce sans jamais s'arrêter ?

Riff éclata d'un rire dur et sans joie.

– Oh, vous en faites, on peut le dire. Tu veux voir ce que les indigènes reçoivent de vous ?

Riff se colla contre le côté du tuyau pour permettre à Col de sortir la tête. Elle passa une main dans sa ceinture pour le retenir. Avec prudence, il se pencha à l'extérieur et regarda dans la direction qu'elle lui indiquait, sous le bord incurvé du tuyau.

C'était comme regarder tout droit dans un précipice, un vertigineux à-pic de trois cents mètres. La poupe du mégalonef était un mur de métal vertical, d'où ne dépassaient que les extrémités de nombreux tuyaux. Elle désigna un conduit en particulier, loin en contrebas.

– Celui-ci sort du Pont 5, lui dit-elle.

C'était trop loin pour que Col pût le voir clairement, mais il lui sembla qu'un mince filet de gouttelettes s'en écoulait. Quelque chose comme une pluie très fine, qui tombait et scintillait au clair de lune.

– Le Pont 5, répéta Riff. Ça te rappelle rien ?

Col fouilla sa mémoire, mais il ne se souvenait pas. Qu'y avait-il au Pont 5 ?

– Les bidules en plâtre, précisa Riff.

Alors il se rappela les statuettes de la famille impériale : la reine Victoria assise, la reine Victoria debout, la reine Victoria et le prince Albert assis, la reine Victoria assise et le prince Albert debout. Il revit les rangées d'étagères couvertes de millions et de millions de répliques en plâtre peinturluré. Les objets manufacturés du *Worldshaker* !

– Très utile, hein ? commenta Riff, dégoulinante de sarcasme. Exactement ce qu'il te faut quand ton village vient d'être rayé de la carte.

Col secoua la tête.

– Je ne me serais jamais douté. Je croyais que le commerce, c'était... du commerce.

– Ben non. C'est de la cruauté, de la tyrannie, qui consiste à écrabouiller les plus faibles. Certains se font broyer en dessous, d'autres à l'intérieur. Pendant ce temps, toi et les tiens, vous restez au-dessus et vous passez sur tout le monde. (Elle serra les poings.) C'est pour ça qu'il *faut* une révolution.

Le mot *révolution* fit encore sursauter Col. C'était cruel et tyrannique, en effet, mais... de là à tout renverser ?

Et pourtant, quel autre moyen y avait-il de changer les choses ?

– Vous, les gens des ponts supérieurs, vous êtes doués pour ignorer ce que vous voulez pas voir, pas vrai ? (Ses lèvres se tordirent dans une grimace amère.) Eh ben maintenant, tu sais. Comme ça, tu peux commencer à te demander de quel côté tu es.

Elle tourna les talons et repartit dans le tuyau. Au bout d'un petit moment, Col fit demi-tour et la suivit.

45

Plus que quatre jours à survivre, et Col aurait atteint la fin du trimestre. Mais chaque journée était plus dure que la précédente. M. Gibbon, faisant de moins en moins mystère de sa véritable position, s'était mis à se comporter comme si Col était une source d'infection.

Le mardi, il ne cessa de dériver vers son pupitre, comme sans le faire exprès. Ensuite, il faisait semblant de comprendre où il se trouvait, se plaquait une main sur le nez et partait à reculons se mettre en lieu sûr. Les élèves l'encourageaient dans ce manège en lui criant « Zone dangereuse, monsieur ! » ou « C'est pas passé loin, monsieur ! »

Le mercredi, il poussa un peu plus loin la provocation. Il affectait de se rapprocher délibérément du danger, avançant vers Col sur la pointe des pieds, pas à pas. Les élèves attendaient qu'il fût à deux pas de lui avant de brailler leurs avertissements.

– N'y allez pas, monsieur !

– On ne veut pas vous perdre, monsieur !

– Pensez à Mme Gibbon et aux petits Gibbon, monsieur !

M. Gibbon arborait alors une expression comiquement horrifiée et reculait en sautillant jusqu'à son estrade.

Col refusait de se laisser provoquer. Il voyait bien que tout ce que cherchait M. Gibbon, c'était l'occasion de faire encore le pitre. Il pensait à toutes les dernières techniques de combat que Riff lui avait enseignées et se les répétait à l'abri des autres.

Ce ne fut pas aussi facile d'ignorer le message qui l'attendait lorsqu'il revint en classe après la pause-déjeuner du mercredi. Il souleva le couvercle de son bureau et c'est là qu'il le trouva, gribouillé à l'encre rouge sur une feuille de papier.

ON NE VEUT PAS DE TOI DANS NOTRE ÉCOLE.
ON SAIT QUOI FAIRE DES MALADES DE TON ESPÈCE.
ÇA PUE DANS LA CLASSE QUAND TU ES LÀ.
AMOUREUX DES IMMONDES !

De qui cela venait-il ? Il parcourut la salle des yeux, mais tout le monde semblait regarder ailleurs.

C'était forcément l'œuvre d'un membre de la bande des Squellingham. Mais à quel moment avait-il pu laisser le mot dans son casier ? Il était sûr de les avoir tous vus s'attarder autour de leur panier repas pendant toute la récréation. C'était peut-être un autre élève agissant sous leurs ordres ?

Il fut soulagé que le jeudi fût entièrement occupé par les contrôles de fin de trimestre. Dans ces conditions de silence complet, M. Gibbon avait perdu son public. Il rôdait dans les rangs, armé de sa pichenette qu'il appliquait à des élèves de son choix, mais n'osa pas l'utiliser sur Col.

Il y eut un contrôle d'histoire-géographie, suivi d'un contrôle de maths, puis, l'après-midi, d'un contrôle de physique-chimie. Col donna les réponses qui lui convenaient, sans se préoccuper des enseignements de M. Gibbon. De toute manière, il ne doutait pas que ses notes seraient catastrophiques.

Ce jeudi apporta aussi sa missive menaçante. Quelqu'un avait réussi à la glisser dans son cartable, et il ne la trouva qu'en fin de journée. Elle était écrite de la même encre rouge, avec les mêmes lettres capitales.

RETOURNE À TA PLACE.
DÉGAGE TANT QUE TU ES ENCORE ENTIER, OU FAIS FACE À TON DESTIN IMMONDE.
ON TE RÉGLERA TON COMPTE DEMAIN !

La situation devenait critique. Il savait déjà bien mieux se battre que dix jours plus tôt, mais il était encore incapable d'affronter toute la bande des Squellingham d'un coup. Il lui fallait plus de manœuvres d'attaque. Riff avait insisté pour lui apprendre les techniques de défense en premier, car, disait-elle, c'était le bon ordre. Mais là, il allait devoir faire plus qu'esquiver, feinter et parer... et il devrait savoir le faire dès le lendemain.

46

Les Porpentine s'accrochaient à leurs rituels contre vents et marées. Le jeudi, la branche familiale de Sir Mormus se retrouvait pour le goûter dans le salon Somerset, et Col y était attendu après le lycée, comme d'habitude.

Ce jour-là, l'ambiance était glaciale. Gillabeth était déjà arrivée, impeccable dans son uniforme d'écolière, et Ebnolia, Orris et Quinnea buvaient leur thé à petites gorgées. Personne ne parlait à Col.

Ebnolia était préoccupée par son Larbin favori, Wicky Popo. Par extraordinaire, il avait été autorisé à s'asseoir dans l'un des élégants fauteuils en satin capitonnés du salon Somerset. La fameuse bonté d'Ebnolia envers les Larbins ne connaissait plus de limites.

De fait, il était plus effondré qu'assis. Il avait les joues creuses, les yeux saillants, et pouvait à peine soutenir le poids de sa propre tête. Il avait l'air très malade.

– Mon pauvre, pauvre Wicky Popo, dit Ebnolia, debout devant lui, en secouant la tête. Comme le monde est vaste, triste, injuste, n'est-ce pas ? Et pour quel résultat ? Comment finira tout cela ?

Le Larbin tourna vers elle ses grands yeux larmoyants. Ebnolia mima de petites tapes au-dessus de sa tête, quoique sans le toucher.

– Si malheureux, si souffrant. Si indisposé, alors qu'on voudrait être fort. Regarde-moi tes pauvres bras et tes pauvres jambes si maigres ! Regarde-moi cette poitrine ! Tu ne manges pas comme il faudrait.

Elle continua de claquer doucement de la langue d'un air désapprobateur. Le silence de Wicky Popo ne la décourageait pas. Personne d'autre ne parlait, et visiblement elle n'attendait rien de plus.

Puis la porte s'ouvrit d'un coup sec et Sir Mormus entra à grandes enjambées. L'un des Larbins de service emplit une tasse de thé et la lui tendit. Pendant un instant, elle tinta contre sa soucoupe.

– C'est en train d'arriver. (Sa voix semblait comme arrachée à un gouffre obscur.) Une motion de défiance demain. Sir Wisley a obtenu ce qu'il voulait. Leurs Majestés impériales seront conviées à une séance extraordinaire du gouvernement.

Il se tourna vers sa femme.

– Notre avenir est entre vos mains, désormais.

Ebnolia abandonna Wicky Popo et traversa la salle pour rejoindre son époux. Elle prit la tasse et la soucoupe dans ses mains tremblantes et les posa sur la table la plus proche.

– Les négociations avancent bien, annonça-t-elle gaiement. Hommelia y est favorable. À présent, je dois aller parler à Turbot lui-même. Nous aurons un oui ou un non avant demain, et je pense que ce sera un oui.

L'humeur sombre de Sir Mormus s'éclaira à peine.

– Il nous faudra encore l'approbation de la reine.

– Eh bien, nous n'avons plus qu'à espérer, n'est-ce pas ?

– Elle ne m'a pas autorisé à lui parler depuis... l'incident. C'est ridicule de la laisser prendre les décisions toute seule. (Il baissa la voix.) Elle n'en a pas assez dans le crâne.

– Chut, mon cher, répondit Ebnolia en agitant les mains. Ne vous inquiétez pas. Je m'en vais parler à Turbot de ce pas.

Elle trottina jusqu'à la porte et sortit, avec, derrière elle, son doux sillage de parfum à la fraise.

Les trois minutes qui suivirent s'écoulèrent dans le silence complet. Sir Mormus semblait avoir perdu toute sa superbe. Enfin, il se secoua.

– Tu peux partir, dit-il à Col. Toi aussi, ajouta-t-il à l'intention de Gillabeth.

Celle-ci fit une minuscule révérence, mais elle n'était pas prête à se laisser congédier.

– Ne voulez-vous pas entendre mon rapport, monsieur ?

Ce disant, elle jeta un regard rapide à Col.

– Non. Tu raconteras tout cela plus tard à ta grand-mère, dit Sir Mormus en se dirigeant vers la console des gâteaux. S'il y a le temps...

Col était content de s'échapper du salon. Il n'avait pas prononcé un mot du début à la fin du goûter. Mais il avait en revanche une question à poser à Gillabeth, ce qu'il fit dès qu'ils se retrouvèrent dans la coursive.

– Tu sais ce que c'est, toi, évidemment ? Le projet de grand-mère.

Gillabeth se contenta de hocher le menton, comme si cela allait de soi.

– Alors ?

– Alors quoi ?

– Qu'est-ce que c'est ?

– Pas pour tes oreilles.

– Mais ça me concerne. Je me trompe ?

– Oh, tout te concerne. C'est toi qui as mis notre famille dans ce pétrin. Toi et ton indiscipline. Ton mépris éhonté des conventions. As-tu la moindre idée de ce que tu nous as fait ?

Comprends-tu au moins à quel point tu as traîné notre nom dans la boue ?

Elle le fixa d'un regard mauvais et vindicatif pendant un moment, puis s'en alla à grands pas. Col en resta abasourdi.

Toutes les grandes sœurs étaient-elles ainsi ? Correctes et « parfaites » en toutes circonstances ? Il n'avait jamais su se montrer à la hauteur des attentes de Gillabeth.

47

– Pourquoi tu veux connaître plus de manœuvres d'attaque ?

– Parce qu'il est temps.

– C'est moi qui décide du moment où t'es prêt à apprendre. Pourquoi ce soir ?

Col n'avait pas envie d'avouer que des élèves de sa classe projetaient de lui casser la figure le lendemain. Mais finalement, il fut obligé de raconter toute l'histoire à Riff. Cela sortit comme une grosse boule brûlante.

Riff fronça le sourcil.

– Mais je croyais que c'était toi le chef ? Tu devais pas devenir commandant suprême ou je sais pas quoi ?

Col lui expliqua précisément en quoi la situation avait changé depuis son retour du Dessous. Riff y réfléchit.

– Qui t'a écrit ces mots ? lui demanda-t-elle.

– Je n'en sais rien. Sans doute un des jumeaux Squellingham.

– Pourquoi c'est en rouge ?

Sa vivacité d'esprit surprit Col. C'était vrai, les élèves écrivaient tous à l'encre bleue ou noire dans leurs cahiers. Il n'y avait jamais pensé.

– Quelqu'un doit en avoir une bouteille dans son casier, dit-il.

Riff fit la moue.

– T'aurais dû me raconter tout ça plus tôt. Bon, d'accord, je vais t'apprendre le plus d'attaques possible. On oublie ma leçon de lecture pour ce soir.

Ils repoussèrent le lit contre le mur et Col fit son exercice de décontraction en remuant tous ses membres. Puis Riff lui montra où et comment frapper.

– Sur les centres nerveux, des petits coups secs, en te servant des pointes de tes phalanges. Dans les muscles et la chair, enfonce tout le poing. Ta cible est toujours sous la peau, tu vois, alors c'est là que tu dois viser.

Ils commencèrent à s'entraîner avec le plus grand sérieux. Elle roula une de ses couvertures en cylindre serré et la tint devant elle pour qu'il essaie différents types de coups dessus.

– Un direct, en plein dedans... Des petits coups secs... Tout droit ! Pas de crochet !

Ensuite, elle jeta la couverture dans un coin et lui enjoignit de diriger ses coups vers elle, en se limitant à un poing à la fois. Il était réticent au début, mais se fit vite à l'idée, puisque de toute manière il ne pouvait pas l'atteindre. Elle était assez rapide pour l'esquiver, mais elle savait aussi toujours où le coup aurait porté.

– Non, plus bas... De la gauche... En avant, et en arrière ! Tu frappes et tu te retires !

Ils s'activèrent, de plus en plus vite, avec force halètements et grognements. Col sentait une amélioration en lui : tous ses mouvements étaient rythmés et sonnaient juste. Au bout d'un moment, Riff ne put plus se contenter de l'esquiver, elle dut utiliser ses mains pour amortir les coups.

Puis elle réclama une pause.

– C'est bien, ça commence à venir, dit-elle. Surtout, oublie pas : te laisse jamais acculer dans un coin. Tu dis qu'ils sont toute une bande contre toi. Garde toujours une longueur de bras entre eux et toi, garde ta liberté de mouvement.

Le tricot sans manches de Col était trempé de sueur. À force de s'en imprégner nuit après nuit, il dégageait une odeur âcre et rance.

Soudain, Col ne se soucia plus des convenances. Il aurait l'air d'un Immonde, et alors ? Puisqu'il voulait se battre comme un Immonde, il pouvait bien leur ressembler... Il retira le tricot et se retrouva torse nu.

– Ah ouais, c'est mieux comme ça, dit Riff en le reluquant avec curiosité.

Ils reprirent l'entraînement. Riff inventa un nouvel exercice avec la couverture roulée, l'oreiller et les chaussettes de Col. Armée des chaussettes, elle installa l'oreiller à un bout du lit et la couverture à l'autre. Col était censé affronter ses ennemis l'un après l'autre à mesure qu'elle criait, dans un ordre imprévisible « Couverture ! Oreiller ! Moi ! » Il pirouettait et virevoltait, frappait et esquivait, tandis que les chaussettes lui pleuvaient dessus.

Tout se brouilla. C'était à peine s'il savait ce qu'il faisait, et pourtant il était curieusement infaillible. Son corps avait pris le dessus sur sa tête. Il ne pensait plus ni au lendemain, ni au lycée, ni à rien. Uniquement à l'instant présent... et au suivant... et au suivant... Un flux continu de mouvement ! Il avait envie de crier et de rire, tant c'était grisant.

– Moi ! lui cria Riff.

Il baissa la tête pour éviter une chaussette, pivota et la visa au plexus solaire. Presque trop rapide ! Elle rata son poing et ne parvint qu'à moitié à l'arrêter de l'avant-bras. Le coup la toucha à l'oblique, juste au-dessus de la hanche.

– Oufff, lâcha-t-elle.

Avant qu'il ait pu reculer, elle l'attrapa par le bras, se retourna, s'agenouilla, tira et le fit basculer par-dessus son épaule droite.

Une fraction de seconde, et il fonçait vers le mur de la cabine ; une autre, et il réagissait, compensait le mouvement. Il heurta le mur des pieds et des mains, absorba le choc, puis se détendit tel un ressort pour bondir vers elle.

Il la prit par surprise et la fit rouler au sol. Ils se retrouvèrent affalés, bras et jambes enchevêtrés.

Si proches, son torse nu pesant sur son bras à elle, son visage au-dessus du sien...

Il n'aurait su dire si elle éclatait de rire ou de colère. Il n'avait conscience que du sang qui lui battait aux oreilles et d'une sensation de noyade. C'était comme la fois où elle l'avait embrassé...

Il s'inclina, ferma les yeux et pressa ses lèvres contre les siennes.

Immédiatement, elle détourna la tête. Un gémissement dépité franchit les lèvres de Col.

Lorsqu'il rouvrit les yeux, elle le regardait. Les sourcils arqués, l'air interrogateur.

– On n'est jamais au bout de ses surprises avec toi, hein ? dit-elle.

Elle ne semblait pas particulièrement choquée. Mais lui l'était. Il n'en revenait pas de ce qu'il venait de tenter. Son comportement aurait été inacceptable même de la part d'un Immonde. Et le gémissement qui lui avait échappé... comme celui d'un animal ! Il n'y avait aucune excuse, aucune justification. D'où venait cette vague sombre qui enflait en lui ? Où était-elle cachée jusque-là ? On aurait dit la personnalité d'un autre. Il ne pourrait plus jamais se faire confiance.

Elle dégagea ses bras et ses jambes, et se leva d'un bond.

– Bon allez, on reprend.

L'entraînement recommença, mais le cœur de Col n'y était plus. Ils répétaient le même exercice, et Riff évitait facilement ses attaques. Il n'avait pas peur de la frapper ; il avait peur de se laisser aller. Il n'osait plus risquer de laisser son corps reprendre le dessus sur sa raison.

– Mais qu'est-ce que t'as ? lui demanda-t-elle au bout d'un moment.

Il ne répondit rien. Il revoyait en boucle la manière dont elle avait détourné la tête. Bien sûr, si elle était avec Padder, elle ne pouvait pas se laisser embrasser par n'importe qui. Il avait un nœud de honte et de mortification au creux de l'estomac.

Finalement, Riff renonça.

– Je crois bien que t'es pas assez en forme pour t'entraîner encore.

– Je ne suis pas fatigué.

– Faut croire que si. Tu ralentis.

– Je voudrais continuer. Je ne suis pas prêt à me battre demain, si ?

Riff haussa les épaules.

– Tu peux quand même gagner. Faut que tu penses comme un vainqueur.

Col hocha la tête, mais sans y croire.

48

Il n'y eut pas de cours pendant la dernière journée du trimestre. M. Gibbon caressa Murgatrude dans sa corbeille à papier et laissa les garçons s'amuser à leur guise. Ils firent surtout des parties de pendu ou de morpion, tournés face à face sur leurs sièges. Col ne s'étonna pas que personne ne lui propose de se joindre à une partie.

Ce qui l'étonna, en revanche, fut que quelques Tâcherons et Rampants avaient l'air de le plaindre un petit peu. Tout le monde devait être au courant des intentions des Squellingham. La paisible léthargie qui régnait dans la classe avait des airs de calme avant la tempête.

La récréation du matin fut la première période de danger. Col ne s'éloigna pas du principal-adjoint, si bien qu'il resta planté au milieu de la cour pendant que M. Dandrum tirait sur sa pipe en se berçant sur la balançoire. Il s'en voulait de se comporter ainsi. *Plus qu'une journée*, se répéta-t-il. *Quoi qu'il arrive, je serai mieux entraîné après les vacances.*

La bande des Squellingham ne s'approcha pas de lui, mais arpenta la cour en meute. Ils recrutaient de nouveaux membres. À la fin de la récréation, ils avaient déjà ajouté à leurs rangs deux Grimpants de seconde A, Prewitt et Melstruther, et deux plus grands, des élèves de première A. Sa cote était passée de six contre un à dix contre un.

La seconde période de danger fut l'heure du déjeuner. C'était maintenant M. Gortliss qui occupait la balançoire, pendant que Mme Stummer discutait avec lui. Encore mieux. Col fit semblant d'examiner les fissures dans le sol de la cour.

Mais il mourait de faim. La table à tréteaux où deux Larbins servaient à manger était à vingt pas. Peut-être, quand il n'y aurait plus la queue...

Il chercha des yeux les Squellingham et leur bande. Ils n'étaient plus en meute, mais s'étaient dispersés et répartis tout autour de la cour.

Cinq minutes, puis dix minutes s'écoulèrent. Les odeurs appétissantes de tourte et de friand à la saucisse le faisaient saliver.

Enfin, il n'y eut plus que deux élèves à attendre d'être servis. Mme Stummer s'entretenait toujours avec M. Gortliss. Col passa à l'action.

Mais deux filles de troisième B le précédèrent. Elles se placèrent devant lui et il dut attendre son tour.

Toutes deux comparaient âprement les mérites respectifs des sandwiches au fromage et au chutney. Elles n'arrivaient pas à se décider.

Déjà ses ennemis commençaient à se rapprocher, à converger vers lui. Ils n'allaient quand même pas l'attaquer avec deux professeurs à vingt pas à peine ?

Mais lorsqu'il les regarda de nouveau, Mme Stummer s'en allait. La conversation était terminée et M. Gortliss tournait le dos à Col.

Pas le temps ! Il plongea entre les deux filles, chipa un friand à la saucisse, fit demi-tour pour partir en courant… et quelqu'un l'attrapa par le coude.

Fefferley ! Sa grosse figure luisante n'était qu'un vaste sourire de triomphe.

Col lui écrasa le friand sur l'arête du nez, pile entre les deux yeux. Fefferley chancela et Col se libéra. Le reste de la bande des Squellingham se rua sur lui. Impossible d'aller retrouver la protection de M. Gortliss : ils lui auraient coupé la route.

Il s'élança dans la direction opposée en évitant de justesse les bras tendus de Lumbridge. Les cabinets étaient son seul espoir. Il contourna des élèves, en poussa d'autres de son chemin.

Il atteignit les toilettes juste devant ses poursuivants. Il se rua dans la première cabine libre, claqua la porte et abaissa le loquet.

Il n'y avait pas de lumière à l'intérieur, uniquement des odeurs sans nom et un bruit d'eau qui gouttait. Les cabinets étaient toujours plongés dans le noir, par égard pour la décence de leurs utilisateurs. La cuvette n'était qu'une forme pâle et fantomatique. Col abaissa le siège de bois et s'assit dessus.

Des voix crièrent :

– Sors de là, Porpentine !

– Viens prendre ta raclée !

Col ne bougea pas. L'odeur était à vous retourner l'estomac. Des ombres de pieds allaient et venaient dans l'étroit rai de lumière.

Ils commencèrent à tambouriner des poings sur la porte. Les coups sourds ou sonores faisaient un boucan d'enfer dans ce petit espace clos, mais la porte était en bois massif. Ce n'étaient pas de simples bruits qui le feraient sortir.

Au bout d'un moment, les coups cessèrent. Il entendit des chuchotements. Puis quelque chose bougea dans la fente latérale de la porte.

C'était une règle. Ils allaient soulever le loquet pour ouvrir ! Col bondit en avant et empoigna le bout de la règle avant qu'ils puissent la faire remonter. Il la tira entièrement à l'intérieur et la leur arracha des mains.

Il y eut un cri étouffé. Col brisa la règle en deux, expédia les deux moitiés sous la porte d'un coup de pied, et se rassit sur le siège.

Du temps passa. Ils étaient toujours dehors, toujours en train de chuchoter. Qu'allait-il se passer ensuite ?

Une lourde masse vint s'écraser contre la porte. Quelqu'un tentait de l'enfoncer à coups d'épaule. Lumbridge, au hasard, pensa Col.

Il se leva d'un bond, carra ses deux pieds dans le sol et pesa de tout son poids contre le bois.

Une deuxième course d'élan, un deuxième choc. La force de l'impact l'ébranla jusqu'aux os et le fit grincer des dents.

– En-core ! En-core ! En-core ! scandaient les autres.

Un choc, un autre, encore un autre. Col avait l'épaule meurtrie et douloureuse. Il devinait que les gonds céderaient avant que le bois ne se brise. Déjà les vis se déchaussaient. Encore deux ou trois coups et...

C'est alors qu'il se décida. Même s'il ne pouvait pas les vaincre tous, il ne se laisserait pas piéger comme un rat. Il en surprendrait au moins quelques-uns.

– Qu'on en finisse, marmonna-t-il en se préparant à relever le loquet.

Mais il rabaissa sa main, car la cloche sonnait la fin de la pause-déjeuner.

Un sursis !

– On t'aura après les cours, Porpentine, cracha une voix par la fente. Ça va faire dix fois plus mal.

Il écouta les bruits qui faiblissaient au-dehors. Quand il sortit enfin, tout le monde était parti, à l'exception des deux Larbins.

Ces derniers se préparaient à remballer la table de nourriture. Il restait un sandwich. Col se jeta dessus : jambon-fromage. Il l'engloutit en trois bouchées tout en gravissant la rampe pour regagner la salle de classe des seconde A.

M. Gibbon frotta son nez en patate, mais ne fit aucun commentaire sur son retour tardif. La bande des Squellingham ne lui jeta pas même un regard. Tout le monde avait repris les jeux de pendu et de morpion.

En soulevant son pupitre, Col trouva un nouveau message qui l'attendait :

TU VAS REGRETTER D'ÊTRE NÉ !
C'EST LA FIN POUR TOI !
TU ES MORT !

Il contempla les lettres rouges et se souvint de la question de Riff. Qui avait une bouteille d'encre rouge dans son casier ?

Il y pensait encore lorsqu'on frappa doucement à la porte.

Le Dr Blessamy passa la tête à l'intérieur.

– Colbert Porpentine ? Votre père veut vous voir. Laissez votre cartable et venez tout de suite.

49

Col se fichait des raisons – il était simplement soulagé de s'échapper. Il s'avéra que son père était venu pour l'escorter jusqu'au Pont 51. Avec ses yeux tristes et globuleux, Orris était dans l'incapacité d'exprimer le bonheur, mais son air de chien battu était moins prononcé que d'habitude. Col commençait même à le soupçonner d'être carrément fou de joie.

Il refusa de dire à son fils pourquoi il était convoqué.

– Ton grand-père ne veut pas.

– La Chambre du gouvernement se trouve au Pont 51, n'est-ce pas ?

– Oui.

– Il y a une séance du gouvernement ?

– Ton grand-père ne veut pas que je te le dise.

Vingt minutes plus tard, ils étaient en vue de la porte de la Chambre. Orris n'entra pas, mais bifurqua vers une petite antichambre à boiseries de chêne.

Ebnolia était assise à l'intérieur, sur la seule chaise de la pièce. Elle était vêtue avec le plus grand soin, la taille pratiquement avalée par son corset.

Col était de plus en plus intrigué.

– Que se passe-t-il ? demanda-t-il à sa grand-mère.

– Chut ! fit-elle en indiquant du menton une autre porte, à double battant.

On entendait un murmure de voix au-delà. Col reconnut la diction claire et précise de la reine Victoria et la basse rouillée du prince Albert.

Il y avait une fente entre les deux battants. Pendant qu'Orris contemplait le sol et qu'Ebnolia restait assise, Col s'en approcha discrètement. Personne ne dit un mot pour l'arrêter lorsqu'il se pencha pour y coller son œil.

C'était bien une séance du gouvernement. Les tables étaient disposées en demi-cercle, comme lors de l'enquête impériale. Sir Wisley Squellingham faisait les cent pas, apparaissant dans le champ de vision de Col, puis disparaissant. Il délivrait un discours à la reine et au gouvernement.

– Nous sommes arrivés à un point, Madame, où votre commandant suprême n'inspire plus automatiquement respect et confiance aux membres de la Chambre. Mais l'unité doit régner au gouvernement. C'est pourquoi nous avons souhaité que ce vote ait lieu en votre présence.

Le prince Albert se racla bruyamment la gorge.

– Et si Porpentine perd ?

Sir Wisley opta pour l'humilité.

– Je laisserai ma reine décider des conséquences.

La reine Victoria se tourna vers son commandant suprême.

– Eh bien, Sir Mormus ?

Ce dernier était plus imposant que jamais.

– Certainement. Que Squellingham ait son vote, si c'est ce qu'il souhaite. J'ai pour ma part des préoccupations plus importantes.

– Plus *importantes* ?

– Madame, j'ai une requête à formuler au nom des familles Porpentine et Turbot.

Sir Wisley pivota pour décocher un regard venimeux au timonier-chef.

– La motion vient en premier, siffla-t-il.

Mais il était désarçonné et sa protestation manquait de conviction.

– Non, non, le contredit la reine. Voyons donc ce qui peut être plus important qu'une motion de défiance.

Sir Mormus s'orienta face à la double porte, comme s'il regardait tout droit vers Col.

– Mon petit-fils Colbert ! tonna-t-il. Qu'il s'avance.

Soudain, les deux battants furent largement ouverts. Col constata avec étonnement que son père s'était approché par la gauche et sa grand-mère par la droite.

Il fut introduit en plein centre de la Chambre. Les membres du gouvernement le regardaient bouche bée.

– Qu'est-ce que c'est que ça ?

– Que se passe-t-il ?

Sir Mormus s'adressa exclusivement à Victoria.

– Mon petit-fils a exprimé le souhait de se marier, Madame.

Des exclamations étranglées s'élevèrent dans toute la Chambre… Même Col étouffa un cri.

– Il sollicite la permission d'épouser Sephaltina Turbot, poursuivit Sir Mormus.

À la gauche de Col, Orris hochait la tête en silence d'un air approbateur.

La reine Victoria plissa le front.

– N'est-il pas un peu jeune ?

– Impossible ! intervint Sir Wisley. Bien sûr que c'est impossible ! Il n'a pas vingt et un ans. Il n'en est même pas proche.

– Il a seize ans, précisa Ebnolia en esquissant une imperceptible révérence à l'adresse de Sa Majesté impériale. Sephaltina Turbot en a dix-sept. Une dispense spéciale de la reine leur permettrait toutefois de se marier.

– C'est inepte ! éclata Sir Wisley. C'est contraire à toute jurisprudence !

Les intonations douces d'Ebnolia tranchèrent comme un couteau dans son emportement.

– Il y a eu des précédents. À trois reprises. Tout est consigné dans les archives de l'Église impériale.

Sir Wisley inspira profondément.

– Il a dû y avoir des raisons dans le passé. Des raisons d'État, des raisons de quelque chose. Il n'y a pas de raison aujourd'hui. Hormis un complot pour contrer la volonté du gouvernement.

La reine prit la parole.

– Quelles raisons, Sir Mormus ? Quelles raisons, Lady Porpentine ?

Ebnolia répondit avec son plus doux sourire de grand-mère.

– Ils s'aiment, Madame.

Le timonier-chef Turbot se leva. Il désigna une double porte identique à la première, de l'autre côté de la Chambre.

– Que ma fille se présente.

La seconde double porte s'ouvrit à la volée et Sephaltina fit un pas en avant, accompagnée de la baronne Hommelia Turbot.

Col la contempla fixement, abasourdi. La dernière fois qu'il avait vu Sephaltina, elle portait son uniforme scolaire. À présent, ses cheveux de lin étaient relevés en tresses compliquées et noués de rubans bleus. Ses joues étaient poudrées et sa bouche en bouton de rose paraissait encore plus petite et nacrée.

– Qu'ils se placent côte à côte, ordonna Sir Mormus.

Ebnolia et Hommelia manœuvrèrent Col et Sephaltina pour les placer côte à côte. Sephaltina se mordillait timidement la lèvre inférieure.

– Ne font-ils pas un bien joli couple ? murmura Ebnolia.

– Trop jeunes, grogna Sir Wisley.

La reine le fit taire d'un geste pour s'adresser à Col et à Sephaltina.

– Et où vous êtes-vous rencontrés ?

– À l'académie du Dr Blessamy, dit Sephaltina.

Victoria tapa dans ses mains.

– Comme c'est charmant ! Et vous aimez-vous réellement d'amour ?

– Dis oui, souffla Orris à Col.

– Oui, répondit-il à la reine. Madame.

– Et la jeune fille ?

Sephaltina rougit et baissa les yeux.

– Elle a beaucoup insisté, intervint Hommelia au nom de sa fille. N'est-ce pas, Turbot ?

– Tout à fait, confirma le timonier-chef. Elle est très sûre de son idée.

Le long visage chevalin de Victoria était presque enfantin lorsqu'elle se tourna vers son époux.

– Qu'en pensez-vous, mon ami ? Dois-je leur accorder ma permission spéciale ?

Le prince Albert tira sur un bout de sa moustache, puis sur l'autre.

– Ils pourraient se fiancer pour l'instant. Les noces plus tard.

– Ils ne veulent pas attendre, insista Ebnolia. Ils souhaitent se marier dès que possible.

– Quand cela ? demanda l'impératrice.

– Dans une semaine, Madame.

Tout le monde ouvrit des yeux ronds. Col avait le sentiment que l'on décidait de son sort, mais que cela n'avait rien à voir avec lui. Les mariages arrangés étaient chose courante entre jeunes gens et jeunes filles de l'élite. Si cette alliance devait sauver les Porpentine du désastre qu'il avait provoqué, il n'avait rien à y redire.

Victoria réprima un gloussement de rire inconvenant.

– Quelle hâte ! Mon Dieu, mon Dieu ! Ils doivent être très amoureux. (De nouveau, elle se tourna vers le prince.) Vous rappelez-vous comment nous étions, Albert, lorsque nous nous sommes rencontrés, il y a tant d'années ?

– Pas tant d'années que cela, répondit galamment le prince. C'est comme si c'était hier.

– Vous êtes monté à bord à Gibraltar. Nous devions rester fiancés au moins dix-huit mois.

– Mais vous n'avez jamais voulu entendre parler de plus de six mois. (Albert posa la main sur la table à côté de celle de son épouse.) Dès lors que nous avions posé les yeux l'un sur l'autre. Vous avez tapé du pied.

– C'est bien vrai, n'est-ce pas ?

Ils penchaient de plus en plus l'un vers l'autre. Leurs bras se seraient touchés si la reine ne s'était pas reprise avec une petite secousse.

– Je vous accorde ma permission, déclara-t-elle. Ces deux jeunes personnes peuvent se marier dès qu'elles le voudront.

– Merci, Madame, dit Sir Mormus.

– Merci, Madame, répéta en écho le timonier-chef Turbot.

Orris poussa un grand soupir de soulagement.

– Pouvons-nous espérer que Sa Majesté conduise elle-même la cérémonie ? demanda Ebnolia.

– Bien sûr, bien sûr ! s'exclama Victoria en battant des mains. Avec grand plaisir.

Un crépitement d'applaudissements s'éleva dans la Chambre. Le vent avait tourné en faveur des Porpentine.

La reine reprit une expression sérieuse.

– Bien, bien. Je suppose qu'il nous faut revenir au sujet de cette séance. Sir Wisley, vous disiez ?

Ebnolia et Hommelia tirèrent Col et Sephaltina sur le côté. Col était conscient que Sephaltina lui jetait des regards, en rougissant et blanchissant sans cesse de manière ravissante. Il aurait pu la trouver très séduisante s'il ne s'était pas habitué au physique de Riff.

Sir Wisley disposait de nouveau de tout le centre de la salle pour faire les cent pas. Pourtant, il semblait en avoir perdu l'envie.

– Nous allons donc procéder au vote de votre motion de défiance, annonça la reine.

La bouche de Sir Wisley se tordit dans un rictus amer tandis qu'il regardait tour à tour les membres du gouvernement.

– Madame, je souhaite retirer la motion.

– La retirer ? Oh, si vous voulez.

Victoria n'était pas contente.

– Y a-t-il autre chose ?

Le timonier-chef Turbot était resté debout.

– Madame, j'ai une autre motion à proposer.

Comme la reine l'approuvait d'un hochement de tête, il prit la parole. Il évoqua la probabilité que le mégalonef prussien atteignît Hong Kong avant le *Worldshaker*, et suggéra un changement de cap, en direction de la station houillère de Singapour.

Le vote était joué d'avance, même sans les arguments du timonier-chef. Les partisans de Sir Wisley savaient sentir le vent. Ils votèrent pour ce changement de cap, et Sir Wisley s'abstint.

L'impératrice leva la séance. Elle sortit de la Chambre en compagnie du prince Albert, tandis que les membres du gouvernement restaient entre eux pour discuter. Col s'en alla avec Orris et Ebnolia.

Une petite exclamation essoufflée les fit stopper net.

– Lady Porpentine !

C'était Hommelia Turbot qui s'avançait majestueusement derrière eux, ses petits pieds de trotteur apparaissant et disparaissant sous l'ourlet de sa robe à fleurs.

– Ah. (Elle se calma et reprit son souffle.) Lady Porpentine, pensez-vous que le jeune couple devrait se rencontrer avant le mariage ?

Ebnolia inclina la tête sur le côté et y réfléchit.

– Oui, ce serait approprié. En présence d'un chaperon, bien sûr.

– Alors il faut absolument que nous venions vous rendre visite.

– J'emmène la famille en vacances au Pont Jardin.

– Quand, chère Lady Porpentine ?

– Nous nous mettrons en route cet après-midi. Dès que Col et sa sœur seront rentrés du lycée.

– Alors nous viendrons vous voir au Pont Jardin. Quelle bonne idée. Jeudi vous conviendrait-il ?

– Oui. C'est entendu.

Ebnolia poursuivit son chemin dans la coursive, suivie de Col et d'Orris. Hommelia lui fit de grands signes d'adieu.

Col avait encore la tête qui tournait depuis la scène de la Chambre, mais la mention du lycée le ramena au présent immédiat. Sir Mormus avait peut-être gagné contre le gouvernement, mais Col n'avait pas gagné contre la bande des Squellingham. Ils n'avaient pas renoncé à l'idée de le tabasser.

– Grand-mère, dit-il en rattrapant Ebnolia, suis-je obligé de retourner au lycée maintenant ? Je pourrais commencer à préparer mes affaires pour les vacances.

Ebnolia n'y pensa même pas un instant.

– Tu auras bien le temps plus tard, Col. Ton père va te raccompagner.

50

Orris escorta Col jusqu'à l'arche d'entrée de l'académie. Col pensa bien traverser discrètement la cour pour aller se cacher aux toilettes, mais il ne pouvait pas le faire sous le regard de son père. Tel un condamné montant à l'échafaud, il gravit la rampe et retourna en classe.

Toute la bande des Squellingham sourit et jubila en voyant sa victime lui revenir entre les mains. Col savait qu'ils se tiendraient en embuscade à la fin des cours. Sans doute sous l'arche de l'entrée, puisqu'il n'y avait pas d'autre chemin pour sortir de l'académie.

Mais s'il restait à l'intérieur ? Ils ne s'attendaient pas à cela, et ils se demanderaient bien où il serait parti. Avant la dernière sonnerie, il élabora un plan de survie.

Dong dong dong !

Les vacances ! Les élèves poussèrent un grand cri de joie. Même M. Gibbon se révéla incapable de faire plus de bruit. Ils étaient comme des animaux libérés de leur cage, cherchant frénétiquement la liberté. Ils attrapèrent leurs cartables et se ruèrent tous en même temps vers la porte. Pendant plusieurs minutes, ce fut une mêlée furieuse d'élèves braillant et jouant des coudes.

Ce tumulte était exactement ce qu'il fallait à Col. Il ramassa son cartable, mais ne suivit pas le troupeau. Au lieu de cela, il se cacha sous son bureau.

L'avait-on repéré ? Il attendit que quelqu'un pousse un cri et le dénonce. Mais non. Les clameurs s'assourdirent et la salle se vida. Col releva la tête pour regarder.

Il ne restait que M. Gibbon, debout dans l'encadrement de la porte. Celui-ci fit craquer ses doigts, l'air d'excellente humeur.

– Bon débarras, grommela-t-il dans sa barbe. Petits gredins ! Sauvageons ! Dégénérés ! Bartrim Gibbon vaut dix fois mieux que n'importe lequel d'entre vous.

Il rentra dans la classe et tambourina un instant sur son bureau. Sifflotant entre ses dents, il essuya le tableau et ramassa ses livres et ses papiers. Puis il sortit en fermant derrière lui.

Col laissa son cartable sous son bureau et rampa le plus loin possible de la porte. Il se cacha dans le coin le plus reculé, assis en tailleur sous le bureau de Pugh. Là, on n'aurait pu le voir qu'en s'agenouillant pour regarder entre les pieds des tables.

Il fit un gros effort de patience. À quel moment les Squellingham et leur bande comprendraient-ils qu'ils l'avaient raté ? Et que feraient-ils alors ? Il allait devoir rester caché pendant un long moment.

La salle de classe déserte était un tout nouveau monde, silencieux, immobile et lugubre. L'excitation initiale étant retombée, Col sombra dans un état d'ennui morose. Cinq minutes, dix minutes s'écoulèrent.

Puis une idée surgit dans sa tête. L'encre rouge ! Quelqu'un devait en avoir une bouteille dans son casier, quelqu'un comme Hythe ou Pugh. C'était l'occasion parfaite pour mener l'enquête.

Il attendit encore un peu, mais sa curiosité était titillée. Il fallait absolument qu'il sache qui avait écrit ces mots. Il était certain que si jamais des pas se rapprochaient dans le couloir, il les entendrait.

Il sortit de sa cachette. Le bureau de Pugh d'abord. Il souleva le pupitre et trouva les réponses au contrôle d'histoire-géographie de la veille. Mais la seule bouteille d'encre était bleue.

Le bureau de Hythe contenait les réponses au contrôle de maths... mais pas de bouteille d'encre du tout. Col passa en revue le bureau de Haugh et ceux de Flarrow, de Lumbridge, de Fefferley. Toujours rien.

Peut-être un Grimpant, qui aurait écrit sous la dictée des jumeaux ? Col s'aventura de plus en plus loin dans la salle. Il regarda dans les casiers des Grimpants, puis des Rampants, puis même dans ceux des Bûches et des Tâcherons. Personne n'avait de bouteille d'encre rouge.

Il ne restait qu'une possibilité : M. Gibbon lui-même. Col avait du mal à y croire, mais il devait s'en assurer.

Il rejoignit le bureau du professeur et ouvrit le tiroir de gauche. Celui-ci contenait tout un bric-à-brac confisqué aux élèves par M. Gibbon tout au long du trimestre.

Il allait ouvrir le tiroir de droite, lorsqu'un grand fracas le fit sursauter.

La porte de la classe était ouverte en grand... et Hythe et Pugh se tenaient sur le seuil.

Le reste de la bande se pressait derrière eux. Tous les visages affichaient un odieux sourire de triomphe. Ils avaient fini par le retrouver.

Ils entrèrent l'un après l'autre et refermèrent la porte. Il n'y avait pas seulement les six membres de la bande, mais aussi Prewitt et Melstruther, ainsi que les deux garçons recrutés en première A. Sur un mot de Hythe, Prewitt et Melstruther traînèrent un bureau devant la porte.

Et voilà, pensa Col. *Dix contre un.* Il remua tous ses membres, comme il le faisait au début de ses séances d'entraînement.

Ses ennemis le couvrirent de quolibets.

– Regardez-le trembler dans ses pompes !

– Il est déjà en train de craquer !

Ils s'avancèrent dans la salle, Lumbridge, Haugh et Flarrow en tête. En généraux avisés, Hythe et Pugh restèrent en arrière, à l'écart du danger.

Col se tenait toujours derrière le bureau de M. Gibbon. Quand les jumeaux s'écrièrent « Attrapez-le ! », il poussa le meuble dans la meute qui chargeait. Les trois premiers se plièrent en deux lorsque le rebord en bois les heurta violemment à hauteur de la taille.

Col bondit sur le bureau et assena un coup de pied à Flarrow, là où Riff le lui avait montré : en plein dans la pomme d'Adam. Flarrow retomba à la renverse avec une sorte de gargouillement. Col donna un autre coup de pied en visant Haugh, mais le rata : Haugh porta la main à sa mâchoire, mais resta debout.

Lumbridge avait déjà contourné le bureau à quatre pattes et s'efforçait d'attraper Col par les chevilles. Celui-ci recula d'un pas dansant, puis sauta directement du bureau sur ses épaules.

Pendant que son adversaire le plus dangereux s'effondrait en tas, Col lui envoya un coup de poing dans la nuque. Mais il manqua de rapidité. Lumbridge poussa un rugissement et tenta de se soulever pour le faire tomber.

Roulant sur le côté, Col heurta douloureusement un pied de table. Puis ses doigts rencontrèrent la corbeille à papier de M. Gibbon.

Il agrippa la corbeille d'une main, l'arrière de la tête de Lumbridge de l'autre. Rapide comme l'éclair, il lui enfonça la tête dans la corbeille.

Il y eut un *GRRRAAOUUU* à vous retourner les sangs. Murgatrude ne tolérait pas que des visages inconnus fissent intrusion sur son territoire.

Col s'éloigna en bondissant comme un ressort ; Lumbridge hurla. Des grondements et des raclements frénétiques s'élevèrent de la corbeille. Celle-ci était si serrée autour de la tête de Lumbridge qu'il n'arrivait pas à s'en défaire. Il se redressa sur les genoux, puis bascula en avant.

Col battit en retraite pendant que Haugh et Fefferley volaient au secours de leur camarade. Plus personne ne ricanait. Ils savaient que leur victime ne se rendrait pas sans se battre, et la haine flambait dans leurs yeux.

– Tout le monde ensemble ! ordonna Pugh.

Ils tombèrent sur Col à bras raccourcis. Il se rappela, mais trop tard, les conseils de Riff sur l'importance de garder sa liberté de mouvement. Il était en train de se faire acculer dans un coin.

Il concentra ses efforts sur le plus grand de ses adversaires, l'un des élèves de première A. Il plongea en avant, changea brusquement de direction et le frappa deux fois : d'abord de la pointe des phalanges pour lui neutraliser un bras, puis de tout son poing dans le plexus solaire. Mais le garçon était en train de reculer lorsqu'il porta le second coup. La bande serra les rangs et Col fut forcé de reculer à son tour.

Il dansait sur la pointe des pieds et feintait d'un côté et de l'autre, mais personne ne voulait l'affronter à un contre un. Ils cherchaient à le soumettre par leur simple supériorité numérique.

– Jetez-lui des choses ! cria Hythe.

Col se pencha pour éviter un énorme dictionnaire qui volait vers lui. Hythe l'avait sorti d'un casier. Bientôt, ils ouvraient tous les pupitres pour le bombarder de projectiles. Livres, compas, plumiers...

Col esquivait avec facilité. Il était bien entraîné grâce aux lancers de chaussettes de Riff. Mais derrière lui, contre le mur, des livres et des papiers s'empilaient jusqu'au plafond. En les frôlant, il déclencha une avalanche. Comme le tout venait s'effondrer sur lui, il trébucha, tomba en avant et se retrouva à quatre pattes.

– Maintenant ! clamèrent les Squellingham.

Braillant et beuglant, ils chargèrent. Comme il n'avait pas le temps de se relever, Col plongea sous le bureau le plus proche. Il continua d'avancer en rampant de table en table.

Pendant un instant, il échappa à l'encerclement et la bande le perdit de vue.

Puis Flarrow hurla :

– Le voilà ! Par ici !

Col sauta sur ses pieds et fonça vers la porte. Il entendit Pugh crier :

– Prenez les cannes ! Prenez les cannes !

Les cannes ?

La porte était bloquée par le bureau que Prewitt et Melstruther avaient traîné devant. Quand Col tenta de le dégager, celui-ci se coinça sous la poignée. Il l'inclina, le poussa, tira encore...

Un hurlement de rage retentit derrière lui. Col, jetant un coup d'œil par-dessus son épaule, eut une vision d'horreur. Lumbridge était rouge de sang des cheveux au cou, le visage déchiqueté par un millier de griffures. Mais il était repassé à l'action et la soif de vengeance faisait étinceler ses yeux.

Le reste de la bande s'avançait en demi-cercle derrière lui. Ils s'étaient armés des cannes de M. Gibbon, qu'ils agitaient en fouettant l'air.

Il était trop tard pour ouvrir la porte. Col se *savait* vaincu, et pourtant il ne se *sentait* pas vaincu. À présent qu'il n'avait plus d'espoir, il se sentait même étonnamment inspiré. « Pense comme un vainqueur », lui avait dit Riff.

Il attendit, calme et posé, jusqu'au tout dernier moment...

Puis il explosa tel un ressort brusquement détendu. D'abord Lumbridge : un direct en plein dans le nez qui le fit glapir de douleur. Puis Haugh, ensuite Prewitt, enfin l'un des garçons de première A. L'un après l'autre, ses coups faisaient mouche : à la mâchoire, dans l'aine, dans les reins. Il se tenait à une longueur de bras, bien équilibré et mobile sur la pointe des pieds. Il abattit l'autre première A d'un coup de pied derrière les genoux, puis il saisit Fefferley par le bras et le précipita contre Melstruther.

C'était comme si tout se mettait en place. Une fois lancé, il trouva son rythme, ses coups étaient parfaitement coordonnés. Il n'avait pas besoin de penser à guetter les intentions dans les yeux de ses adversaires : il le faisait, point. Il n'avait pas besoin de décider de porter tel coup sur telle cible : son corps décidait pour lui. Il était semblable à Riff elle-même, comme en transe, le pied sûr.

Les cannes ne faisaient qu'encombrer les autres. Ils le rataient et tapaient dans les meubles ou sur leurs camarades. Col en arracha une des mains de Flarrow et la lui pointa dans la poitrine.

La moitié de la bande se retrouva bien vite au sol. Les deux élèves de première A rampèrent jusqu'à la porte et commencèrent à dégager le bureau. Fefferley se leva en titubant et prit la même direction. Hythe et Pugh criaient des ordres, mais restaient prudemment en dehors de la bagarre.

Lumbridge était le seul à attaquer encore. Col, qui le guettait, le vit venir du coin de l'œil, pirouetta et le fit reculer d'un coup en plein cœur.

La brute cligna des yeux, secoua la tête et se jeta de nouveau sur lui. Comme au ralenti, Col le vit balancer un énorme crochet du droit. Il le visait au menton, mais Col fit ce que Riff avait fait à la Balafre : il se saisit de son poing et le déséquilibra avec son propre élan.

Pendant que Lumbridge allait s'écraser au sol, Col lui porta un coup paralysant à la nuque du tranchant de la main. Le tyran poussa un grognement et s'immobilisa.

Tous se faufilaient à présent vers la porte, même Hythe et Pugh. Col se fichait que les autres s'échappent ; mais pas les jumeaux.

Il s'élança pour traîner Pugh derrière le bureau du professeur. Comme Hythe se tortillait pour filer par l'autre côté, il le plaqua au sol et lui appuya un genou dans le bas du dos.

– Tu es un lâche et un sournois, Hythe Squellingham. Tu fais faire ton sale boulot par les autres.

Hythe se débattait.

– Non.

– Toi et Pugh.

Il pesa de tout son poids sur son genou. Hythe suffoquait et bredouillait.

– C'est pas nous, dit Pugh derrière le bureau du maître.

– À qui as-tu fait écrire ces mots, Hythe ?

– À personne.

Col repéra la corbeille à papier non loin de lui. Il l'attrapa. Au poids, il sentit que Murgatrude n'était pas dedans, mais Hythe l'ignorait.

– Tu veux que je te fiche la tête là-dedans ? dit-il en lui tordant le cou. Tu veux aller rejoindre Murgatrude ?

Hythe avait les yeux agrandis par la peur.

– Non, pitié, non !

– Dis-moi la vérité sur ces messages.

– C'est elle qui les a écrits.

– Quoi ? Qui, elle ?

Hythe bafouillait tant qu'il ne pouvait plus parler. C'est Pugh qui répondit à sa place.

– Ta sœur, Gillabeth. Elle a tout manigancé depuis le début.

51

Le triomphe de Col était réduit en cendres. Non seulement les jumeaux ne démordaient pas de leur histoire, mais en plus ils lui donnèrent des détails : comment ils se réunissaient en secret avec Gillabeth, comment elle avait laissé les mots. La seule chose qu'ils étaient incapables d'expliquer, c'était pourquoi elle avait fait cela.

Col resta longtemps dans la salle de classe déserte après leur départ, en état de choc. Son ennemi secret était donc sa sœur. Elle toujours si dévouée aux intérêts de la famille... pourquoi aurait-elle travaillé avec les Squellingham contre les Porpentine ? Il avait l'impression d'avoir pris un coup sur la tête, bien pire que n'importe quel coup de poing de Lumbridge.

Lorsqu'il regagna le Pont 42, la servante favorite de sa mère, Missy Jip, l'attendait à la porte de sa chambre pour l'aider à faire ses valises. Il lui fallait suffisamment de vêtements pour sept jours. À l'exception du commandant suprême lui-même, toute la branche familiale de Sir Mormus partait en vacances.

Il n'eut pas l'occasion de se trouver seul avec sa sœur. Pendant tout le trajet jusqu'au Pont Jardin, Gillabeth marcha derrière leur grand-mère en tenant le petit Antrobus par la main. Son attitude était, comme toujours, résolument guindée et vertueuse. Bien sûr, elle ne pouvait pas savoir que Col avait découvert son secret.

Douze Larbins accompagnaient la petite troupe, dont dix croulaient sous les malles et les bagages. Le onzième était Wicky Popo, bien trop faible pour porter quoi que ce soit. Le douzième Larbin n'était là que pour le soutenir.

Seules les familles appartenant à l'élite étaient habilitées à prendre leurs vacances au Pont Jardin. C'était un pont ouvert où des zones botaniques variées s'étendaient sur plus de vingt hectares. Chacune reproduisait un paysage typique du Vieux Pays. Le temps qu'ils soient arrivés, le soleil était descendu plus bas que les murs d'enceinte et le ciel avait pris les teintes d'une sublime aquarelle, dans les tons orange et mauves.

Ebnolia avait réservé cinq maisonnettes mitoyennes dans un espace paysager : une pour Col, une pour elle-même, une pour Orris et Quinnea, une pour Gillabeth et Antrobus, et une pour les douze Larbins. Le décor naturel était tout en chemins tortueux, pelouses parfumées de trèfles, arbres dans des pots enterrés avec, au centre, un kiosque à musique. Le kiosque et les maisons étaient réduits de moitié.

La première demi-heure fut occupée par leur installation. De l'extérieur, la maison de Col avait en apparence un étage et une multitude de chambrettes, mais à l'intérieur, il n'y avait qu'une pièce de taille normale, qui comprenait un lit, une armoire et une commode de taille normale. Col déballa ses affaires tout seul, sans l'aide du moindre Larbin.

Il venait de finir de ranger ses chaussettes lorsqu'il entendit un cri de détresse au-dehors. Grand-mère ?

Il se hâta d'aller voir. Des portes s'ouvrirent, des visages apparurent aux fenêtres de chaque maisonnette. Dans la faible lueur du crépuscule, Ebnolia, debout, contemplait une silhouette pâle à ses pieds : Wicky Popo, étendu face contre terre sur le gazon. Le Larbin censé le soutenir restait à proximité, l'air hésitant, et deux autres les regardaient de loin.

– Mon Dieu, mon Dieu !

Ebnolia poussa légèrement son favori du bout de l'orteil. Il gémit et remua.

– Il n'aurait jamais dû venir jusqu'au Pont Jardin. Il m'est si fidèle et dévoué... C'est simple, il ne supporte pas d'être séparé de moi. Comment aurais-je pu lui dire non ?

– Que s'est-il passé ? lui demanda Col.

– Il est tombé. Sans aucune raison. C'est à vous briser le cœur, non ? Tout ce qu'il voulait, c'était servir loyalement sa maîtresse.

– Il ne faut pas que cela vous bouleverse, dit Orris.

– Oh si, il le faut ! Il le faut ! Il était si vaillant quand je l'ai eu ! Aussi vaillant que Wassam Boy et Baba Goom.

Elle était agitée, sautillait en avant et en arrière, si bien qu'elle paraissait en oublier le Larbin qui se tenait tout près.

Ce fut Gillabeth qui donna les ordres nécessaires.

– Toi. Relève-le. Emmène-le dans ta maison.

Le Larbin remit Wicky Popo debout en le soulevant sous les bras. Mais toutes ses articulations étaient molles. Ses lèvres étaient tendues sur ses mâchoires, ses dents presque translucides.

– Oh, regardez ! s'exclama Ebnolia en pointant l'index. Il a de la terre sur sa frimousse ! Et un peu d'herbe sur son petit nez ! Si seulement il pouvait parler ! Si seulement il pouvait nous dire ce qui l'a fait tomber !

En effet, on aurait dit que Wicky Popo avait une question sur le bout de la langue. Il regardait sa maîtresse de ses grands yeux suppliants, languissants.

Ebnolia émettait de petits bruits de gorge.

– Je ne supporte pas de le voir faiblir ainsi. S'il meurt, j'en aurai le cœur brisé. Et il sera si triste de me quitter !

Rassemblant ses esprits, elle se tourna vers le Larbin qui soutenait Wicky Popo.

– Emmène-le chez *moi*.

L'excitation était passée. Mais l'incident les avait tous bouleversés. Ebnolia étant trop perturbée pour organiser le dîner, tout le monde se contenta d'une légère collation et alla se coucher tôt.

Même si la bagarre avait fatigué Col et endolori tous ses muscles, son esprit refusait de s'endormir, faisant la navette entre Gillabeth et Riff.

Comment réagirait cette dernière quand elle rejoindrait sa cabine à minuit et n'y trouverait personne ? Craindrait-elle qu'il se soit fait cogner au point de ne pouvoir dormir dans sa chambre ? C'était son tour de bénéficier d'une nuit entière d'entraînement, se rappela-t-il. Si seulement il avait pensé à lui laisser un mot, puisqu'elle était maintenant capable de déchiffrer des phrases simples...

Comme ç'aurait été bon de lui raconter sa victoire sur la bande des Squellingham ! À présent qu'il savait ce que c'était que de partager des choses, il ressentait la solitude comme jamais auparavant. Et la révélation sur la traîtrise de sa sœur... il aurait aimé lui en parler. Ils auraient pu en discuter ensemble...

Ses pensées revenaient sans cesse rôder autour du mystère Gillabeth. À force de se retourner dans son lit, il en vint à prendre une décision. Il irait voir sa sœur chez elle dès le lendemain matin, pendant que tout le monde dormirait encore.

52

– Qu'est-ce que tu veux ?

Debout sur le seuil, Gillabeth bloquait le passage, mais Col la poussa pour entrer. Comme on pouvait s'y attendre, l'intérieur de la maisonnette était reluisant de propreté.

– Tu as réveillé Antrobus, râla-t-elle en fermant la porte.

Visiblement, c'était faux.

Le garçonnet, assis dans son petit lit, les observait à travers les barreaux avec ses yeux de hibou.

– Pourquoi ? la questionna Col. Pourquoi as-tu fait ça ?

– De quoi veux-tu parler ?

Avec son menton pointé, Gillabeth avait un air suprêmement irréprochable.

– Tu complotais avec les jumeaux Squellingham.

Gillabeth ouvrit la bouche un instant, puis la referma d'un coup sec.

– Tu as écrit ces petits mots et tu les as mis dans mon casier.

– Non.

– Tu as essayé de me faire rosser.

– N'importe quoi.

– Hythe et Pugh me l'ont dit eux-mêmes. Tu les retrouvais en secret.

– Tu as prêté l'oreille à des mensonges.

– Pourquoi ? Tu voulais me faire abandonner le lycée ? Je ne comprends pas.

La lèvre inférieure de Gillabeth tremblait de fureur réprimée.

– Tu ne comprends jamais rien.

– Alors tu avoues ?

Elle secoua la tête. Elle était inébranlable… et en même temps, on aurait dit une bombe prête à exploser.

– Alors tu nies ?

La bombe explosa.

– Tu es la malédiction de notre famille ! lui cria-t-elle au visage. Toi, toi, toujours toi !

– Moi ? Ce n'est pas moi qui collabore avec les Squellingham.

– C'est toi qui es tombé chez les Immondes. Tu aurais dû être répudié. Tu aurais dû être puni comme il le fallait. Au lieu de ça, tout le monde te soutient et ment pour toi. Personne d'autre ne s'en serait tiré comme tu l'as fait.

Ses yeux étaient humides alors même qu'elle fulminait et enrageait. Son visage et son cou étaient couverts de plaques rouges. Col s'étonna que sa sœur si guindée pût éprouver des émotions si violentes.

– Et maintenant, voilà que tu épouses la fille Turbot. Tout le monde va fêter l'événement. Encore un succès ! On te sert tout sur un plateau. Tu n'as jamais rien fait pour le mériter. Je te méprise ! Je te *hais* !

– Mais qu'est-ce que je t'ai fait ?

– Ce que tu m'as fait ? Tu es le fils ! Le mâle ! Le monde tourne autour de toi. Moi, je suis l'aînée, mais je ne compte pas. Sous prétexte que je suis une fille, je passe une moitié de mon temps à m'occuper de mon petit frère, et l'autre à tout organiser pour Mère parce qu'elle est incapable de le faire elle-même. C'est mon boulot, parce que je suis une femme !

Elle reprit son souffle et repartit à l'attaque.

– Et toi, tu es l'avenir des Porpentine ! Nos espoirs ne reposent que sur toi ! Seul un homme peut devenir commandant suprême ! Toujours un homme ! Il peut bien être complètement abruti, ça n'a aucune importance ! C'est moi qui ressemble à notre grand-père ! C'est moi la vraie Porpentine !

Elle bomba le torse à l'image de son grand-père, et elle tempêtait aussi comme lui. Si ses mots avaient été des coups, Col aurait été réduit en bouillie.

– Je ne m'étais jamais douté… commença-t-il.

– J'ai dû me battre pour la moindre miette que j'aie jamais obtenue. Il m'a fallu comprendre les choses, planifier, comploter. On ne m'a jamais rien donné, à part des leçons de piano idiotes. Si je vais au lycée, ce n'est que pour te surveiller. Mes notes à moi n'intéressent personne !

– J'ignorais que tu te sentais…

– Parce que tu es un gros bébé. Élevé dans du coton. Tout ce que tu connais, c'est la *morale*, que t'enseignait ton pauvre bon à rien de précepteur. Tu ferais le pire commandant suprême du monde. Je serais cent fois meilleure que toi.

– Sauf que tu ne peux pas.

– Antrobus pourrait.

Elle se mordit la lèvre et se tut. Col réfléchit à ce qu'elle venait de dire.

– Tu veux dire quand il grandira et qu'il commencera à parler ?

Gillabeth garda le silence.

– Il deviendrait officiellement commandant suprême, mais sous ton contrôle ? Tu te servirais de lui pour donner tes ordres ?

Le gros de la colère de Gillabeth était passé, il ne subsistait que de petites bouffées de mépris.

– Essaie de comprendre tout seul, si tu en es capable.

Col haussa les épaules.

– Les Squellingham lui passeraient devant. Il te faudrait encore les évincer pour faire place à Antrobus.

– Oui, bon. Ils sont presque aussi lamentables que toi. (Elle le reconduisit vers la porte.) Et maintenant, vas-y, va tout raconter à grand-mère. Mais sors de chez moi.

Col était trop abasourdi pour résister. Sans même savoir comment, il se retrouva soudain dehors, la porte claquée derrière lui. Il resta planté là à cligner des yeux dans la lumière de l'aube.

Ce qui le stupéfiait le plus était que Gillabeth eût des sentiments si violents envers lui. Elle l'avait toujours traité comme un col de chemise qui avait besoin d'être remis en place ou une mèche de cheveux mal coiffée. En fait, ils étaient bien plus égaux qu'il ne l'aurait cru.

En dépit de tout, il retira une certaine satisfaction de cette découverte. Et il n'avait aucune intention d'aller rapporter quoi que ce soit à leur grand-mère.

53

La semaine de vacances s'écoula comme dans un brouillard. Tous les après-midi, Ebnolia emmenait la famille en excursion vers telle ou telle zone du Pont Jardin. Le dimanche, ce fut un jardin fleuri avec roses et haies taillées autour d'un cadran solaire ; le lundi, une ferme avec ses bottes de paille et ses gerbes de blé ; le mardi, un pré communal avec son terrain de cricket ; et le mercredi, un décor de plage avec sable, chaises longues et parasols rayés, mais pas la mer.

Entre deux excursions, Ebnolia continuait à se tracasser pour Wicky Popo tandis que Gillabeth s'occupait d'Antrobus. Quinnea passait le plus clair de son temps dans un hamac, et Orris, assis dans un fauteuil d'osier, buvait interminablement des tasses de thé.

Col s'inquiétait sans cesse à propos de Riff. Quand la reverrait-il ? Allait-elle renoncer à venir toutes les nuits à sa cabine ? Dans sa tête, il avait des conversations et des explications imaginaires avec elle.

Il avait complètement oublié la rencontre chaperonnée qui devait avoir lieu avec sa fiancée. Tout comme le mariage, cette entrevue avait été organisée par d'autres et c'est à peine s'il se sentait concerné. Il s'en souvint le jeudi, toutefois, en voyant apparaître Hommelia et Sephaltina accompagnées d'une demi-douzaine de Larbins appartenant à la famille Turbot.

Hommelia portait un chapeau à fleurs et tenait un éventail qu'elle agitait constamment devant sa figure. Ses nombreux mentons tombaient en cascade, et cet éboulement de chair rejoignait directement sa poitrine. Ce jour-là, les rubans noués dans les cheveux de Sephaltina étaient roses.

Les Larbins de la famille Porpentine avaient préparé un carré d'herbe dans l'ombre tachetée des aulnes du Vieux Pays. Des géraniums en pot rouges et blancs ajoutaient de la couleur à la scène, et le moindre insecte avait été chassé sur une surface de trente mètres carrés. Les dames, sous leurs ombrelles, reposaient dans des chaises longues, les messieurs restaient debout.

Sephaltina se tenait assise très droite, les chevilles croisées et les mains repliées.

Hommelia prit un verre de citronnade glacée sur le plateau que lui présentait un Larbin. Elle fit signe à Col d'aller se placer debout derrière le siège de sa fiancée.

– Plus que trois jours avant le grand événement, dit-elle. Quel heureux couple !

Ebnolia tourna la tête vers Col.

– Que dis-tu à ta future épouse, Colbert ?

Col sourit poliment.

– Bonjour, comment allez-vous ?

– Oh !

Sephaltina ouvrit de grands yeux et se mit à rougir et blanchir comme un sémaphore. Enfin, elle reprit contenance et répondit.

– Très bien, et vous ?

Hommelia regarda sa fille en hochant la tête, comme pour lui dire : « Tu vois, ça ne s'est pas mal passé. » Lorsqu'elle bougeait la tête, tous ses mentons tremblotaient en même temps.

Quinnea était déjà submergée par l'émotion du moment. Elle sortit un mouchoir et se tamponna les yeux.

– De quoi allons-nous parler ? demanda Sephaltina.

Col ne savait pas au juste à qui s'adressait la question, mais ce fut sa grand-mère qui répondit.

– Trouvez quelque chose de joli, mes chéris. Quelque chose de tendre et de vrai.

– Parlez-moi de vous, suggéra Col.

– Oh, non ! s'exclama Sephaltina en battant des paupières. Je ne peux pas. Je suis trop jeune.

– Qu'aimez-vous faire ?

– Je ne le sais pas encore.

Un long silence s'ensuivit. Sur un signe d'Ebnolia, quatre Larbins s'avancèrent avec des assiettes de bonbons au sucre.

Sephaltina en prit une et la posa sur ses genoux. Elle la contempla avec mélancolie, mais ne fit pas un geste pour manger.

Après une nouvelle minute de silence, elle se tourna vers Col.

– Avez-vous dit quelque chose ?

Elle inclina la tête et prit la pose pour écouter.

– Euh... pas encore.

– Pensez-vous à moi ?

Il se creusa la cervelle à la recherche d'une réponse.

– Je... euh...

– Vous devriez, vous savez.

Les lèvres en pétale de Sephaltina esquissèrent une moue presque imperceptible. Col s'aperçut que sa grand-mère le regardait avec insistance.

– Je ne cesse jamais de penser à vous, lâcha-t-il tout à trac. J'attends avec impatience le jour de notre mariage.

Un rougeoiement de satisfaction envahit les traits de Sephaltina.

– Il faut bien attendre, pourtant.

Hommelia eut un murmure approbateur.

– Très bien, très convenable.

Sephaltina se mit à faire la coquette.

– M'aimez-vous ainsi ? demanda-t-elle à Col.

– Bien sûr... Comment cela, *ainsi* ?

– Avec ces rubans dans mes cheveux. Tout le monde dit que je suis jolie avec.

– Mais oui. (Col faisait de son mieux pour avoir l'air convaincant.) Très très jolie.

– Quelle partie de moi est la plus jolie ?

– Euh... tout ?

– Et mes oreilles ?

Ses oreilles étaient couvertes par ses tresses. Était-ce un piège ?

– Je ne les vois pas.

– Non, parce que nous ne sommes pas encore mariés. Pensez-vous que vous les aimerez ?

– J'en suis certain, oui.

– Dois-je vous faire un sourire ?

– Euh... si vous voulez.

Hommelia toussota en signe d'avertissement.

– C'est peut-être un peu prématuré, dit Sephaltina. Je pourrais plutôt tourner la tête, sans doute. (Elle se tut un instant, mais le toussotement ne se répéta pas.) Aimeriez-vous voir mon visage de profil ?

– Je, euh... oui... non...

– Je suis toujours heureuse de faire plaisir, vous savez. C'est une des qualités qui font mon charme.

Col ne savait plus quoi dire. Il n'allait pas pouvoir continuer ainsi bien longtemps. Par chance, Ebnolia intervint.

– Je crois que le moment est venu de vous présenter un petit quelque chose.

Elle fit signe à un Larbin, qui s'avança avec une boîte emballée dans du papier rose.

– Un cadeau de toi à ta promise, dit-elle à Col.

Sephaltina passa son assiette à sa mère pour pouvoir recevoir le cadeau. Fait étonnant, les bonbons avaient disparu et l'assiette était vide. Col pensait avoir regardé Sephaltina tout le temps, mais il avait dû se laisser distraire quelques secondes.

Il prit la boîte que lui présentait le Larbin et la tendit à Sephaltina.

– Veuillez accepter ce gage de... mes sentiments.

Elle se saisit de la boîte.

– C'est *assorti* ! s'exclama-t-elle, ravie.

Elle voulait dire que le papier d'emballage rose était assorti à la couleur de ses rubans.

Elle aurait ouvert le paquet sur-le-champ si sa mère n'avait eu une autre quinte de toux.

– Non, Sephaltina. On n'ouvre pas un cadeau en présence de son fiancé. Quand nous serons à la maison.

– En effet, confirma Ebnolia. L'innocence doit être préservée entre jeunes personnes.

– Et maintenant, il est temps de prendre congé, conclut Hommelia en se levant.

Ebnolia l'imita dans un délicat grincement de baleines de corset.

– Ce fut un plaisir, dit-elle.

– Un grand plaisir, renchérit Hommelia.

Les Porpentine la regardèrent s'éloigner en glissant sur la pelouse tel un majestueux galion, sa fille à un pas derrière elle. Pendant toute la scène, Orris et Quinnea n'avaient pas prononcé un mot.

Pour Col, c'était un interlude déconnecté de la réalité, comme un rêve. Il ne sut jamais ce que contenait la boîte qu'il avait offerte à sa future épouse.

54

Le vendredi après-midi, ils se rendirent en promenade dans une autre zone du Pont Jardin, une scène bucolique avec un moulin reconstitué. La roue du moulin tournait pour de vrai, et de véritables canards barbotaient sur un étang bordé de joncs. Le moulin faisait aussi salon de thé.

Ebnolia y fit entrer toute la famille. Il y avait des napperons et de la porcelaine blanche sur les tables, et une Larbine déguisée en soubrette avec tablier à volants apporta une théière, des petits gâteaux et de la confiture. Les Larbins des Porpentine, quant à eux, attendaient à l'extérieur.

Bien qu'elle fût assise pile en face de Col, Gillabeth refusait de le regarder dans les yeux. Il y avait plusieurs jours qu'elle l'évitait. La porte de sa maisonnette restait fermée à clé, et visiblement elle ne comptait plus jamais lui adresser la parole. Mais Col, lui, voulait lui parler.

Ebnolia se chargea de la théière tandis qu'on se passait les petits gâteaux. C'est alors qu'un choc sourd et un fracas sonore, dehors, firent dresser l'oreille à tout le monde.

– *Tss tss*, fit Ebnolia. Va donc voir ce qui s'est passé, chérie, dit-elle à Gillabeth.

Celle-ci se leva et sortit. Col sauta sur l'occasion.

– Je l'accompagne.

Contournant le moulin, il trouva sa sœur en train de donner des ordres à leurs Larbins. Wicky Popo gisait dans l'allée, ainsi que le Larbin chargé de le soutenir. Le malade avait dû s'écrouler si soudainement qu'il avait entraîné l'autre dans sa chute.

Gillabeth s'assombrit à la vue de Col.

– Je m'en occupe, lui dit-elle.

– Gillabeth, je ne veux pas être ton ennemi.

– Ah non ?

– Je n'ai rien dit, tu sais.

Si elle était reconnaissante, elle n'en montra rien.

– Pourquoi ?

– On se ressemble, toi et moi.

– Je ne crois pas, non.

– On a tous les deux des pensées inconvenantes.

– Parle pour toi.

– Non, vraiment, tu ne vois pas ? Tu remets en question des choses que personne ne conteste. Pourquoi les commandants suprêmes doivent-ils toujours être des hommes ?

– C'est injuste.

– Mais personne d'autre ne le voit. D'où te vient cette idée ? Pas de grand-père ni de grand-mère, en tout cas.

– Tu dis n'importe quoi, trancha Gillabeth, mais faiblement, machinalement.

– Tu veux renverser la mainmise des hommes sur le commandement suprême sans rien changer au reste du monde. Mais si les commandants suprêmes pouvaient être différents, tout pourrait être différent.

Gillabeth recula d'un pas en le regardant fixement.

– Tu es dangereux. Tu devrais être dénoncé.

– Pas par toi.

Bien sûr, elle ne pouvait pas le dénoncer sans que ses propres secrets soient révélés.

– Penses-y, poursuivit Col. Toutes ces idées qu'on nous a inculquées avant même qu'on puisse y réfléchir... peut-être qu'on n'est pas *obligés* d'y croire. Elles ne sont peut-être pas si naturelles et si nécessaires. Je n'avais jamais pensé qu'une fille pouvait briguer le commandement suprême.

Cette fois, Gillabeth ne protesta pas. Elle médita en silence pendant un moment.

– Quoi qu'il en soit, tu avais raison pour le poste de commandant suprême, ajouta Col avec un grand sourire. Tu serais cent fois meilleure que moi.

Gillabeth approuva d'un hochement de tête.

– J'ai davantage le sens pratique. J'ai dû apprendre le fonctionnement des choses.

– Tu l'as dit toi-même : j'ai été élevé dans du coton.

– Tu crois quand même que les gens se comportent comme ils le doivent. Tu crois toujours le meilleur des gens.

Col haussa les épaules... mais ils furent brutalement interrompus. Wicky Popo, qui venait de faire quelques pas zigzagants, faillit leur tomber dessus. L'autre Larbin avait réussi à le remettre debout, mais il n'avait pas tenu bien longtemps.

– Toi, dit Gillabeth en désignant un troisième Larbin. Prends-le par l'autre bras.

Soutenu des deux côtés, Wicky Popo tenait à la verticale, même si ses jambes pendaient au sol plus qu'elles ne le portaient. Il avait les joues creuses et le souffle court, haletant.

– Pauvre Wicky Popo, dit Col.

– Ne parle pas comme ça, cracha Gillabeth. On dirait grand-mère.

– Et alors ? Je le plains d'être si malade.

– Il n'est pas malade.

– Mais je croyais...

– Il est en train de mourir de faim.

– Quoi ?

– Regarde-le bien. Pas de fièvre, pas d'infection, pas d'œdème ni de toux. Son seul problème, c'est qu'il ne mange pas.

– Mais pourquoi ?

– Parce que grand-mère ne le nourrit pas.

– Je ne comprends pas.

– Il y a des semaines qu'elle le rationne peu à peu. En ce moment, il ne reçoit plus que de l'eau.

– Mais c'est son favori. Elle le plaint tellement !

– Elle le plaint parce qu'elle aime ça.

Col secoua la tête. Ce n'était pas logique.

Le visage de Gillabeth n'était plus qu'une grimace sévère.

– Plus il s'étiole, plus elle peut avoir de chagrin pour lui. C'est son sentiment préféré pour son Larbin préféré. Elle versera un ravissant torrent de larmes quand il mourra. Tu te souviens de Wassam Boy, son favori de l'an dernier ? Et de Baba Goom, l'année précédente ? Ils sont morts tous les deux d'une mystérieuse maladie.

– ... De... de faim ?

– Oui. Exactement pareil. Être le favori de grand-mère, c'est une condamnation à mort.

Col avait du mal à le croire. Sa gentille vieille grand-mère, avec son parfum de bonté et de fraise ?

– C'est horrible, dit-il. Pourquoi est-ce que personne ne dit rien à Sir Mormus ?

– Il est au courant. Il voit sans doute ça comme une petite manie sans conséquence. Les Larbins, ce n'est pas ce qui manque.

Col avait l'impression d'avoir reçu un coup de pied dans le ventre. Gillabeth l'observait attentivement.

– Bienvenue dans le monde réel, dit-elle. Maintenant, tu vois ce que c'est, de savoir ce qui se passe.

Elle fit demi-tour et rentra au salon de thé. En la regardant partir, Col entendit des échos de la voix de sa grand-mère lui revenir par bribes.

« J'adore ce charmant petit nez... »

« Regardez-moi ces pauvres bras et ces pauvres jambes si maigres !... »

« Il n'est pas bien du tout... »

« C'est à vous briser le cœur... »

« Tellement adorable... »

« Rien d'aussi mignon... »

« Si vaillant quand je l'ai eu... »

Il se dirigea en hâte vers la mare, persuadé qu'il allait rendre tout son goûter. Il n'en fit rien, mais passa un long moment au milieu des joncs verts, à contempler une flottille de canards barbotant dans l'eau calme.

55

Tôt le samedi matin, la famille regagna le Pont 42 en laissant les Larbins tout nettoyer et remballer derrière elle ; le mariage était pour le lendemain.

Col n'avait pas trouvé le moyen de sauver Wicky Popo. Il fallait qu'il imagine une solution pour nourrir le pauvre Larbin...

mais comment ? Le dégoût que lui inspirait le comportement monstrueux de sa grand-mère allait jusqu'à chasser Riff de ses pensées. Quant à sa future épouse, elle était à des années-lumière de ses préoccupations.

Il passa toute la matinée dans sa chambre à ruminer le problème. C'est à peine s'il entendit les coups légers frappés à sa porte. Un instant plus tard, une silhouette épaisse en uniforme gris entrait. Elle se retourna pour fermer la porte, se tourna de nouveau vers lui... et la face de Larbine morose se transforma pour reprendre les traits familiers de Riff.

Col sursauta. À sa vue, son moral remonta en flèche.

– Où t'étais parti ? lui demanda-t-elle. Je vous ai tous vus revenir ce matin.

– En vacances en famille au Pont Jardin. Je...

– Alors, comment ça s'est passé ?

Col ne comprenait pas.

– Quoi ?

– Toi et la bande, au lycée. Tu t'es bagarré avec eux ?

– Oui, acquiesça Col avec un grand sourire. Je les ai battus ! Dix contre un, et j'ai gagné !

– Bravo !

Elle lui sauta au cou.

C'était incroyablement bon. De la sentir collée contre lui, de la serrer dans ses bras en retour. Il éclata de rire.

Elle rit aussi, et il perçut son souffle tiède dans son oreille. Cela dura... impossible de savoir combien de temps. Il aurait pu continuer éternellement à la serrer dans ses bras en riant.

Mais elle se dégagea légèrement, les traits animés et dansants.

– Raconte.

– Je me suis battu comme tu me l'as appris. Je n'ai même pas eu à réfléchir à ce que je faisais.

– Je te dis toujours de pas trop réfléchir.

– Mon corps a pris le dessus sur mon esprit.

Elle hocha la tête.

– T'étais comme ça au début de notre dernière séance d'entraînement. Jusqu'au moment où c'est parti, tu te souviens ?

Col s'en souvenait. Malheureusement.

– Après que t'as essayé de m'embrasser, ajouta-t-elle.

Il se sentit soudain gêné d'être debout si près d'elle. Il piqua un fard cuisant. Elle l'observait avec curiosité.

– Ça coûte rien d'essayer, dit-elle avant de se redresser sans crier gare pour lui planter un baiser sur la joue.

– Non ! dit-il en reculant vivement la tête. Tu ne peux pas faire ça !

– Je viens de le faire.

– Je voulais dire que tu ne dois pas.

– Pourquoi ?

– Que dirait Padder ?

– Padder ? Il serait contre. Je me ferais enguirlander.

– Tu t'en fiches ?

– Il est trop protecteur, c'est tout.

– Trop protecteur ?

– Les grands frères sont toujours comme ça.

Le monde s'immobilisa un instant pour Col.

– Frères ?

– Ben oui.

– Padder est ton frère ?

– Ben oui.

– Tu es sûre ?

– Évidemment que je suis sûre. T'en as beaucoup, des questions comme ça ?

Col avait envie de chanter à tue-tête. Il se contenta de la regarder, et de la regarder encore.

Elle dut finalement lui passer la main devant les yeux.

– Hé ho ? T'es encore là ?

Col préférait s'abstenir de parler. Un grand sourire idiot lui traversait la figure d'une oreille à l'autre.

– Qu'est-ce que tu croyais ? Qu'on était ensemble, lui et moi ?

– Non... si.

– Ah, d'accord. Contente que ce soit réglé.

Elle s'assit sur le lit et tapota la courtepointe à côté d'elle.

– Et maintenant, raconte-moi toute la bagarre.

Il vint s'asseoir tout près d'elle et décrivit son combat coup par coup. Il la voyait serrer les poings et rejouer chaque action dans sa tête. Partager cela avec elle, c'était presque aussi bon que la serrer dans ses bras.

À la fin, il en arriva à la révélation sur Gillabeth.

Riff eut un sifflement.

– Ta propre sœur ! Elle est folle ou quoi ?

Col avait momentanément oublié Wicky Popo, mais à présent le sentiment d'écœurement revenait l'envahir. Il raconta à Riff ses deux confrontations avec Gillabeth, et lui expliqua que sa grand-mère faisait mourir de faim son Larbin favori.

Les lèvres de Riff se crispèrent.

– Alors qu'est-ce que tu vas faire ?

– Je ne sais pas. Trouver un moyen de le nourrir. Que ferais-tu, toi ?

– La révolution, bien sûr.

Col secoua la tête.

– C'est pas seulement ta grand-mère, le problème, insista Riff. C'est les ponts supérieurs en général.

Col réfléchit.

– Mon grand-père est au courant, murmura-t-il, plus pour lui-même que pour elle.

– De toute façon, quand ils ne nous font pas mourir de faim, ils nous font mourir par la vapeur. Ils ont perdu la tête. C'est la même cruauté, tout ça.

Col secoua de nouveau la tête, mais il savait confusément qu'elle avait raison.

– Écoute, dit-elle avec plus d'intensité, tu es déjà presque de notre côté. Tu m'as déjà laissé monter pour préparer la révolution.

– Je n'ai jamais voulu...

– Oh, allez, tu *savais*. Je travaillais à notre stratégie. Les endroits à prendre en premier, les couloirs à bloquer, les escaliers à surveiller. (Elle se tapota la tempe.) Tout est là-dedans. Qu'est-ce que tu dis de ça ?

Col respirait rapidement, avec une sorte d'excitation mêlée de terreur.

– Il ne nous manque qu'une chose, poursuivit-elle : que tu ouvres cette porte et que tu accroches une corde. C'est tout. Ou alors, t'as même pas besoin de passer la porte. Tu la laisses ouverte et tu t'en vas.

L'éducation morale du professeur Twillip ne lui aurait jamais permis de se contenter d'excuses si faciles.

– Ça ne change rien.

Ils débattirent en long, en large et en travers. Riff avait une centaine d'arguments, mais elle fut suprêmement persuasive quand elle posa une main sur la sienne au bord du lit. Il eut chaud, froid, puis de nouveau chaud.

Pourtant, il avait encore du mal à accepter l'idée de trahir son peuple et sa famille. Quoi qu'en dît Riff, ils n'étaient pas tous mauvais ni méchants... en tout cas pas son père ni sa mère, et certainement pas le professeur Twillip. Il continuait de secouer la tête.

Elle finit par lui lâcher la main et se lever.

– Je vais pas te lâcher, tu sais. Je t'en reparlerai, encore et encore.

Col voulait bien qu'elle lui en parle aussi longtemps qu'elle le souhaitait, du moment qu'elle lui tenait la main en même temps. Mais là, elle s'en allait.

– Ce Wicky Popo… (Elle s'arrêta, la main sur la poignée de la porte.) Comment je peux le reconnaître ?

– Il n'a que la peau sur les os. Il tient à peine debout. Pourquoi ?

– Je vais le nourrir.

– Toi ?

– Tu le feras jamais, toi.

– Je… merci.

Riff haussa les épaules, ouvrit la porte et jeta un œil dans la coursive.

– Quand te reverrai-je ? lui demanda-t-il.

Mais Riff refermait déjà derrière elle.

C'est seulement plus tard qu'il s'en rendit compte : il ne lui avait même pas parlé de son mariage imminent.

56

L'après-midi, les préparatifs des noces s'accélérèrent. Col fut escorté jusqu'au Pont 38, où un barbier lui coupa les cheveux ; puis chez une manucure du Pont 37. Le soir, le dîner habituel fut remplacé par un buffet dans le salon Somerset.

À l'arrivée de Col, la salle était comble et bourdonnait de conversations. La branche familiale de Sir Mormus était là au complet, plus un assortiment d'oncles et de tantes issus d'autres lignées. Col prit une tasse de thé à un Larbin et se servit en poulet froid et salade de pommes de terre.

De tous côtés, on ne parlait que du grand événement du lendemain. Col garda la tête baissée et se concentra sur son repas, mais il ne put s'empêcher d'entendre ce qui se disait.

– Plus de quatre cents invités, rendez-vous compte !

– Ils ne lésinent pas sur les moyens.

– Et pas seulement les familles de l'élite.
– Non non, la grande bourgeoisie aussi.
– Mais les familles de l'élite vont bien venir, n'est-ce pas ?
– Oh oui. Elles n'oseraient pas refuser.
– Plus depuis que Sir Mormus a regagné la faveur de la reine.
– Nous avons retrouvé notre place. La première famille.

Comme il avait la tête baissée, Col ne vit pas Gillabeth avant qu'elle soit juste devant lui. Elle roula des yeux d'un air entendu pour attirer son attention sur un coin de la pièce, où Wicky Popo était assis sur une chaise.

Col se tourna vivement pour la questionner, mais elle s'en allait déjà. Il se fraya un chemin dans la foule jusqu'au coin de Wicky Popo.

De près, le changement était flagrant. Le Larbin avait retrouvé un soupçon de couleur dans les joues. Il était toujours aussi maigre, mais le doute n'était pas permis. Riff avait dû réussir à le nourrir.

Comment avait-elle fait ? Si vite ! Une fois de plus, ses pouvoirs semblaient presque surnaturels.

Il observait toujours Wicky Popo lorsque sa grand-mère passa. Elle s'arrêta et une minuscule ride se creusa entre ses sourcils à l'arrondi délicat.

– Ah, tu as pitié de mon pauvre malheureux Wicky Popo. Il ne sera bientôt plus parmi nous, je le crains.

– Il a l'air d'aller mieux aujourd'hui.

– Mmm. Des rémissions temporaires, des apparences trompeuses. Gardons l'espoir pour ce pauvre chéri, mais il ne faut pas s'attendre à des miracles. Il ne va sans doute pas tarder à s'affaiblir encore.

Elle avait l'air perplexe et un peu fâchée. Soudain, la senteur sucrée de son parfum à la fraise donna la nausée à Col.

Puis on fit une annonce de l'autre côté de la salle. Vive comme un oiseau, Ebnolia tourna la tête.

– Enfin. La baronne Hommelia Turbot est arrivée. Pose ton assiette et viens avec moi, Colbert.

Col fit ce qu'elle lui disait. Hommelia s'avançait dans le salon, sa fille à un pas derrière elle. Dès qu'elle aperçut Ebnolia, ses mentons tremblotèrent et elle manifesta un ravissement débordant.

– Ma *très chère* Lady Porpentine. Et le beau fiancé. Notre futur gendre. Quel plaisir de vous voir ! N'est-ce pas, Sephaltina ?

On échangea des formules de politesse, suivies de quelques minutes de conversation légère entre Hommelia et Ebnolia. Puis la baronne considéra Col d'un œil presque coquin et demanda :

– Lui avez-vous dit comment se passerait la cérémonie, Lady Porpentine ?

– Pas encore.

– Puis-je avoir l'honneur...

– Mais certainement.

– Eh bien, Colbert, dit Hommelia, le visage tout enrubanné de sourires, vous pénétrez le premier dans la chapelle impériale, avec le cortège du marié. Vous vous tenez à côté de votre père, face à la reine. Imaginez que je suis la reine et mettez-vous... juste là, comme ceci, voilà. Vous attendez que Sephaltina fasse son entrée avec le cortège de la mariée et qu'elle vienne se placer à côté de vous.

Elle manœuvra sa fille pour la placer au bon endroit.

– Lève la tête, Sephaltina. Assez mangé de bonbons.

Elle chassa de la main une Larbine qui rôdait dans les parages avec un plateau de friandises. Les bosses rondes dans les joues de Sephaltina s'évanouirent comme si elles n'avaient jamais été là.

– Ensuite, la reine vous parlera des devoirs qui accompagnent les liens sacrés du mariage. Tous les deux, vous garderez les yeux légèrement baissés. Après, elle vous demandera :

« Colbert Porpentine, voulez-vous prendre pour légitime épouse la jeune femme ici présente ? » Et vous répondrez : « Oui. »

– Oui, répéta Col.

– Puis : « Sephaltina Turbot, voulez-vous prendre pour légitime époux, etc. », même réponse. Enfin, l'échange des alliances. Savez-vous à quel doigt on la passe ?

Col secoua la tête. Sephaltina hocha la sienne et tendit en avant l'annulaire de sa main gauche.

– Très bien. Donc, Colbert, quand votre grand-père vous présentera l'anneau, c'est à ce doigt-là que vous le passerez. Avec tendresse et amour, je vous prie. Et Sephaltina... Qu'est-ce que tu as dans la bouche ?

Sephaltina avait de nouvelles bosses dans les joues et ses lèvres en bouton de rose semblaient aspirer quelque chose.

– J'ai dit, ça suffit !

Hommelia tapa du pied pour chasser la Larbine qui avait réapparu derrière l'épaule de Sephaltina avec son plateau de bonbons.

– Ouste !

Sephaltina avala. Les larmes lui montèrent aux yeux, et pendant un instant on aurait dit qu'elle ne respirait plus.

– Bien. Colbert, vous tendez le même doigt, et ma fille y passe l'alliance. (La béatitude était de retour sur les traits d'Hommelia.) Et voilà, c'est fini. Mari et femme pour la vie ! (Elle pivota vers Ebnolia.) Et les Porpentine et les Turbot aussi seront unis pour toujours. Les Squellingham en mangeront leur chapeau !

Hommelia et Ebnolia s'engagèrent dans une conversation qui portait sur le rang et les préséances. Hommelia avait hâte de déloger les Squellingham de leur deuxième place dans la hiérarchie du *Worldshaker* ; Ebnolia lui conseilla la prudence. Pendant ce temps, Sephaltina s'efforçait, bruyamment et péniblement, d'avaler la boule qu'elle avait dans la gorge.

Col avait fini de remplir son rôle. Il recula, pas à pas, en se fondant dans la foule. Au bout de six pas, il se cogna dans quelqu'un et fit volte-face, prêt à s'excuser.

Ce n'était qu'une Larbine... d'ailleurs, c'était celle au plateau de bonbons. Jusque-là, elle n'avait été qu'une servante anonyme et il n'avait pas remarqué son visage.

Mais il le voyait à présent. Sous son regard, les traits mornes et inexpressifs s'animèrent et elle redevint Riff. Ses yeux étincelaient d'émotion... de colère, en fait.

– Dehors, chuchota-t-elle du coin de la bouche. Faut qu'on parle. Maintenant.

57

Une fois dans la coursive, Riff s'éloigna du salon Somerset en traînant les pieds et Col la suivit. Elle tourna à gauche dans un couloir perpendiculaire, puis encore à gauche dans un petit cul-de-sac. Il y avait peu de risque qu'on les surprenne là-dedans.

– Tu es complètement folle, dit-il.

Elle avait l'air folle de rage, à vrai dire. Elle se balançait d'avant en arrière sur la pointe des pieds.

– « Oui », l'imita-t-elle. « Avec tendresse et amour » !

– Pourquoi prendre un tel risque ? lui demanda Col. Devant toute ma famille, en plus.

– Je suis allée nourrir ce Larbin qui crevait de faim. Je l'ai fait pour *toi*.

– Ah, oui. Wicky Popo. J'ai bien vu qu'il avait mangé.

– Change pas de sujet. Je sais ce que ça veut dire, « prendre une femme pour légitime épouse ». Ça veut dire se mettre ensemble.

– Oui, mais...

– Toi et elle. Toi et cette jolie poupée. C'est ça qui te plaît, hein ?

– Ce n'est pas ce que tu crois.

– Non ? Alors pourquoi t'as voulu me le cacher ?

– Je ne t'ai rien caché.

– Si. Ce matin. Tu m'as rien dit.

– J'ai oublié.

Riff eut un ricanement méprisant.

– Oublié ! Tu *voulais* oublier, oui !

Col ouvrit la bouche, puis la referma. Il ne pouvait pas nier une pointe de culpabilité. Peut-être qu'en effet il avait volontairement oublié.

– Une fille dans ton genre. Tellement raffinée ! Pfff ! Elle se bourre de bonbons comme une gamine.

– Elle a un an de plus que moi. Trois de plus que toi.

– La compare pas à moi. Je te préviens.

– Mais laisse-moi t'expliquer.

– Mais oui. Pour les explications, t'es très fort. Les gens comme toi, vous pouvez toujours tout *expliquer*.

– C'est ma famille qui a tout arrangé. Ce n'est qu'une alliance entre les Porpentine et les Turbot. Ça n'a aucune importance.

– Aucune importance ! Si t'es casé avec elle, tu vis avec elle, non ?

– Je suppose.

– Vous parlez ensemble, vous mangez ensemble, vous dormez dans le même lit. C'est pas important, peut-être ?

– Ça ne change rien. Je ne l'aime pas.

– Tu tiens pas à elle ?

– Non.

– Même pas un petit peu ?

– Pas du tout.

– Mais c'est *quoi*, ton problème ?

Il recula pour s'éloigner des poings serrés de Riff.

– Hein ?

– Si tu dois te retrouver casé avec elle, tu *dois* tenir à elle.

Col était complètement perdu.

– Que veux-tu que je te dise ?

– Rien du tout. Tu la boucles, c'est tout. Je te croyais différent, mais t'es comme les autres. Vous ressentez rien pour personne.

– Moi, si. Tu ne sais pas ce que...

– Vous êtes tous malades dans vos têtes. Il vous manque une case. Un Immonde se laisserait jamais imposer un partenaire. On n'est pas morts à l'intérieur comme vous.

Elle était toute tremblante de rage. Col se tenait prêt à esquiver le premier coup, il guettait dans ses yeux une indication révélatrice, certain qu'elle allait le frapper.

Mais elle fit volte-face et tapa du poing contre le mur.

– Sephaltina ! (Elle prononça le nom avec des intonations moqueuses.) *Sé-phâl-tiiiii-na !*

– Pourquoi est-ce qu'elle a autant d'importance pour toi ?

– Aucune importance. Tu comprends rien.

– Très bien, alors.

– Très bien. Va te caser avec ta jolie poupée.

Elle baissa les poings et le regarda furieusement au fond des yeux.

– Mais... je veux continuer à te voir, dit-il.

– Tant pis pour toi.

– Tu ne veux pas ?

– La prochaine fois que tu me verras, tu le regretteras.

– Que vas-tu faire ?

– Tu verras bien.

– Quoi ?

– C'est une surprise.

Elle eut un sourire mauvais, tourna les talons et partit d'un pas décidé.

– Attends !

Il la suivit jusqu'à la coursive principale. Un officier du corps d'élite approchait et elle adopta de nouveau la démarche traînante des Larbins.

Col recula pour se cacher dans le couloir. Le temps que le gradé fût passé, Riff était introuvable.

58

Il n'y eut pas de visite nocturne de Riff. Col n'en revenait pas que son bonheur eût dégringolé si soudainement. Le lendemain, les préparatifs du mariage avancèrent encore, aussi inexorables que le grand mégalonef lui-même. Il avait envie de dire : « Stop ! Pas encore ! Ça va trop vite ! » Mais il était entraîné par la puissance irrésistible du courant.

En milieu de matinée, sa mère le convoqua dans le boudoir où elle s'habillait. Son père était également présent, ainsi que M. Prounce et trois Larbins de l'atelier du tailleur. La petite pièce, remplie de bibelots et de coffrets précieux, était jonchée de vêtements abandonnés.

M. Prounce s'inclina avec un rictus obséquieux, puis tendit en l'air une veste à queue de pie et le pantalon assorti, gris anthracite.

– Je les ai taillés en reprenant vos dernières mesures, monsieur Porpentine. Ainsi que quatre chemises, cousues main, de la meilleure qualité. Qui aurait cru qu'un costume de marié serait nécessaire si rapidement après un uniforme d'écolier ?

Il désigna le paravent dans un coin de la pièce.

– Si vous voulez bien procéder à un essayage, monsieur Porpentine...

Col essaya le costume et les quatre chemises. Il laissa M. Prounce décider laquelle lui allait le mieux. Le tailleur déclara qu'il ne fallait que des retouches minimes, et mit ses Larbins aux travaux d'aiguille.

Pendant ce temps, Quinnea hésitait sur sa propre tenue. Assise sur un pouf en velours, devant le miroir de sa coiffeuse, elle était revêtue d'un ample cache-poussière qui protégeait une somptueuse robe verte en soie lavée. La coordination était son souci particulier. Elle faisait des essais avec une multitude de paires de gants et de colliers, de boucles d'oreilles et de broches, de peignes et de bracelets.

– Ce collier ne va pas avec mes yeux, geignait-elle.

Ou :

– Mes oreilles ne vont pas avec mes cheveux.

Ou encore :

– Oh non, non ! Mon visage jure complètement avec mes bracelets !

À plusieurs reprises, désespérée, elle envoya tout promener et se décoiffa entièrement pour tout recommencer.

M. Prounce, caressant sa fine moustache, lui offrait ses compliments.

– Tout à fait harmonieux, madame... Une symphonie de synthétisme, ma chère...

Et il s'embrassait le bout des doigts pour souligner sa sincérité.

Quinnea ne faisait que se lamenter de plus belle.

– C'est fichu ! Regardez dans quel état je suis ! Je suis toute de travers ! Je tombe en morceaux !

Orris lui tapota doucement l'épaule.

– Ne vous agitez pas, ma chère.

Il se tourna vers Col.

– Ta mère est bouleversée parce que tu vas nous quitter. Tu lui manqueras, tu sais.

– Si jeune ! Si jeune ! pleurnichait Quinnea. Je ne m'y fais pas. C'est si soudain ! Je ne peux pas le supporter. Personne ne le pourrait !

– Nous le supporterons, parce qu'il le faut, ma chère.

Orris trouva son flacon de sels et le lui présenta rapidement sous le nez. Puis il reboucha la fiole et s'adressa de nouveau à Col.

– Tu me manqueras, à moi aussi, Colbert. Nous n'avons pas été les meilleurs parents du monde, pas aussi forts et fermes que nous l'aurions dû. Je sais en tout cas que, moi, je ne l'ai pas été. Mais nous nous sommes toujours beaucoup souciés de toi.

Les yeux d'Orris s'embuèrent. Une masse d'émotions embrouillées enfla en Col, si bien que lui aussi eut envie de pleurer. Peut-être sur ce que son père avait perdu, peut-être sur ce qu'il perdait lui-même...

– Je regrette de ne pas être celui qui se tiendra auprès de toi pour te donner l'alliance, poursuivit Orris. Mais j'en ai perdu le droit depuis bien longtemps. À présent, il est plus approprié que ton grand-père le fasse à ma place. Néanmoins, je serai avec toi par l'esprit, Colbert. Avec toi par l'esprit.

Pendant un instant insensé, Col fut tenté d'aller étreindre son père. Mais c'était impossible, bien sûr. La seule personne qu'il eût jamais serrée dans ses bras était Riff...

Au bout d'un moment, sa mère finit par se calmer et continua de s'habiller. M. Prounce se déclara satisfait des retouches des Larbins, et Col passa son costume de marié tout neuf.

Un peu plus tard, un Larbin vint apporter toute une corbeille de fleurs à piquer aux décolletés et aux boutonnières. De ses doigts palpitants, Quinnea fixa un œillet à la boutonnière de Col.

– C'est Sephaltina qui a choisi la couleur, lui dit-elle. Toutes les fleurs et tous les rubans de la chapelle seront roses.

– Et toutes les décorations de votre suite nuptiale, ajouta Orris. Tapis rose, rideaux roses...

Col fut arraché à son humeur distraite.

– Notre suite nuptiale ?

– Celle où tu passeras ta nuit de noces avec Sephaltina. C'est au Pont 43.

– Personne ne m'avait dit...

– Oh, *mon enfant* ! s'exclama sa mère en levant vivement les mains. Qu'est-ce que je disais ? C'est trop jeune ! Trop jeune !

Orris lui tapota l'épaule et parla à Col.

– Tu ne retourneras pas à ton ancienne cabine, Colbert, maintenant que tu vas être un jeune marié. Tu n'avais pas compris ?

Le cœur de Col se serra. Non, il n'avait pas compris. C'était l'évidence même, mais il n'y avait pas pensé un instant. Donc, quand Riff viendrait le retrouver dans sa cabine, il n'y serait plus. À supposer qu'elle vînt le retrouver.

Il s'engageait sur un chemin qui s'éloignait irrévocablement du sien. En pensant à la solitude qu'il éprouverait sans elle, il se sentait oppressé. Il se remémora l'odeur de ses cheveux, la courbe de sa nuque, ses drôles de mimiques. Ce n'était pas seulement excitant d'être avec elle : comparé à Riff, personne n'était vivant. Son univers serait d'une platitude et d'une monotonie indicibles si elle n'y était pas avec lui.

Les préparatifs du mariage se poursuivaient inéluctablement. Une heure plus tard, la porte du boudoir s'ouvrit et Ebnolia passa la tête à l'intérieur.

– Tout le monde est prêt ? demanda-t-elle en tapant dans ses mains. C'est l'heure d'y aller.

59

Pour Col, toute la cérémonie nuptiale se déroula comme dans un rêve. Son corps y participait, mais son esprit était loin, très loin.

Cela commença par la procession jusqu'à la chapelle impériale, au Pont 45. Col marchait en tête avec son grand-père et sa grand-mère. Ebnolia portait une robe couleur de fraise, si serrée à la taille que l'on se demandait comment le sang pouvait circuler entre le haut et le bas de son corps. Sir Mormus était resplendissant dans son gilet gaufré bleu, sur lequel pendaient les inévitables clés du pouvoir, au bout de leur chaîne en or.

Orris et Quinnea suivaient dans le cortège, puis Gillabeth avec Antrobus. Ce dernier ressemblait à un adulte miniature dans son minuscule frac à boutonnière rose. Derrière eux s'avançaient les Larbins des Porpentine, avec tambours et trompettes. Vêtus de tuniques à brandebourgs par-dessus leurs uniformes gris, ils battaient un rythme solennel et jouaient un air tonitruant sur deux notes seulement.

À leur arrivée au Pont 45, ils traversèrent un attroupement d'admirateurs et de badauds. Étaient également présents des invités de la noce : ceux qui étaient assez importants pour être conviés à la réception, mais pas suffisamment pour l'être à la cérémonie religieuse. Col repéra le Dr Blessamy avec son sourire débonnaire, ainsi que Flarrow et Lumbridge, pas débonnaires du tout. Les Squellingham les plus nobles avaient droit à des sièges dans la chapelle.

L'entrée de celle-ci était une relique du Vieux Pays, une arche de pierre sculptée semblable à celle de l'académie. Au sommet, on voyait le blason de la famille impériale : un écusson portant les lettres V et A, avec un lion à droite et un canon à gauche.

– Tambours et trompettes, halte ! ordonna Sir Mormus.

Les roulements et les flonflons se turent, et une mélodie à l'orgue s'éleva de la chapelle. La procession franchit le portail de l'entrée.

À l'intérieur, tout parut soudain sombre et estompé. La chapelle était petite, et les bancs étaient pleins. Les vitraux jetaient une lumière rouge et violette sur la congrégation. Col reçut une vague impression de colonnes et de statues de pierre : encore des vestiges du Vieux Pays. Beaucoup de colonnes étaient brisées au sommet, et aucune ne montait jusqu'au plafond.

Ebnolia recula d'un pas lorsqu'ils remontèrent l'allée en direction de la reine et du prince consort, assis sur leurs trônes impériaux. La reine Victoria portait une robe de cérémonie que Col n'avait jamais vue : blanc crème, à longues manches pendantes, brodée de symboles religieux.

Chaque pas que faisait Sir Mormus martelait sa réussite et sa domination. Les premiers rangs étaient occupés par les Porpentine d'un côté, les Turbot de l'autre. Tous les hommes étaient en gilet et costume d'apparat, et toutes les femmes, en longue robe bordée de dentelles, étaient parées de leurs plus beaux bijoux. Pendant que le cortège du marié s'asseyait, Sir Mormus et Col allèrent se présenter face à la reine.

– Bombe le torse ! gronda Sir Mormus. N'oublie pas qui tu es.

En attendant l'arrivée du cortège de la mariée, Col laissa errer ses pensées. Si seulement il avait pu être le révolutionnaire que Riff aurait voulu voir en lui ! Il s'imaginait redescendant furtivement avec elle au Pont Zéro, déverrouillant la porte 17, laissant pendre la corde. Puis il accueillait les Immondes à leur arrivée... Il leur montrait le chemin jusqu'aux ponts supérieurs... Avec Riff à ses côtés, il prononçait un grand discours contre la tyrannie... et les officiers avaient honte de leur cruauté... l'élite reconnaissait les Immondes en tant qu'êtres humains... tout allait changer... avec Riff...

Une vague de murmures parcourut l'assemblée et le ramena brutalement à l'instant présent. Jetant un coup d'œil par-dessus son épaule, il vit que le cortège de la mariée avait fait son entrée dans la chapelle.

Sephaltina s'avançait au bras de son père. Avec son collier de perles, son diadème en perles et sa robe brodée de perles, elle était plus jolie que jamais, à la fois pudique et radieuse, et ses joues avaient pris la même nuance de rose que son bouquet. Elle vint se placer à côté de lui.

Col se mordit la lèvre et détourna les yeux. Dans sa tête, une voix disait : « Si tu dois te retrouver casé avec elle, tu dois tenir à elle. »

Il n'entendit pas la première partie de l'office. La reine prit la parole, le prince Albert lut des passages d'un livre, puis Victoria parla des devoirs liés à l'institution sacrée du mariage. Il était question d'un époux aimant sa femme et l'honorant, d'une épouse aimant son mari et lui obéissant.

Tout cela était impossible, il s'agissait d'une vaste erreur. Col ne pouvait pas aimer et honorer Sephaltina. Son cœur était pris par une autre. Il aurait dû interrompre ce mariage sur-le-champ. Il aurait dû tourner les talons et sortir de la chapelle.

Cependant, la cérémonie se poursuivit exactement comme l'avait annoncé la baronne Hommelia Turbot. La reine regarda Col droit dans les yeux et posa la question fatale.

– Colbert Porpentine, voulez-vous prendre pour légitime épouse la jeune femme ici présente ?

Il savait qu'il aurait dû dire « Non », qu'il aurait dû affronter les conséquences. Mais il n'en imaginait même pas le début.

La reine lui sourit, dans l'attente de sa réponse. Col se sentait déchiré. *Non, non, non...*

– Oui.

En le disant, il eut l'impression d'entendre une porte se fermer lourdement.

– Sephaltina Turbot, voulez-vous prendre pour légitime époux le jeune homme ici présent ?

– Oui, dit Sephaltina dans un souffle.

– Par l'autorité qui m'échoit en tant que chef de l'Église impériale, je vous déclare mari et femme. Vous pouvez échanger les alliances.

Sir Mormus présenta un anneau d'or dans la paume de sa main. Col le contempla fixement, comme s'il appartenait à une autre réalité. Puis il le prit et se tourna face à Sephaltina, qui fit de même.

Si seulement ç'avait été quelqu'un d'autre. Si seulement ç'avaient été des cheveux blonds et bruns, des pommettes saillantes, de grands yeux... Mais Sephaltina n'était que blondeur et chair rose. C'était une complète inconnue.

Elle tendit son doigt tremblant et Col y glissa l'anneau.

60

La réception avait lieu dans la grande salle de bal. Peuplé de plus de quatre cents invités, le vaste espace au plafond en dôme était un océan de visages. Des gerbes de fleurs roses décoraient les colonnes de marbre, et les bannières tendues entre le lustre central et les murs arboraient la devise *Porpentine & Turbot*. Des buffets, couverts de victuailles et de boissons dissimulées sous des nappes d'un blanc de neige, étaient répartis autour de la salle. Une armée de Larbins et de surveillants s'alignaient derrière.

La reine et le prince consort firent leur entrée officielle, suivis des jeunes mariés. Col se força à ralentir le pas et à adopter une démarche solennelle.

Les trônes impériaux avaient été rapportés de la chapelle et installés sur une estrade latérale. Au moment où la reine et le prince prirent place, une fanfare de cuivres se mit à jouer au fond de la salle.

Victoria s'inclina vers son époux.

– J'aime beaucoup les mariages. Vous souvenez-vous de nos noces, mon ami ?

– Comment pourrais-je les oublier ! dit Albert en tortillant sa moustache. Quelle journée ! Et quelle nuit !

Victoria toussa derrière sa main, si vigoureusement qu'elle faillit en perdre sa couronne. Le prince l'aida à la remettre en place.

Les yeux brillants, la reine se tourna vers Col et Sephaltina.

– Allez danser, mes enfants. C'est vous qui ouvrez le bal.

Sephaltina prit le bras de Col et ils traversèrent la salle jusqu'à la piste de danse. L'orchestre entonna un air bien connu, très digne et respectable.

Cette danse impliquait beaucoup d'allées et venues d'avant en arrière et beaucoup de saluts ou de révérences face à son partenaire. Col connaissait les pas grâce aux cours de Mme Landry. Après la première danse, une vingtaine de couples les rejoignirent sur la piste.

– Êtes-vous heureux ? lui demanda Sephaltina en rougissant.

Col répondit machinalement.

– Très heureux.

– Et impatient ?

– Oui. Et vous ?

– Bien sûr. Mais pas aussi impatiente que vous.

– Ah non ?

– L'homme doit toujours être plus impatient. Ce ne serait pas convenable que la mariée le fût autant que son époux.

– Ah.

Encore des saluts et des révérences. Puis Sephaltina posa une nouvelle question.

– Combien de temps sommes-nous tenus de rester à la réception ?

– Je ne sais pas. Combien de temps avant quoi ?

– Avant de rejoindre la suite nuptiale.

– Aucune idée.

– D'après maman, environ deux heures.

– Et vous, qu'en pensez-vous ?

– Je dirais environ deux heures. Elle est toute rose, vous savez.

– Quoi donc ?

– La suite nuptiale. C'est ma couleur préférée. L'imaginez-vous en ce moment ?

– Euh, non. Si. Non. (Col n'avait aucune idée de ce qu'il fallait répondre.) Et vous ?

Elle secoua la tête.

– Non, ce serait prématuré de ma part. Je veux que ce soit une surprise.

Encore une série de saluts et de révérences. Col avait des difficultés à se concentrer et n'arrêtait pas de se tromper dans ses pas.

– Je suppose que je m'évanouirai, lui dit Sephaltina.

– Vous allez vous évanouir ?

– En voyant la chambre.

– Pourquoi ?

– Je m'évanouis très facilement. Je le fais très bien.

– Mais...

– Cela ne me dérange pas. Je veux être une épouse parfaite pour vous.

Col renonça à comprendre. Communiquer avec une fille des ponts supérieurs, c'était comme parler une langue étrangère.

Ils exécutèrent encore trois danses ensemble et Col continua de se tromper dans tous ses pas.

– Vous ne faites aucun progrès, n'est-ce pas ? commenta Sephaltina avec un soupçon de dureté dans la voix. Je peux le dire, maintenant que je suis votre femme.

Col haussa les épaules.

– Aimeriez-vous danser avec quelqu'un d'autre ?

Comme par un fait exprès, Leath Porpentine se présenta pour

solliciter l'honneur d'une danse avec la mariée. Col battit volontiers en retraite.

Entre-temps, les nappes avaient été retirées des buffets et on servait à manger. Les gens se tenaient par petits groupes avec leurs assiettes ou leurs verres et bavardaient en mangeant. Col s'éloigna discrètement de la piste de danse et se mêla aux invités. Tout le monde voulait lui serrer la main, le féliciter et admirer son alliance. Il dut écouter des paroles de louange pour Sephaltina et prononcer cent fois les mêmes réponses polies.

Pendant une demi-heure, il fut ballotté de groupe en groupe. On le faisait circuler plutôt qu'il ne circulait. Puis, d'un coup, il repéra le professeur Twillip. Il prit congé d'officiers de la Passerelle accompagnés de leurs épouses pour aller saluer son ancien précepteur.

Le professeur Twillip semblait passer un bon moment, bien qu'il fût totalement hors de son élément dans une soirée mondaine comme celle-ci. Il errait entre les grappes d'invités en souriant vaguement dans toutes les directions.

Son sourire s'élargit à l'approche de Col.

– Colbert, Colbert ! Toutes mes félicitations ! Comme je suis heureux pour toi !

– Ça me fait très plaisir que vous soyez invité.

– Oui, c'est merveilleux, n'est-ce pas ? Imagine, on a pensé à *moi* !

– Septimus est là ?

– Je ne crois pas. Je ne l'ai pas vu.

Col ne s'en étonna pas vraiment. La famille Trant se situait plusieurs échelons plus bas que le professeur Twillip sur l'échelle sociale.

– Nous avons poursuivi nos recherches par l'étude de l'ère impérialiste, dit le professeur Twillip en hochant sa tête blanche et duveteuse. Par exemple, les stations houillères. Savais-tu que les nations d'Europe avaient eu, autrefois, des colonies sur tous les continents ?

– Des colonies ?

Col ne connaissait même pas le mot.

– Elles prenaient le contrôle des pays et régnaient sur les indigènes. Mais la guerre de Cinquante Ans concentra toutes les énergies sur l'Europe, et les colonies furent abandonnées à leur sort. Les autochtones reprirent le pouvoir et repoussèrent les colons dans quelques enclaves bien défendues. Tu comprends ?

– Quoi ?

– Ce sont les stations houillères. Hong Kong, Botany Bay, Kingston, et ainsi de suite. De petits territoires indépendants qui survivent en servant les grands mégalonefs. Si tu veux mon...

Col toussota pour l'interrompre. Sephaltina approchait en fendant la foule d'un air fort irrité.

Elle s'adressa à Col comme si le professeur Twillip n'existait pas.

– Vous voilà ! Je vous cherchais.

– Je croyais que vous preniez plaisir à danser.

– Félicitations, mademoiselle Turbot, dit le professeur Twillip avec une petite inclinaison du buste. Ou plutôt madame Porpentine, à présent.

Sephaltina n'eut pas un regard pour lui.

– Cela fait dix minutes que cela ne m'amuse plus. Il y a une fille, là-bas, qui se fait remarquer de tout le monde. C'est moi la mariée, c'est moi qui devrais être au centre de l'attention. Et vous, vous devriez danser avec moi.

– Je ne suis pas très bon danseur.

– Ce n'est pas la question. À quoi sert un mari s'il ne s'occupe pas de sa femme ?

Le professeur Twillip cligna des yeux d'un air perplexe. Col décida qu'il était temps de faire les présentations.

– Je vous présente le professeur Twillip, mon ancien précepteur. Et voici...

– Oui, dit Sephaltina. Et maintenant, j'aimerais bien manger quelque chose, je vous prie.

Comme le professeur Twillip ne paraissait pas se rendre compte de l'affront, Col préféra éviter de faire une scène.

– Qu'est-ce qui vous ferait plaisir ?

Sephaltina fit la moue.

– Quelque chose de sucré.

Avec un sourire d'excuse envers le professeur, Col se détourna et se fraya un chemin jusqu'aux buffets disposés contre les murs. Un vaste éventail de desserts était servi : sablés et mignardises, charlottes et babas, *jelly* et entremets. Il finit par pointer du doigt une coupe de jelly jaune, qu'un Larbin lui tendit avec une cuillère.

Sephaltina avait déjà abandonné le professeur Twillip. En la cherchant, Col passa devant un attroupement de Fefferley agglutinés autour de Lord Fefferley. Ils remuaient la tête en commentant quelque incident qui s'était produit sur la piste de danse. Col s'arrêta pour les écouter.

– Ce n'est pas correct.

– Pas respectable.

– Millamie a quitté la piste, sans escorte.

– La fille des Dollimond aussi. La musique ne lui plaisait pas.

– Les jeunes gens ne cessent d'encourager l'orchestre à jouer plus vite.

Sephaltina n'était donc pas la seule à avoir déserté la piste de danse. Col ne l'avait pas remarqué jusque-là, mais c'était vrai, la musique avait accéléré.

– J'espère que notre fils n'est pas là-bas.

– Elle a une influence déplorable.

– Elle fait mauvais effet.

– Si c'était ma fille...

– Quelqu'un sait-il de qui elle est la fille, d'ailleurs ?

Sans savoir pourquoi, Col eut un mauvais pressentiment. Il se rapprocha de la piste de danse pour voir de quoi il retournait.

Il dut jouer des coudes pour se faufiler dans le cercle de jeunes hommes étroitement serrés autour de la piste. Une demi-douzaine de couples dansaient encore, mais tous les regards étaient posés sur un en particulier. C'était Haugh, de la classe de Col, et une fille coiffée de longues anglaises blondes.

Haugh souriait largement, le regard vitreux, la mèche retombant sur le front, trempée de sueur. La fille portait une longue robe couleur crème et des boucles d'oreilles en argent. Elle avait tout d'une lady des ponts supérieurs, mais ce n'en était pas une. Les pires frayeurs de Col se réveillèrent lorsqu'il put voir son visage et reconnut Riff.

61

Col la regardait, horrifié. Elle était complètement folle. Et pourtant, elle portait la robe de bal comme si elle s'était vêtue ainsi toute sa vie. Il frémit en se demandant où elle l'avait volée, sans même parler de la perruque blonde et des boucles d'oreilles.

Elle dansait également à la perfection. Elle avait dû apprendre les pas simplement en regardant les autres sur la piste, mais se mouvait comme si elle avait pris des cours pendant des années. C'était incroyable.

Il entendait les commentaires des jeunes gens à côté de lui.

– Je vais lui demander une danse.

– Tu n'oseras jamais.

– Pourquoi ? Elle danse avec tout le monde.

– Il y en a trois avant toi.

– Je demanderai à l'orchestre de jouer la prochaine à toute vitesse.

Ils ne se doutaient de rien, évidemment. Jamais ils n'auraient imaginé qu'une Immonde pût se trouver parmi eux, même s'ils avaient su à quoi les Immondes ressemblaient. Ils devaient la croire issue de quelque famille extérieure au cercle habituellement invité aux réceptions de l'élite. Mais tous sentaient confusément qu'elle avait quelque chose de différent.

Col regarda les danseurs sur la piste. Un peu plus tôt, alors que la musique était encore lente et digne, Riff avait sans doute dansé exactement comme tout le monde. Mais à présent que le rythme était plus rapide, les autres révélaient leurs limites. Ils étaient gauches et peinaient à garder la cadence, alors que Riff se coulait dans le tempo sans effort apparent.

Elle ne se rendait pas compte qu'elle se trahissait. La faille de son imitation était qu'elle se montrait trop douée, trop parfaite. Et plus l'orchestre accélérait, plus elle cherchait à se distinguer, tel un paon dans un pigeonnier.

Juste avant la fin d'une danse, leurs regards se croisèrent. Elle exécuta les derniers pas avec une ardeur redoublée et termina par une pirouette impromptue qui n'était pas du tout prévue. Un hoquet étranglé s'éleva de la foule des spectateurs, ainsi que de timides applaudissements. Visiblement, le public était saisi d'admiration passionnée.

Col éprouva une bouffée de ce qui aurait pu être de la jalousie... sauf qu'une bouffée de peur bien plus énorme la noya entièrement. Riff ignorait à quelle vitesse l'humeur de ses admirateurs risquait de tourner. Il fallait qu'il la mette en garde.

Les jeunes hommes se pressèrent autour d'elle à l'instant où la musique cessa. Mais elle se dressa sur la pointe des pieds pour regarder derrière eux.

– Vous voilà donc, Colbert Porpentine. (Elle parlait de sa voix de lectrice, en imitant la prononciation des ponts supérieurs.) Je me demandais quand j'aurais le plaisir de vous revoir.

Les garçons se reculèrent un peu en lorgnant Col d'un œil envieux. Pugh Squellingham et Lumbridge se trouvaient parmi eux.

– Le jeune marié, dit-elle encore. Toutes mes félicitations.

Col était juste devant elle, mais il n'arrivait pas à parler, avec tout ce monde qui le regardait. Il tenta de faire passer un message silencieux par ses yeux. *Pourquoi fais-tu cela ?*

Elle se contenta de sourire.

– Comme vous devez être heureux avec votre belle et jeune épouse !

Il sentait obscurément qu'elle se vengeait de lui. Ses froncements de sourcils n'eurent aucun effet sur elle. Elle lui jetait son propre succès au visage.

– N'est-ce pas amusant, toutes ces danses ? enchaîna-t-elle avec un sourire des plus radieux. J'y prends un plaisir fou.

Il fallait toujours qu'il l'avertisse, il fallait qu'il lui parle seul à seule.

– Puis-je avoir l'honneur de vous demander la prochaine ? lui demanda-t-il.

– Je crains que non. Je l'ai déjà promise à un autre.

– À moi, précisa un jeune homme à côté d'elle.

– Et à moi ensuite, gronda Lumbridge.

– Vous voyez, vous devrez attendre encore un moment, dit-elle.

Urgence, urgence, urgence ! s'efforçait-il de lui dire avec ses yeux. Mais elle jouissait bien trop de son triomphe pour s'arrêter là. L'orchestre joua les premiers accords de la danse suivante, et elle se mit à taper du pied en rythme. C'était épouvantablement rapide !

Col était aux abois.

– J'ai un droit de préséance, car il s'agit de mon mariage.

C'était un coup de bluff, mais Riff ignorait les usages des ponts supérieurs. Un pli d'incertitude se creusa sur son front.

– Et votre jeune épouse ? s'enquit-elle. N'est-ce pas avec elle que vous devriez danser ?

– Si, intervint Pugh Squellingham. Va donc danser avec Sephaltina.

– D'ailleurs, la voilà, ajouta Lumbridge.

La foule se fendit et Sephaltina s'avança. Elle alla se planter devant Col ; tout son corps exprimait une indignation boudeuse.

– Que faites-vous ? l'interrogea-t-elle. Vous lui parlez, à *elle* ! Vous deviez aller me chercher quelque chose de sucré.

Col, baissant les yeux, s'aperçut qu'il tenait toujours la coupe et la cuillère.

– Voilà, dit-il en les lui mettant dans les mains.

Sephaltina ne se laissa pas amadouer. La coupe tremblait dans sa main, ainsi que la jelly jaune.

Riff regardait la substance avec des yeux ronds.

– C'est quoi, ce truc ? demanda-t-elle.

Apparemment, elle n'avait jamais vu de jelly. Depuis qu'elle l'avait remarquée, elle était fascinée. Le cavalier à qui elle avait promis une danse s'efforçait de l'entraîner vers la piste, mais elle le repoussa.

Tous les autres garçons étaient prêts à se mettre en quatre pour lui donner des explications.

– C'est un dessert.

– De la gelée.

– Ça se mange.

Col avait le cœur au bord des lèvres. Dans les ponts supérieurs, personne ne pouvait ignorer ce qu'était la jelly. Combien de temps avant qu'ils comprennent ?

Oubliant ses manières, elle se pencha en avant pour mieux voir. La jelly tremblotait toujours dans sa coupe.

– Puis-je ? demanda-t-elle à Sephaltina. Cela ne vous dérange pas ?

Ses paroles étaient polies, mais pas son attitude. Elle prit la cuillère entre les doigts de Sephaltina, empêcha la coupe de trembler en posant la main sur celle de la mariée, et puisa une grosse cuillerée de jelly.

– Ça fait floc-floc ! s'esclaffa-t-elle.

C'était le mauvais rire, gras et vulgaire. Col était en plein cauchemar. Il sentait venir la catastrophe, mais ne savait pas comment l'arrêter.

Riff ouvrit la bouche en grand et en approcha la cuillère. Elle louchait en suivant des yeux la gelée en équilibre instable.

C'en fut trop pour Sephaltina. Elle eut un petit « Oh ! », ses yeux se révulsèrent et elle tomba à la renverse, évanouie.

Riff fut déconcentrée. À deux centimètres de sa bouche, la jelly glissa de la cuillère, rebondit sur son menton et disparut dans son décolleté.

Il y eut un choc sourd lorsque Sephaltina heurta le sol, puis un tintement lorsque la coupe se fracassa par terre. Et ensuite une sorte de gloussement frémissant de la part de Riff.

– Ça chatouille ! hoqueta-t-elle. Va falloir que je me tortille pour la faire descendre.

Oh non, je t'en prie ! hurla Col en silence.

Mais elle était déjà en train de le faire. Elle se mit à se trémousser sur le rythme de la musique. Elle riait à en perdre haleine, déchaînée par les chatouilles. Elle semblait avoir oublié la foule qui l'entourait. Elle était entièrement concentrée sur la jelly qui glissait lentement sous sa robe.

– Hi, hi hi !

Si elle s'était montrée gracieuse un peu plus tôt, elle ondulait à présent comme un serpent. C'était honteux, choquant. De plus en plus vite, elle remuait de droite à gauche et de haut en bas.

Tout le monde pouvait entendre le changement dans sa voix, qui avait repris ses intonations naturelles.

– Je l'ai ! Ouh ! Presque ! Ha ha ha ! *Youpla !*

Elle souleva l'ourlet de sa robe et fit un pas en arrière. À sa place, il y avait un petit globule de gelée par terre. Elle s'essuya le coin des yeux pour en chasser ses larmes de rire.

– Victoire ! clama-t-elle.

Mais l'espace s'était soudain ouvert tout autour d'elle. Elle releva sur Col un regard interrogateur...

– Que se passe-t-il, par ici ? tonna une voix bien connue.

Les jeunes gens s'égaillèrent tandis que Sir Mormus s'avançait à grandes enjambées. Il posa un regard furieux sur Sephaltina, toujours étalée par terre, puis sur Riff.

Celle-ci avait repris contenance et retrouvé son accent des ponts supérieurs.

– Un incident mineur. Toutes mes excuses, vraiment.

– Ce n'est pas sa vraie voix, dit l'un des jeunes gens.

– Elle n'est pas comme nous, ajouta Pugh.

Sir Mormus avait l'air d'un orage sur le point d'éclater. Mais il se contint.

– Retournez danser, vous tous. (Il montra Sephaltina d'un geste.) Que quelqu'un s'occupe d'elle. Et qu'on appelle les officiers de la garde. Quant à *vous*... conclut-il en se tournant vers Riff, je veux vous voir en privé.

62

Sir Mormus entraîna Riff à l'écart de la piste de danse et de la foule. Il l'arrêta dans un coin tranquille entre une rangée de colonnes blanches et un alignement d'aspidistras dans d'énormes pots en cuivre. Pugh, Haugh et Lumbridge les suivirent, ainsi que

Col, en parallèle. Il observa la suite des opérations depuis le rang d'aspidistras, tandis que les autres se tenaient du côté des colonnes.

– Alors ? gronda Sir Mormus à l'intention de Riff. Votre nom ?

– Hum, fit Riff en prenant une attitude modeste et soumise. Riffaltina, monsieur.

– Riffaltina ? grogna Sir Mormus. Qu'est-ce que c'est que ce nom ? De quelle famille êtes-vous ?

– Euh. Les Por... bert... ing... ton.

– Porbertington ?

– Oui, monsieur.

– Jamais entendu parler. Et que fait votre père ?

L'arrivée d'Ebnolia épargna à Riff de devoir répondre. Gillabeth les rejoignit un instant plus tard, traînant Antrobus derrière elle. Elle avait dû flairer le scandale.

Ebnolia s'arrêta en dodelinant de la tête devant son mari.

– Les officiers de la garde arrivent. Un problème, mon cher ?

– En effet. Avez-vous invité une famille du nom de Porbertington ?

– Non, ils ne sont pas sur ma liste. Et pas non plus sur celle de Hommelia, j'en suis sûre.

Sir Mormus s'en prit de nouveau à Riff.

– Donc, personne n'a entendu parler de vous. Personne ne sait qui vous êtes.

– *Lui*, il le sait ! s'écria Pugh Squellingham.

De son index brandi, il désignait Col. Il sortit d'entre les colonnes, suivi de Haugh et de Lumbridge. Col abandonna à regret l'abri des pots et des aspidistras.

– Que se passe-t-il ? gronda Sir Mormus d'un air menaçant. Viens ici, Colbert. Venez tous.

Ils se mirent en rang devant lui.

– Elle connaissait son nom, expliqua Pugh. Et elle lui a dit : « Je me demandais quand j'aurais le plaisir de vous revoir. »

Sur le moment, Col ne sut que nier.

– Menteur.

– Moi aussi, je l'ai entendue, dit Haugh.

– Il a tout fait pour danser avec elle, ajouta Lumbridge.

– Colbert, as-tu déjà rencontré cette jeune fille ? s'enquit Sir Mormus.

Col se surprit à regarder Riff droit dans les yeux. Mais avait-il le choix ?

– Jamais. Je l'ai vue pour la première fois à l'instant, quand elle a fait s'évanouir cette pauvre Sephaltina.

Riff lui décocha un regard noir qui le transperça. Elle avait les yeux plissés et ses lèvres avaient presque disparu.

Sir Mormus se retourna vivement vers elle avec un ricanement sec.

– Et vous, jeune fille, connaissiez-vous ce garçon ?

Col était épouvanté. Il était certain qu'elle allait tout révéler sur lui. Il faudrait qu'il crie pour la faire taire, qu'il la maîtrise, n'importe quoi pour l'empêcher d'entrer dans les détails.

– Non, déclara Riff en haussant les épaules. Ce sont tous des menteurs. Je connaissais seulement son nom parce que je savais que le marié s'appelait Colbert Porpentine.

– Pourquoi inventeraient-ils cette histoire ?

– Je ne sais pas. Par jalousie ? J'ai bien dansé avec ce garçon, dit-elle en désignant Haugh.

Puis elle se tourna vers Lumbridge.

– Et celui-là m'avait demandé cet honneur.

Haugh s'étrangla et piqua un fard. Quant à Lumbridge, il contemplait ses chaussures.

Sir Mormus les congédia tous.

– Hors de ma vue. Partez.

Haugh, Pugh et Lumbridge s'en allèrent sans demander leur reste, heureux d'échapper à d'autres questions. Col se retira, puis se rapprocha en faisant le tour. Il se plaça derrière Gillabeth juste au moment où les officiers de la garde arrivaient.

Ils étaient dix, de grands gaillards porteurs d'un brassard rouge. Ils isolèrent l'incident en formant un cercle autour de Riff, de Sir Mormus et d'Ebnolia.

Riff mesurait à présent le danger. Elle s'adressa à Sir Mormus d'un ton penaud.

– J'ai un petit aveu à vous faire, monsieur. Je suis bien venue sans être invitée. Je n'ai jamais figuré sur la liste de qui que ce soit. Alors, si vous me laissiez partir sans faire de bruit ? Puis-je ? Pas de scène, pas de scandale.

– Pas si vite, intervint Ebnolia.

Il y avait un moment qu'elle toisait Riff de la tête aux pieds.

– Quel est le problème avec vos cheveux ?

Tendant le bras, elle empoigna vivement les bouclettes de Riff. Celle-ci tenta d'intercepter son geste, mais trop tard. La perruque glissa et dégringola, révélant la tignasse brune et blond ébouriffée de Riff.

Sir Mormus et les officiers la regardaient encore avec des yeux ronds lorsque Riff se jeta dans l'action. Elle leva les poings et se rua en avant pour percer le cercle des gardes. Mais elle fut trahie par ses talons hauts des ponts supérieurs, auxquels elle n'était pas habituée. Elle perdit l'équilibre et s'effondra la tête la première dans les tibias d'un officier.

Elle pivota au sol, se débarrassa de ses escarpins et s'élança dans une autre direction. Mais le court instant perdu avait suffi à Sir Mormus pour poser le pied sur l'ourlet de sa longue robe crème. Lorsqu'elle bondit, la robe l'arrêta brutalement dans son élan et elle s'étala de plus belle.

– Piétinez-la ! mugit Sir Mormus.

Immédiatement, les officiers de la garde marchèrent sur d'autres morceaux de la robe de Riff. Elle se débattit dans de grands bruits d'étoffe déchirée, mais ils étaient trop nombreux.

Un officier lui tordit les mains derrière le dos et lui attacha les poignets avec des menottes de fer. Un autre fit de même avec ses chevilles. Elle rua et se cabra, mais en vain.

Sir Mormus leva le pied et recula d'un pas.

– Que personne n'approche, ordonna-t-il. Je ne veux pas que nos invités voient ce spectacle.

Il se joignit à Ebnolia, qui commençait déjà à se retirer, non loin de Col et de Gillabeth. Ils s'entretenaient à voix basse, mais Col en entendit assez pour deviner le reste.

– Vous savez ce qu'elle est, chuchota Ebnolia.

– Oui. Elle a dû...

– Ce scandale sera notre perte.

– Je peux faire taire les officiers.

– ... encore faut-il la faire sortir d'ici discrètement.

– Si l'on me voit quitter la réception, les gens jaseront.

– Voulez-vous que je m'en occupe ?

– Bien... l'endroit habituel ?

– Je l'y fais emmener immédiatement.

Sir Mormus hocha la tête. Ebnolia s'éclaircit la gorge et donna ses instructions aux officiers de sa voix normale.

– Relevez-la. Emmenez-la en salle de Transformation.

Col mit une seconde à enregistrer ce qu'il venait d'entendre. Donc, la salle de Transformation existait bel et bien ! Et Riff y était emmenée ! L'endroit qu'elle redoutait le plus au monde !

Le désespoir absolu qu'il lut dans ses yeux ne fit que le confirmer. Il frémit de l'imaginer changée en Larbine, muette, balourde et stupide.

Quatre officiers l'empoignèrent par les bras et les épaules tandis que les autres faisaient écran. Sa robe crème était en lambeaux. Col la regarda se faire traîner de force.

– Tu aimerais bien la suivre, pas vrai ?

Il cligna des yeux. Gillabeth ! Elle l'observait et semblait l'évaluer.

– Oui, répondit-il sans réfléchir.

Il voyait presque les rouages cliqueter dans l'esprit de sa sœur. Jusqu'à quel point avait-elle réussi à comprendre ce qui se passait ?

– Si tu la suis, tu te feras repérer, dit-elle.

– Mais... ?

– Sauf si je t'y emmène par un autre chemin.

– Où ça ?

– En salle de Transformation, bien sûr.

– Alors tu es au courant ?

– J'ai toujours été au courant. Alors ?

– Oui. Emmène-moi. S'il te plaît.

63

Ils sortirent par une porte située de l'autre côté de la grande salle de bal. Dès qu'ils furent dans la coursive, Gillabeth souleva Antrobus pour le porter dans ses bras.

Col se fichait de ses motivations, qu'elle eût vraiment envie de l'aider ou qu'elle voulût simplement le discréditer à jamais. Tout ce qui lui importait était de sauver Riff.

Ils dévalèrent deux volées d'escaliers, puis bifurquèrent brusquement dans un petit couloir en cul-de-sac. Gillabeth empoigna les rideaux de velours vert qui pendaient au fond et les écarta, révélant deux portes battantes en bois. Puis elle ouvrit ces portes, qui donnaient sur les rails et les chaînes d'un ascenseur à vapeur.

– On va prendre le raccourci, dit-elle.

– Tu as le droit de monter là-dedans toute seule ?

– Je n'ai même pas le droit d'y mettre les pieds.

En tout cas, elle savait le faire fonctionner. Elle abaissa une manette et un vacarme de cliquetis et de frottements résonna quelque part, très haut au-dessus d'eux. À l'arrivée de la plate-forme, ils prirent pied dessus et elle actionna un levier pour monter.

– La salle de Transformation se trouve au Pont 48, mais l'entrée est au 49, lui précisa-t-elle.

Même le raccourci était douloureusement long pour Col. Ils poursuivirent leur ascension jusqu'au Pont 49 dans des nuages de vapeur.

Ils sortirent par une autre série de portes battantes et de rideaux verts, puis franchirent un dédale de bureaux à cloisons de verre. Ces bureaux étaient équipés de boîtiers noirs sur lesquels clignotaient de minuscules ampoules, et segmentés en alcôves où étaient installés des officiers, crayon en main, des coupelles métalliques sur les oreilles.

– La télégraphie sans fil, expliqua Gillabeth. Les signaux arrivent en morse et sont convertis en messages. On intercepte les communications des autres mégalonefs pour en déduire leur route.

– *Allez !* fit Col en accélérant. À la salle de Transformation.

Plusieurs officiers levèrent la tête et les regardèrent à travers les vitres, le sourcil froncé. L'un d'entre eux vint se poster dans l'encadrement d'une porte pour les suivre des yeux. Mais personne ne contesta leur présence dans les lieux.

Ils laissèrent derrière eux les bureaux de télégraphie sans fil et enfilèrent un couloir aux murs nus. Au premier tournant, Gillabeth fit un geste d'avertissement et s'arrêta net. Ensemble, ils coulèrent un regard dans la coursive suivante.

Devant eux s'étendaient encore des murs nus, fermés au bout par une porte unique. Leur grand-mère la tenait ouverte, tandis que les dix officiers de la garde luttaient pour faire entrer Riff de force.

– C'est l'entrée, chuchota Gillabeth. Attends.

La résistance de Riff fut de courte durée. Les gardes la maîtrisèrent et la poussèrent à l'intérieur. Ebnolia entra en dernier et referma derrière elle.

– Elle n'a pas fermé à clé, tu as de la chance, dit Gillabeth à Col. Qu'est-ce que tu vas faire ?

– Je n'en sais rien. Et toi ?

– Je ramène Antrobus. Je t'ai assez aidé.

– Pourquoi m'avoir aidé, d'ailleurs ?

Gillabeth se renfrogna.

– Tu ne sais rien faire tout seul. Tu es irrécupérable.

Elle partit sans ajouter un mot.

Col ne la comprenait pas, et il n'essaya pas. Il longea le corridor à pas de loup jusqu'à la porte du bout. Elle était marquée d'un « Entrée interdite » et équipée d'un mécanisme complexe de leviers et de barres. Mais, comme l'avait dit Gillabeth, elle n'était pas verrouillée.

Il la franchit et se retrouva dans un long couloir vide qui menait à une autre porte, percée d'une petite vitre carrée à hauteur de la tête. Il s'en approcha et jeta prudemment un coup d'œil.

De l'autre côté, on voyait le sommet d'un escalier en colimaçon et, au-delà, un espace béant éclairé d'une lueur froide et argentée. Il n'y avait pas de plancher au niveau du Pont 49 ; le sol de la salle de Transformation se trouvait un étage plus bas.

Il entrouvrit la porte. La première chose qui le frappa fut l'odeur : forte, mordante, antiseptique. Il se faufila à l'intérieur et s'accroupit en haut des marches métalliques.

En baissant la tête, il nota de hautes armoires blanches, des tables couvertes de feutre vert, des cuvettes en zinc et des ventilateurs qui brassaient lentement l'air. La pièce était plongée dans la pénombre, hormis deux flaques de lumière qui inondaient deux fauteuils garnis de cuir. À côté de chacun, un arbre métallique soutenait des plateaux émaillés et des accessoires à diverses hauteurs.

Un Immonde était déjà sanglé dans l'un des fauteuils. Deux personnages étaient penchés sur lui, en blouse, portant bonnet et masque stériles. L'un d'eux était à l'évidence un chirurgien, l'autre le Larbin qui faisait office d'assistant. Pendant que ce dernier lui tendait des ciseaux, le chirurgien fit quelque chose à la bouche de l'Immonde.

Riff était en train de se faire sangler dans l'autre fauteuil, qui avait été incliné en arrière pour la recevoir. Les gardes avaient retiré les menottes de ses poignets et de ses chevilles, et ils lui attachaient les bras aux accoudoirs, les pieds au repose-pieds. Une sangle particulièrement large lui enserrait le cou, et une sorte de mentonnière en cuir lui bloquait la mâchoire.

Puis ils reculèrent, la laissant immobilisée. On voyait ses yeux au-dessus de la mentonnière, immenses et terrifiés.

– Allons, allons, allons, dit Ebnolia en s'approchant d'elle. Retirons donc ces bijoux, nous n'en aurons plus besoin.

La douceur de sa voix fit frémir Col. De ses doigts délicats, elle décrocha les boucles d'oreilles des lobes de Riff. La mentonnière empêchait celle-ci de parler, mais elle gronda comme un fauve.

Ebnolia émit un petit *tss tss* réprobateur.

– Chut, ma chère. Bientôt, tu te sentiras mieux. Bien moins sauvage et indomptable. Tu n'auras plus besoin de faire ces bruits affreux quand on t'aura arrangé la langue.

Saisissant l'instant, Col dévala deux tours entiers de l'escalier en spirale. Il fut visible pendant un bref instant, mais personne ne leva la tête. De nouveau il s'accroupit pour se cacher.

Toujours le *vlouf vlouf vlouf* monotone des ventilateurs. Ebnolia continuait de parler et Riff de grogner.

– Je vais te montrer le fil qu'on utilise pour la couture.

Ebnolia tira vers elle l'un des plateaux du présentoir métallique. Dessus, on voyait une demi-douzaine de bobines de fil doré brillant.

– Le fil le plus fin, tu vois ? (Elle éleva une bobine devant les yeux de Riff.) Pas seulement pour la langue, mais pour toutes les parties du corps. On va te coudre de l'intérieur, ça ne se voit pas du tout. Tu as bien plus de liberté de mouvement que nécessaire, tu sais.

Elle approcha un autre plateau, qui soutenait une petite boîte semblable à un coffret à bijoux. Elle l'ouvrit pour révéler des rangées et des rangées d'aiguilles étincelantes, nichées sur un lit de velours rouge.

– Et voici les aiguilles pour les points. Elles vont faire un beau travail bien propre, bien net. (Elle fit aller et venir une aiguille en l'air.) Bien sûr, c'est beaucoup plus difficile qu'il n'y paraît.

D'un grognement, le chirurgien annonça la fin de l'opération dans l'autre fauteuil. Il recula d'un pas pour admirer son ouvrage, puis alla se laver les mains. Son assistant décrocha du cou de l'Immonde un bavoir blanc, taché de sang.

– Et voilà, celui-ci est transformé. Quand il sera rétabli, ça fera un beau Larbin tout neuf.

L'Immonde qui avait subi la transformation tressaillit et frissonna, puis retomba contre l'appui-tête de son fauteuil.

– Tout paisible, tout content, ajouta Ebnolia qui n'en finissait plus de jacasser. Comme toi, bientôt, dit-elle à l'attention de Riff. Mais j'ai encore mieux pour toi, ma chère, car je crois bien que je vais faire de toi ma Larbine favorite.

Pensive, elle appuya l'index sur la pointe de son menton.

– Oui, je pense que c'est ce que je vais faire. Tu me plais déjà beaucoup. Tu as de si grands yeux, si attrayants.

L'assistant vint attacher un bavoir propre et blanc au cou de Riff.

Col fouilla la salle des yeux. Était-il possible de la sauver sans révéler sa propre identité ? C'est alors qu'il repéra une blouse de rechange posée sur l'un des éviers, ainsi qu'un bonnet et un masque au-dessus des robinets. Oui, il y avait un moyen...

Pendant ce temps, l'assistant était reparti. Il revint avec un bocal en verre fermé par un bouchon et un tampon de coton.

– Ah, l'anesthésiant, pour endormir la douleur, dit Ebnolia. Quand on va insérer les limitateurs.

Riff se débattait, impuissante, sous ses sangles.

– Oh, on ne se tient pas très bien, ma chère, gazouilla Ebnolia, amusée. On ne veut pas avoir moins mal ?

L'assistant revint encore une fois, avec une coupelle contenant ce qui ressemblait à des boutons dorés. Il les posa sur un plateau derrière la tête de Riff. Ebnolia en saisit un pour lui permettre de le voir.

– Et ça, ce sont les limitateurs, pour limiter l'esprit, lui expliqua-t-elle. Tu as tant de pensées qui ne te servent à rien. Une fois limitée, on aura encore plein de jolies petites pensées, mais pas de grosses vilaines idées. Ce sera bien, n'est-ce pas ?

Le chirurgien, qui avait terminé de se sécher les mains, rejoignit le fauteuil de Riff. Ebnolia s'écarta pour lui laisser la place.

– Et voici le docteur qui va faire des marques sur ta tête, dit-elle à Riff. Il doit placer les limitateurs exactement au bon endroit dans ton cerveau.

Le chirurgien avait une paire de pieds à coulisse dans une main et un feutre indélébile dans l'autre.

Col n'attendit pas d'en voir plus. Il descendit en silence les deux derniers tours d'escalier, puis fila se cacher derrière la table la plus proche.

Pas de cris d'alarme, personne ne l'avait vu. Plié en deux, il contourna prestement les armoires et gagna les lavabos.

Il n'avait pas besoin de se lever pour attraper la blouse. Il en saisit le bout et la tira au sol. Le matériau vert et caoutchouteux ne fit pratiquement aucun bruit quand il le ramassa.

Mais il lui fallait encore le bonnet et le masque. Il se risqua, sauta en l'air, attrapa les deux objets sur l'étagère et se baissa de nouveau. Une fois de plus, la chance était avec lui. Tout le monde était concentré sur l'opération.

Il coiffa le bonnet et enfila la blouse. Les doigts tremblants, il ferma les boutons et plaça le masque sur son visage.

Le chirurgien devait avoir fini de marquer le crâne de Riff, car on entendit une sorte de bourdonnement, de vrombissement. Quelque chose de métallique, quelque chose qui tournait à grande vitesse...

C'était maintenant ou jamais ! Col sauta sur ses pieds et se rua en avant.

64

Sa seule arme était l'effet de surprise. En le voyant avec sa blouse, son masque et son bonnet stériles, les officiers de la garde ne surent pas comment réagir.

– Qui êtes-vous ?

– Vous travaillez ici ?

Col continua de courir sans dire un mot.

Le chirurgien aussi fut désarçonné.

– C'est vous, Shannock ? Pendleton ?

Il tenait dans sa main une sorte de fraise de dentiste : c'était elle qui vrombissait et bourdonnait. Son assistant portait toujours le bocal avec son bouchon et le tampon d'ouate.

Col les poussa de côté et se pencha sur Riff. Elle avait le front marqué d'un réseau de lignes bleues. Il détacha la sangle qui lui entourait le cou et arracha la mentonnière. Elle le reconnut malgré son masque.

– Je me disais bien que tu viendrais, souffla-t-elle.

Il commença à s'activer sur les sangles qui lui clouaient les bras aux accoudoirs.

– Hé !

– Arrêtez !

– Il ne peut pas faire ça !

Les exclamations outragées se multipliaient. Quand le bras gauche de Riff fut libéré, le chirurgien laissa tomber sa fraise et tenta d'agripper la main de Col.

Celui-ci répondit par l'une des techniques d'attaque de Riff. Il saisit à deux mains le poignet du médecin, le tordit, et renversa l'homme en faisant levier avec sa hanche. Le chirurgien tournoya en l'air et alla s'écraser aux pieds d'Ebnolia.

Col s'attaqua à la sangle qui retenait l'autre bras de Riff. Sa grand-mère poussait des hauts cris.

– Ce n'est pas un médecin ! Ne le laissez pas s'approcher d'elle !

Col, repensant aux paroles de Riff, se força à garder l'esprit large et les sens ouverts. Tout en se concentrant sur sa tâche, il demeurait pleinement conscient de l'approche des gardes dans son dos. Il acheva de défaire la dernière boucle juste au moment où l'officier le plus proche s'inclinait pour le saisir par les épaules.

Il se laissa tomber sur un genou et le garde n'attrapa que de l'air. Il empoigna les mollets de l'homme et le projeta par-dessus sa tête, par-dessus Riff, par-dessus le présentoir métallique et la chaise.

Ils lui tombaient tous dessus.

– Débrouille-toi pour le reste !

Sa voix était assourdie par le masque, mais Riff comprit.

Il pirouetta pour affronter le garde suivant. Il esquissa un coup de poing dans le ventre, feinta et le frappa au menton. La tête de l'officier partit en arrière avec un claquement sec et ses dents se heurtèrent violemment dans un craquement sonore. Ses yeux se brouillèrent et il s'effondra au sol.

Devenus méfiants, les autres assaillants marquèrent une halte. Ils se déployèrent pour le cerner. Col jeta un coup d'œil en arrière à Riff, qui détachait les sangles de ses pieds.

Ebnolia était toujours tout près, mais il ne la considérait pas comme une menace. Elle s'approcha de lui par surprise et abaissa brusquement son masque.

Col était découvert.

Les officiers poussèrent des exclamations de surprise.

– C'est son petit-fils !

– Le jeune monsieur Porpentine !

– Celui qui vient de se marier !

La stupéfaction d'Ebnolia se mua en hurlement, qui à son tour se mua en glapissement accusateur.

– Traître !

– Oui, et je sais moi aussi ce que tu es ! lui cria Col en pleine face. Meurtrière !

– Traître ! Traître ! Traître !

Ses petites dents blanches semblaient prêtes à mordre.

– Tuez-le !

Les officiers hésitèrent. L'idée de supprimer pour de bon un Porpentine dépassait ce qu'ils pouvaient assimiler.

– On pourrait peut-être le faire prisonnier ?... suggéra l'un d'entre eux.

– Non, tuez-le, répéta Ebnolia, les traits déformés par la haine. Il nous a fait honte une fois de trop. Sir Mormus le répudie. Nous voulons sa mort.

Riff, libérée de toutes ses sangles, bondit de son siège. Elle se rua devant Col et arracha le bocal d'anesthésiant des mains de l'assistant.

– Sale vieille peau de vache ! cria-t-elle.

Elle fit sauter le bouchon, empoigna Ebnolia par les cheveux, lui plaqua la tête en arrière et lui versa le liquide dans la gorge.

– Goûte un peu à ton médicament ! cracha-t-elle, narquoise.

Ebnolia suffoquait et gargouillait. Quand Riff lui lâcha la tête, elle glissa au sol, toute molle.

Les gardes avaient attendu un instant de trop. À présent, ils chargeaient de toutes les directions.

Riff jeta le bocal sur l'un d'eux et le fit tomber d'un coup à la tempe. Puis elle avança d'un pas dansant et donna à un autre un coup de pied dans l'aine. Du même mouvement fluide, elle pirouetta et en frappa encore un dans les reins. Il se plia en deux et s'écroula comme un accordéon.

Col en abattit un de plus d'un coup de pied tournant dans les rotules.

– Suivant ? s'écria Riff.

– Vous ne pourrez pas nous battre tous, menaça l'un des rescapés.

– Tu paries ?

Les cinq officiers encore sur pied échangèrent un regard et conclurent que oui, Riff et Col ensemble étaient sans doute capables de les vaincre tous. Ils commencèrent à battre en retraite.

– Des renforts ! cria le chirurgien. Il nous faut des renforts !

Il était déjà à mi-chemin de l'escalier. Dans un grand bruit de bottes, les officiers se hâtèrent de le suivre.

Riff arracha le bavoir de son cou avec un *beuark !* de dégoût. Elle se lécha le dos de la main et se frotta le front pour effacer les lignes bleues.

– Tirons-nous d'ici, dit-elle. Avant qu'ils reviennent avec des renforts.

Mais Col regardait sa grand-mère. Elle se mit à tourner la tête de droite et de gauche sur le sol.

Dzoïng ! Dzoïng ! Dzoïng !

C'étaient les élastiques de son corset qui lâchaient.

Dzoïng ! Dzoïng ! Dzoïng !

Puis les secousses et les claquements cessèrent. Ebnolia était méconnaissable, avec des bosses à des endroits bizarres. Sa taille de guêpe avait complètement disparu.

– Elle ne bouge plus ! dit Col, soudain alarmé.

Il s'agenouilla pour toucher la peau douce et veloutée de sa joue. Elle n'était pas froide, mais la vie semblait l'avoir abandonnée.

– Je crois... qu'elle est...

Il ne put prononcer le mot. Riff tomba à genoux de l'autre côté et appuya un doigt contre le côté de son cou.

– Elle est morte.

– C'est l'anesthésiant qui l'a tuée.

– Je voulais pas...

Un instant, sa voix trembla et ses traits se troublèrent. Puis elle se mordit les lèvres et reprit contenance.

– Elle le méritait. Faut qu'on s'en aille.

Elle se leva, mais Col resta à genoux. Il contempla le regard vide d'Ebnolia, et ses yeux s'embuèrent.

– Allez, viens, insista Riff.

– Il faut que je lui dise au revoir.

Riff tenta de le tirer par l'épaule, mais il se dégagea.

– Elle était sur le point de te tuer, tu te rappelles ? Elle faisait crever de faim ses Larbins. Elle allait me faire la même chose.

Col secoua la tête. La vraie Ebnolia Porpentine était un monstre, il ne le niait pas. Ce qu'il avait perdu, c'était autre chose : l'image avec laquelle il avait grandi, la grand-mère de son cœur. Il se souvenait de vacances et de pique-niques du dimanche, de goûters et de parties de cartes en famille. « Tu aimeras toujours ta grand-mère préférée ? » lui demandait-elle souvent. Elle avait tant fait partie de sa vie... C'était la seule grand-mère qu'il eût jamais connue. Tout son passé défila devant ses yeux.

Un souvenir se détachait parmi les autres, particulièrement net – un souvenir de séance de lecture familiale. Assis sur une chaise dans le salon Somerset, avec son grand-père, sa mère, son père et sa sœur, il écoutait sa grand-mère lire une histoire.

Il devait être encore tout petit, car ses pieds ne touchaient pas le sol. Il y avait des Larbins bien obéissants et de grandes tasses de chocolat chaud. Il ne comprenait pas grand-chose à l'histoire, mais elle parlait d'un héros merveilleux dont les meilleurs amis étaient son chat et son chien. Ils habitaient un village aux rues pavées et aux maisons couvertes de chaume, et ils passaient leur temps à aider les gens et à faire des choses nobles. Sa grand-mère lui avait montré une image du héros dans le livre. Tout était si noble et bon... Dans son souvenir, le goût du chocolat chaud se mêlait aux couleurs de l'image, des tapis et des fauteuils du salon Somerset pour former un sentiment de sécurité et de bien-être absolus. Et, englobant le tout, la senteur sucrée du parfum à la fraise de sa grand-mère, la bonté de sa grand-mère...

– Au revoir, murmura-t-il – et cela devint un adieu à son enfance et à tout ce en quoi il avait cru autrefois.

Il se leva, déglutit, frotta ses yeux humides. C'était comme si le monde de son passé s'était évaporé, le laissant propre, frais, la tête claire. À présent, il savait précisément ce qu'il avait à faire.

– Bien, allons-y, dit-il. Il est temps de commencer la révolution.

Riff le regarda fixement, puis poussa un cri de joie.

– On descend la corde ? On fait monter les Immondes ?

– Oui. C'est parti.

65

Ils redescendirent par l'ascenseur à vapeur que Gillabeth avait manœuvré un peu plus tôt. Puisqu'elle avait actionné le levier vers le haut pour monter, Col l'abaissa pour descendre. Au Pont 4, il le releva à l'horizontale pour arrêter la plate-forme. Riff et lui fouillèrent les ateliers de réparation et tombèrent sur des bobines de câbles encore plus longs et plus solides que les cordes dont il s'était servi la première fois.

Col ne savait pas bien ce qui se passerait à la porte d'acier du Pont Zéro. Il était capable d'ouvrir la porte 17, mais cette fois ils ne se retrouveraient pas au même endroit. De fait, ce fut la porte 13 qu'ils rejoignirent. La même combinaison l'ouvrirait-elle, ou devraient-ils refaire tout le chemin jusqu'à la 17 ?

Plus besoin de masquer les chiffres pour Riff. Il tourna la roue du haut jusqu'au 4, celle du milieu jusqu'au 9, et celle du bas jusqu'au 2.

Clac ! C'était bien la même combinaison !

Ils filèrent à l'intérieur. Ils connaissaient bien le paysage du Pont Zéro à présent : colonnes d'acier alignées, montagnes de charbon noires, flaques de lumière blanc bleuté. Pour le moment, la voie était libre.

– Ce sera disposé tout pareil, je parie, dit Riff en pointant le doigt. La glissière doit être par là-bas.

Ils dépassèrent quatre colonnes, prirent à droite derrière un réservoir à charbon, comptèrent encore deux colonnes... et là, devant eux, ils trouvèrent le couvercle d'une glissière. Des sacs de nourriture étaient empilés derrière, des tas de charbon s'élevaient des deux côtés.

Un cri soudain gâcha leur triomphe.

– Hé ! Vous !

Un officier les avait repérés. Tant pis ! Ils coururent jusqu'à la bouche d'accès, s'accroupirent et se mirent au travail sur les boulons. Ils firent pivoter le couvercle sur ses gonds et le reposèrent par terre.

L'officier arrivait à grands pas, bégayant de fureur.

– V-v-vous, là-bas !

Riff l'attendait, bien campée sur ses deux pieds. Quand l'officier plongea sur elle, elle pivota pour le faire trébucher. Puis elle le saisit par les chevilles, le renversa et le précipita la tête la première dans la glissière.

Tout fut terminé en un éclair. Le temps qu'il eût poussé un cri, les semelles de ses bottes disparaissaient déjà dans le coude du conduit.

– On a envoyé un message ! exulta Riff. Ça va les réveiller, au Dessous !

– Ils ont intérêt à faire vite, dit Col.

Tenant un câble par un bout, il jeta le reste de la bobine dans le trou à la suite de l'officier. Elle se déroula jusqu'au fond. Col enroula l'extrémité qu'il tenait autour des gonds du couvercle et Riff la noua solidement.

Le cri de l'officier n'était pas passé inaperçu. Tendant l'oreille, Col entendit des voix lointaines qui s'interrogeaient.

– C'était quoi, ce bruit ?

– Ça venait d'où ?

– Il se passe quelque chose.

Puis le câble se tendit. Les Immondes étaient déjà en route. Riff agrippa Col par le poignet et l'écarta de l'ouverture.

Ils se cachèrent à côté d'un tas de charbon, avec une vue bien dégagée sur les abords de la glissière.

Les questions lointaines étaient devenues des ordres. À les entendre, il semblait que quelqu'un organisait une expédition de secours.

Col secoua Riff par le coude.

– Regarde.

Loin sur un côté du Pont Zéro, les rayons mouvants de plusieurs torches électriques perçaient l'obscurité.

Riff pointa le doigt dans une autre direction.

– Là-bas aussi.

Encore des torches : une deuxième équipe. Il n'y avait rien à faire, sinon attendre et espérer. Col n'avait jamais vraiment calculé la longueur de la glissière, mais il savait que les Immondes avaient encore du chemin à faire.

Les faisceaux lumineux oscillaient d'un côté à l'autre, mais se rapprochaient sans cesse. Même si les officiers n'étaient pas sûrs de ce qu'ils avaient entendu, la glissière serait certainement l'un des endroits qu'ils fouilleraient.

– Prends des munitions, chuchota Riff.

Elle avait un boulet de charbon dans chaque main. Des projectiles pour bombarder les gardes. Col en ramassa deux pour lui-même.

Le premier groupe approchait déjà. Les officiers s'étaient déployés en éventail et seuls quelques-uns étaient munis de lampes. L'un d'entre eux apparut derrière le réservoir à charbon et se mit à chercher du côté de la glissière.

Heureusement, c'était un de ceux qui n'avaient pas de lampe et il ne vit pas tout de suite que la bouche d'accès était ouverte, le couvercle posé à plat par terre.

– Il est à moi, murmura Riff.

Elle recula le bras. Quand l'officier fut assez près, elle lança un boulet de charbon et lui infligea un coup terrible juste au-dessus de l'oreille. Il tomba sans un bruit.

Mais voilà que la seconde équipe rejoignait la première. De nouveaux ordres furent criés.

– Déployez-vous plus largement ! Regardez partout !

Riff s'arma d'un nouveau boulet.

– Je vais faire diversion, dit-elle tout bas.

Elle disparut avant que Col ait eu le temps de protester. Elle contourna sans bruit le tas de charbon, disparut dans l'ombre...

Les Immondes n'avaient pas encore atteint le sommet de la glissière. Deux gardes approchèrent entre les tas de charbon... et cette fois, tous deux avaient des lampes torches.

– Raaah !

L'un d'entre eux trébucha et plaqua la main derrière sa tête.

Col ne voyait rien, mais il entendit le projectile de Riff rebondir par terre.

– Yargl-aargl !

Une imitation moqueuse de l'exclamation de douleur de l'officier.

– Je suis là ! Venez me chercher !

Ce fut une furie instantanée, un tohu-bohu immédiat. Mais le plan fit long feu. Alors que tout le monde tournait la tête dans la direction de la voix, l'autre officier équipé d'une lampe garda le faisceau braqué droit devant lui... et repéra la silhouette prostrée de la première victime de Riff.

Son cri impérieux perça le brouhaha.

– Un homme à terre ! On dirait Dumfrey !

Col lança le premier de ses boulets, puis le deuxième. Il ne visait pas aussi bien que Riff et ne toucha l'officier qu'au bras et à l'épaule. Les coups lui firent tout de même lâcher sa lampe.

Il cria encore plus fort.

– Ici ! Ici ! Par ici !

D'autres lumières apparurent derrière les tas de charbon, ainsi que beaucoup d'uniformes. Un rayon dépassa le corps au sol et tomba sur le couvercle ouvert.

– Regardez !

– Une urgence !

– Oubliez Dumfrey ! Refermez ce couvercle !

Col n'avait plus le choix. Il bondit de l'ombre et se mit en position de combat pour bloquer l'accès à la glissière.

Des lumières l'éblouirent. Il y eut des clameurs incrédules.

– Ça ne serait pas...

Il les défia d'une voix forte.

– Colbert Porpentine ! N'approchez pas !

Mais ils n'avaient aucune intention de lui obéir. Ils furent une demi-douzaine à se jeter sur lui, les poings brandis, faisant tournoyer leurs torches comme des massues.

Il se baissa et fit tomber le premier arrivé d'un coup de poing en plein plexus solaire. Pendant que celui-là s'écroulait, il pivota et en renversa un autre par le flanc. Un troisième le visa et le rata, mais le plaqua tout de même au sol en lui bloquant les jambes.

Avant que Col ait pu se libérer en se tortillant, un quatrième apparut au-dessus de lui. Une énorme botte s'approcha de son crâne pour l'écraser... mais n'y arriva jamais. Soudain, l'homme se crispa, puis s'étala de tout son long au sol, quelque part à côté de sa tête.

Riff était arrivée.

– Debout ! dit-elle avec un grand sourire.

Avait-elle vu les deux gardes dans son dos ? Alors qu'ils tendaient les bras pour l'attraper, l'un d'eux poussa brusquement un gargouillement étonné. Une longue lance de métal venait de lui embrocher la gorge.

– Ouais ! s'écria Riff en levant le poing. C'est pas trop tôt !

C'étaient les Immondes. Col roula sur lui-même et les vit sortir de la glissière. L'un après l'autre ils surgissaient, retombaient légèrement sur leurs pieds et partaient en courant. Tous étaient armés de lances, de barres de fer ou de lames.

Les officiers étaient largement supérieurs en nombre, mais bien inférieurs aux Immondes par les armes... sans parler de la rapidité et de l'agilité. Ils se retirèrent tandis que Riff menait les Immondes en avant. Col se retrouva dans une zone calme, derrière la ligne de front.

Il libéra ses jambes et se mit sur ses pieds. Mais l'un des officiers qu'il avait fait tomber n'était pas prêt à abandonner le combat. Col vit seulement la torche dans sa main, qui décrivait un arc de cercle en tournoyant violemment. Le revêtement métallique rencontra le sommet de son crâne dans un énorme craquement. Il y eut un instant de douleur fulgurante... puis plus rien.

66

Lorsque Col reprit connaissance, il gisait à plat sur le dos et Riff berçait sa tête sur ses genoux. Ses traits s'illuminèrent quand il ouvrit les yeux en battant des paupières.

– Pas trop tôt !

Ce fut tout ce qu'elle dit.

Elle lui pressait quelque chose sur le haut du crâne. Il avait la tête endolorie et confuse. Il se rappela la bataille... Il jeta des regards à droite et à gauche. Plus aucun officier, rien que des Immondes. Ils formaient une mer qui déferlait des deux côtés.

Puis un cri s'éleva :

– Où est Riff ?

Celle-ci remua les jambes.

– C'est le Conseil révolutionnaire, lui dit-elle. On a besoin de moi.

Une Immonde à la tête ceinte d'un bandeau rouge s'extirpa de la foule en jouant des coudes. Col se souvint qu'elle s'appelait Fossie et qu'elle était la doyenne du Conseil.

– Riff, faut que tu viennes expliquer la stratégie.

– O.K., O.K. (Elle désigna Col du menton.) Mais va falloir que quelqu'un s'occupe de lui.

– Je peux le faire.

Si bien que Fossie prit la place de Riff. La vision de Col se brouilla tandis qu'on lui soulevait la tête, puis qu'on la reposait sur de nouveaux genoux.

– Sers-toi de ça pour le sang, dit Riff.

Elle parlait d'une bande de chiffon, qu'elle fit passer à Fossie. Celle-ci avait été blanche, mais elle était à présent aux trois quarts rouge. Fossie en fit un tampon, qu'elle lui appliqua doucement au sommet du crâne.

Col leva les yeux pour voir son visage. Un visage amical, attrayant malgré son âge, sillonné de profondes rides d'expression.

– Tu es Fossie, parvint-il à dire.

– Ah, tu te rappelles. J'ai dû te marquer, alors. (Ses yeux gris étaient brillants.) Eh ben tu vois, maintenant, tu m'as pour toi tout seul. Alors arrête de parler et remets-toi.

S'ensuivit une longue période de silence, confortable. Des Immondes armés de lances, de barres et de lames continuaient de passer à côté d'eux à pas feutrés ; leur armée croissait sans cesse. Certains lançaient à Col des regards curieux ou hostiles... mais juste au passage. Ils avaient plus urgent à faire.

Col se sentait de mieux en mieux. Il entendait donner des ordres à vingt ou trente pas de lui. Le Conseil révolutionnaire envoyait apparemment différentes équipes dans différentes directions.

– Comment se passe l'assaut ? demanda-t-il au bout d'un moment.

Fossie souleva le chiffon.

– Mmm. Ça ne saigne plus, annonça-t-elle. Comment se passe l'attaque ? Je pense qu'on en est à une demi-douzaine de ponts. On prend et on garde les escaliers. C'est la clé.

– Tout était bien planifié.

– Bien sûr. On n'a vécu que pour ce jour. On en rêvait. Surtout Riff.

Col repensa aux dernières semaines, passées avec Riff dans les ponts supérieurs. Leurs séances d'entraînement comptaient tant pour lui qu'il avait à peine pensé à ce qu'elle faisait le reste du temps. Maintenant, il la découvrait sous un tout nouveau jour.

– Elle est incroyable.

– Très intelligente et très déterminée, l'approuva Fossie.

Sa bouche se fendit d'un sourire.

– Mais pas bien jolie, ajouta-t-elle.

– Moi, je la trouve jolie.

– Non, tu crois ?

Col entendit à demi la pointe de taquinerie, mais il ne put s'arrêter.

– Elle est mieux que jolie. Elle est mieux que tout. Elle est... elle est...

Fossie éclata de rire.

– Oh là là. T'es mordu, hein ?

– Mordu ? Comment ça ?

– Y me semble bien que t'es amoureux d'elle.

Col explora l'idée en silence. Être « amoureux », était-ce plus fort que simplement « aimer » ?

– Mais tu vas devoir te battre pour elle, continua Fossie. Y a des dizaines de garçons qui ressentent la même chose que toi.

Col savait qu'il n'avait pas une chance contre un Immonde, pas encore. Mais il pouvait apprendre, il pouvait s'entraîner, il pouvait *se rendre* assez fort.

– Si c'est ce qu'il faut, dit-il.

– À moins qu'elle t'aime aussi. (Fossie prit un air pensif.) Dans ce cas, elle laisserait personne se battre avec toi. C'est pas impossible, je suppose.

– Tu crois ?

Ses rides d'expression se creusèrent.

– Oh, qu'est-ce que j'en sais, moi ?

Col s'assit avec effort. Sa chemise et sa queue-de-pie étaient couvertes de sang. Lorsqu'il porta les doigts à son crâne, il s'aperçut que ses cheveux étaient encroûtés de sang séché.

Un groupe d'Immondes qui passait s'arrêta et le fixa des yeux.

– Ça va, il est avec nous, leur dit Fossie.

Ils grommelèrent et poursuivirent leur chemin. Fossie regarda Col en secouant la tête.

– C'est à cause de tes frusques des ponts supérieurs, lui expliqua-t-elle. T'es pas comme nous.

Col considéra ses vêtements, qui étaient de toute manière souillés.

– Je pourrais enlever ma chemise et ma veste.

– Ouais, ça serait mieux.

Il se débarrassa de sa queue-de-pie et Fossie l'aida à retirer sa chemise, qui lui collait à la peau en de nombreux endroits.

– Voyons voir ce que Riff gagnerait, dit-elle.

– Aïe ! Ouille !

Elle rit lorsqu'il fut enfin torse nu.

– Bien le bonjour, jeune et beau héros ! Je savais pas qu'on pouvait être aussi pâle !

Elle lui fit retirer aussi ses chaussures et ses chaussettes. Mais elle n'était toujours pas satisfaite.

– Non, t'es trop propre. Attends un peu.

Elle frotta les paumes de ses mains par terre et les couvrit de suie et de crasse. Puis elle lui tapota le torse et le dos.

– Bouge pas !

Elle parut bien s'amuser de cet affront et lui laissa des traînées sales sur toute la peau. Elle acheva son ouvrage en appuyant les mains contre ses joues, puis recula pour admirer le résultat.

– Maintenant, t'es un véritable Immonde. C'est nettement mieux. Moi-même, je pourrais craquer pour toi.

Col ne savait pas comment prendre son humour.

– Je crois que je peux me lever, dit-il.

Elle le retint pendant qu'il se mettait sur ses pieds.

– Pas de vertige ?

– Non.

Elle l'observa attentivement et hocha la tête d'un air approbateur. Il ne vacillait pas d'un pouce.

– Alors allons rejoindre le Conseil.

Quatre membres du Conseil révolutionnaire débattaient avec animation, y compris Riff. Son frère Padder était là aussi, ainsi que Shiv aux yeux froids et Dunga, la fille aux tatouages.

Fossie vint se joindre à la troupe et Riff lui jeta un coup d'œil, puis un autre à Col. Son sourire de soulagement ne dura qu'un instant... et elle se replongea dans la discussion.

Col resta debout en marge du groupe pour écouter. Ils parlaient stratégie : était-ce le moment d'ouvrir d'autres glissières au Pont Zéro ? Riff était pour, mais Shiv avait des doutes. Col trouvait les arguments de Riff absolument convaincants.

Padder, avec sa courte barbe, était exactement tel que dans les souvenirs de Col, et pourtant il avait quelque chose de changé. À présent, il lui paraissait presque sympathique. Il lui plaisait de plus en plus, surtout lorsqu'il appuyait les arguments de sa sœur.

Finalement, Shiv s'inclina et le Conseil se prépara à organiser des équipes pour la nouvelle stratégie. Un *Pan ! Pan ! Pan !* lointain les interrompit.

– Qu'est-ce que c'est que ça ?

Personne n'en avait la moindre idée.

– Ça vient du Pont 5 ?

– C'est plus haut.

Encore des détonations, comme un bégaiement distant. Col eut soudain un soupçon.

– Je crois que je sais, dit-il en s'avançant d'un pas. Ce sont des armes à feu. Ils tirent au fusil.

– Des fusils ?

– Vos armes ne serviront à rien.

Riff se mordit la lèvre.

– Combien d'armes à feu ?

– Aucune idée. En temps normal, les officiers n'en portent pas.

Col n'avait vu qu'une arme à feu en vrai dans sa vie, le fusil de l'enseigne de garde devant la Passerelle.

– Il doit y avoir une armurerie quelque part.

Riff leva les yeux dans la direction des tirs.

– Je devine. Y a une pièce fermée où j'ai jamais pu entrer au Pont 8.

Elle claqua des doigts.

– Faut qu'on les arrête tout de suite.

Elle n'attendit pas que le Conseil eût pris une décision, mais cria à l'attention de tous les Immondes du Pont Zéro :

– Il me faut cinquante combattants ! Venez tout de suite avec moi !

Col s'assura de faire partie des cinquante. Fossie se joignit également à eux, ainsi que Dunga et Shiv. Padder resta en arrière pour orienter les Immondes qui arrivaient encore par la glissière.

67

Ils se mirent en marche en se guidant sur le son des détonations et montèrent de pont en pont. D'autres Immondes les rejoignirent en chemin. Les coups de feu étaient de plus en plus sonores.

Pan ! Pan ! Pan ! Pan !

Col courait aussi vite que les autres. Il avait encore mal à la tête, mais sa confusion s'était envolée. Galvanisé par l'adrénaline, il se sentait apte au combat – et s'il ne l'était pas, il n'avait pas l'intention d'y penser.

La fusillade émanait d'une zone du Pont 8 qui s'étendait en avant et en arrière de la pièce repérée par Riff. Longeant le Pont 7, ils atteignirent un escalier montant. Quatre Immondes étaient assis sur les premières marches.

Le premier, une fille, pressait sa main contre un trou sanglant qu'elle avait à la jambe ; un garçon berçait son bras, à demi arraché en dessous du coude ; les deux derniers pleuraient ouvertement. L'arrivée des renforts leur remonta à peine le moral.

– On peut même pas s'approcher, gémit la fille blessée à la jambe. Ils nous tirent dessus de loin.

Riff ordonna à son armée de s'arrêter. Pour le moment, les coups de feu avaient cessé. Elle gravit prudemment les marches, suivie de Fossie, Shiv et Dunga. Col venait ensuite.

Des filets de sang coulaient sur la marche du haut. Col leva la tête avec précaution pour regarder. Une forme bosselée lui bouchait la vue.

Il ne comprit pas tout de suite ce que c'était, tant le corps était bizarrement tordu. Un jeune Immonde gisait, la joue à plat sur le sol, les yeux grands ouverts sur le néant. Il avait des taches de rousseur, une tignasse rousse, et un trou rouge et béant sur le côté du torse.

Col en eut l'estomac retourné. Mais le pire restait à venir. Levant encore un peu la tête, il embrassa des yeux toute la coursive.

C'était une véritable boucherie : au moins six Immondes étaient morts. On aurait dit qu'ils avaient été soulevés puis jetés par terre dans tous les sens. Leur sang éclaboussait les murs et s'écoulait au sol.

Au-delà de ce massacre, à l'intersection de deux couloirs, on voyait une ligne d'officiers, un genou à terre, armés de fusils à long canon. Leurs visages n'exprimaient pas d'horreur particulière devant ce qu'ils avaient fait.

À la vue de Col, ils s'animèrent. Les fusils se pointèrent immédiatement dans sa direction et une salve de coups de feu éclata. En se baissant, Col entendit le bruit écœurant – *flac, flac, flac* – des balles déchirant la chair du jeune mort. Puis un hurlement et un juron retentirent sur sa droite. Dunga, une partie de l'oreille arrachée, saignait comme un cochon.

Tout le monde redescendit l'escalier, mi-glissant, mi-dégringolant. On n'entendait plus aucun bruit de poursuite au-dessus.

Riff questionna la fille à la jambe trouée, qui était toujours assise sur la marche du bas.

– Comment arriver jusqu'à leur armurerie ?

– Pas en circulant devant eux, en tout cas, dit-elle en pointant le pouce vers le plafond. Ils s'étalent de plus en plus à travers tout le pont.

– Elle a raison, renchérit Shiv. Si on attaque de front, on se fera démolir.

– Y aurait peut-être moyen de se faufiler derrière leurs lignes, suggéra Fossie.

– Un point faible, approuva Shiv. Un endroit non gardé.

Riff acquiesça.

– Ça vaut le coup d'essayer. Bon, j'emmène une équipe d'éclaireurs, on verra bien.

L'armée rassemblée en bas des marches comptait à présent soixante-dix ou quatre-vingts Immondes. Riff choisit dix volontaires, parmi lesquels figuraient Col et Fossie.

– Quel sera le signal si vous arrivez à traverser ? demanda Shiv.

Riff porta deux doigts à ses lèvres et mima un sifflement.

– D'accord.

L'équipe d'éclaireurs se mit en route immédiatement. Au Pont 7, elle put passer juste en dessous des gardes qui venaient de leur tirer dessus. Mais il lui restait à trouver un escalier pour remonter – et qui ne soit pas gardé par des officiers en armes.

Col marchait avec Riff en tête de la troupe.

– Tu sais où sont les escaliers ? lui demanda-t-il.

– Bien sûr. Pas toi ?

Col ne répondit pas. Il avait beau avoir grandi dans les ponts supérieurs, il n'avait jamais exploré ces étages-là. À l'évidence,

Riff connaissait bien mieux que lui le plan général du mégalonef.

Peu après, ils se retrouvèrent devant un bref couloir en cul-de-sac fermé par des rideaux verts, et il se dit qu'il pouvait finalement se rendre utile.

– Attends !

– Quoi ?

Il s'élança dans le couloir pour jeter un coup d'œil derrière les rideaux. Oui ! Les portes battantes en bois d'un autre ascenseur à vapeur !

Riff, qui l'avait suivi, regardait par-dessus son épaule. Il ouvrit les portes pour lui montrer.

– Le même que celui qu'on a pris pour descendre ! dit-elle.

Ses yeux étincelèrent d'excitation.

Pendant que Col manœuvrait le levier pour appeler la plate-forme, Riff expliqua le plan aux autres.

– On peut monter au-dessus en prenant ce truc. Avec un peu de chance, il sera pas gardé !

Col se dit que la chance pourrait bien être de leur côté. Les officiers de rang inférieur ne prenaient jamais les ascenseurs ; donc, ils ne s'attendaient pas non plus à ce que des Immondes les utilisent.

À l'arrivée de la plate-forme, toute l'équipe s'entassa dedans, frôlant la surcharge. La machinerie siffla, grinça et peina à démarrer. Enfin, dans de gros panaches de vapeur, ils commencèrent leur ascension.

Un étage plus haut, Col arrêta l'engin. Il ouvrit les portes et risqua un regard entre les rideaux.

Derrière, le couloir était identique à celui du dessous : désert.

Par un accord tacite, Col menait à présent la troupe avec Riff. Tous deux s'engagèrent dans la coursive qui traversait le bout du couloir : déserte également. Riff fit signe aux autres Immondes de les suivre.

Une rumeur continue s'élevait d'un endroit proche : des bruits de pas, des voix, des chocs métalliques. Passant la tête dans le couloir suivant, ils découvrirent un vestibule vers lequel convergeaient de nombreuses coursives.

– Voilà, c'est ça, chuchota Riff.

Dans le mur du fond, un volet relevé dégageait une sorte de comptoir. Le mot « Armurerie » était peint en rouge au-dessus, et des officiers faisaient la queue pour obtenir des armes. Derrière le comptoir, d'autres allaient et venaient pour distribuer fusils et chargeurs. Chaque homme qui prenait son arme insérait un chargeur plein dans le magasin et en fourrait d'autres dans ses poches. Un major dirigeait les officiers armés vers l'une des coursives.

Il y avait aussi autre chose. Au centre du vestibule, deux hommes étaient installés à côté d'un fusil d'un genre particulier : plus gros, plus lourd, monté sur un trépied. Une ceinture de balles s'y insérait par le côté.

Riff donna un coup de coude à Col pour attirer son attention sur cet engin.

– Ça fait quoi, ça ?

– Aucune idée.

– Mmm. Y a qu'un moyen de le savoir. (Elle fit signe aux autres d'avancer.) Bon. On fonce sur le comptoir et on entre dans l'armurerie. Je passe en premier.

Col fronça le sourcil.

– Pourquoi en premier ?

– Pour m'occuper de *ça*, dit-elle en désignant l'arme installée au milieu du couloir. Tout le monde est prêt ?

Elle banda ses muscles pour bondir. Col ne sut jamais ce qui lui prit à ce moment-là. Il la tira en arrière et s'élança à sa place.

Il se précipita dans le vestibule et courut droit vers la machine spéciale. En le voyant, les hommes postés derrière firent pivoter le canon. Les yeux de Col étaient un télescope pointé sur la détente, sur le doigt qui commençait à appuyer. Il louvoya pour éviter la première balle.

Ra-ta-ta-ta-ta-ta-ta-ta-ta-ta-tac !

Ce n'était pas une simple balle, mais balle sur balle sur balle ! De courtes flammes surgissaient en continu de la bouche du canon. Le premier homme gardait le doigt sur la détente, le second faisait défiler la ceinture par le côté. Le déluge de feu meurtrier se rapprochait de Col.

Il se jeta à plat par terre et des balles lui frôlèrent le haut de la tête. Il continua de ramper vers l'avant, mais il perdait de l'élan. En tendant les doigts, il parvint de justesse à agripper une patte du trépied.

L'officier poussa un grognement féroce et tenta d'orienter son arme vers le bas. Col tira sur la patte et secoua le fusil. Une série de munitions s'en alla labourer le sol.

Le deuxième homme s'efforçait de lui reprendre le trépied. Col se remit péniblement debout et empoigna le canon. C'était si chaud qu'il hurla. Mais il arracha l'arme des mains du premier officier, pivota vivement et la jeta à travers la pièce.

– *Yaaaah !*

Les Immondes déferlèrent, hurlant et brandissant leurs armes, et se ruèrent sur l'armurerie. Les officiers chargés de la distribution étaient paralysés par l'incrédulité.

Riff fut la première à sauter par-dessus le comptoir. Ses compagnons étaient juste derrière elle.

Les hommes qui se trouvaient à l'intérieur n'eurent pas l'occasion de se défendre. Les mains encore pleines de chargeurs et de fusils, ils furent immédiatement fauchés sur pied ou jetés sans ménagement dans le vestibule.

Col rejoignit l'assaut. Il fut le dernier à franchir le comptoir, juste au moment où Riff levait les bras pour attraper le volet. Dans un fracas assourdissant, elle le referma.

Les autres comprirent ce qu'elle faisait. Ils poussèrent les verrous des deux côtés pour bloquer le volet. Désormais, l'armurerie était isolée du monde extérieur.

68

Les râteliers chargés de fusils emplissaient la pièce du sol au plafond. Les pièces métalliques polies luisaient sous les ampoules électriques nues. Les armes déjà distribuées ne constituaient qu'une infime fraction du contenu de l'armurerie.

Les Immondes se servaient déjà : ils empoignaient des fusils sur les râteliers et des chargeurs sur les étagères. Col fit de même. Sur la crosse en bois de son arme étaient gravés le nom « *Worldshaker* » et le blason impérial. Mais comment chargeait-on les munitions ?

– Comme ça ! s'écria Fossie.

Elle avait dû observer les manœuvres des officiers. Elle ajusta un chargeur sur le magasin, poussa les balles à l'intérieur, puis retira le chargeur d'un geste vif. Tout le monde l'imita.

Des poings se mirent à tambouriner sur le volet, de l'extérieur. Le métal rouillé vibrait et tremblait.

– Visez ! hurla Riff.

Ils élevèrent leurs armes à hauteur d'épaule, posèrent chacun le doigt sur la détente. Un coup de feu venu du dehors traversa le volet. Col sentit le vent lui ébouriffer les cheveux. La balle ricocha sur les râteliers au fond de la pièce et alla se perdre en sifflant. Il visa le trou dans le volet et fit feu.

Sauf que non. Il ne se passa rien. Il pressa la détente, encore et encore.

Les autres aussi visaient et tiraient… en vain.

– Qu'est-ce qui se passe ?

– Ça marche pas, ces engins !

Comme de nouveaux coups étaient tirés de l'extérieur, ils durent s'accroupir sous le comptoir. Ils secouaient leurs armes, les tapaient par terre, les accablaient de jurons. Peine perdue ! Col chargea un autre fusil, mais le résultat fut le même.

Puis un autre bruit retentit au-dehors : *Ra-ta-ta-ta-ta-ta-ta-tac !*

Les trous de balle fleurirent dans le métal du volet. Le vacarme était assourdissant. Une fille Immonde glapit quand une balle qui avait ricoché la toucha au bras.

– C'est le fusil spécial ! cria quelqu'un.

Col serra les dents. Il aurait dû faire quelque chose pour le neutraliser quand il en avait eu l'occasion. Les trous de balle se rejoignaient en lignes continues qui découpaient le métal.

Et de leur côté, ils n'arrivaient toujours pas à faire fonctionner leurs armes.

Comme au ralenti, tout un pan du volet se détacha. Il bascula sur le comptoir, rebondit sur leurs épaules et alla s'écraser au sol.

L'espace d'un instant, la fusillade cessa. Col leva la tête pour jeter un coup d'œil. De plus en plus d'officiers envahissaient le vestibule. Ils se positionnaient debout ou un genou à terre, en demi-cercle, canons levés.

– En avant ! rugit le major.

Les officiers s'élancèrent, tirant au hasard dans leur course. Col se baissa juste à temps pour éviter une salve de tirs.

En atteignant l'armurerie, ils ne grimpèrent pas à l'intérieur, mais calèrent leurs armes sur le comptoir. Col vit les bouches des canons apparaître au-dessus de sa tête, tirant toujours. En faisant tournoyer son fusil inutile comme un gourdin, il en envoya valser une.

– Reculez ! hurla Riff.

Les Immondes bondirent comme des ressorts vers le fond de

la pièce. Des cris, des hurlements, un déluge de tirs. Ils trouvèrent un abri temporaire entre les râteliers.

Il y avait des blessés, mais personne ne fut laissé à terre. Une Immonde, cependant, n'avait pas suivi.

– Fossie ! s'écria Col, horrifié.

Elle était là-bas, la femme au bandeau rouge, toujours accroupie sous le comptoir. Encore en train de triturer son arme !

Les officiers n'entraient toujours pas. Deux hommes vinrent en courant installer le fusil spécial sur le comptoir, braqué sur le fond de l'armurerie.

C'était la fin. Les râteliers n'offriraient plus aucune protection lorsque des milliers de balles se mettraient à ricocher en tous sens.

Alors un tir unique issu du fusil de Fossie changea tout. Elle poussa un grand cri de triomphe lorsque la balle s'enfonça dans le plafond.

– Comme ça ! Regardez-moi !

Elle leva son arme pour montrer une petite pièce mobile sur le dessus. Elle la fit glisser en arrière, puis en avant.

– Ce machin doit être poussé vers l'avant ! cria-t-elle.

Elle se leva, visa l'un des hommes qui manœuvraient le fusil spécial et lui tira une balle en pleine poitrine. Il bascula en arrière, entraînant l'arme dans sa chute.

Col actionnait déjà la pièce de son fusil. Il appuya sur la détente et... *Pan !*

Tout autour de lui, les Immondes faisaient de même. Ils sortirent de derrière les râteliers et se mirent à tirer sans se concerter.

Pan ! Pan ! Pan ! Pan !

Les officiers ne s'attendaient pas à se faire attaquer ainsi. Ils hésitèrent et commencèrent à paniquer.

Riff porta ses doigts à ses lèvres et siffla. C'était un sifflement sur deux tons, pareil à celui qu'elle avait employé un jour avec Col, mais cent fois plus puissant et plus strident.

– Restez en position ! hurla le major à ses hommes.

Mais ils n'écoutaient plus ses ordres. À mesure que les Immondes se présentaient d'un côté du comptoir, ils reculaient de l'autre. La retraite tournait à la débâcle.

Riff bondit dans le vestibule, suivie par les siens. Les gardes s'enfuirent en se bousculant, impatients d'aller se mettre en sécurité dans les coursives.

Mais l'une d'elles était apparemment bloquée. Les officiers qui s'y précipitaient durent revenir jusqu'au couloir.

C'était la troupe des autres Immondes, qui répondaient au sifflement de Riff. Leur arrivée souleva des acclamations puissantes.

Des dizaines de gardes étaient pris au piège. Implorant la clémence, ils jetèrent leurs armes et levèrent les mains en signe de reddition.

Col ne regardait plus. Quand les rebelles avaient bondi dans le vestibule, il était resté dans l'armurerie – avec Fossie. Il se pencha sur elle. Elle gisait au sol à côté du comptoir, dans une mare de sang.

69

Tout le bas du visage de Fossie était une masse informe, béante, et le sang s'écoulait à gros bouillons de son cou. Respirait-elle encore ? Un gargouillement plein de bulles s'échappait de sa gorge. Son sang était du même rouge que son bandeau.

Col lâcha son fusil et s'agenouilla à côté d'elle. Il tenta d'appuyer sur l'artère pour contenir le saignement, comme l'avait fait Riff pour sa blessure à la tête, mais le sang ne fit que gicler de plus belle. Fossie tourna les yeux vers Col, mais son regard se fixa loin derrière lui.

– Tu vas t'en sortir, lui dit-il. Ça va aller.

Mais ça n'allait pas. Son regard se faisait sans cesse plus vague. Col ne savait plus quoi faire. Il lui souleva la tête et le flux de sang diminua... mais c'était tout simplement parce qu'il n'y en avait plus assez.

– Ne fais pas ça, balbutia-t-il. Il ne faut pas, il ne faut pas.

Le regard de Fossie s'éteignit complètement. Quelque chose était parti, quelque chose s'en était allé.

Elle était morte.

Elle les avait tous sauvés en trouvant comment tirer au fusil... et elle avait aussi payé le prix pour tous.

Elle était morte, irrémédiablement.

Maintenant qu'elle ne riait plus, les rides d'expression de son visage n'étaient plus que des rides. Il se souvint de ses taquineries... « Je savais pas qu'on pouvait être aussi pâle ! » Et puis elle lui avait couvert les joues de traces de doigt crasseuses. « C'est nettement mieux. Moi-même, je pourrais craquer pour toi. » Ses yeux gris ne brilleraient plus jamais de malice.

Il reposa sa tête au sol et replia ses mains sur sa poitrine. Il ne connaissait même pas une prière à dire pour elle. Invoquer la bénédiction de la reine Victoria aurait été grotesque.

Les larmes coulaient encore des yeux de Col lorsqu'il se leva pour regarder dans le vestibule. Le combat était terminé. Plusieurs corps tristes et recroquevillés gisaient au sol, qui était trempé de sang et jonché de débris. Du bois et du plâtre avaient été arrachés des murs par les tirs. Les gardes qui s'étaient rendus étaient regroupés dans un coin, gardés par des Immondes en armes.

Riff arpentait le couloir à grandes enjambées pour examiner les corps, en les retournant avec son pied. Elle s'arrêta net en voyant les larmes de Col.

– Qu'est-ce qu'il y a ?

– C'est Fossie. Elle est morte.

Il n'y avait pas de larmes sur le visage de Riff.

– Trella aussi.

Elle montra le corps d'une Immonde, seule parmi les cadavres des officiers.

– Et trois autres sont blessés tellement gravement qu'ils risquent d'y rester aussi.

Elle désigna trois des leurs, étendus à l'autre bout du vestibule, autour desquels s'affairaient leurs compagnons.

– C'est un miracle qu'on n'ait pas perdu plus de monde. Salopards d'assassins.

Col voulut dire quelque chose sur Fossie, mais il ne trouva pas les mots.

Les traits de Riff affichaient une expression froide et crispée.

– On leur fera payer. Oh oui. C'est nous qui avons les armes maintenant, pas eux...

Un coup de feu lui coupa la parole. Col, tournant la tête, vit Shiv et Dunga debout devant un officier à genoux. Celui-ci s'effondra lentement au sol.

– Que...

– Ils l'ont buté, dit Riff.

– Pourquoi lui ? Il s'était rendu ! On ne tue pas les gens qui se rendent !

Riff haussa les épaules.

– C'était mérité.

Les deux membres du Conseil s'occupaient à présent d'un autre officier, qu'ils entraînèrent à l'écart. Shiv lui cria dessus, brandit le canon de son fusil et le fit tomber à genoux.

– Il faut que tu leur dises d'arrêter ! protesta Col. Ils exécutent tout le monde. Je ne veux pas participer à ça !

Dunga visa et abattit l'homme d'une balle dans la nuque.

– Ils nous torturent depuis des années, dit Riff.

Son visage était plein d'amertume, bien qu'elle parût un peu moins sûre d'elle.

– Tu sais pas ce que c'est, d'être brûlé par la vapeur et broyé par les machines, ajouta-t-elle.

– Mais ce ne sont que des officiers. Ils croyaient à ce qu'on leur disait. Comme moi. J'acceptais le fonctionnement du *Worldshaker*. J'étais aussi aveugle et cruel que n'importe lequel d'entre eux. Tu le sais bien.

Shiv et Dunga avaient emmené à l'écart leur victime suivante. Cette fois, ce fut Dunga qui la fit tomber à genoux, et Shiv qui ajusta son tir...

– Stop !

Col vola par-dessus le comptoir et traversa le vestibule en courant.

Le fusil de Shiv pivota vers lui. Col s'arrêta en dérapage contrôlé à côté de l'officier, de telle sorte que la bouche du canon touchait sa poitrine.

– Si c'est comme ça, tuez-moi aussi, bluffa-t-il. Si c'est la vengeance que vous voulez. Moi aussi, je viens des ponts supérieurs, alors allez-y, tirez-moi dessus.

Shiv aurait pu le faire. Mais il jeta d'abord un regard à Riff, qui fonçait vers Col.

– Non, dit-elle. Ça suffit, le massacre.

Shiv avait une lueur terrible dans le regard.

– C'est pas toi qui prends les décisions.

– Toi non plus. Le Conseil révolutionnaire a jamais voté pour des exécutions.

– Il a jamais voté contre non plus.

Col écarta le canon de sa poitrine. Riff défiait toujours Shiv, regard noir contre regard noir. Col fut ramené, l'espace d'un instant, au moment où elle avait affronté la Balafre.

– Pas de pitié, intervint Dunga. La révolution, c'est la guerre.

– Vous comptez en descendre combien, comme ça ? fit Col d'un ton autoritaire. Vous voulez liquider tous les ponts supérieurs ?

– Peut-être. On n'a pas besoin de ton avis.

– Mais vous avez besoin du mien, dit Riff. Sont des milliers dans les ponts supérieurs. On peut pas tuer tout le monde.

– En plus, vous avez déjà gagné la bataille décisive, ajouta Col. Ils ne pouvaient rien contre vous au corps à corps, et maintenant ils ne peuvent plus rien non plus avec des armes. Tout ce que vous avez à faire, c'est en procurer une à chaque Immonde.

– Exactement, dit Riff en claquant des doigts sous le nez de Shiv. Vous avez envoyé un message au Pont Zéro ? Vous avez dit à tout le monde de monter se chercher une arme ?

– Pas encore.

Shiv abaissa son fusil.

Riff pivota vers Dunga.

– Et toi ?

Dunga secoua la tête, l'air mal à l'aise.

– On perd du temps, alors.

Riff avait repris le plein contrôle. Elle donna des instructions à une Immonde qui surveillait les officiers. La fille hocha la tête et se dépêcha de partir avec un message pour le Pont Zéro.

Col n'avait pas terminé.

– Vous allez devoir offrir à tous les gens des ponts supérieurs une chance de se soumettre, dit-il. Ou alors vous les obligez à se battre jusqu'à la fin. Ils se feront massacrer, d'accord, mais vous aurez des morts et des blessés. Combien de Fossie voulez-vous encore ?

– Qu'est-ce qui est arrivé à Fossie ?

La question venait d'une autre fille qui gardait les officiers.

– Elle est morte.

– Trella aussi, leur apprit Riff avant de se tourner vers Col. Alors, comment on fait pour leur donner une chance de se rendre ?

Col réfléchit.

– Peut-être la reine en personne. Je crois qu'elle a le pouvoir, si je peux la décider à l'utiliser. Je négocierai avec elle de la part des Immondes.

– Pas de négociations ! aboyèrent à l'unisson Shiv et Dunga.

– Non, on négocie pas, approuva Riff. Ils déposent les armes et ils nous livrent le mégalonef. En échange, pas d'exécutions. C'est tout ce qu'on propose.

– Et après ?

– S'ils aiment pas qu'on les dirige, sont libres de partir. Qu'ils dégagent pour de bon.

Elle en appela à tous les Immondes présents.

– D'accord ?

Il y eut des hochements de tête approbateurs de tous côtés. Voyant qu'ils n'avaient pas le choix, Shiv et Dunga acquiescèrent également.

Riff se retourna vivement vers Col.

– Va faire entendre raison à ta reine. La capitulation sans condition, sinon rien.

70

Col élabora un plan en chemin. Avec un peu de chance, la reine se trouverait toujours dans la grande salle de bal. Il reprit l'ascenseur à vapeur jusqu'au Pont 44.

Pendant le trajet, il se lissa les cheveux et se cracha dans les mains pour effacer les taches de suie de son visage. S'il voulait se faire entendre des gens des ponts supérieurs, il fallait qu'il ressemble davantage à eux et moins à un Immonde. Mais il était toujours pieds et torse nus, et tout sale.

Il descendit de la plate-forme au Pont 44 et franchit encore une paire de rideaux verts. Au début, il ne reconnut aucune des coursives. Mais son sens de l'orientation lui indiquait que ce dernier ascenseur était en arrière de celui par lequel il était descendu avec Gillabeth. Il partit donc vers l'avant et ne tarda pas à se repérer. Il était dans les environs de la bibliothèque Norfolk.

Quelqu'un marchait devant lui, un énorme livre relié de cuir sous le bras. Col le reconnut de dos.

– Septimus !

Celui-ci se retourna et faillit lâcher son livre en le voyant.

– Pourquoi es-tu...

Il regardait le torse et les pieds nus de Col avec des yeux ronds. À cet instant, Col trouva une solution à son problème d'apparence.

– Prête-moi ta veste et tes chaussures, dit-il.

– Qu'as-tu fait des tiennes ?

– Trop long à expliquer. Fais ce que je te demande, c'est tout. *S'il te plaît.*

Septimus retira sa veste et la lui tendit à bout de bras. Col la boutonna jusqu'en haut. Septimus s'agenouilla pour défaire ses lacets.

– Les chaussettes aussi ? demanda-t-il.

– Non. Pas le temps.

– Il se passe quelque chose d'important ? J'ai entendu du bruit quand j'étais dans la bibliothèque.

– C'est une révolution. Les Immondes contre les ponts supérieurs.

Septimus lui tendit ses chaussures.

– Une vraie révolution ? Ouah ! (Il sautillait sur place, tout excité.) Comme dans les livres ! C'est l'histoire en marche ! Et quel est ton rôle ?

– Je la mets en marche, dit Col en nouant ses nouveaux lacets. Viens avec moi si tu veux.

Il se leva d'un bond et partit en courant dans la coursive, clopinant maladroitement dans les chaussures de Septimus. Il ne se retourna pas pour voir si ce dernier le suivait.

À mesure qu'il approchait de la grande salle de bal, il croisait de plus en plus de monde. Tous pressés, tous agités et affairés. Une fois, une troupe entière d'officiers passa à toute vitesse et il fut obligé de s'aplatir contre le mur. Personne ne fit assez attention à lui pour voir qu'il n'avait pas de chemise sous sa veste ni de chaussettes dans ses chaussures.

Devant la salle de bal, il y avait un attroupement de têtes connues : Sir Mormus et les membres du gouvernement. Ils étaient encore en tenue de soirée, mais l'humeur n'était plus à la fête. Des officiers arrivaient au pas de course, faisaient leur rapport, prenaient les ordres, puis repartaient aussi vite. Sir Mormus lançait un flot continu d'injonctions et de directives tonitruantes.

Col voulait uniquement parler à la reine Victoria, mais son grand-père le vit passer.

– Toi, mon garçon ! Arrête-toi ! Viens ici !

Col ne pouvait pas se débarrasser d'un coup des habitudes de toute une vie. Il obéit automatiquement.

– Où étais-tu ?

– Il faut que je parle à la reine, monsieur.

– Toi ? C'est hors de question. Si tu as quelque chose à dire qui en vaut la peine, c'est à moi que tu le dis.

Col se sentait écrasé par la volonté de Sir Mormus. Cependant, Victoria était sa seule chance. À voir le visage implacable de son grand-père, Col sut qu'il n'y avait absolument aucun espoir de l'amener, *lui*, à la reddition.

Il luttait pour se libérer... et soudain le charme se rompit. Il tourna le dos à Sir Mormus et pénétra dans la grande salle de bal.

La réception se poursuivait et l'orchestre jouait encore. Mais tous les jeunes hommes étaient partis et il ne restait que les dames, les enfants et les vieux messieurs. Beaucoup tenaient un verre ou une assiette à la main, dans un effort pour maintenir une ambiance festive. Mais leurs regards étaient préoccupés et leurs conversations décousues. La panique tourbillonnait dans la pièce comme un courant d'air glacial.

Col attrapa au vol des bribes de conversation.

– Mon fils est descendu se battre.

– Mon mari aussi.

– Ils auront tôt fait de tout régler.

– Aucune raison de s'inquiéter...

– Absolument aucune.

Il se dirigea vers les trônes où la reine et le prince consort étaient assis, tout raides. Le couple était désormais flanqué de deux gardes sur l'estrade.

Il s'inclina profondément et respectueusement. Lorsqu'il se redressa, il lut de la commisération sur la longue figure chevaline de Victoria.

– Ah, Colbert, quels événements déplorables, le jour de votre mariage.

Le prince Albert avait l'air perplexe.

– Qu'avez-vous fait de vos vêtements ?

Col écarta la question d'un bref mouvement de tête.

– Madame, Monseigneur, les Immondes sont armés de fusils.

– Ne l'écoutez pas ! tonna la voix immédiatement reconnaissable de Sir Mormus.

Il s'avança en fendant la foule, soufflant et ahanant comme une baleine échouée.

– On ne peut pas les arrêter, poursuivit Col.

– C'est un menteur ! tempêta Sir Mormus.

La reine fronça les sourcils.

– C'est votre petit-fils.

– Non.

– Je suis sûre que si. Vous venez de le marier à Sephaltina Turbot. Je viens de présider la cérémonie.

– Je le répudie.

Victoria était stupéfaite.

– Oh ! Il ne faut pas faire cela !

– Non, non, ajouta le prince Albert en tortillant sa moustache. Cela ne se fait pas, Porpentine, cela ne se fait pas.

– Madame, Monseigneur, dit Col en élevant la voix, ce sera un massacre si vous ne vous rendez pas.

Sir Mormus ne laissa pas répondre la reine.

– Se rendre ? Jamais ! Il faudra me passer sur le corps ! Plutôt faire sauter le *Worldshaker* !

– Pourquoi ne peut-on pas les arrêter ? demanda l'impératrice à Col.

– Parce qu'ils contrôlent l'armurerie.

– Qu'est-ce qu'une armurerie ?

– Et toi, comment sais-tu ce qu'ils contrôlent ? vitupéra Sir-Mormus.

– Je suis ici pour m'adresser à la reine de leur part.

– De leur part !

Sir Mormus pivota brusquement vers les deux officiers de la garde.

– Arrêtez-le ! Emmenez-le !

– Calmez-vous, Sir Mormus, ordonna la reine.

Mais il ne voulait pas entendre parler de se calmer.

– Emmenez-le et exécutez-le !

Les gardes se détachèrent du fond de l'estrade, jusqu'au moment où l'impératrice leva la main.

– Attendez. Restez où vous êtes.

La face de Sir Mormus se couvrit de taches blanches sur fond pourpre.

– Faites ce que vous commande votre commandant suprême !

Les officiers se regardèrent et restèrent à leur place. Ils avaient l'habitude d'obéir à Sir Mormus, mais ils ne pouvaient tout de même pas faire comme si Son Altesse n'était pas là.

– Non, dit celle-ci.

Avec son menton ferme et son regard imperturbable, elle était plus souveraine que jamais.

– Je le tuerai de mes mains ! rugit Sir Mormus avant de se ruer sur Col.

Col n'aurait jamais imaginé cela dans ses rêves les plus fous. Il se baissa et esquiva aisément l'attaque maladroite de son grand-père. Celui-ci alla heurter l'estrade et tomba en avant. Dans sa chute, il se raccrocha aux jambes de Victoria.

Le prince Albert bondit immédiatement.

– Retirez vos mains de la reine !

Sir Mormus n'entendait plus rien. Il tira sur les plis de la robe en essayant de se relever à grand-peine.

Le prince leva un pied, le cala sur l'épaule de Sir Mormus et poussa. Sir Mormus bascula vers l'arrière puis retrouva son équilibre.

– Éloignez-vous ! lui ordonna le prince.

Sir Mormus le contempla fixement, outragé et incrédule.

– Ne me dites pas ce que je dois faire ! Espèce de... de pantin !

La reine se leva.

– Il suffit, Sir Mormus. Vous parlez à l'homme que j'aime. Vous l'appellerez « Son Altesse impériale ».

– Vous aussi, il suffit ! (Le vernis de bienséance et de correction de Sir Mormus avait entièrement disparu.) Ne commencez pas à croire que vous pouvez prendre des décisions pour le *Worldshaker* ! Vous n'en avez pas assez dans le crâne !

La ferme dignité de Victoria contrastait violemment avec la rage aveugle de Sir Mormus.

– Je vous prie de reculer, commandant suprême. (Elle se retourna vers les officiers de la garde.) Veillez à ce que

Sir Mormus reste à dix pas de cette estrade. Il peut attendre que je souhaite à nouveau l'entendre. *Si* je désire à nouveau l'entendre.

Les officiers obtempérèrent. Sir Mormus les vit et poussa un braillement inarticulé. Il ressemblait plus à un fou qu'à la figure impérieuse, immuable, de l'enfance de Col. Il se retira de son plein gré avant que les officiers aient pu l'atteindre.

La reine s'inclina de nouveau vers Col.

– Poursuivez ce que vous me disiez, je vous prie.

71

Entre-temps, une foule compacte s'était amassée autour de l'estrade. Sir Wisley Squellingham, le vice-amiral Haugh et le timonier-chef Turbot s'étaient rapprochés pour suivre le drame qui se déroulait, de même que le professeur Twillip. Septimus aussi était là : dans la confusion générale, personne n'avait remarqué qu'il était pieds et torse nus.

Col raconta à la reine Victoria l'ascension des Immondes par une glissière de ravitaillement, leur progression de pont en pont, leur prise de l'armurerie. Il lui expliqua qu'il y avait des armes à feu là-bas, et que certains meneurs Immondes auraient voulu abattre jusqu'au dernier tous les occupants des ponts supérieurs. Il n'attira pas l'attention sur son rôle, mais ne le nia pas non plus.

– C'est maintenant ou jamais, dit-il. Soit vous proclamez la capitulation, soit rien ne pourra arrêter le massacre.

– Mais je ne comprends pas. (La reine Victoria secoua la tête et grimaça sous le poids de sa couronne.) Ces Immondes ont l'air très *organisés*. Et qu'ils aient appris à se servir de nos armes... Je croyais qu'ils ressemblaient plus à des... enfin, à des animaux.

– Non, ils n'ont rien à voir avec des animaux.

Col se tourna vers Squellingham, Haugh et Turbot pères.

– Même les membres de votre gouvernement le savent bien.

– Ce ne sont peut-être pas des animaux, dit Turbot. Mais ils sont à peine humains.

– Si, ils sont humains ! cria une voix.

C'était Septimus. Il fit un pas en avant, l'air presque stupéfait de sa propre effronterie.

Le prince Albert plissa le front.

– Qui est-ce ?

Le professeur Twillip s'avança également, pour marquer son soutien à Septimus.

– Un humble chercheur et érudit, Monseigneur, dit-il en s'inclinant. Tout comme moi-même. Nous avons étudié les origines historiques des Immondes, et nous sommes en mesure de prouver qu'ils appartiennent à la même espèce que nous, ni plus ni moins. La séparation remonte à moins de deux cents ans.

– Je n'ai jamais entendu parler de cela, s'étonna la reine.

– Commencez par le commencement, suggéra Col.

Si bien que le professeur Twillip et Septimus commencèrent par le commencement. Ils dissertèrent sur le Vieux Pays, la Révolution française et les prémices de la guerre de Cinquante Ans. Depuis qu'ils avaient parlé à Col, ils avaient découvert des faits nouveaux sur de vastes camps de prisonniers où avaient été confinés les Immondes après la bataille de Crawley.

Sir Mormus grondait, les autres membres du gouvernement grommelaient et se renfrognaient. La reine et le prince Albert écoutaient, fascinés.

Col ne tarda pas à se demander comment changer de sujet. Il fallait qu'il ramène la discussion au moment présent et à la question de la capitulation. Lorsque Septimus et le professeur Twillip évoquèrent la construction du *Worldshaker* et la conception d'une barrière infranchissable entre le Dessous et les ponts supérieurs, il en profita pour intervenir.

– Mais maintenant, ils l'ont franchie. Ils se déploient de pont en pont en ce moment même. Il faut absolument que vous preniez une décision. La reddition inconditionnelle ou le massacre. Madame, Monseigneur.

Le prince Albert se rebiffa.

– *Inconditionnelle*, je ne sais pas, tout de même.

Col concentra sa supplique sur la reine Victoria.

– Pensez à tous ceux qui sont dans cette salle. Regardez autour de vous et imaginez une boucherie. Une mer de sang.

– Que leur arrivera-t-il si j'ordonne la capitulation ? demanda-t-elle.

– Il n'y aura plus de morts, plus de vengeance. Les Immondes s'y engagent.

– Mais qu'adviendra-t-il de *nous* ? demanda le vice-amiral Haugh.

– Vous pouvez rester ici, sous les ordres des Immondes. Ou partir.

– Partir ? Vous voulez dire descendre *à terre* ? s'offusqua Haugh. Vivre comme des indigènes ? Vivre dans la jungle ?

Col ne releva pas ses remarques.

– Pensez aux vies que vous pouvez sauver, Madame.

La reine et le prince échangèrent des regards soucieux.

– Faites ce que vous dicte votre sens du devoir, ma chère, déclara Albert.

– Mais *quel* devoir ?

Victoria écarta les mains en signe d'impuissance.

Sir Wisley Squellingham prit la parole.

– Si je peux vous donner un conseil, Madame.

Il monta sur l'estrade à côté des trônes impériaux, s'inclina vers la reine Victoria et lui chuchota quelque chose à l'oreille. Col n'avait aucune confiance en lui… et il en eut encore moins lorsqu'il distingua les mots *faire semblant* et *pour le moment.*

– Pas question de faire semblant, Madame, l'avertit-il. Il est trop tard pour jouer au plus malin.

Sa parole se vérifia encore plus vite qu'il ne l'aurait cru. Un grand tapage s'éleva de l'autre côté de la salle de bal : des cris de surprise et d'horreur. Puis un sifflement sur deux notes... et six Immondes bondirent sur les tables du buffet. Riff était parmi eux, ainsi que Shiv. Peut-être étaient-ils montés par l'ascenseur à vapeur, peut-être avaient-ils foncé dans les escaliers sans rencontrer de résistance.

Ils se débarrassèrent à grands coups de pied des plats et des verres, puis braquèrent leurs fusils sur la foule.

– Dernière chance ! cria Riff. La capitulation sans condition, ou on commence à tirer !

La reine Victoria s'étrangla, mais pas d'horreur.

– Oh, ils parlent notre langue ! s'exclama-t-elle.

– Depuis toujours, précisa Col.

L'assistance s'éloignait pas à pas de la menace des armes. Les enfants hurlaient ou gémissaient, plusieurs dames s'évanouirent.

Le professeur Twillip plissait les yeux au-dessus de ses lunettes.

– Exactement comme nous, murmura-t-il. Aucun signe de régression.

La reine, sa décision prise, se leva avec dignité. Croisant son regard, le prince l'imita.

– J'accepte les termes de la capitulation, dit-elle d'une voix forte et claire. Que tous les officiers et citoyens des ponts supérieurs déposent les armes. Allez colporter la nouvelle. En ma qualité de reine et de chef de l'Église impériale, je cède le pouvoir par la présente déclaration à... à...

– Au Conseil révolutionnaire, lui souffla Col.

– Au Conseil révolutionnaire.

Les deux officiers de la garde présents sur l'estrade sortirent leurs matraques et les posèrent au sol. La reine Victoria manifesta son approbation en hochant la tête.

– C'est mon dernier ordre en tant que reine. Je vais à présent abdiquer.

Elle leva les mains pour prendre sa couronne et tenta péniblement de la soulever.

– Aidez-moi, mon ami.

Le prince Albert s'en saisit et, à eux deux, ils réussirent à soulever de sa tête la lourde masse d'acier et d'or. Les plis disparurent de son front.

– Je me sens bien mieux. (Elle fit même un vrai sourire.) Plus de reine.

– Et plus de prince consort.

Le prince Albert retira sa propre couronne, beaucoup plus petite.

– Et plus de gouvernement ni de commandant suprême.

Sans sa couronne, la reine Victoria était plus alerte, presque juvénile. Soudain, elle semblait avoir tout au plus trente ans.

– Que Sir Mormus remette les clés du pouvoir aux nouveaux maîtres du *Worldshaker*. Où est-il passé ?

Tout le monde fixa des yeux l'endroit où il s'était retiré, à dix pas de l'estrade. Mais il n'y était plus.

– Je l'ai vu partir ! cria une voix dans la foule.

– Moi aussi.

– Il parlait de vengeance.

Gillabeth s'exprima depuis le milieu de la salle.

– Je l'ai entendu dire qu'il montait à la Passerelle.

Col se rappela soudain une phrase prononcée un peu plus tôt par Sir Mormus.

– Il a menacé de faire sauter le *Worldshaker* plutôt que de se rendre. (Il se tourna vers les membres du gouvernement.) Ce n'est pas possible, si ?

– Non, dit Sir Wisley.

– J'ignore comment il s'y prendrait, ajouta le vice-amiral Haugh.

– Moi, je sais, déclara le timonier-chef Turbot.

Le sourire de la reine Victoria s'évanouit.

– Expliquez-vous.

– Il faudrait qu'il pousse la vapeur à fond, qu'il arrête les turbines, qu'il stoppe les rouleaux, et qu'il laisse monter la pression dans les chaudières.

– Mais il y a des soupapes de sécurité, objecta Sir Wisley. Elles laissent échapper la vapeur quand...

– Elles peuvent être bloquées, dit Turbot. Si c'était le cas, la pression continuerait de monter jusqu'à l'explosion des chaudières.

– Combien de temps ? demanda la reine.

Turbot haussa les épaules.

– Vingt minutes, trente, peut-être.

Col tourna vivement les talons.

– Il faut l'arrêter !

– Je viens avec toi ! s'écria Septimus.

– Quelle canaille ! Quel fou ! grommela le prince Albert en sautant de l'estrade.

– Soyez prudent, mon ami, lui recommanda la reine Victoria. Montrez-vous courageux et...

Sa voix s'éteignit. Quelque chose avait changé. Tout le monde s'en rendit compte au même instant.

Le mégalonef était perpétuellement en mouvement, ses turbines tournaient sans relâche. Aussi loin que chacun s'en souvînt, la vibration des ponts était une constante de la vie. Ils ne la remarquaient pas plus qu'ils ne remarquaient leurs propres battements de cœur. Mais là, elle avait cessé.

Tout le monde se regarda en silence. L'étrange immobilité se prolongeait.

– *En avant !* cria Col en se ruant vers la sortie.

72

Les six Immondes armés participèrent à la ruée, ainsi que le professeur Twillip, Septimus, le prince Albert, Orris Porpentine, les deux officiers de la garde et Gillabeth, qui portait Antrobus. Col fonça vers l'ascenseur à vapeur le plus proche. Mais il y avait un problème.

– La plate-forme ne peut pas porter quinze personnes, dit Gillabeth. Elle ne bougera pas.

Elle se chargea de partager la troupe en deux équipes. Col, le prince Albert, Riff et les Immondes monteraient en premier ; elle-même, Antrobus, Orris, Septimus, le professeur Twillip et les officiers de la garde attendraient leur tour et les rejoindraient ensuite.

Dans le premier groupe, c'était Col qui connaissait le chemin de la Passerelle. Lorsque l'ascenseur atteignit le sommet de sa cage, au Pont 53, il montra l'itinéraire en passant devant les bureaux aux portes de verre et les armoires d'archives. Riff était juste sur ses talons, suivie des autres Immondes, et enfin du prince Albert qui ahanait loin derrière.

Ils gagnèrent le dernier escalier et coururent vers la Passerelle. Devant la porte se tenaient non seulement un enseigne de vaisseau armé, mais aussi une demi-douzaine d'officiers supérieurs. Ils frappaient à la porte et lançaient des appels inquiets.

– Sir Mormus, que faites-vous, monsieur ?

– Pouvons-nous vous aider, monsieur ?

– Est-ce une urgence, monsieur ?

– Oui ! cria Col en arrivant derrière eux. Et c'est *lui*, l'urgence !

Les officiers firent volte-face et virent Col... puis Riff.

– Une Immonde !

L'enseigne braqua son fusil vers elle. Riff leva le sien pour tirer en premier.

Col empoigna les canons des deux armes et les repoussa sur le côté.

– Non !

L'enseigne tâcha de lui reprendre son fusil de force. Il ne s'arrêta même pas lorsque les cinq autres Immondes, arrivés à la rescousse, le mirent en joue.

C'est à ce moment-là seulement que le prince Albert apparut en haut des marches.

– Arrêtez ! ordonna-t-il. Le combat est terminé. Nous avons capitulé. Qui est le responsable, ici ?

Un capitaine de vaisseau portant quatre galons se mit prestement au garde-à-vous.

– Son Altesse impériale a-t-elle dit « capitulé » ?

– Oui. Et ne me faites pas ces yeux là. (Le prince Albert fit un signe vers la porte.) Porpentine est là ?

La crise était désamorcée. Col relâcha les canons qu'il tenait dans ses mains et tout le monde baissa son arme.

Le capitaine de vaisseau acquiesça.

– Il nous a ordonné, à tous, de sortir. Il a arrêté les turbines. Nous sommes immobilisés au milieu de la plaine du Pahang.

– Est-ce à cause de la tempête, Monseigneur ? demanda un autre officier.

– La tempête ? Quelle tempête ?

Le capitaine de vaisseau s'expliqua.

– Nous rencontrons une violente tempête tropicale, Monseigneur. Mais aucune tempête n'a jamais arrêté le *Worldshaker*.

Le prince Albert renifla.

– Non, rien à voir avec la tempête. Cette porte est-elle fermée à clé ?

– Nous l'ignorons, Monseigneur.

– Eh bien, essayez, mon vieux, essayez.

La poignée tourna, la porte s'ouvrit. Riff bondit en avant et s'y glissa en premier. Col s'élança à sa suite.

La dernière fois qu'il avait visité la Passerelle, c'était de jour et les lieux fourmillaient d'activités. À présent, c'était la nuit, et toute l'action se déroulait de l'autre côté des vitres : une pluie diluvienne s'abattait et des éclairs fendaient le ciel. À l'intérieur, le poste de pilotage était désert et plongé dans le silence. La seule lumière ambiante émanait d'une ligne pâle de tubes à incandescence accrochés au plafond, et des voyants rouges et verts des cadrans.

Sir Mormus était introuvable.

– Porpentine ! appela le prince Albert. Montrez-vous ! C'en est assez !

Officiers et Immondes se déployèrent dans toute la salle. Sir Mormus avait dû s'accroupir derrière une unité de commande, car il se redressa soudain et apparut aux yeux de tous.

– Oui, c'en est assez ! tonna-t-il. C'en est assez de tout ! Il est temps d'en finir !

Sa voix était triomphante, chargée comme avant d'une autorité absolue. Il brandit un objet qui miroita dans la faible lumière.

Puis il se détourna et se déplaça devant la baie vitrée. Il se dirigeait vers l'escalier métallique qui montait à la plate-forme au-dessus de la Passerelle. Il abaissa un levier au passage, éteignant les néons.

– Oubliez-le ! cria Col. Surveillez les cadrans !

Sir Mormus éclata de rire. Ses pas résonnaient lourdement sur les marches.

– Réduisez la vapeur ! ordonna le prince Albert. Relancez les turbines ! Relâchez les soupapes !

– Les soupapes ?

Les officiers poussèrent une exclamation en comprenant le danger.

Ils se mirent alors en mouvement – et vite. Malgré l'obscurité, ils savaient précisément où trouver les volants et les manettes nécessaires.

– La chaudière numéro 4 est dangereusement sous pression, avertit l'un d'eux.

– La numéro 2 aussi !

– Et la numéro 5 !

Col les suivit entre les unités de contrôle, en se cognant contre des saillies qu'il ne distinguait pas.

– Libérez les soupapes avant tout ! hurla-t-il.

Mais les officiers poussèrent des clameurs de détresse.

– Ce levier ne bouge pas !

– Même chose ici !

Ils redoublèrent d'efforts, tendus et haletants.

– Rien ne marche !

– Tout est bloqué !

– Il a verrouillé les commandes !

Col ne comprenait pas.

– Comment ça ? Qu'est-ce que ça veut dire ?

L'un des officiers lâcha le volant qu'il s'efforçait de tourner et lui montra un trou de serrure sur le boîtier de commande.

– Chaque boîtier est équipé d'une serrure. Il a tout verrouillé avec ses clés du pouvoir.

Riff l'entendit et comprit le rapport.

– Des clés ! C'est ça qu'il tenait en l'air !

Col revit le miroitement dans la main de son grand-père. Bien sûr, ses clés du pouvoir ! Il se remémora Sir Mormus jouant avec, au bout de la chaîne en or accrochée à son cou, et disant : « Elles ne sont pas là seulement pour le décorum, tu sais. »

À ce moment-là, une nouvelle voix s'éleva de la porte.

– Que se passe-t-il ?

C'était Gillabeth, qui portait toujours Antrobus. La seconde équipe était arrivée.

– Il a verrouillé les commandes et emporté les clés, lui expliqua Col.

– Attrapez-le ! cria Riff. Vous tous ! Allez chercher ces clés !

73

Ils foncèrent dans l'escalier jusqu'à la tourelle au sommet. La porte battait dans le vent. Ils la franchirent et se retrouvèrent en pleine tempête.

Col y voyait à peine, tant la pluie lui giflait le visage. Les nuages filaient et tournoyaient tout autour de la plate-forme. Les roulements du tonnerre évoquaient des grondements dans la gorge d'un monstre géant. Des éclairs clignotants ouvraient de soudains gouffres de lumière dans les profondeurs des nuages.

Sir Mormus se retourna pour faire face à ses adversaires, appuyé contre le garde-fou en acier, à l'avant de la plate-forme. Ses cheveux étaient plaqués contre son crâne et ses vêtements lui collaient au corps. Dans les ténèbres, il n'était qu'une ombre ; quand les éclairs s'allumaient, il paraissait plus grand et plus imposant que jamais.

Alors que les Immondes le mettaient en joue, il tendit un bras en arrière, par-dessus le bastingage.

Riff baissa son arme.

– Ne tirez pas ! cria-t-elle.

Sir Mormus tenait les clés du pouvoir dans sa main tendue au-dessus du vide. S'ils lui tiraient dessus, elles tomberaient et iraient se perdre trois cents mètres plus bas.

– N'approchez pas ! rugit-il par-dessus le hurlement du vent.

– Ne tirez pas avant que je vous le dise, ordonna Riff.

Ils se disposèrent en ligne à l'arrière de la plate-forme. Sous leurs pieds, la pluie formait une mare peu profonde. Les gouttes d'eau scintillaient sur la peau nue des Immondes.

– Les clés, Porpentine ! aboya le prince Albert. Donnez-les. C'est un ordre de la reine en personne.

Sir Mormus lui accorda un regard infiniment dédaigneux.

– Pour que vous alliez les livrer aux Immondes ? Certainement pas. Je préfère mon plan à moi.

Col sentit quelque chose s'enfoncer légèrement dans son bras. Le fusil de Riff.

– Tiens-moi ça, dit-elle à voix basse. Faites-le parler encore.

Elle recula d'un pas tandis qu'il prenait possession du fusil. Lorsqu'il jeta un coup d'œil derrière lui, elle avait disparu dans la pluie battante.

– Vous ne pouvez pas vouloir détruire le *Worldshaker*, Porpentine.

Le prince Albert parlait d'un ton raisonnable, bien qu'il dût crier pour se faire entendre.

– Pensez à tous les habitants des ponts supérieurs, pensez à votre famille, à vos amis. Vous ne pouvez pas vouloir risquer leurs vies.

– Un risque ? s'esclaffa Sir Mormus. Une certitude, oui ! Quand la première chaudière explosera, les autres suivront en chaîne. Une explosion d'une force inimaginable. Dix mille vies envolées dans une bouffée de vapeur surchauffée. Pas de survivants.

– Vous mourrez, vous aussi.

– Le capitaine sombre avec son navire.

– Vous êtes fou, intervint Orris Porpentine.

– Ah, mon bon à rien de fils. (Sir Mormus reporta son attention sur lui.) Parle plus fort, je ne t'entends pas.

Orris éleva la voix.

– Vous êtes fou !

Sir Mormus bomba le torse.

– Je suis ce que j'ai toujours été. Mieux vaut être un fou qu'un mollasson sans caractère. Regarde-toi, côte à côte avec des Immondes ! Prendre le parti de telles créatures plutôt que celui de tes semblables ! Tu me rends malade. Tordu, perverti, la souillure de notre lignée.

– Non, c'est vous qui êtes tordu et perverti. Je le vois bien, à présent.

Sir Mormus éclata d'un rire plus tonitruant que jamais et scruta ses ennemis alignés. Son regard s'arrêta sur Col.

– Et voilà mon sale petit-fils. Non seulement faible, mais traître. Contre moi depuis le début, jusqu'à ce qu'il ait cru atteindre son but. Non, mon garçon, tout ce que tu as réussi, c'est l'anéantissement universel.

Il regarda ensuite Gillabeth et Antrobus.

– Et vous aussi ? Vous êtes du côté des Immondes contre votre propre grand-père ? Le monde sera meilleur quand je l'aurai purgé d'une telle corruption.

Ni Col ni personne n'avait besoin de faire parler Sir Mormus : on ne l'arrêtait plus. Le tonnerre et les éclairs n'étaient qu'une toile de fond pour le spectacle qu'il donnait.

– Personne ne me vaut ! Personne pour marcher dans mes pas !

Cela semblait le faire exulter plutôt que le décevoir.

– Je suis le dernier des Porpentine ! Je...

Il se tut tandis qu'un tremblement parcourait la plate-forme et creusait de vaguelettes la mare dans laquelle trempaient les pieds de tous. Une trémulation profonde, qui montait des entrailles mêmes du mégalonef.

– Ah, ça commence, ça commence.

Un sourire de satisfaction hautaine s'étendit sur le visage de Sir Mormus.

– Les chaudières ont bien du mal à contenir la pression.

Les Immondes se regardèrent.

– Faut agir tout de suite !

– Lui sauter dessus.

– Riff a dit d'attendre.

– Lui attraper le bras !

– Où est-elle ?

Col secoua la tête. Impossible d'empêcher son grand-père de lâcher les clés. Mais où était donc passée Riff ?

Et là, il comprit... et eut du mal à ne pas s'étrangler. Deux mains, agrippées au rebord du bastingage, avançaient lentement vers l'avant. Riff était suspendue, hors de vue, à *l'extérieur* du garde-corps !

Par chance, Sir Mormus était absorbé dans l'adoration de lui-même.

– Vous voyez enfin qui a le pouvoir ! Vous comprenez enfin votre impuissance ! Vous ne comptez pas ! Vous n'avez pas la force de volonté. C'est moi qui décide !

– Vous n'avez pas le droit ! s'écria le professeur Twillip.

Sir Mormus n'entendit pas cette interruption.

– Plus que quelques minutes. Tenez-vous prêts ! J'ai décidé pour vous tous.

Du coin de l'œil, Col regardait les mains de Riff se rapprocher peu à peu. Il était certain de ne pas être le seul à les avoir repérées. Moins d'un mètre encore, et elle serait sous le bras tendu de Sir Mormus. Tant qu'il ne regardait pas en bas...

– Je renie tout et tout le monde !

Sa diatribe noyait même le tonnerre.

– Je ne reconnais que le *Worldshaker* ! Je suis ce mégalonef, et ce mégalonef, c'est moi ! Vous pouvez vous associer à ma mort !

– *Feu !* cria Riff.

Les Immondes levèrent leurs armes, s'arrêtant à peine pour viser. Une salve de balles pénétra dans la tête et le torse de Sir Mormus. Volontairement ou non, il laissa tomber les clés.

Tous les yeux étaient fixés sur le miroitement de métal, qui disparut du mauvais côté du bastingage.

Sir Mormus chavira et s'effondra sur la plate-forme.

Col n'avait pas tiré. Laissant tomber son fusil, il s'élança. Il courut en soulevant des gerbes d'eau, bondit par-dessus le corps de son grand-père. Riff n'avait plus qu'une main accrochée au garde-fou.

En baissant la tête, il la vit qui se balançait au-dessus du vide. L'immensité du mégalonef disparaissait dans les nuages et sous la pluie. De l'autre main, Riff tenait les clés du pouvoir.

Elle leva les yeux vers lui, les traits tendus par l'effort.

– Je les ai ! Aide-moi...

Tout en parlant, elle lâcha prise et commença à tomber. Col se pencha plus loin par-dessus le bastingage et l'attrapa par le poignet. Une douleur atroce lui explosa dans l'épaule lorsqu'il arrêta sa chute.

Mais ses pieds ne touchaient plus le pont. Centimètre par centimètre, son poids le tirait vers l'avant, vers le vide.

Durant une seconde interminable, ils furent suspendus dans une étrange immobilité, hors du temps. Les éclairs clignotaient, clignotaient. Riff pivota d'un demi-tour vers la gauche, d'un demi-tour vers la droite. Le monde entier semblait tourner avec elle.

Puis des mains attrapèrent Col par-derrière.

– C'est bon !

– On te tient !

– On te remonte !

D'autres mains se tendirent vers le bas et agrippèrent Riff. Il continua de lui serrer le poignet jusqu'à ce que ces mains la tiennent solidement sous les bras. Puis il lâcha prise et retomba en arrière, du bon côté du bastingage.

Il avait une douleur lancinante dans l'épaule, qui était peut-être démise. Un instant plus tard, Riff culbutait elle aussi par-dessus le garde-corps.

Gillabeth attrapa les clés d'un geste vif.

– Les soupapes avant tout ! parvint à hoqueter Riff. Vite !

74

Gillabeth s'engouffra dans la tourelle. Les Immondes lui emboîtèrent le pas, puis le prince Albert, Orris, Septimus, le professeur Twillip et les officiers. Col et Riff gisaient dans quelques centimètres d'eau. Riff se souleva avec effort et s'adossa contre le bastingage.

Le vent et la pluie s'étaient calmés un instant. De loin, en dessous, montait un concert de raclements, de grincements, de craquements, presque un gémissement.

– Les chaudières vont pas tarder à sauter, dit Riff.

– Turbot a dit vingt ou trente minutes. Ça doit faire vingt, là.

Col s'assit, et la douleur dans son épaule le fit grincer des dents.

– J'espère qu'ils se grouillent. (Riff le regarda plus attentivement.) Qu'est-ce qu'il y a ?

– Je crois que je me suis déboîté l'épaule.

– Je vais arranger ça.

Elle se pencha sur lui.

– Tout de suite ?

– Bouge pas. Ça va faire un peu mal.

Cela fit très mal. Sous les manipulations de Riff, son épaule s'embrasa d'un feu liquide. Il poussa un bref hurlement... puis sentit un déclic lorsque les os se remirent en place.

– Ça va mieux ?

Il hocha la tête, incapable de dire un mot.

Mais quelqu'un d'autre parla.

– Je ne voudrais pas être indiscret, fit une petite voix claire et flûtée, mais des événements importants se déroulent dans votre dos.

Riff se retourna et Col regarda derrière lui. Une lourde silhouette les dominait de sa hauteur.

– C'est pas possible ! s'écria Riff.

C'était Sir Mormus Porpentine, un trou béant dans le front et un autre dans la région du cœur. Il aurait dû être mort, et pourtant il titubait sur ses pieds telle une marionnette libérée de ses fils. Des ruisseaux de sang palpitaient dans ses blessures et coulaient sur son visage et son torse.

– Je suis le *Worldshaker* ! tonna-t-il.

On aurait dit qu'il se parlait à lui-même.

– Ce mégalonef, c'est moi. Colosse de fer, montagne mécanique, force de domination.

Ses enjambées chancelantes laissaient une traînée rouge sur la passerelle détrempée. À trois pas de Col et de Riff, il alla heurter le garde-fou.

– Il n'y voit rien, chuchota Col.

– Qu'est-ce qu'il fait ?

Maladroit, grotesque, Sir Mormus entreprit de grimper sur le bastingage. Il divaguait toujours.

– Oui... oui... Mes chaudières sont sous pression. Mon métal est tendu à bloc. D'une seconde à l'autre...

Col et Riff l'observaient, fascinés. Il se redressa debout, sur le garde-fou, en équilibre instable. Les éclairs dessinaient contre le ciel son enveloppe corporelle saccagée. Il leva les bras et tomba en avant.

– La fin de la grandeur ! cria-t-il.

Et il disparut.

– La fin de la folie, oui ! grommela Riff.

Ils se regardèrent... et pensèrent en même temps à la même chose.

– « Des événements importants... »

– « Je ne voudrais pas être indiscret...»

– Qui a dit ça ?

Ils se retournèrent pour scruter la plate-forme. Debout près de la tourelle se tenait un personnage minuscule, habillé comme un adulte miniature, avec un frac et un œillet à la boutonnière.

– Antrobus ?

La minuscule personne s'approcha d'eux à petits pas.

Col n'en revenait pas.

– Mais il ne sait pas parler ! Il n'a jamais appris !

– Je suis au regret de t'informer, grand frère, que tes suppositions sont tout à fait erronées.

Col regardait, stupéfait, les mouvements de la bouche de l'enfant. La voix était haut perchée, mais chaque syllabe était parfaitement formée.

Antrobus s'arrêta devant eux. Il étudia l'expression de Col avec l'intensité qu'il mettait dans toutes ses observations.

– Pourquoi n'as-tu jamais parlé jusqu'à présent ? lui demanda Col.

– Je ne trouvais aucun sujet suffisamment digne d'intérêt.

La gravité absolue du ton d'Antrobus, ou peut-être simplement le soulagement, fit pouffer Col. Riff s'esclaffa par contagion, et tous deux se mirent à rire aux larmes.

– Lorsque votre amusement se sera apaisé, dit poliment Antrobus, peut-être pourriez-vous avoir l'amabilité de me soulever, afin que je puisse assister au dénouement ?

Tout en réprimant de nouveaux accès d'hilarité, Col et Riff se levèrent en titubant. Col prit son petit frère par la taille et le posa debout sur le garde-fou. Riff tendit la main pour le tenir fermement.

En contrebas, de lourds nuages tournoyaient toujours sur les ponts inférieurs du *Worldshaker*. On n'y voyait que par bribes, dans les trous.

– C'est lui qu'on voit, là-bas ? demanda Riff en pointant l'index.

Col secoua la tête.

– Non. Et là ?

– Où ça ?

– Le sort de notre aïeul se perd dans les ténèbres, déclara Antrobus.

Ils cherchaient encore un signe de Sir Mormus, lorsqu'ils perçurent un sifflement assourdissant. Des panaches de vapeur surgirent des deux côtés du mégalonef, plus violents même que la tempête.

– Les soupapes ! exulta Riff.

En quelques minutes, une vaste couverture blanche, portée par le vent, avait recouvert les trous dans les nuages. Il n'y avait plus rien à voir.

Épilogue

Le temps s'était éclairci et le ciel diurne était d'un bleu tropical intense. Les grandes grues transportaient ceux qui avaient choisi de quitter le mégalonef, vingt par vingt. Les bennes, qui autrefois venaient livrer aux ponts supérieurs le butin des pillages, débarquaient à présent leurs habitants.

Avec l'aide de Dunga, la fille tatouée du Conseil révolutionnaire, Riff supervisait les opérations depuis un plateau de triage. Elles étaient armées, mais ne se servaient de leurs fusils que pour pointer tel ou tel endroit et donner leurs instructions. S'ils étaient maussades et amers, ceux qui partaient avaient trop peur pour désobéir. Col, assis sur un côté du plateau, observait.

Au bout de plusieurs heures, la file d'attente fut presque résorbée. Les trois quarts de la population des ponts supérieurs avaient choisi de débarquer, y compris de nombreux officiers et la majeure partie de l'élite. La reine Victoria et le prince Albert avaient toutefois décidé de rester, ce qui en avait encouragé d'autres à faire de même. Orris, Quinnea, Gillabeth et Antrobus figuraient parmi ceux-là, ainsi que Septimus et le professeur Twillip. Pour ces deux derniers, la question ne s'était même pas posée : jamais ils n'auraient pu abandonner leur bibliothèque. Quant à Orris, c'était un homme nouveau depuis le renversement de Sir Mormus : du jour au lendemain, il s'était dépouillé de ses années de mélancolie et de culpabilité. Les quatre autres branches de la famille Porpentine partaient toutes.

Enfin, la dernière grue s'abaissa pour ramasser son ultime chargement. Ils n'étaient plus que onze, et c'étaient tous des Squellingham.

Col regarda Sir Wisley, sa femme, Hythe, Pugh, trois petits enfants et quelques oncles et tantes tituber sous le poids de leurs bagages. Tous les partants avaient été autorisés à prendre avec eux ce qu'ils pouvaient soulever, et les Squellingham s'étaient débrouillés pour se charger plus que la moyenne. Peu habitués à porter leurs affaires eux-mêmes, ils ne cessaient de se disputer, se quereller, se chamailler.

– Du calme ! ordonna Riff lorsque la grue toucha le plateau.

Grognant toujours, ils montèrent et posèrent leurs bagages autour d'eux. Col était sûr que Hythe et Pugh l'avaient vu, même s'ils mettaient un point d'honneur à ne pas le regarder. Mais quand, sur un signe de Riff, la pelle commença à s'élever, Hythe ne put plus contenir sa rage.

– Amoureux des Immondes ! hurla-t-il. Amoureux des Immondes ! Ils se retourneront contre toi ! Ils finiront par te tuer. Tu le regretteras... tu...

Son visage vira au gris nauséeux tandis que la pelle se balançait au long des flancs du mégalonef. Les Squellingham s'accrochaient désespérément à la vie lorsqu'ils disparurent lentement de leur champ de vision.

Riff alla rejoindre Col d'un pas tranquille.

– Des amis à toi ? lui demanda-t-elle avec ironie.

– Mes pires ennemis. Tu crois qu'ils survivront, à terre ?

Elle s'assit en tailleur à côté de lui.

– Ça dépend. S'ils sont capables de travailler pour de bon, comme n'importe qui. Ils vont devoir apprendre à ne pas être si inutiles.

– Et le reste d'entre nous ? Ceux qui ne partent pas ?

– Vous aussi, vous devrez apprendre à ne pas être complètement inutiles.

– Que se passera-t-il, à ton avis ? Beaucoup d'Immondes cherchent encore la vengeance.

– Ouais, et beaucoup de gens des ponts supérieurs nous regardent encore de haut.

– On coopère, on vous apprend à piloter le *Worldshaker*.

– D'accord. Mais t'attends pas au pardon immédiat.

– Le temps venu ?...

Riff haussa les épaules.

– Y a plus qu'à espérer, hein ?

– Qu'allez-vous faire du *Worldshaker*, à présent ?

– Qui sait ? Continuer de voyager.

– Mais sans écraser les indigènes et leurs villages.

– Non. Je pense qu'on va quitter la terre et se déplacer uniquement par la mer. Le Conseil révolutionnaire en décidera.

Il y eut un instant de silence. Les pensées de Col prirent leur propre chemin.

– Et toi et moi ? lui demanda-t-il.

– Hmm.

Elle le regarda en arrondissant un sourcil. Son visage était si proche, ses yeux si grands et vifs... Un nœud d'émotion se serra dans sa gorge. C'était plus fort que lui, il se pencha vers elle...

– T'as plus qu'à espérer, hein ? lui dit-elle avec un grand sourire en sautant sur ses pieds. Dunga m'attend.

La fille aux tatouages se tenait les mains sur les hanches, l'air impatient. Mais Col était certain que Riff *savait* qu'il avait failli l'embrasser.

– Où vas-tu ?

– Réunion du Conseil. Je vais proposer un changement de nom pour ce *Worldshaker*. Je vais proposer le *Liberator*. Parce qu'on sera un exemple pour le monde, et qu'on rend les gens libres.

Il voulut dire quelque chose, mais elle tourna les talons et s'en alla à grands pas rejoindre Dunga. L'instant d'après, elle avait disparu par le tourniquet, à l'arrière du plateau de triage.

Col resta assis où il était, à contempler le ciel. Cent questions se bousculaient dans sa tête. Que trouverait-il à faire, à présent que le Conseil révolutionnaire dirigeait le mégalonef ? Comment obtiendraient-ils du charbon dans les stations houillères ? Comment feraient-ils du commerce ? Et comment les autres mégalonefs réagiraient-ils à la nouvelle de la révolution ?

Pourtant, ce n'étaient que de petites questions à côté du mystère de Riff et de son sourire insaisissable. Qu'est-ce que cela voulait dire ?

Il avait le sentiment que plus jamais la vie ne serait prévisible. C'était étrange que cette fille pût le rendre si heureux et si incertain à la fois. Comment saurait-il jamais où il en était avec elle ?

– Je vais devoir me faire à l'idée de ne pas savoir, sans doute, murmura-t-il pour lui-même.

Et soudain, cette idée ne lui parut pas désagréable du tout.

L'auteur

Richard Harland est né dans le nord de l'Angleterre, au milieu de l'hiver le plus froid jamais enregistré. Quand il avait onze ans, il s'amusait avec son cousin à vendre des exemplaires de leurs récits d'aventures dans la cour de récréation. Il est parti pour l'Australie grâce à une bourse universitaire, est tombé amoureux du continent et a décidé d'y rester – tout d'abord en tant que musicien folk, puis en tant que maître de conférences à l'université de Wollongong. Maintenant, il est un écrivain à plein temps, qui signe des romans de *fantasy* et de science-fiction pour les adultes et les enfants. Il a gagné de nombreux prix en Australie pour ses nouvelles et ses romans.

« L'idée du *Worldshaker* m'est venue dans un songe, alors que je rêvais que je tombais dans un trou, traversais d'interminables étages emplis de machines, de tuyaux de métal et d'espaces à vivre terriblement encombrés. Quinze années me furent nécessaires pour développer les innombrables détails de ce monde que j'avais tout juste entraperçu. Lorsque je m'assis pour enfin me mettre à écrire, l'histoire ne demandait plus qu'à sortir. »

Le site de Richard Harland : www.richarharland.net

Ses conseils d'écriture pour les auteurs et amateurs de fantasy peuvent être consultés, en anglais, sur www.writingtips.com.au

REMERCIEMENTS

Pour ses recherches historiques : **Henri Jeanjean,**
de l'université de Wollongong, pour ses informations
sur Albert Mathieu-Favier et son projet de tunnel sous la Manche.

Pour leurs très précieuses critiques constructives : **le ROR Writers Group**
(Margo Lanagan, Marianne de Pierres, Rowena Corey Daniells, Maxine McArthur, Trent Jamieson et Tansy Raynor Roberts).

Pour leurs critiques utiles sur des chapitres précis :
Cat Sparks, Rob Hood, Ann Charlton Whitehead et Chris McTrusty.

Comme toujours, j'ai une dette immense envers mon merveilleux agent,
Selwa Anthony, et aussi envers **Selena Hanet-Hutchins**,
pour ses suggestions créatives.

Et en dernier, mais non des moindres, un grand merci à **Erica Wagner**,
mon éditrice, et à **Sarah Brenan**, ma responsable d'édition,
chez Allen & Unwin. Votre enthousiasme a été une source d'inspiration !

Le *Worldshaker* en chiffres

Longueur : 3 957 mètres
Largeur : 1 170 mètres
Hauteur jusqu'en haut du Pont : 402 mètres
Hauteur jusqu'en haut des cheminées du bateau : 496 mètres
Poids du *Worldshaker* : 3 110 776 tonnes

Nombre de ponts : 53
Nombre de chaudières : 12
Nombre de rouleaux : 340
Nombre de baies : 24
Nombre de cheminées : 6
Population des Ponts supérieurs : environ 10 040 habitants
Population des Immondes : environ 2 130 habitants.

À suivre...

Le Liberator

de Richard Harland

Le *Liberator*... c'est ainsi que Riff a baptisé le « nouveau » vaisseau issu des cendres du *Worldshaker*.

Après la première révolte qui a vu les Immondes conduits par Riff prendre leur place d'hommes libres, tout reste à inventer. Comment cette nouvelle société réussira-t-elle à se construire, entre des êtres que tout sépare ? Une nouvelle révolution gronde, animée par un terrible sentiment de vengeance. Col et Riff sauront-ils calmer les violences et réconcilier les habitants du navire-monde ?

À paraître chez hélium :

Rien de plus précieux

de Yamina Benahmed Daho

Automne 2010

« Tommy poursuivit sa marche, silencieux, les yeux fixés sur ses pieds enchaînés. Il n'ignorait pas qu'il devrait répondre à l'injonction de Stanley le soir même. Il savait que cet ordre pourrait être suivi d'un lourd châtiment en cas d'échec. Mais Tommy, au fond de lui, ne craignait rien. Si le chou était la propriété de son maître, ses pieds restaient sous l'influence de son cerveau, imaginant chaque jour de nouveaux gestes, de nouvelles trajectoires. Tommy comptait bien satisfaire son maître et bien plus encore, profiter de chaque heure passée avec le chou dans ses pieds libérés. En attendant, Tommy devait plier son corps, casser son dos dans ces champs immenses, des heures durant. »

1809. Dans une plantation aux États-Unis, des esclaves maintenus sur une parcelle de terre rectangulaire mesurant, approximativement, 50 mètres sur 37, découvrent un jeu qui consiste à pousser un chou avec ses pieds. Aussitôt, leurs maîtres organisent des paris...

Un premier roman sur l'esclavage et la formation du collectif, une fable lumineuse et puissante sur la liberté.

hélium, une nouvelle maison d'édition

Pour nous contacter :

hélium
12, rue de l'Arbalète – 75005 Paris
Tél : 01 45 87 99 15. Fax : 01 43 31 28 49
info@helium-editions.fr

Rendez-vous sur notre blog :
http://nouvelles-des-livres-helium.blogspot.com

Pour envoyer votre projet :
Même adresse postale
manuscrits@helium-editions.fr

Diffusion Flammarion

CPI
AUBIN IMPRIMEUR

Cet ouvrage a été composé
par IGS-CP à L'Isle-d'Espagnac (16)
Imprimé par CPI Aubin en janvier 2010
N° d'impression: L 73553